Puro impacto

Puro impacto

LAUREN ASHER

ROTA DE COLISÃO #2

Tradução
Flora Pinheiro

Rio de Janeiro, 2025

Copyright © 2020 by Lauren Asher. Todos os direitos reservados.
Copyright da tradução © 2025 by Flora Pinheiro por Editora HR LTDA.
Todos os direitos reservados.

Título original: Collided

Todos os direitos desta publicação são reservados à Casa dos Livros Editora LTDA. Nenhuma parte desta obra pode ser apropriada e estocada em sistema de banco de dados ou processo similar, em qualquer forma ou meio, seja eletrônico, de fotocópia, gravação etc., sem a permissão dos detentores do copyright.

COPIDESQUE	Mariana Gomes
REVISÃO	Natália Mori e Julia Páteo
DESIGN DE CAPA	Books and Moods
ADAPTAÇÃO DE CAPA	Julio Moreira | Equatorium
DIAGRAMAÇÃO	Abreu's System

Dados Internacionais de Catalogação na Publicação (CIP)
(Câmara Brasileira do Livro, SP, Brasil)

Asher, Lauren
　Puro impacto / Lauren Asher ; tradução Flora Pinheiro. – 1. ed. – Rio de Janeiro: Harlequin, 2025. – (Rota de Colisão; 2)

　Título original: Collided.
　ISBN 978-65-5970-481-1

　1. Romance norte-americano I. Título II. Série.

25-247025　　　　　　　　　　　　　　　　　　CDD-813.5

Índice para catálogo sistemático:
1. Romances : Literatura norte-americana　813.5
Bibliotecária responsável: Aline Graziele Benitez – CRB-1/3129

Harlequin é uma marca licenciada à Editora HR Ltda. Todos os direitos reservados à Editora HR LTDA.

Rua da Quitanda, 86, sala 601A - Centro,
Rio de Janeiro/RJ - CEP 20091-005
Tel.: (21) 3175-1030
www.harpercollins.com.br

Para as Sophie Mitchells por aí.
Seja diferente. Seja autêntica. Seja você mesma.

PLAYLIST

PURO IMPACTO - LAUREN ASHER

Break Free — Ariana Grande ft. Zedd	3:34	+
I Just Wanna Shine — Fitz and The Tantrums	3:26	+
Can I Kiss You? — Dahl	3:27	+
Greenlight — Jonas Brothers	3:00	+
Butterflies — Kacey Musgraves	3:38	+
Trying My Best — Anson Seabra	3:42	+
What I Like About You — Jonas Blue	3:55	+
There's No Way — Lauv ft. Julia Michaels	2:54	+
All To Myself — Dan & Shay	2:49	+
Break My Heart — Dua Lipa	3:41	+
Symphony — Clean Bandit ft. Zara Larson	3:32	+
Yellow — Coldplay	4:26	+
Fight Song (Acoustic) — Rachel Platten	3:23	+
What Have I Done — Dermot Kennedy	3:36	+
Cross Me — Ed Sheeran ft. Chance the Rapper	3:26	+
Falling like the Stars — James Arthur	3:32	+

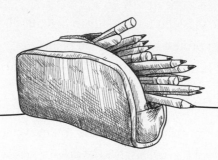

PRÓLOGO

SOPHIE

TRÊS ANOS ATRÁS

Sabe o que acontece quando as pessoas completam 18 anos? Elas têm noites cheias de liberdade, exploração e vinho barato.

Para mim, os 18 anos não são assim — pelo menos não ainda. James Mitchell pode farejar problemas de longe graças à experiência com os pilotos bad boys da Fórmula 1, que lhe ensina uma ou duas coisas sobre como lidar com uma filha. Desde que nós nos mudamos da Califórnia para a Itália, quando eu tinha 5 anos, recebo o mesmo tratamento que os pilotos da Bandini que ele gerencia. Sob o teto dele, sigo os três Rs: respeito, regras e responsabilidades.

Meu pai me deixou acompanhá-lo em um Grande Prêmio neste verão, antes de minhas aulas na universidade começarem. Uma ocasião rara, considerando que ele me mantém bem longe do ambiente das corridas desde que meus seios cresceram e aprendi quais roupas valorizam meu corpo.

Hoje de manhã, arrastei os pés pelo quarto do hotel, de braços cruzados e beicinho contrariado. Meu pai manteve a expressão neutra, sem um único fio de cabelo grisalho fora do lugar, inabalável, sem nem mesmo piscar, enquanto eu protestava contra seu plano.

Adivinha quem ganhou a briga? Não fui eu, caso esteja se perguntando, mas agradeço o apoio moral.

Em vez de ficar no box da Bandini, meu pai me arrumou um trabalho em uma festa de aniversário infantil, onde vou me vestir como uma princesa e pintar o rosto das crianças. Não se deixe enganar pelas aparências, posso até ter a mesma altura das crianças de 8 anos que você vê por aí, mas meu cérebro, sagacidade e atitude compensam a baixa estatura.

Sou tipo uma bala de limão — doce, mas forte.

Passo as mãos pela fantasia de Rapunzel ridícula que meu pai comprou. Mas quem ri por último ri melhor, porque ele não percebeu que pegou o tamanho infantil. O corpete de veludo mal contém meus peitos, sugerindo que tenho muito mais a oferecer aos convidados desavisados do que doces e pintura facial. A saia termina acima da metade de minhas coxas, revelando pernas bronzeadas e meu All Star branco, porque esta princesa usa sapatos confortáveis. Que se danem os saltos e ser uma princesa chata que precisa ser protegida por um príncipe bonitinho.

Não, obrigada. Prefiro salvar o dia de tênis.

Deixo a amargura de lado quando chego à festa. Pintar rostos pode ser um bom trabalho, me permitindo mostrar os talentos artísticos que ignoro quase por completo hoje em dia.

Eu amo arte desde que peguei um pincel aos 2 anos e decidi pintar todos os bancos da cozinha depois de assistir a episódios demais de Bob Ross. Meu pai não ficou muito feliz quando se sentou em tinta fresca e acabou com um girassol na bunda. Gostaria de poder dizer que uma artista nasceu naquele dia, mas meu pai não apoia minha criatividade como algo além de um hobby.

Então agora, em vez de um curso na área das artes, sou forçada a fazer uma faculdade voltada para negócios.

Quase durmo só de pensar.

Mas quero deixar meu pai feliz porque ele nunca me decepciona. É culpa da menininha do papai dentro de mim. Ele faz tanto por mim, é mãe e pai ao mesmo tempo, por mais desconfortável que se sinta com isso.

Pelo menos posso criar mini obras-primas no rosto das crianças hoje. Escolho temas diferentes para cada uma porque não sou um clichê. Nunca fui, não desde que meu pai comprou para mim uma mochila de *Star Wars* em vez de uma de princesa, porque a filha dele não acredita em contos de fadas.

Mexo no celular para passar o tempo. As crianças se divertem nos castelos infláveis, não mais entretidas com o palhaço ou comigo. O tal animador da festa me dá sorrisinhos maliciosos do outro lado do gramado, fazendo movimentos fálicos com animais de balão enquanto murmura para eu ligar para ele.

Alguém se apoia na mesa onde espalhei os materiais de arte. Observo as pernas da calça jeans antes de chegar aos braços bronzeados cruzados sobre um torso firme. Há músculos tensos sob o tecido preto. Prendo a respiração quando encontro dois olhos azuis gélidos, da cor das geleiras derretendo no Ártico.

Sou pintora, não poeta.

— Pisque duas vezes se estiver aqui contra a sua vontade.

Ele sorri para mim. A voz dele tem um leve sotaque que não consigo identificar, o inglês fluente e ao mesmo tempo distinto.

Abro a boca antes de fechá-la de novo. Porque, *puta merda*. Esse sujeito deveria estar surfando em alguma praia, todo bronzeado de cabelo loiro e pele com aquele brilho de verão. Olho em volta para ter certeza de que estou em um aniversário infantil e não sonhando acordada. O castelo inflável sobe e desce, as crianças gritam, um lembrete de que tudo isto é muito real.

— Ai, merda. Bem que achei que tinha algo estranho com Evan. Quem diria que ele gosta de manter como reféns garotas bonitas vestidas como personagens pornô da Disney? — O desconhecido percorre meu corpo de cima a baixo com os olhos.

Minhas bochechas coram incontrolavelmente sob seu olhar, novas reações surgindo dentro de mim com a proximidade desse homem.

— Meu Deus. *Não*. Evan é superlegal comigo. E casado. Estou aqui para pintar o rosto das crianças e tal. A filha dele acha que sou a Rapunzel.

Nervosa, mexo nas bisnagas de tinta ao mesmo tempo que falo, derrubando algumas no chão. Eu me abaixo para pegá-las. O desconhecido é mais rápido, e encostamos nossos dedos, o calor irradiando do toque. Meu coração dá um salto com o contato.

Hum. Ok.

O desconhecido olha meu decote quando me levanto com as tintas nas mãos. Meu cabelo loiro cai para o lado enquanto me viro para a mesa, querendo esconder minha agitação. Esta conversa está indo de mal a pior, fazendo parecer que não sei me comportar perto de alguém injustamente atraente.

Posso culpar o fato de ter frequentado uma escola católica só para meninas a vida inteira? É plausível.

Ele solta uma risada rouca.

— Ah, ela fala.

— Dã.

Ele aponta para os diferentes pincéis que organizei em uma fila perfeita, os dedos grossos pairando sobre uma das bisnagas de tinta.

— Você gosta de pintar?

— Amo feito um caso de amor sórdido. É um segredo, conhecido apenas por algumas pessoas seletas.

— Adoro um bom segredo.

Ele leva um dedo aos lábios, atraindo minha atenção para como são cheios.

— Você e todo mundo. Quer contar um dos seus e deixar a situação mais equilibrada?

Minha boca é mais rápida que o cérebro, não se dando o trabalho de filtrar minhas palavras.

Ele dá de ombros.

— Sou péssimo com segredos.

— Então eu sou péssima em conversar.

Cruzo os braços, fazendo os seios subirem um pouco. *Ops*.

Ele baixa o olhar quando descruzo os braços.

— Você é durona. Está bem. Eu gosto de ler pelo menos um capítulo de um livro todas as noites antes de dormir. É uma tradição que mantenho desde a infância, apesar da agenda cheia — confessa ele como se fosse um segredo sujo, algo que contradiz o físico atlético. Por algum motivo, isso o deixa ainda mais sexy.

— Qual é o seu livro favorito?

Minha voz sai duvidosa. E ele fixa os olhos azuis em mim.

— Se a pessoa tem um favorito, não confio nela. Qualquer amante de livros tem pelo menos cinco que pode citar de cabeça.

Ai, uau. Este cara gosta mesmo de ler. Ele sorri quando reviro os olhos de brincadeira.

— Está bem. Então diga seu autor favorito, já que é um grande leitor.

A frase sai rouca. Isso porque imaginei ele na cama, o cabelo loiro despenteado, com óculos de leitura e um livro grosso de capa mole, porque prefere ser prático a carregar um livro de capa dura pesado.

Ahhh. Maldito seja ele e sua nerdice secreta.

— Brandon Sanderson. Com certeza — responde com sua voz grave.

— Um homem que prefere viver na fantasia. Que fofo.

— Eu seria sua melhor fantasia, sem precisar de livro.

Um garotinho se aproxima de minha mesa de pintura e se joga no banco à minha frente. Eu me viro para a criança.

— *Ciao, amico. Che cosa vuoi...*

— Porra. Você é gostosa *e* fala italiano. — Meu companheiro abre um largo sorriso para mim antes de se virar para o menino. — Vinte euros. Cai fora.

O homem loiro de olhos azuis segura uma nota novinha saída diretamente de uma carteira de grife. O garoto entende, pega o dinheiro e sai correndo, nos deixando sozinhos de novo.

Rio do ridículo da situação. Meu novo conhecido me pega de surpresa ao se sentar e cruzar os braços. O sorriso malicioso dele enche meu peito de calor. É uma sensação nova que não consigo identificar, o calor subindo até minhas bochechas.

— Faça o seu pior.

— Como quiser. Mas não acho que você vai aguentar, e nem *me* aguentar, aliás.

Ofereço-lhe um sorriso brincalhão. Se meu coração não estivesse martelando no peito, ficaria me achando o máximo pelo flerte.

— Por favor. Não insulte meus talentos.

Ele coloca a mão grande no peito enquanto treme o lábio de propósito. Gosto de como ele arrasta as vogais e enfatiza os Ts, um sotaque inidentificável, mas diferente de meu americano-italiano. Balanço a cabeça para ele.

— Qual dos dois?

Ele joga a cabeça para trás e solta uma gargalhada, sem se importar com os pais ao redor nos olhando.

— E quais dois talentos você acha que eu tenho? Estou curioso.

Ele sorri, revelando dentes brancos e alinhados. Tenho uma ideia de como bagunçar seu rosto perfeito, querendo tirar um pouco de sua beleza e diminuir o apelo físico.

Bato no queixo com um pincel.

— Subornar pessoas e não se mancar. Dois talentos muito indesejáveis, se me permite dizer.

Ele balança a cabeça, lutando para conter um sorriso. Espremo tinta preta na paleta e mexo o pincel na cor escura. Ergo o queixo dele, revelando olhos brilhantes e cílios grossos loiro-escuros.

— Agora, fique parado. Não quero estragar o visual antes de começar.

O desconhecido estremece quando seguro seu rosto, e o pincel desliza na pele, a tinta preta cobrindo a pele bronzeada. Ele tem um cheiro limpo e caro, uma mistura de banho recém-tomado com algum perfume chique. Ele nunca tira os olhos azuis do meu rosto, exceto quando peço para fechá-los para pintar as pálpebras.

Sua atenção óbvia me surpreende. Eu me acalmo, prudente diante do desejo por ele, do rubor nas bochechas à sensação quente na pele ao tocá-lo.

Eu me concentro na pintura, ignorando seus olhares. Ele parece jovem, mas ainda assim velho demais para mim. Diria que está na casa dos 20 e poucos anos, com rugas sutis quando ri. Nosso rosto permanece a poucos centímetros um do outro enquanto faço a pintura, me familiarizando com cada reentrância e cicatriz que marcam a pele. A tinta preta contrasta com as maçãs do rosto definidas.

Traço a curva do pescoço com a ponta do pincel, provocando um pequeno arrepio nele — tão sutil que quase passa despercebido.

— Você se incomoda se eu pintar seu pescoço?

Ele semicerra os olhos, capturando meu olhar.

— Posso beijar o seu depois?

— Vou ignorar a pergunta porque você é velho demais para mim.

Tenho vontade de voltar atrás no instante em que as palavras saem de minha boca.

— Quem disse?

— Diz o fato de que você parece ter uma poupança decente e um emprego estável.

Os olhos iluminados dele me prendem como que em um transe.

— Que princesa observadora. O que em mim mostra que tenho uma grande conta bancária?

— Eu uso All Star, condizente com o orçamento de uma caloura universitária, enquanto você usa Gucci e corrompe criancinhas com sua carteira Louis Vuitton.

Ele desvia o olhar para o lado.

— Ah, muito observadora. Dezoito anos com certeza é jovem demais.

— Sim. Mas, sorte a sua, não sou jovem demais para impressionar você.

Dou uma batidinha no rosto dele com o pincel, indicando minha obra de arte. Ele ri, e por algum motivo, gosto de fazê-lo sorrir. Pego o espelho da mesa e revelo a ele a nova aparência.

— Meu Deus. Você é mesmo talentosa com um pincel. Pareço o pior pesadelo de alguém.

É porque você é.

Ele me lança um sorriso que me faz sentir muitas coisas, tanto boas quanto ruins. Acho difícil ignorar o desejo que sinto por ele, apesar da diferença de idade.

Sorrio para a pintura de caveira que fiz. Ossos da coluna vertebral descem pelo pescoço dele, entremeados com um falso músculo preto e branco, desaparecendo sob a camiseta preta. Os olhos azuis contrastam com a tinta. Seu sorriso diminui, revelando a fileira de dentes que pintei. O desenho é assustadoramente bonito, assim como ele, um homem mais velho e talvez safado demais para alguém como eu.

— Uau. Liam, mal reconheci você com essa pintura incrível. Sophie é talentosa, hein?

Evan, o homem que me pediu para cuidar dessa atividade ridícula, interrompe meu momento com *Liam*, que se levanta da cadeira. As longas pernas tornam isso ridiculamente fácil, atraindo minha atenção para seu corpo. Seu corpo firme e esculpido com perfeição.

Evan cutuca as costelas de Liam.

— Sophie, você fez um trabalho incrível. Mostra quão morto Liam vai estar depois de não subir ao pódio neste domingo.

— É o que você sempre diz, só que quase sempre acabo com a sua raça — retruca Liam, com um tom de desafio na voz.

Ligo os pontos, porque a Fórmula 1 tem apenas um piloto chamado Liam.

Porra, é Liam Zander. O reverenciado alemão é uma estrela emergente da F1 botando para quebrar com Noah Slade e Jax Kingston desde os dias de kart. O piloto que está prestes a ganhar seu primeiro Campeonato Mundial. O mesmo homem que é quase sete anos mais velho que eu.

Puta merda. Eu estava flertando com um piloto de F1. Meu pai me mataria se soubesse, jamais me deixaria sair da propriedade da Bandini.

Evan tira uma foto de Liam.

— Sério, essa pintura está incrível. Bom trabalho. Minha filha adora Sophie desde que a viu no box da Bandini. James Mitchell mantém esta aqui trancada a sete chaves, mas eu peguei o talento dela emprestado por hoje. — Evan olha para mim — Não me deixe esquecer seu pagamento.

Concordo distraída, concentrando-me em controlar a respiração em vez de prestar atenção ao que Evan diz a Liam. Evan se despede apressado depois de lembrar que precisa ver como estão as crianças.

— Então, você é piloto.

Ranjo os dentes, minha irritação mal escondida enquanto cerro e abro os punhos. Odeio o quanto gosto de ser admirada por ele. Ele parece querer memorizar o quanto a fantasia ridícula aperta meu corpo, registrando bem a visão na memória. E a pior parte é que adoro o que sua atenção me faz sentir.

— Hum, é o que dizem. E você é Sophie, uma princesa?

Meu nome sai da boca de Liam como se ele quisesse testá-lo, o sotaque alemão prolongando o som do *e*.

Eu me endireito.

— Pode-se dizer que sim. Só que, nesta história, não preciso ser salva.

Ele disfarça um sorriso.

— É, não precisa. Talvez seja você quem salva o dia.

O charme dele encobre a estranha sensação de premonição que suas palavras despertam em mim. Elas pesam no peito, junto com a curiosidade de perguntar o que ele quer dizer com isso.

Liam roça os nós dos dedos em minha bochecha, a pele áspera ativando cada uma de minhas terminações nervosas. Uma faísca feito um fusível queimado.

— Mas você é muito jovem e ingênua. Não é a hora certa. Talvez se nós nos encontrarmos de novo em circunstâncias diferentes, em outro momento.

Liam ri para si mesmo enquanto percorre meu corpo com os olhos, não me dando tempo para responder, muito menos processar suas palavras.

— Você não é uma princesa. Você é a porra de uma rainha. Não deixe ninguém esquecer disso, nem mesmo você. As pessoas pensam que o rei é o mais importante, mas é a rainha que derruba todas as outras peças. Boa sorte na universidade, e beba uma cerveja em minha homenagem.

Ele gosta de ler e usa referências de xadrez. Liam Zander é um nerd disfarçado, e saber esse segredo me faz sorrir.

Ele afasta a mão e olha para os próprios dedos. A confusão perpassa seu rosto antes de ele disfarçá-la e abrir um sorriso, a pintura mordaz cobrindo a imagem perfeita. Ele pisca por cima do ombro e se afasta, deixando a festa e a mim para trás.

Merda. Acho que ele acabou de foder com minha cabeça.

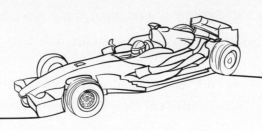

CAPÍTULO UM

Liam

DOIS ANOS E CINCO MESES ATRÁS

O celular tocando me acorda. Os lençóis farfalham enquanto procuro o aparelho no escuro. Aperto o botão verde sem olhar para a tela, pois poucas pessoas me ligariam a esta hora a menos que fosse importante.

— Você precisa vir para cá agora. Johanna acordou com uma contração, mas não temos certeza se é pra valer, se são gases ou Braxton Hicks. Ela está perto do fim da gestação, então não quero arriscar.

A declaração de meu irmão tira a sonolência de meus olhos.

— Você fez faculdade de medicina. Como não consegue saber a diferença?

— Babaca! Eu sou neuro, não obstetra. Só por segurança, preciso que você pegue Elyse e a leve para a casa dos nossos pais.

Salto da cama, quase derrubando o celular.

— Chego em dez minutos.

Lukas encerra a ligação sem se despedir.

Felizmente, decidi ficar na Alemanha para as festas de fim de ano, já que Johanna está prestes a dar à luz. Ignoro o desconforto em minhas bolas ao pensar no parto.

Eu me arrumo com rapidez, a adrenalina percorrendo meu corpo. Em poucos minutos, entro em meu SUV e sigo para o bairro de meu irmão. Ele planejou tudo isso meses atrás para garantir que eu estivesse na cidade para o nascimento. Com Johanna prestes a dar à luz, Lukas está em alerta máximo. Sério. Ele quase convenceu Jo a ir ao hospital outro dia por esses "alarmes falsos".

Paro na entrada da garagem deles, desligo o carro e saio. Luzes brilham em todas as janelas da casa de dois andares. Meu irmão abre a porta e caminho para a entrada coberta, o lustre lá dentro lançando um brilho dourado sobre ele. Lukas passa a mão agitada pelo cabelo loiro, as rugas marcando a pele em volta dos olhos azul-claros enquanto ele me lança um sorriso nervoso.

Eu o puxo para um abraço, ficando de frente para ele.

— O homem do momento. Diga-me, como se sente vendo seu trabalho se concretizando?

— Tão bem quanto quando ouço Johanna gritando para eu pegar tudo de que precisamos só por via das dúvidas. Ela está preocupada que esteja na hora.

— A bolsa dela já estourou?

— Não, mas é melhor prevenir do que remediar.

Johanna, linda com cabelo castanho e olhos grandes e inocentes, passa por meu irmão. Jo incha as bochechas coradas ao mesmo tempo que respira profundamente e contrai os lábios ao me ver.

— Os homens deveriam ser como cavalos-marinhos. Eles podem engravidar *e* dar à luz. Li que são pais incríveis enquanto as mães é que não prestam.

Balanço a cabeça para ela.

— Você precisa relaxar. Está ficando toda vermelha.

Johanna não mudou nos dez anos em que a conheço, sempre perdendo a calma em situações tensas. Ela era do tipo que me dava bronca só por entregar o relatório de laboratório no fim da aula em vez de no começo. Na mesma época que outras garotas do ensino médio corriam atrás de mim querendo meu pau, Johanna corria atrás de mim para terminar meu dever de casa e me fazer estudar para as provas. Ao contrário de outras, ela não me dava folga por causa das corridas. Devo a ela minha conclusão do ensino médio.

Ela balança um dedo para mim, os olhos castanhos brilhando.

— Você pode me dizer para relaxar quando tiver que empurrar um bebê do tamanho de uma melancia para fora do seu corpo.

Meu irmão me olha horrorizado. Eu poderia ter ficado sem essa imagem, porque gosto de melancia.

— Não faça essa cara. É tudo culpa sua.

Ela olha para Lukas enquanto aponta para a barriga com os dois dedos indicadores. Mas ele sorri para a esposa.

— Não ouvi você reclamar na hora de fazer.

Johanna o cala com um gesto.

— Esqueci as consequências.

Ofereço a Lukas um sorriso significativo:

— Foi você quem a engravidou três meses depois de ter a primeira filha. Gosta de marcar território, hein?

— Adoro o brilho dela durante a gravidez.

Lukas puxa Johanna para si antes de beijá-la na cabeça. Ele herdou a preferência por demonstrações públicas de afeto de nossos pais, o rei e a rainha das carícias excessivas.

— Espero que goste da palidez pós-gravidez, porque o único brilho que você vai ver é o da geladeira às duas da manhã quando for alimentar Kaia — murmura Johanna no peito dele.

Mal posso esperar para conhecer Kaia, a melancia de Johanna e futura adição à nossa família maluca. Lukas aperta Johanna com os braços antes de soltá-la.

— Ela leva jeito com as palavras, não é?

Finjo ter ânsia de vômito.

— Vocês dois me deixam enjoado.

Johanna pisca para Lukas.

— Quando você se casar, vai entender. Até lá, só posso expressar minha gratidão por me escolher como dupla de laboratório. Quem diria que o aluno mais bonito da aula de biologia tinha um irmão à altura.

— É a cara de Lukas se apossar de alguém antes que eu pudesse tentar.

— Você nunca teve chance. Bastou olhar para mim e ela ficou caidinha. Só tivemos que esperar até ela não ser mais menor de idade — diz meu irmão por cima do ombro enquanto corre escada acima.

Johanna abre um sorriso trêmulo.

— Desculpe ter deixado você só na amizade lá atrás. Quem poderia resistir ao capitão do time de hóquei?

— Eu esperava que você, a presidente do Clube das Nações Unidas, pudesse, mas agora está grávida dele. Achei que você iria escolher meu intelecto, e não o físico de Lukas.

— Quem está fazendo residência em neurocirurgia sou eu, então...

Lukas desce as escadas com todo o cuidado, segurando uma Elyse adormecida em um braço e uma bolsa de viagem no outro.

Cruzo os braços.

— Não gosto nada de como vocês se juntam contra mim agora. Antigamente era o contrário, antes de Jo completar 18 anos.

— Não seja assim. Olha só para você agora, um grande piloto de Fórmula 1 que acabou de ganhar seu primeiro Campeonato Mundial. Você trocou os livros pelo físico, no fim das contas.

Johanna me puxa para um abraço. A barriga protuberante dificulta um pouco, mas ela me envolve, fazendo-me sentir seu perfume de rosas.

— Eu nunca larguei os livros — digo, bufando. — A única coisa que mudou é que as garotas não me encontram mais na biblioteca.

— Espero mesmo que você sossegue logo. Essas maria-gasolinas não são boas para nada sério, porque elas estão com você pela sua fama, não pelo seu coração. Além disso, não posso ser sua única amiga do gênero feminino. Você é meio carente.

Ela mostra a língua para mim antes de se dirigir à porta da frente.

— O quê? Desde quando? É a primeira vez que você diz isso.

— Desde sempre, cara. Alguns meses atrás, você mandou uma mensagem bêbado para Johanna às três da manhã pedindo para ela cantar uma canção de ninar para você dormir. Não que eu esteja reclamando, porque suas ligações acordam nós dois. — Ele abre um sorriso que eu gostaria de jamais ver de novo.

— Que nojo. Guarde seus olhares sensuais para a próxima vez que quiser engravidá-la. Espero que saibam que essas canções de ninar são a melhor coisa que ouço quando estou fora. Melhor até do que a *pit lane* nos dias de corrida.

Johanna tem a voz de um anjo e uma habilidade musical à altura. Não consigo evitar a solidão que sinto à noite quando passo a maior parte do ano na estrada com minha equipe de F1.

— Você está precisando *mesmo* de uma namorada. Não posso ser sua única melhor amiga para sempre. — Johanna ri antes de fazer uma careta, esfregando a barriga.

Tiro Elyse dos braços de Lukas.

— Certo. Vocês dois precisam ir.

— Você comprou a cadeirinha que eu falei?

Meu irmão olha para Elyse, enquanto eu a balanço suavemente.

— Comprei, mãe. Até vim de SUV, porque você odeia meu conversível.

Johanna sorri para meu irmão.

— Às vezes, queria que você tivesse um conversível.

— Eles não são seguros — resmunga Lukas enquanto ajuda Johanna a entrar no Land Rover.

De alguma maneira, em poucos anos, ele passou de um cara despreocupado a um maníaco por segurança. Tudo começou depois que ele se casou com Johanna, comprou uma casa e a engravidou. Quem diria que escolher a garota quieta e bonita como dupla de laboratório levaria a isso? Lukas deveria me agradecer por pensar com meus hormônios e minha necessidade de passar de ano em biologia.

Vou até meu SUV para colocar Elyse na cadeirinha. O assento rosa contrasta com o interior de couro preto. Eu batalho com os cintos depois de acomodá-la, admirando seu rosto gorducho e cabelo loiro fofos.

Dou um beijo leve na testa dela antes de fechar a porta.

Viro-me para os dois pais radiantes.

— Encontro vocês no hospital assim que a babá chegar na casa dos nossos pais.

— É bom mesmo. Até mais.

Lukas acena antes de sair da garagem. Johanna sorri para mim do banco do carona, aparentando calma apesar das possíveis horas de dor que vai enfrentar.

Assim que a babá chega, corro para o hospital com meus pais. Meu pai se acomoda em uma cadeira na sala de espera e minha mãe anda de um lado para o outro no espaço de menos de oito metros quadrados. As botas dela estalam pelo chão enquanto ela alterna entre olhar para o relógio e fazer caretas para a porta.

Meus pais parecem a Barbie e o Ken, de cabelo loiro e pele levemente bronzeada. Minha mãe me olha com olhos cinza tempestuosos, o pânico evidente na postura rígida. O cabelo loiro balança conforme ela anda em um vaivém que não ajuda em nada a acalmá-la; já meu pai faz exatamente o oposto, encostando a cabeça na parede.

— Não quer se sentar? — ofereço, apontando para a cadeira vazia a meu lado.

— Não quero. Odeio essa parte da espera porque quero segurar Kaia e sentir logo aquele cheirinho de bebê. — Ela fecha os olhos e sorri.

— Você parece uma serial killer falando.

Meu comentário a faz arregalar os olhos. Meu pai ri até tossir. Minha mãe olha feio para ele.

— Não encoraje essas piadas dele. É culpa sua ele falar assim comigo.

Meu pai sorri para mim, os olhos azuis brilhando sob as luzes fluorescentes.

— Alguém tinha que ensiná-lo a ter senso de humor.

Minha mãe tenta conter um sorriso. Depois de mais alguns minutos agitada, ela se senta a meu lado, segurando minha mão no colo como se eu fosse uma criança em vez de um homem que acabou de completar 26 anos.

— Lembra quando tentamos juntar Johanna e você antes do baile de formatura?

— Como poderia esquecer? Lukas quase me deu uma surra.

O gramado da casa de meus pais foi o cenário de boas lembranças, incluindo Lukas pedindo Johanna em casamento no mesmo lugar onde me dera um soco anos antes.

— Foi naquele momento que eu soube que eles se apaixonariam. Pareciam estar num filme, o atleta inteligente e a garota tímida. Ele só estava esperando o momento certo.

— Você assiste a romances demais — digo, balançando a cabeça.

Minha mãe tenta ver finais de conto de fadas em tudo, porque é uma romântica incorrigível que encontrou o amor da vida dela aos 22 anos. Lukas segue os conselhos amorosos dela à risca, enquanto eu fico na minha, sem ir atrás de ninguém no momento.

As palavras de Johanna mais cedo não saem de minha cabeça. Será que sou carente porque não tenho alguém com quem dividir a vida? Não quero ser visto como um sujeito pegajoso. O que são algumas ligações bêbadas de vez em quando? Algumas pessoas mandam mensagens para o ex, já eu ligo para meus amigos. Não é exatamente uma falha de caráter.

A pele ao redor dos olhos cinza de minha mãe enruga quando ela sorri para mim.

— Se não fossem esses mesmos filmes, eu talvez nunca tivesse dado uma chance ao seu pai.

Desta vez eu tenho ânsia de vômito de verdade.

— Vocês deveriam pagar pela minha terapia, porque um psicólogo teria muito material pra trabalhar se eu contasse essas coisas.

A sensação é de que esperamos por horas. Ao contrário de quando Elyse estreou no mundo, Lukas não consegue sair e nos dar atualizações. Mexo no celular para passar o tempo. Os minutos passam sem que nenhuma enfermeira saia, e ficamos sem qualquer informação. A curiosidade nos deixa nervosos enquanto aguardamos o novo membro da família.

Uma enfermeira entra apressada na sala de espera, chamando a família Zander.

— Houve uma mudança de planos. Johanna foi levada para a sala de cirurgia devido a algumas complicações médicas. Não temos muitas informações para passar no momento, mas alguém virá aqui assim que tivermos mais notícias.

— Meu Deus. Espero que não seja nada sério.

Minha mãe volta a andar de um lado para o outro, abandonando o livro que ela tinha começado a folhear na cadeira.

— Tenho certeza de que os médicos sabem o que estão fazendo. — Os olhos inquietos de meu pai não combinam com o tom tranquilizador de sua voz.

Minha mãe para, colocando a mão no peito como se o gesto pudesse acalmar seu coração acelerado.

— Elyse nasceu de parto natural. Por que uma cesariana agora?

Guardo o celular de volta no bolso, sem vontade de jogar o jogo idiota.

— O médico vai nos dizer.

Poucos minutos depois, a porta se abre com um rangido, revelando um Lukas pálido, os punhos cerrados na frente do corpo. Os olhos dele estão desprovidos de vida. Ele parece não ter qualquer emoção, como se alguém tivesse sugado sua alma, deixando para trás a casca de um homem.

Uma sensação fria sobe minhas costas quando seus olhos encontram os meus.

Uma lágrima escapa de seu olho. Uma única lágrima que provoca um aperto em meu peito e faz meus pulmões queimarem. Parece que alguém eliminou o suprimento de ar na sala, um peso sufocando nós quatro. Permanecemos em silêncio, observando Lukas enquanto seu peito se agita, e ele passa os olhos escuros por nós.

Eu me levanto da cadeira, minhas pernas vacilando. Tento recuperar a compostura.

— O que aconteceu?

Lukas me encara com os olhos vazios e inexpressivos.

— Johanna não resistiu.

Lágrimas correm pelo rosto dele. Meu estômago se revira quando seu lábio treme. Minha mãe contém um soluço ao mesmo tempo que corre para meu irmão e o puxa para um abraço. Meu pai e eu nos encaramos, sem palavras, sem entender nada.

Que porra está acontecendo?

Meu irmão treme, suas pernas cedem e minha mãe se ajoelha no chão com ele. Meu coração martela no peito enquanto sinto que poderia vomitar nos azulejos bege.

Meu irmão sussurra as palavras seguintes, como se dizê-las em voz alta tornasse tudo mais real.

— A bebê estava presa. — A voz de Lukas falha. — A pressão arterial de Jo caiu durante a cesariana de emergência, e ela...

Ele soluça.

Não sinto como se tivesse ficado sem chão. Isso seria simples demais, suave demais para descrever o pesadelo que se desenrola em minha frente. Parece que alguém arrancou a porra das minhas pernas, me deixando em uma poça de sangue, completamente impotente ao mesmo tempo que meu irmão desmorona em algum hospital de merda.

Isto não pode estar acontecendo.

O corpo de Lukas treme enquanto ele se encolhe nos braços de minha mãe, o choro silencioso fazendo meu coração murchar.

— Ela não resistiu. Ela... Ela pediu para me ver segurando nossa filha. Era tudo o que ela queria. Minha esposa, porra. Se foi.

A respiração pesada dele se torna ofegante e superficial.

Caralho, puta merda.

Minha melhor amiga morreu. A mesma mulher que estava sorrindo para mim horas atrás, me chamando de carente. Johanna, a melhor parte do ensino médio e uma de minhas pessoas favoritas no planeta. Minha amiga que revirava os olhos para as garotas que queriam ficar comigo por meu talento nas corridas e não por minha nerdice secreta. A mulher que roubou o coração de meu irmão enquanto preenchia o meu, deixando uma marca em cada membro de minha família.

Não tento resistir ao enjoo; corro para a lata de lixo mais próxima, o estômago se revoltando, suco gástrico cobrindo a língua e raras lágrimas escorrem pelo meu rosto. Meus dedos pálidos estremecem enquanto aperto a borda de plástico, usando a lata de lixo como suporte para as pernas trêmulas.

— E a bebê? — pergunta minha mãe, mais alto que o barulho que faço ao vomitar.

— Kaia está bem.

Meu irmão, o filho reservado que me ensinou a manter a calma, chora nos braços dela. Ele sussurra algumas palavras roucas para minha mãe. Não consigo suportar vê-lo tão abatido, sua aparência combinando com o que sinto por dentro.

Eu me agarro à lata de lixo, com medo de soltar, e meu pai passa a mão trêmula em minhas costas.

Odeio o som do choro de Lukas. Odeio este dia maldito, a ideia de perder minha melhor amiga ao mesmo tempo que ganho uma sobrinha é demais. Por que Deus faria uma piada tão cruel, tirando uma vida e salvando outra?

Fujo da sala de espera, deixando minha família para trás, e corro em direção à entrada do hospital. A escuridão me recebe, combinando com as emoções turbulentas dentro de mim, e a lua brilhante zomba de mim enquanto perco a compostura no pátio vazio. As pernas cedem e me ajoelho na grama, a vegetação orvalhada escondendo as lágrimas que escapam de meus olhos.

Jogo a cabeça para trás e solto um grito rouco, o som angustiado sendo abafado pelas sirenes de uma ambulância que se aproxima. O ar frio queima meus pulmões ao mesmo tempo que inspiro profundamente.

Meu pai surge do nada e se ajoelha a meu lado, me puxando para mais perto enquanto me segura de lado.

Não consigo disfarçar o jeito como meu corpo treme.

— Não consigo entender. Como algo assim pode acontecer? Estamos no século XXI. As pessoas não morrem mais no parto.

— Sinto muito, filho. Não havia nada que pudesse ser feito — responde meu pai, sua voz engasgando.

— E agora? Como vou olhar para Kaia sem pensar *nela*?

Odeio o quão fraca minha voz soa em meus próprios ouvidos.

— Você pode olhar para ela e ver a última coisa linda que a mãe dela criou. Ela precisa de um tio agora mais do que nunca.

Agarro punhados de grama, arrancando-os para aliviar a agonia.

— Não quero Kaia. Quero Johanna de volta.

— Você não está falando sério.

— Claro que estou. Quero voltar no tempo e apagar este dia de merda da história.

Não sinto o menor remorso por minha confissão. O aperto no peito me lembra da dor se alastrando em meu coração, pondo a sanidade à prova.

— É impossível. Mas pense no seu irmão e no que ele está passando. Seja forte por ele.

Como posso ser forte por ele quando meu coração está em frangalhos?

— Não consigo.

Engasgo com as palavras, minha voz saindo como um sussurro rouco quando as lágrimas voltam, inundando meus olhos no momento em que penso em Johanna. Em nossa guerra de tinta enquanto preparávamos o quarto de Kaia. A imagem me enche de pânico e náusea de novo.

Não sei como aguentar essa merda toda. Não estou preparado para lidar com os sentimentos fervilhando, as lembranças dolorosas e a dor surda se instalando em meu peito.

Meu pai me abraça, ficando ali, sentado em silêncio enquanto respiramos com dificuldade.

O dia 30 de dezembro não é apenas o dia da morte de Johanna. É o dia em que me afasto de mim mesmo, empurrando meu coração partido tão fundo no corpo que não conseguiria identificar os cacos dele nem se tentasse.

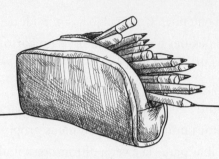

CAPÍTULO DOIS

SOPHIE

DIAS ATUAIS

Sem querer ser dramática, mas acabei de ter o pior sexo de minha vida.

Não, não estou brincando, quem me dera estivesse. É por isso que estou escondida no banheiro, sussurrando para mim mesma enquanto o objeto de minha frustração está deitado em minha cama no dormitório.

Andre Bianchi: gênio da matemática, vice-presidente da fraternidade de negócios e votado como *aquele com mais chances de deixar a parceira insatisfeita* duas vezes seguidas.

— Eu deveria ter encarado as camisinhas com sabor como um alerta. Nenhum homem que se dê o respeito e entenda alguma coisa do corpo feminino teria camisinhas com sabor. É a compra mais idiota de todas. Além disso, quem inventou esse troço? Nenhuma mulher em sã consciência quer lamber uma camisinha! — sussurro para mim mesma, arrumando meu cabelo loiro que mal está despenteado.

Mais uma prova de como o sexo foi uma droga. Meu cabelo está tão bonito quanto estava hoje de manhã quando o penteei. Minha maquiagem mal está borrada, e nada de bochechas rosadas ou daquele brilho pós-coito. Pisco meus olhos verdes para o espelho, percebendo que eles estão tão sem vida quanto minha vida sexual atual.

Sinto um aperto no peito que faz ser difícil respirar, me lembrando da decepção mais uma vez.

Claramente, estou conseguindo mais notas boas do que orgasmos na universidade. Não sei por que a ideia me incomoda tanto, mas incomoda. Não durmo com qualquer um, e dá para contar minhas experiências sexuais em uma mão. Pior ainda, nenhuma delas inclui um final feliz para mim. Estou começando a achar que tem algo errado comigo, porque como isso não para de acontecer? Os caras gozam sem problemas enquanto eu fico olhando para o teto, me perguntando o que senti.

Nenhuma endorfina liberada. Nenhuma felicidade pós-sexo. Nada. *Niente.*

Essa última vez me deixa para baixo. De que adianta ir para a universidade se vou viver no dormitório, mal me relacionando com os outros alunos, fazendo sexo uma vez por ano com um colega desajeitado da contabilidade? Sempre termina comigo pedindo com um sorriso para ele ir embora, fingindo que fui às nuvens quando, na verdade, chupei o pau deles ao mesmo tempo que listava mentalmente minhas tarefas pendentes.

— Ai, meu Deus. Estava pensando no professor de contabilidade enquanto fazia um boquete. É o fundo do poço — murmuro, mal contendo um gemido.

Não posso permitir que isso continue acontecendo. A ansiedade está me ferrando sem dó, e não de um jeito "Oi, meu nome é Anastasia Steele e Christian Grey é meu dominante".

— Sophie, você vai sair desse banheiro agora e dizer a ele para pegar a estrada. Já passou da hora de dormir, e você precisa de um bom sono para sair desse humor terrível.

Suspiro enquanto reúno a coragem necessária para enfrentar o pobre coitado lá fora.

Andre foi gentil e educado, até se ofereceu para pagar o jantar. Não quero ser grossa, mas estou com dificuldades para entender meus sentimentos agora. Para ser sincera, me sinto mais decepcionada comigo mesma por não conseguir me soltar, tanto mental quanto fisicamente. É um conflito genuíno entre lutar pelo controle e tentar tirar férias mentais de meu cérebro.

Pego a maçaneta da porta do banheiro e a abro rapidamente.

— Oi, desculpe a demora. Acho que...

Solto um suspiro de alívio ao ver minha cama vazia.

Talvez a noite não tenha sido um completo fracasso, afinal. Encontro o pedaço de papel em cima do travesseiro.

Obrigado por hoje. Vamos nos ver de novo no próximo fim de semana?

Não. De jeito nenhum. Prefiro sair do país a vê-lo de novo.

Espera. Não é má ideia.

Pego um vinho branco recentemente aberto no frigobar e ligo o laptop. Em vez de usar um copo, tomo um gole direto da garrafa e abro o calendário do meu pai, que mostra sua agenda na Fórmula 1. Ele já reservou o voo do próximo mês para Melbourne.

Abro o Pinterest, me perguntando como é Melbourne. Enquanto vejo alguns posts, tomando um gole do vinho de vez em quando, clico em um com o título de *Lista de coisas para fazer antes de morrer*.

Acabo mergulhando na terra dos pins e interesses, passando por várias listas de destinos de viagem para conhecer antes de morrer. A culpa é de minha curiosidade infinita pelo que as pessoas inventam. Adoro uma boa lista, mas nunca considerei fazer metade desses itens malucos. Minha cabeça vai ficando mais entorpecida à medida que tomo mais vinho.

Ergo as sobrancelhas até a linha do cabelo quando uma *Lista de travessuras para fazer antes de morrer* aparece no feed. O interesse me consome quando abro a página. *Travessa* é uma palavra que nunca associei a mim mesma. Pelo menos não desde que eu tinha 5 anos e meu pai ameaçou dizer ao Papai Noel que eu não merecia presente de Natal depois de derramar um milk-shake no interior do McCoy Illusion dele.

Caramba. As pessoas são muito criativas. Passo um bom tempo lendo várias listas de travessuras. Eu poderia estar estudando, dormindo ou encontrando um novo pretendente em um aplicativo de namoro. Mas não. Minha versão ligeiramente embriagada gosta de salvar meus itens sensuais favoritos. Onde estava esse jeito solto duas horas atrás?

Não sei se é minha noite solitária ou o vinho que consumi que me inspira a abrir minha agenda dividida em abas até uma das páginas extras no fim.

Começo uma lista de coisas que nunca fiz, mas sempre quis experimentar. Uma hora depois, de alguma maneira, tenho a coordenação motora para digitar tudo e organizá-la por cores. Antes de apertar o botão de imprimir, um nome para a lista me ocorre, e digito LISTA DO FODA-SE no topo.

Olho para a folha de papel impressa, me perguntando por que criei esse troço. Será que consigo realmente convencer meu pai a me deixar acompanhá-lo no circuito da F1? Melhor ainda, será que consigo mesmo realizar metade desses itens? Ignorando minhas dúvidas, puxo meu plastificador — porque, sim, sou uma dessas pessoas. Consigo dobrar o papel depois de algumas tentativas frustradas de origami e vários rosnados de frustração.

A Lista do Foda-se brilha em todo o seu glamour plastificado. Sorrio para os vinte itens que escolhi com ousadia e embriaguez.

Agora só preciso dar conta de uma última coisa, provavelmente um dos preparativos mais difíceis antes de começar a riscar os itens da lista.

Convencer meu pai a me deixar acompanhá-lo.

Lista do Foda-se

Nadar pelada.
Comprar um vibrador.
Experimentar preliminares com gelo.
Beijar um estrangeiro.
Cantar bêbada em um karaoke.
Experimentar comidas novas.
Saltar de paraquedas.
Assistir a um vídeo pornô.
Jogar strip pôquer.
Ser amarrada.
Ser vendada.
Gozar com sexo oral.
Transar na frente de um espelho.
Transar em público.
Transar encostada em uma parede.
Ficar chapada.
Dar uma rapidinha.
Transar ao ar livre.
Beijar alguém na frente da Torre Eiffel.
Ter orgasmos múltiplos em uma noite.

— Eu tenho algumas regras antes de você participar do nosso circuito. Se quebrá-las, vou comprar uma passagem para você no próximo voo de volta para a Itália.

Meu pai digita em um iPad, ocupando o lugar habitual no sofá da sala de estar.

— Sei que você é uma celebridade entre os engenheiros, mas quando você diz circuito nesse tom parece até uma estrela do rock.

— Famoso entre os nerds, é isso aí. — Ele faz um símbolo de rock com as mãos que nunca deveria ser reproduzido novamente. — Mas enfim, a primeira regra é que eu quero que você faça um esforço para ficar longe dos pilotos. Estou falando sério, porque eles tendem a ter intenções questionáveis. Segunda regra: você precisa me dar notícias todos os dias para eu ter certeza de que você não morreu em uma vala em algum lugar. E por último, mas não menos importante, não arrume problemas. Repita tudo.

— Você está ficando velho, precisando que eu repita as coisas mil vezes.

— Só porque tenho cabelo grisalho não significa que estou velho — retruca ele e passa a mão pelos fios grossos.

Meu pai pode ser descrito como qualquer coisa menos velho e acabado, para minha infelicidade, porque ele é solteiro, e as mulheres sempre tentam se aproximar. Elas são atraídas por ele como se sua aura prometesse dinheiro e bons momentos.

— Não, mas o fato de você ter mais regras que o manual de uma escola particular acaba com essa sua imagem de coroa jovial.

— Por favor, siga as regras. É só o que peço de você neste verão.

Meu pai adora regras porque tem medo de que eu acabe como minha mãe. Não tocamos muito no assunto já que ela nos deixou logo após meu nascimento, decidindo que queria salvar países subdesenvolvidos. As fraldas e mamadeiras eram pesadas demais para ela e atrapalhavam o estilo de vida despreocupado que ela tanto amava. Hoje em dia, minha mãe vive sua vida feliz na África com o novo namorado, que é cinco anos mais velho que eu.

Diria que meu pai tem complexo de abandono não resolvido. Toda vez que falo com minha mãe — em ocasiões raras, aliás —, ele fica querendo saber se eu não resolvi comprar uma passagem de avião para longe dele.

— Se eu não estivesse prestes a completar 22 anos este ano, você provavelmente me faria usar uma daquelas mochilas com coleira para me manter dentro de um raio de um metro e meio.

Ele olha para o teto.

— Não me tente, porque essa ideia parece muito boa agora.

A vigilância piorou quando comecei a faculdade, já que era incapaz de controlar os desejos dos garotos tarados e dos pilotos de F1. A situação chegou a tal ponto que ele convenientemente pagava para eu fazer uma viagem para longe todo verão — o que sempre coincidia com seus circuitos de F1.

Lanço a ele um olhar que poderia derreter aço.

— Dá pra você se acalmar, por favor? Você não vai conseguir me proteger de todos os homens que cruzarem meu caminho.

— Eu posso tentar.

Meu pai morde o lábio inferior enquanto revisa nosso itinerário. Ele não pode tirar a diversão deste verão. Quero conhecer novas pessoas, explorar cidades diferentes e cometer alguns erros, porque Deus sabe que estou precisando. As pessoas subestimam o quanto é difícil ser a filha perfeita de meu pai, sempre buscando a excelência para agradá-lo. Notas boas, clubes de melhores alunos e clube de hipismo — tudo muito chique de minha parte.

— Lembre-se que você precisa terminar o semestre com todas as notas boas para eu cumprir minha parte do combinado. Vou consultar sua média antes de você embarcar no avião.

— Você quer que eu sincronize meu calendário de estudos com seu celular também? Assim você pode contabilizar todas as minhas horas?

Ele faz um esforço para não sorrir.

— Não sei por que criei você para ser tão espertinha, mas essa qualidade aparece nos momentos mais inconvenientes. Só quero garantir que você se forme no tempo certo.

Tenho um ano antes de cruzar o grande palco do auditório com um diploma de contabilidade na mão e um sorriso falso no rosto. Meu pai diz que números são uma área segura. Eles gritam estabilidade financeira e independência, só que quem tem vontade de gritar sou eu. Mas escolhi o curso para a paz de espírito de meu pai, porque ele sempre me apoiou ao longo dos anos. Ele sacrificou parte de si para ser tudo o que eu precisava e mais, jamais trazendo uma nova mulher para nossa família de duas pessoas.

— Mas sempre sonhei em ser como as outras filhas dos chefes de equipe de F1, com um cartão de crédito sem limite e mais bolsas Chanel do que a própria Coco.

Pisco várias vezes para ele.

— É bom eu trancar minha carteira à noite.

— Ai, pai. Tudo é digital hoje em dia, então já tenho o seu Amex na minha carteira da Apple.

Ele finge estremecer.

— Espero que você não estoure o cartão com todas essas compras pela Europa.

— Espero que você saiba que tenho outros planos além de fazer compras.

— Mal posso esperar para ouvir sobre eles.

Tremo só de pensar em meu pai descobrindo minha lista. A Lista do Foda-se é ousada e cheia de riscos para alguém comportada como eu, além de ser sexy, com alguns itens que fariam as freiras do convento local corarem. Provavelmente jogariam uma garrafa de água-benta em minha cabeça, na esperança de que isso fosse me nocautear e me salvar de uma vida impura e da danação eterna.

Ele abre um sorrisinho.

— Você sabe por que faço tudo isso, certo? As regras e tudo mais?

Desabo em uma cadeira.

— Porque você gosta de torturas mais higiênicas?

Meu pai me lança um olhar dramático, parecido com o meu.

— *Não*. Porque você não entende o mundo da F1. Você tem um coração puro, as outras pessoas não. Eu criei você longe dessa vida, e às vezes me preocupo se não a protegi demais, querendo poupar você de ser magoada.

A sinceridade de suas palavras me atinge no peito como um soco. Meu pai vai ter uma grande decepção quando perceber que a garotinha dele não é mais uma garotinha. Sinceramente, só vai acontecer depois de eu ter filhos, porque as mulheres destroem os sonhos de abstinência dos pais quando dão à luz.

— Não vou ser arrasada pelo mundo real. Você me criou bem demais para isso. Se sobrevivi a uma escola só para meninas e três anos na universidade, acho que consigo sobreviver lá fora. Sinceramente, temos sorte de o combo saias xadrez e meninas malvadas não terem causado danos psicológicos.

— Você sempre vai ser a minha garotinha. A mesma que fazia marias-chiquinhas em mim para combinar com as suas ou que desenhava tatuagens de canetinha em meus braços.

— Por falar em tatuagens, eu estava me preparando para fazer uma de verdade testando alguns desenhos. O que me lembrou da ideia de cobrir o braço. O que acha?

Meu pai estreita os olhos, e o sorriso dele se transforma em uma carranca. Estalo os dedos em frustração fingida.

— Vou entender isso como um não. Droga.

— Se aparecer com uma tatuagem, não vou só comprar uma passagem de volta para a Itália. Ah, não. Você irá para a Antártica, uma viagem única na vida para ver pinguins e icebergs derretendo.

Dou um sorriso travesso.

— Eu me pergunto se Leonardo DiCaprio gostaria de observar os danos das mudanças climáticas comigo. Ouvi dizer que ele também gosta de visitar o Polo Sul.

— Cai fora antes que eu cancele sua passagem e sua credencial de acesso total.

Finjo exclamar horrorizada. Ele se levanta da cadeira e me puxa para um abraço rápido, espremendo o ar de meus pulmões.

Fico grata por ele ser tão tolerante em relação à F1. Vou trocar coquetéis sem álcool por champanhe, castelos infláveis por eventos de gala e minha fantasia de princesa por vestidos de festa. Finalmente, vou levar a vida que meus gostos caros merecem.

Os homens deveriam ser a menor de suas preocupações porque, desculpe a linguagem, estou pronta para botar pra foder.

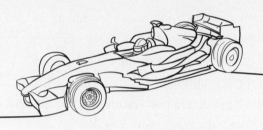

CAPÍTULO TRÊS

Liam

Fecho o Twitter, desejando poder apagar mais uma matéria me pintando como um imprestável da F1 após meu envolvimento com Claudia. Meu pau realmente me arranjou problemas dessa vez. Em geral, trabalhamos juntos porque duas cabeças pensam melhor que uma.

Esse último caso ameaça a renovação do meu contrato com a McCoy, minha equipe dos sonhos, depois de tanto trabalho duro para entrar nela. Ou seja, sem pressão. Ou tenho um excelente desempenho, ou sou rebaixado para uma equipe inferior depois de dois anos correndo com eles.

Minha equipe me dá a oportunidade de competir contra dois amigos que, por acaso, são alguns dos melhores pilotos de F1 do mundo. Jax, Noah e eu formamos um trio destinado a problemas e prêmios. Para nós, dirigir é tão essencial quanto respirar, comer e transar.

A adrenalina que sinto quando fico atrás do volante não se compara a nada — só que a euforia vai acabar mal se eu não conseguir um novo contrato com a McCoy. Então, preciso trabalhar ainda mais para provar meu valor, porque ser bicampeão mundial não significa nada se transo com a garota errada.

Não me entenda mal, sei que meu agente vai receber várias propostas de contrato das equipes concorrentes, mas amo minha posição na McCoy. Tenho garra suficiente para proporcionar um espetáculo emocionante para os fãs, a equipe e o próprio Peter McCoy.

Termino de me vestir e tranco meu apartamento. Os sapatos estalam pelos degraus de pedra no caminho em direção a meu carro, e respiro o ar salgado do mar Mediterrâneo.

Dirijo pelas estradas de Mônaco, o motor de meu conversível azul da McCoy ruge quando troco de marcha. Altos edifícios e águas costeiras passam em um borrão. O toque de uma chamada telefônica pelo aparelho de som interrompe meus pensamentos.

— Oi, pai, o que houve?

— Oi, o que você está fazendo? Tem um minuto?

O sotaque alemão de meu pai ecoa pelo som do carro.

— Claro. Estou indo para uma reunião com a McCoy.

— Que bom, porque precisamos conversar. Sua mãe e eu vimos a última matéria. Por favor, me diga que não é verdade.

Ranjo os dentes enquanto penso no que dizer.

— Qual parte? A de eu ter transado com Claudia? Ou a parte sobre como a expulsei do meu apartamento sem um beijo de despedida?

Meu pai solta um suspiro profundo.

— Isso não é uma piada.

— Eu sei, mas o que posso fazer? Sim, transei com ela, mas nunca fomos um casal em nenhum sentido da palavra. Éramos casuais. Ela sabia do acordo. Inclusive, ela praticamente o sugeriu.

— O que fez você pensar que se envolver com a sobrinha do seu chefe era uma boa ideia? Isso é baixo até para você.

— Ela caiu no meu colo no baile de gala de fim de ano. Ela é linda, mas logo aprendi que o cheiro da ambição é muito parecido com o do Chanel Nº 5.

Eu devia ter tomado a ambição dela como um alerta, mas a fama torna as pessoas arrogantes e complacentes.

— Quando você vai crescer e parar de agir como se sexo e mulheres fossem algo transacional? Achei que você teria parado lá pelos 26 anos. Mas pelo amor de Deus, aqui estamos, quase três anos depois, e você continua sem levar nada a sério. — O som do carro vibra com sua queixa.

A culpa se revira dentro de mim.

— Talvez quando eu chegar aos 35? Na idade de me aposentar, quem sabe?

— Se continuar assim, dormindo com mulheres ligadas a homens poderosos, a aposentadoria vai chegar muito antes dos 35. Pode acreditar.

Porra. Alguém chame um chaveiro, porque meu pai me deu um fecho. Resisto ao impulso de ser ríspido.

— Já entendi. Estraguei tudo arranjando confusão com o homem que assina meus cheques, mas planejo fazer escolhas melhores este ano.

Graças à minha estupidez, me coloquei em risco em um esporte no qual existem apenas vinte vagas e centenas de pilotos ávidos. Não é preciso fazer contas para ver o quão estúpido eu fui, pois é mais fácil do que dois mais dois.

— Espero que sim. Veja só Noah, tendo que dividir a Bandini com um piloto mais jovem. Sempre tem alguém de olho na sua posição.

Mordo a parte interna da bochecha.

— Santiago Alatorre é talentoso, eu admito. Mas é um maluco atrás do volante, então Noah trabalhando com ele pode funcionar a meu favor.

— Não se você continuar fazendo merda. Eu odiaria se você encontrasse a garota certa, mas estivesse cego demais pela ignorância para enxergá-la. Sua reputação vai causar problemas se não tomar jeito, porque nenhuma mulher digna vai namorar um sujeito que age como você.

Os nós de meus dedos ficam brancos enquanto aperto o volante, cravando as unhas no couro.

— Que mulher não gostaria de namorar um piloto de F1 bem-sucedido?

— O tipo que não gostaria de namorar um antigo mulherengo porque ela se respeita. — O tom seco dele chega pelo som enquanto passo por ruas à beira-mar.

Respiro fundo algumas vezes antes de responder.

— Fico feliz pelo quanto você se importa comigo. De verdade. Mas vou me acertar com a McCoy, evitar dramas e me concentrar nas corridas. Nada mais de matérias sobre meu pau nos jornais. Prometo.

— Se eu tivesse sido metade do idiota que você tem sido nos últimos tempos, não teria conquistado sua mãe.

Meus pais têm um casamento perfeito, com discussões que terminam em abraços, um cronograma diário de quem tira o lixo e lava a louça e demonstrações de afeto que nenhuma criança deveria ver. Graças a Deus tenho um irmão, porque teria acabado traumatizado se não fosse por ele. Lukas me ensinou por que não entramos no quarto de nossos pais quando eles fecham a porta, por mais barulho que façam.

— Nem todo mundo tem um final feliz — murmuro mais para mim do que para ele.

Sinto o aperto de sempre no peito ao lembrar que Johanna não teve o dela.

Merda. É a cara do meu pai trazer à tona sentimentos antigos que não têm lugar em minha vida agora.

— Ouça... Sei que o que aconteceu com Lukas e Johanna te afetou mais do que você admite. Todos nós a amávamos, e vocês dois eram bastante próximos. Mas você não pode deixar o pânico guiar sua vida. O que aconteceu foi uma tragédia, mas não significa que você precise ficar se protegendo só porque está com medo.

Uma risada amarga escapa de minha garganta.

— Eu me recuso a falar sobre isso com você.

— Você *nunca* fala sobre isso. Nem comigo, nem com ninguém. A morte dela foi difícil para todos nós. Mas você se fechou, e agora olha como está. Já se passaram quase três anos e você ainda comete esses erros bobos. Dezembro é sempre a mesma coisa, você se isola assim que a temporada termina, toma decisões autodestrutivas. Você nos evita assim que chegam as festas de fim de ano por causa do aniversário de Kaia. Desta vez você acabou com a garota errada na hora errada. Então, pode fingir estar bem na frente dos outros, mas nós sabemos a verdade.

— Só porque estou me divertindo e me envolvendo com mulheres não significa que não superei a morte de Johanna ou algo assim. Sei que fiz merda, mas é ridículo tentar ver relação com o passado nisso. Eu fico ocupado depois do Natal, é coincidência. — Mordo a língua.

Meu pai suspira.

— Guarde suas mentiras para quem acredita nelas... Sério, não tem nada de errado em se abrir com alguém. Em permitir que a pessoa conheça você além da imagem que projeta.

O problema de ser considerado um cara legal é que ninguém vê o quanto meu coração está corroído — como vaza ácido feito uma bateria velha.

— Não estou procurando algo assim agora.

Nem nunca. Não desde que vi em primeira mão o que acontece com as pessoas que amam intensamente.

A morte de Johanna me mudou. Alguns meses depois que ela faleceu, vesti meu macacão de corrida, assinei um contrato com a McCoy e ganhei meu segundo Campeonato Mundial. Aceitei a vida que estava destinado a viver enquanto tentava esquecer as lembranças amargas. Um estado passivo se tornou meu mecanismo de defesa nos últimos anos.

— É o que as pessoas sempre pensam. — Meu pai faz uma pausa, sem completar o pensamento.

Tamborilo os dedos no volante.

— Por um bom motivo, sem dúvida.

Ele solta um longo suspiro, provavelmente esfregando os olhos.

— Não. Os idiotas que dizem isso em geral são os que acabam de quatro por alguém.

— Espero que quem fique de quatro seja ela.

Meu pai é um bom sujeito que ri comigo enquanto deixa de lado o mau humor. Ele pensa que estou com medo, mas estou apenas indiferente.

— Liam... tenha cuidado, está bem? Não há razão para tomar decisões estúpidas quando você pode ter quem quiser. Você só precisa estar disposto a tentar.

É um egoísmo do caralho eu ainda ser afetado pela morte de Johanna. Eu entendo e odeio isso. Maldito seja meu irmão por se apaixonar por minha melhor amiga. Parte de mim se ressente de Lukas por trazer Johanna para nossa família antes de ela ser tirada de nós, deixando-me vazio e sofrendo com as lembranças. Talvez, se ele tivesse ficado na dele em vez de ir atrás dela eu não estivesse como estou, transando com a sobrinha do chefe como uma distração estúpida.

Depois de conversar com meu pai por mais dez minutos, estaciono o carro e me acomodo na sala de espera da McCoy. Rick — meu agente — e Peter McCoy conversam, trocando palavras inaudíveis um com o outro em uma sala de reunião com paredes de vidro. É uma privacidade estúpida, já que posso ver tudo o que está acontecendo.

Meu agente olha para mim algumas vezes de cara feia. O cabelo penteado para trás, o terno azul-cobalto e o sapato Ferragamo batendo no chão mostram que a situação é séria. Fico com os olhos grudados na discussão deles, esperando feito uma criança do lado de fora da sala do diretor.

Eles me chamam depois de cinco minutos. A elegante sala de reunião é pequena o suficiente para fazer Peter parecer intimidador. A careca dele brilha sob as luzes fortes, que destacam seus olhos escuros e a barba — um filho da mãe assustador. A raiva emana dele, que me segue com o olhar enquanto caminho ao redor da grande mesa, meu estômago se revirando diante da carranca. Dou um sorriso forçado antes de me sentar em uma das cadeiras pretas giratórias, fingindo estar à vontade apesar da inquietação se arrastando pelas veias.

Espero que minha postura transmita um ar submisso. Não quero parecer arrogante demais, pois Peter parece querer chutar minhas bolas com tanta força que meus futuros filhos já vão ter aprendido com minha estupidez.

— Como eu estava dizendo, Liam está muitíssimo arrependido pela situação envolvendo sua sobrinha. Ele nunca quis que a separação se tornasse pública, ainda mais porque as coisas terminaram amigavelmente entre os dois. Não temos ideia de onde esses relatos negativos saíram — declara Rick, o sotaque americano ecoando pela sala.

Ele faz bem o trabalho, até mesmo porque puxa tanto o saco de Peter que o deixa esticado. Rick tosse, chamando minha atenção.

Volto a prestar atenção na conversa.

— Desculpe. Nunca quis ferir os sentimentos de Claudia, sinceramente. Não deveria ter começado nada com ela, por respeito ao senhor e à equipe. Nós não combinávamos. Mas isso não afetará meu desempenho na pista ou meu profissionalismo porque amo a McCoy. Estou pronto para subir ao pódio em todas as corridas desta temporada, sem mais dramas.

Peter ergue as sobrancelhas escuras.

— O drama parece ir aonde você vai, nos últimos tempos. Seu nome aparece na mídia com muita frequência.

Ninguém na McCoy deveria falar com os tabloides de fofoca. Convenientemente, Claudia não precisou assinar um acordo de sigilo, como o resto de nós, por causa do sobrenome. A McCoy não tinha motivos para acreditar que ela gostaria de gerar imprensa negativa para a empresa que paga por suas viagens exclusivas para Saint Tropez e idas às compras todo mês.

Entrelaço os dedos.

— Vou fazer todo o possível para reparar minha imagem e a percepção do público sobre mim.

Peter fixa os olhos semicerrados nos meus.

— Seria bom você lembrar que é substituível. Você é um dos melhores pilotos do esporte, mas não deixa de ser substituível. Não quero mais ler artigos de fofoca sobre você. Chris o escolheu para a equipe sabendo que você é um dos melhores, comparável a Noah. Então mostre que vale cada milhão que pagamos a você.

Chris, nosso chefe de equipe, gerencia a McCoy, incluindo Jax e eu. O fato de Peter mencioná-lo aumenta minha vergonha, por saber que irritei um homem que sempre acreditou em mim.

Engulo o nó na garganta.

— Vou dar o meu melhor na pista e manterei meu pau fora dos jornais nesta temporada. Deixarei a McCoy orgulhosa de mim. Sem dúvida alguma.

Peter se levanta.

— Você tem uma temporada difícil pela frente, com Santiago entrando para a Bandini e Noah tendo um novo rival. James Mitchell quer outra vitória. Espero apenas o melhor de você e Jax, ainda mais com a nova linha de carros que temos para vocês. Agora saia daqui e vá testar o carro. Quero ouvir relatórios positivos da equipe.

Peter não precisa me pedir duas vezes. Eu me despeço e saio como se minha bunda estivesse pegando fogo. De alguma maneira, escapei por um triz. Estou chocado por Peter parecer mais relaxado do que eu esperava, mas não posso deixar de me preocupar que seja tudo por uma falsa sensação de segurança — uma armadilha para ver se faço merda de novo. Mas desta vez vou ficar alerta e pensar antes de agir.

Não há necessidade de ficar remoendo a conversa porque essa merda precisa ser deixada para trás, incluindo o blá-blá-blá de meu pai sobre Johanna. Não sou piloto de F1 pelo drama. Não, eu corro por troféus, títulos e tetas — só que as últimas estão fora de cogitação por enquanto, graças às minhas cagadas recentes.

Quero deixar o passado no passado, que é onde essas malditas lembranças ruins devem ficar.

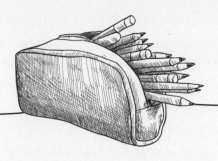

CAPÍTULO QUATRO

SOPHIE

Quem inventou a expressão "onde Judas perdeu as botas" para falar de lugares distantes está de parabéns. Porque a China é longe, provavelmente o lugar mais distante para onde viajarei na vida. É por isso que minha bagagem de mão parece prestes a explodir, porque levo meus lanches a sério.

Mais cedo, nem pisquei quando o segurança revistou meu estoque, puxando minha sacola de cereal como se ela tivesse xingado a mãe dele. Sim, ainda como Fruity Pebbles. *Não estou nem aí*. Sou uma jovem de quase 22 anos com um paladar infantil. Mas minha lista inclui *experimentar comidas novas*, assim como *cantar bêbada em um karaokê* e *saltar de paraquedas*. Um passo de cada vez, não é mesmo?

O aeroporto está bem movimentado. Seguro com força a alça da bagagem enquanto evito os inúmeros corpos se espremendo pelo terminal de bagagens. Sorrio para o velhinho chinês que segura uma placa com os dizeres SOPHIE MITCHELL, A PÉ NO SACO.

Meu pai é sempre um charme. O motorista pega minhas malas e me dá um aceno respeitoso com a cabeça, sem me deixar levantar um dedo.

Sento no banco de trás do carro à espera. Sinto um cheiro de cítrico fresco e de couro e ouço o zumbido de Xangai passando por nós, o ronco do carro acalmando meu nervosismo pós-viagem.

Deixo as malas no hotel e tomo um banho rápido antes de visitar a área das suítes dos motor homes. Os membros da equipe costumam ficar nos motor homes antes, durante e depois das corridas. São excelentes espaços para relaxar, onde cada equipe tem um lugar para discutir a logística, comer e fazer pausas.

Entro no motor home da Bandini e sorrio ao ver os tons familiares de vermelho escarlate e amarelo. As cores me enchem de sentimentos calorosos e boas lembranças da infância, quando corria por esses corredores com meu pai me perseguindo.

Dou uma olhada em uma barraquinha de comida, na esperança de encontrar algo para enganar o estômago até a hora do jantar, quando esbarro em alguém. Ambas soltamos um "ugh" enquanto recuperamos o equilíbrio.

Encaro um par de olhos cor de mel emoldurados por cílios espessos. A mulher parece uma modelo espanhola, com longo cabelo marrom e pele oliva.

Minhas bochechas coram.

— Ah, me desculpe. Sou tão estabanada.

Nenhum batente de porta, cadeira ou quina de cama deixa meu dedão escapar ileso.

— Não tem problema. Eu vivo esbarrando nas coisas também. Acho que nunca vi você por aqui — responde ela, e me dá um sorriso sincero.

— Sou Sophie. Você não me viu porque acabei de chegar.

— Maya. Não vi ninguém da minha idade além do meu irmão. Que bom que esbarrei em você... literalmente.

Solto uma risada.

— É a primeira corrida que venho ver. Terminei minhas aulas mais cedo para passar um tempo com meu pai enquanto ele viaja. Jamais diria não a férias grátis.

— Eu me formei em dezembro! E quem é seu pai? Ele está com a Bandini, então?

Ela acena para indicar o motor home movimentado.

Mexo em meu colar com uma estrela dourada.

— Meu pai é o chefe da equipe. Ele é quem cuida de tudo por aqui.

Maya arregala os olhos.

— Ah, uau. E você vai ficar aqui até o fim da temporada?

— Vou tentar convencer meu pai a me deixar cursar o próximo semestre on-line para poder ficar a temporada inteira. É a primeira vez que venho desde que era mais nova, então tenho que aproveitar.

Não que ela precise saber, mas já tenho até meu discurso preparado.

— Legal, podemos fazer alguma coisa juntas, já que vou ficar por aqui a temporada toda. Vai ser ótimo ter alguém da minha idade para me ajudar a continuar jovem.

Conduzo-nos até uma mesa vazia, pedindo a Maya que me conte as últimas fofocas da F1. Almoçamos juntas, conversando sobre seus planos de fazer vlogs durante as viagens com a equipe. Ela me conta que é irmã de Santiago Alatorre. É uma sorte, não sabia que o novo piloto da Bandini tinha vindo com uma irmã de bônus.

Maya e eu passamos o dia juntas antes do grande baile de gala em homenagem a todos os pilotos da F1 — uma festa à altura das de Jay Gatsby. Maya me dá um resumo sobre os últimos acontecimentos na Bandini enquanto nós nos arrumamos para o evento no quarto dela no hotel.

Depois de algumas horas juntas, nos declaro amigas, porque tenho um bom pressentimento sobre essas coisas. Quase não há mulheres jovens na F1, então aproveito as oportunidades que aparecem.

— Como fica sua hospedagem quando está por aqui? — pergunta ela enquanto sopra as unhas recém-pintadas.

— Meu pai tem o próprio quarto por causa da agenda maluca dele. Prefiro não ser acordada de madrugada. Ele tentou organizar para nossos quartos ficarem no mesmo andar, já que ele gosta de ficar de olho em mim, mas felizmente não havia nenhum disponível.

Ela dá uma risada suave.

— Ele é muito protetor com você?

Eu bufo, rindo.

— Protetor é pouco. Meu pai me mandou para uma escola só de meninas para evitar que eu me aproximasse de garotos. A primeira vez que tive uma sala de aula mista foi na faculdade.

Ela me oferece um sorriso incerto.

— É meio fofo da parte dele.

— Ele nunca me deixou namorar no ensino médio, o que significa que meu primeiro beijo só aconteceu aos 18 anos. Foi horrível, e eu nem usava aparelho para usar como desculpa.

Maya cai para a frente de tanto rir.

— Conte-me mais. *Por favor*.

— Foi descoordenado, molhado demais, os dentes dele mastigando meu lábio ao mesmo tempo que a língua dele travava uma guerra mundial indesejada contra a minha. Muita coisa errada. Ele ainda me apalpou muito, apesar de ser nosso primeiro encontro.

Tento não rir da lembrança, mas Maya ri por nós duas.

— Mentira. Ele apalpou você? Isso é horrível, todo mundo sabe que isso é coisa para o segundo encontro.

— Pois é. Eu fui a vítima azarada de língua demais e noção de menos.

Maya limpa uma lágrima que escorre de seu olho.

— Não estou acreditando que isso aconteceu com você.

— Nem me diga. Acho que ele pode ter lambido uma gota de sangue que saiu do meu lábio depois que ele me mordeu. Muito Drácula da parte dele.

Ela me encara com olhos arregalados.

— E o que você fez?

— Dei uma joelhada no saco dele e fui embora, só olhei para trás para vê-lo encolhido em posição fetal. Meu pai não criou uma trouxa. Ele me obrigou a fazer aulas de defesa pessoal como parte do combinado para eu poder morar no campus em vez de em casa. Graças a ele, consigo dar uma surra em babacas. Pode perguntar ao meu sensei.

Ela fecha o vidrinho de esmalte.

— Por favor, me diga que você pelo menos perdeu a virgindade de uma maneira normal.

Eu me deixo cair no sofá, cobrindo os olhos com o braço.

— Afe, quem me dera. Quem dera a vida fosse fácil ou justa assim. Sério, tive uma experiência broxante e decepcionante atrás da outra. Perder a virgindade não foi nada extraordinário. Depois que o sujeito me perguntou em qual buraco deveria enfiar o pau, foi de mal a pior. Ele não conseguiu nem encontrar minha vagina sozinho, que dirá meu ponto G.

Maya gargalha, o som da risada ecoa pelas paredes me fazendo rir junto, apesar de minhas histórias nada ideais. Que bom que minhas tragédias trazem felicidade para alguém. É quase uma obra-prima shakespeariana, em minha humilde opinião.

Os olhos dela brilham sob as luzes do hotel.

— Você leva jeito com as palavras. Continue, quero ouvir o resto.

Eu me sento, cruzando as pernas.

— Já que insiste... Bem, eu gostava do cara com quem queria perder a virgindade. Paul, da minha aula de Introdução à Estatística, o que deveria ter sido um sinal, porque só o nome dele já é básico e comum. Enfim, eu sabia que não estava esperando pelo Príncipe Encantado. Precisava de alguém que pudesse dar conta do recado e com quem eu sentisse alguma conexão. Depois de alguns encontros, decidimos nos aventurar no quarto. Mas ele não me contou que também era virgem. Então, além de tudo, a experiência foi vergonhosa, com ele gozando rápido, sem conseguir durar mais de dois minutos. Não houve um final feliz para mim. Acho que meu cérebro reprimiu a maior parte daquela noite para me poupar de constrangimentos e más lembranças. Um tipo de amnésia espontânea, sem álcool.

— Ai, não. Sério? — Ela leva a mão ao peito. — Você não conseguiu nem ter um orgasmo depois de perder a virgindade?

— Sério. Paul foi um homem de cinco minutos, incluindo as preliminares. Depois de 18 anos ouvindo falar tanto sobre isso, não aconteceu. Uma decepção.

— Teve alguma experiência melhor? — pergunta Maya esperançosa, mas, infelizmente, não tenho nada de bom para relatar.

Por essa exata razão criei a lista.

Balanço a cabeça.

— Algumas coisas boas aqui e ali. Mas, sinceramente, estive com três caras no total e nenhum deles sabia o que estava fazendo. Culpo minha universidade pequena com um número limitado de homens capazes de equilibrar um talão de cheques mais rápido do que me fazer gozar.

— Você com certeza saberia se tivesse tido um, então vou presumir que não, o que me deixa de coração partido. Isso precisa ser corrigido.

Ela bate palmas com animação.

Sorrio para ela, pois ainda não estou pronta para contar meu segredo. Maya não precisa se preocupar, porque tenho grandes planos. Só eu, minha lista e meses de aventura.

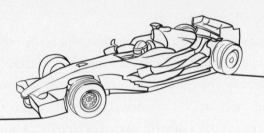

CAPÍTULO CINCO

Liam

Minha temporada de F1 começa bem, e termino entre os três primeiros colocados nas últimas duas corridas, com mais dezenove pela frente. A temporada inteira dura cerca de dez meses do ano, com uma pausa de um mês no verão e outra no inverno.

O estilo de vida de um piloto me mantém convenientemente ocupado, o que dificulta relaxar, que dirá criar raízes. Minha agenda limita o tempo com a família a algumas visitas por ano, durante minha corrida em casa e em alguns feriados.

Não é como se eu me esforçasse para ficar longe. A distância entorpece a dor surda que toma conta do peito sempre que vejo minhas sobrinhas. O tempo não diminui a distância emocional entre Lukas e eu, o que piora nosso relacionamento já difícil, assim como as chamadas perdidas e o pouco tempo passado juntos.

Em resumo, eu me casei com a carreira porque isso é muito mais fácil do que lidar com minha família.

Os estampidos de garrafas de champanhe sendo abertas e o som de risadas ecoam pelo salão de festas. Quem planeja essas festas cria uma atmosfera com iluminação suave e música baixa, além de mulheres atraentes e as celebridades mais famosas. São as mesmas pessoas de sempre. Com bebida liberada a noite toda, provavelmente na esperança de que assim os patrocinadores sejam generosos com os cheques em nome do amor e das corridas.

Não odeie os pilotos, odeie o esporte, no qual a riqueza financia o estilo de vida de excessos pelo qual a F1 é notória. A Corporação da Fórmula 1 nos banha com garrafas de champanhe de cem dólares só por diversão, um esporte nada econômico. Os eventos que frequento são sofisticados e suntuosos, com decoração extravagante, comida preparada por chefes com estrelas Michelin e as bebidas mais caras.

A pausa que decidi fazer me mantém sob controle, e meu celibato autoimposto me impede de convidar qualquer mulher para voltar comigo para o quarto de hotel. Eu deveria pendurar uma placa de *com defeito* no pescoço, porque três mulheres mandam aquele clássico "vamos nos conhecer melhor" que dói recusar. Meus esforços são dignos de uma medalha de honra ao mérito por não pensar com o pau.

Meu orgulho logo se dissipa quando a última tentação se aproxima de mim. O cheiro dela me atinge primeiro, como o oceano em um dia de verão, um cheiro inebriante de coco e praia.

Olho duas vezes para ter certeza de que estou enxergando direito. O cabelo dela tem reflexos dourados e parece surrealmente macio, a mesma cor que me lembro de ter visto em cem tons de loiro entrelaçados. Minhas mãos tremem com a vontade de passar os dedos pelos fios grossos. Um brilho saudável irradia de sua pele, as bochechas adquirindo um tom rosado suave sob meu olhar.

Contenho um gemido.

— Sophie, não te vejo há anos.

E esses anos fizeram muito bem a ela.

Ela arregala os olhos verdes ao me reconhecer, e eles lembram as florestas verdejantes que cercam minha casa na Alemanha.

Sophie não é mais a jovem de 18 anos que conheci três anos atrás. Com idade suficiente para beber e transar — e, sim, eu gostaria de transar com ela. Um olhar na direção dela desperta meu interesse, meu pau se contorcendo contra o zíper da calça.

Vendo-a a meu lado agora, a diferença de idade parece menor do que antes.

— Liam. — A voz contida de Sophie me faz sorrir. Ela também se lembra de mim, e merda, gosto do jeito que ela pronuncia meu nome.

Meu pau pode estar praticando a abstinência de um padre, mas minha mente quer foder como o diabo. Posso ser cheio de piadas e sorrisos, mas gosto de transar de forma suja, intensa e selvagem. É o que acontece quando você dirige os carros mais rápidos do mundo. A ideia de um sexo entediante — sem graça e mundano — me incomoda. Não tenho tempo para sexo ruim, papai-e-mamãe com um ritmo lento e beijinhos doces. Se o sexo não for desesperado, frenético e intenso, então as pessoas estão fazendo errado.

Contenho um suspiro profundo quando percorro com os olhos o corpo de Sophie. O tecido de seda se ajusta às curvas sutis e acentua a cintura. O decote é pronunciado, revelando parte dos seios e a clavícula delicada. Quero passar minha língua pela pele dela, beijando a área sensível antes de seguir para outros lugares.

Merda.

Maya tosse, atraindo minha atenção pela primeira vez na noite. Ela está bonita, mas não estou interessado na irmã de Santiago. Nem de longe, já que meu pau lateja ao ver Sophie na minha frente depois de anos.

Um olhar entre Sophie e Maya me diz que elas já se conheceram, e Maya me olha com desaprovação quando me flagra encarando Sophie de novo.

Eu me recomponho e lembro das boas maneiras.

— O que posso pedir para essas duas moças lindas?

Sophie ergue uma das sobrancelhas.

— Não é um open bar?

O sangue desce para meu pau ao ouvir a voz rouca dela, como se fumasse um maço de cigarros por dia. Não é o que eu esperaria de alguém com aparência tão inocente e fofa quanto ela, tão pequena, esbelta e com um sorriso malicioso.

— Mas ainda posso fazer o pedido para vocês. Deixem um homem se sentir útil — digo e faço um beicinho para ganhar pontos.

Sophie estreita os olhos quando os pousa em mim antes de desviá-los para outra direção.

Batemos um papo casual até Noah e Jax aparecerem. Mas não consigo tirar os olhos dos lábios rosados de Sophie enquanto ela suga o canudo do drinque. Meu pau lateja, pronto para a ação, sem saber que a noite não pode seguir o rumo que eu gostaria. E, porra, como eu queria que esse rumo acabasse comigo chupando Sophie.

Mudar os hábitos e ficar longe de problemas requer muito trabalho. Meu cérebro vence, considerando tudo o que poderia dar errado se eu me envolvesse com alguém como Sophie. Ela é filha de um chefe de equipe poderoso que não gostaria de me pegar tentando seduzi-la, por mais que eu seja amigo de Noah.

Pensar em perder o contrato e arriscar a carreira faz meu pau murchar, porque nada acaba tão rápido com uma ereção quanto a ideia de perder tudo de mais importante para mim.

Olho para Sophie, gravando-a na memória, possivelmente para meus planos nefastos envolvendo a mão direita mais tarde. Tudo nela me atrai, desde o jeito como ri das piadas de Maya até a maneira como estreita os olhos verdes quando me pega olhando-a por tempo demais.

Sophie adora me tentar nos piores momentos. A situação parece uma piada de Deus, uma penitência por ser babaca com as mulheres anteriores. Levar esporro da equipe não foi punição suficiente. Não há nada pior do ter que me negar a mulher mais gostosa de todas.

Seguro mentalmente meu pau.

Seremos só eu e você por enquanto, amigo.

A tensão na garagem dos boxes me sufoca. O Grande Prêmio da China, uma corrida que costuma ser muito divertida, parece manchada por meu nervosismo. Bebo água para tentar combater a náusea e a garganta seca.

Jax me dá um tapinha nas costas, me tirando dos pensamentos negativos enquanto me passa o capacete. Estamos com trajes de proteção contrafogo idênticos, mas os capacetes personalizados nos diferenciam.

— Tente não deixar a pressão te afetar. Por mais que eu queira acabar com a sua raça, prefiro fazer isso quando você está com a cabeça na corrida — aconselha Jax, passando a mão pelos cachos curtos.

Puxo o zíper do macacão.

— Diz o sujeito que passa vinte minutos no banheiro antes de cada corrida. O que você faz lá dentro? Exercícios de respiração?

Ele estala o pescoço, desviando minha atenção para as tatuagens que contrastam com o macacão branco impecável.

— Você bem que gostaria de saber.

— Nem fodendo. Sei que você não tem uma garota lá dentro, então deve ser algo estranho e pervertido que faz sozinho.

— Vai tomar no cu. Eu gosto de relaxar antes de uma corrida.

— Com toda a farra que você faz no resto do tempo, não te culpo. Não sei como você consegue ficar em pé.

Ele abre um sorriso travesso.

— Deve ser porque tenho você para limpar minhas cagadas. Nada como uma boa noite de sono sabendo que você me colocou na cama.

Apesar de tudo, somos tão próximos quanto companheiros de equipe podem ser, sem comprometer a amizade pela competitividade. Sempre que Jax precisa de mim, estou lá para ele. Uma ligação às duas da manhã para buscá-lo em algum bairro barra-pesada enquanto ele aparece com um novo olho roxo? *Sem problemas.* Precisa que eu o ajude a sair da cama depois de tomar um porre na noite anterior, inclusive tirar mulheres do quarto de hotel? *Deixa comigo.* Um pedido de última hora para pegar meu jato particular emprestado? *É pra já.* É assim entre nós, sem perguntas.

Faço um esforço para esconder o sorriso.

— Meu Deus, você é completamente perturbado. Você sabe disso, né?

— Meu problema é que sei muito bem disso — retruca ele e caminha em direção ao carro de corrida.

Dou um tapinha no capô do carro com a mão enluvada antes de deslizar para dentro do cockpit, o espaço apertado me recebendo mais uma vez. O cinza-escuro reluz sob o sol e as luzes do pit enquanto o volante pisca em um cumprimento silencioso. Respiro fundo, inalando com prazer os aromas de óleo e borracha.

Coloco o capacete e abaixo a viseira, pronto para pisar fundo no acelerador.

Querida, cheguei.

Sabe o que acontece quando você corre a mais de trezentos quilômetros por hora? Adrenalina. Sempre quero uma cerveja gelada e uma boa foda depois de uma corrida, mas não posso ter nenhum dos dois até as manchetes recentes serem esquecidas.

Nova temporada, novo eu. Que coisa boa.

A descarga de adrenalina por ter vencido o Grande Prêmio torna difícil conter a empolgação durante a última coletiva de imprensa. Eu me sento com Jax e Noah e respondemos às perguntas dos repórteres sobre F1. Não há por que reclamar das partes chatas quando vivo meu sonho todos os dias.

O que mais posso querer? Bem, talvez a remoção do recém adquirido anel de pureza, mas não posso reclamar depois das merdas que fiz.

Faço uma cara séria quando um repórter pergunta sobre meu próximo contrato.

— Amo a equipe da McCoy, e eles têm sido ótimos para mim nos últimos anos. A empresa sabe o que faz, então estou esperando para ver o que acontece. Podem me chamar de otimista.

— Como anda seu relacionamento com a McCoy depois de tudo o que ocorreu na mídia durante as férias de inverno?

— As coisas não poderiam estar melhores, e a equipe está pronta para vencer nesta temporada. McCoy é minha prioridade, e o carro de corrida é minha única paixão.

Noah contém o riso a meu lado. Seus olhos azuis e cabelo escuro ondulado brilham sob as luzes fortes. Ele sabe que as coisas com a McCoy estão complicadas desde que Claudia jogou um salto na minha cabeça quando coloquei um ponto-final em nossa breve aventura sexual. Ainda bem que tenho reflexos rápidos. Infelizmente para ela, o ataque de raiva não resultou no sexo de reconciliação que ela queria, pois mulheres vingativas não fazem meu tipo.

O resto da coletiva passa rápido depois que os repórteres mudam o foco para outra pessoa.

Noah me puxa de lado assim que um membro da Corporação de Fórmula 1 anuncia o fim das entrevistas. Ele me puxa para um abraço e me dá um tapinha nas costas antes de me soltar.

— Você precisa dar um jeito de resolver essa crise de relações públicas. Você vai acabar perdendo o contrato se a McCoy não confiar que você não vai arranjar confusão de novo. As outras equipes devem estar se perguntando o que você vai fazer a seguir. Você protagonizou uma situação de merda, e isso os repórteres adoram.

— E o que exatamente você sugere que eu faça? Não posso controlar Claudia, que fica espalhando boatos sobre o que fizemos ou deixamos de fazer.

O processo de ficar me defendendo é exaustivo.

Noah sorri.

— Mantenha o pau longe de qualquer garota por um tempo. Acha que consegue fazer isso?

— Ou posso fazer o que você faz e ficar com uma mulher diferente toda noite. Não ouço você reclamando de mulheres carentes que não param de ligar.

Noah ri.

— Tem funcionado para mim todos esses anos. Você errou ao transar várias vezes com as mesmas mulheres, essa história de sexo sem compromisso é balela. Elas sempre acabam querendo mais tempo e atenção. Seu lance com Claudia durou muito tempo, e agora ela está obcecada, querendo te reconquistar ou te deixar maluco.

— Ei, em minha defesa, não achei que uma semana com ela fosse muito tempo. Era para ser um casinho durante as férias de inverno. Eu aviso as garotas antes. Assim que começam a fazer insinuações sobre rótulos ou o futuro, eu corto. Claudia não entendeu o recado porque nunca é contrariada. Uma dica para a sua vida: garotas ricas mimadas trazem drama suficiente para encher um teatro.

Noah me oferece um sorriso fraco.

— Pense em alguma coisa. Mas até lá, fique de cabeça baixa, pelo menos com a equipe da McCoy. Eu digo para não cuspir no prato que comeu. Quero competir contra você, de preferência enquanto estiver em uma equipe à altura da minha. Não seria divertido correr contra pilotos que não conhecem cada um de meus movimentos, como você.

— Ah, para, você está me fazendo corar — digo, pressionando a palma da mão na bochecha.

— Cuzão. Você vai me ajudar a manter a sanidade agora que tenho um idiota como companheiro de equipe. Santiago ter entrado para a Bandini é mais uma prova de que sempre haverá alguém mais rápido e mais jovem que a gente disputando nossas posições. Então, dê seu jeito.

— Não precisa ficar repetindo. Vamos almoçar, porque estou morrendo de fome.

Caminho em direção à saída do prédio de imprensa. Este assunto já deu.

— Essa é a melhor ideia que você teve o dia todo.

Os fãs ligam as TVs aos sábados e domingos, assistindo às classificações e corridas. Mas sabe de uma coisa? Eles perdem toda a diversão dos bastidores, como quando me encontro com Chris e Jax para uma emocionante reunião pré-corrida na sede da McCoy.

— Tudo bem, pessoal. É hora da nossa reunião. Antes de começarmos, algum comentário sobre os novos carros, agora que já correram algumas vezes?

O sotaque russo de Chris deixa as palavras mais guturais. Ele tem um jeito de mafioso, com cabelo preto engomado, sobrancelhas grossas e um corpo robusto.

— Este aqui é mais suave que a última mulher que comi. — Jax sorri, os olhos cor de avelã brilhando.

Sempre dá para contar com Jax para quebrar nossa rotina chata. O cabelo dele está despenteado hoje, os cachos para cima. Ele trocou a roupa preta de sempre pela propaganda da equipe. Tatuagens pretas despontam por baixo do colarinho da camisa branca da McCoy, cobrindo do pescoço aos dedos com um design intricado e entrelaçado.

— Obrigado por detalhes que ninguém quer ouvir. E você, Liam? — Chris pousa os olhos castanhos em mim.

— Acho que preciso de menos subesterço, porque está meio desequilibrado. Com essa mudança, ficará perfeito.

— Certo, podemos ajustar isso para você antes do próximo treino. — Chris faz algumas anotações no tablet — Além disso, a McCoy incluiu um treinamento extra de relações públicas à sua agenda, já que os repórteres não param de trazer à tona essa merda com Claudia.

Jax e eu resmungamos. Odiamos os funcionários de RP porque são um bando de intrometidos querendo ditar o que podemos fazer e dizer.

Chris levanta os braços.

— Ei, não fui eu que meti o pau onde não devia. Que isso sirva de lição para vocês dois.

— Não entendo por que tenho que ser arrastado para essa sessão de tortura. Sem ofensa, Liam, mas foi você quem fez merda — reclama Jax, mas o sotaque britânico torna as palavras menos ofensivas.

— Até onde sei, também publicaram uma foto sua bêbado vomitando do lado de fora de uma boate na Inglaterra. Não foi seu melhor momento.

E bebo de uma xícara de chá imaginária.

— O que posso dizer? Às vezes o uísque cai mal no estômago. Pelo menos consegui ir para o lado de fora antes de vomitar. — Jax abre um sorriso travesso.

— Isso foi antes de tirar uma soneca no arbusto? — Esfrego o queixo.

— Um cochilo para um homem é um apagão para outro. — Jax sorri.

— Então se junte à diversão. Tenho certeza de que algumas dicas de RP não vão cair mal.

Meu comentário rende um dedo do meio tatuado na minha cara.

Posso dizer com confiança que nós dois cometemos alguns deslizes durante as férias, inclusive quando Jax partiu para cima de um repórter americano que fez um comentário racista. Depois de ele acabar com a câmera do cara, imagino que ninguém mais vai mexer com ele.

— Para a minha sanidade e a de vocês, por favor, comportem-se. Tratem bem uns aos outros, não saiam com alguém que possa causar problemas com a imprensa. Não ligo para o que vocês fazem a portas fechadas, só não venham chorando quando a merda bater no ventilador. Meu trabalho não inclui lidar com homens chorões nem drama. James Mitchell tem podres suficientes sobre a nossa equipe para uma vida inteira.

Então, Chris nos dispensa com um aceno de mão.

Jax e eu trocamos nosso clássico sorriso de cafajeste ao sairmos da sala de reunião. O mesmo que reservamos para festas, mulheres e o Prêmio.

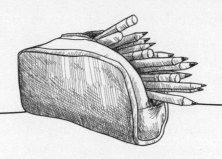

CAPÍTULO SEIS

SOPHIE

— Tenho uma ideia. Mas me ouça antes de dizer não.

As palavras de Maya não me acalmam, apesar da voz tranquila. Encaro os olhos calorosos dela.

— É o que dizem em todos os filmes ruins com assassinos em série. Você com certeza seria a primeira a morrer. As bonitas sempre são as primeiras.

Ela me dá um olhar inexpressivo.

— Vamos a um bar de karaoke hoje à noite. Por favor, vem também?

Ora, eu não esperava riscar um item da minha Lista do Foda-se tão rápido. Olha só Maya, se mostrando útil em meu primeiro fim de semana.

— Claro. Parece divertido.

Ela agarra minha mão e solta um gritinho de aprovação.

— Eba! *Vai* ser divertido! Santi nos convidou, já que a última corrida foi bem ruim. Noah deu uma bronca no meu irmão por bater nele, então Santi quer descontrair com um pouco de música e muito álcool.

— Não vou mentir, não esperava que Santi escolhesse karaoke como atividade para relaxar. Agora que estou pensando, será que eles têm músicas de karaoke em inglês aqui? Sabe, tipo Backstreet Boys e N*SYNC? Porque não quero cantar música pop asiática.

Maya parece surpresa.

— Claro. Você não sabia?

— Sabia o quê?

— Eles *amam* karaoke aqui.

O sorriso de gato de Cheshire diz tudo. Uma pessoa sã olharia para ela e correria para a Grande Muralha da China.

— Está bem, parece um bom plano.

Maya bate palmas e corre para me abraçar.

— Eu sabia que você diria sim. Pense nisso como um ritual de iniciação de melhores amigas.

Sorrio para ela.

— Está mais para um sacrifício ritualístico.

Terminamos de nos arrumar para a noite. Escolho uma calça jeans rasgada, uma camiseta com slogan, na qual dou um nó na cintura para parecer fofa, e botas. O visual é uma homenagem à minha estrela do rock interior. Como minhas habilidades de canto se limitam a shows no chuveiro, vou fingir até conseguir.

Santi se apresenta no saguão. Dou de cara com um espanhol enorme, de mais de um metro e oitenta, que poderia fazer bicos de modelo, com cabelo escuro e corpo musculoso realçado por uma camiseta e calça jeans. Santi me encara com olhos castanhos, a pele oliva enrugando nos cantos ao me cumprimentar. Ele deixa de lado a postura de irmão sério assim que pergunto se ele pretende cantar melhor do que dirige.

Maya, Santi e eu entramos em um barzinho qualquer de Xangai vinte minutos depois. As caixas de som vibram, tornando difícil distinguir os vocais da música de fundo. Meus sapatos grudam no chão enquanto o ar quente nos envolve.

Santi nos passa um copo de shot.

— *Salud*. A uma noite divertida e memórias futuras.

— E a novos países, amigos e sucesso. — Maya bate o copo no nosso.

Viramos nossos shots. Meus olhos lacrimejam enquanto o líquido queima minha garganta.

Maya abre um sorriso tímido e me passa um copo de água. Nunca fui próxima das garotas da escola, não gostava de como eram competitivas em relação a notas e fofocas, mas Maya é diferente. Embora muito recente, nossa amizade parece estar começando bem.

Nossa confiança continua a aumentar durante a noite. Depois de algumas bebidas, Maya confessa que acha Noah atraente. Ela sussurra seu segredo em meu ouvido quando Santi sai de perto.

As bebidas continuam vindo, um leve torpor que me deixa menos envergonhada de cantar na frente de uma multidão. Subo no palco e canto "Don't Stop Believin'" com Maya e Santi.

No decorrer da noite, descubro que há dois tipos de pessoas no karaokê. O primeiro grupo leva o canto muito a sério. Eles escolhem músicas para serenatas, sejam canções R&B sensuais ou músicas country sobre corações partidos. O segundo tipo escolhe músicas de boy bands dos anos 1990. As apresentações incluem coreografias mal executadas depois de beber tequilas demais.

Eu pertenço ao segundo tipo, uma combinação de Baby Spice e Justin Timberlake. Maya e eu nos soltamos e dançamos pelo palco enquanto cantamos dividindo um microfone. Nunca subestimarei o poder do álcool de novo. Depois de hoje à noite, vou me curvar à garrafa de tequila, e José será meu mestre.

E está claro que temos um grupo diversificado. Quando discutimos o plano mais cedo, Maya deixou de mencionar que o irmão havia convidado várias pessoas para cantarem e beberem conosco, incluindo Jax e Liam.

Insira aqui o som de um disco arranhando.

Liam Zander. Com o cabelo loiro impecável de sempre, olhos azuis glaciais que rivalizam com os tons pastéis de minha aula de arte e um sorriso brilhante que me cega mais do que uma luz estroboscópica — enfim, uma tentação mortal para meu autocontrole. A barba rente à pele lhe dá um leve ar de malícia e emoldura os lábios sensuais. A aparência doce esconde o interior sujo e perverso. Liam é um homem que engana, com uma alergia permanente a relacionamentos e uma reputação de ser pura sedução e corações partidos.

Prova A: Claudia McCoy.

Provas B a Z: todas as outras com quem dormiu ao longo dos anos.

Nada poderia ter me preparado para o que senti ao vê-lo no baile de gala no outro dia. Um olhar dele fez meu coração disparar como se eu tivesse acabado de correr uma maratona. Eu nem corro maratonas, mas o ritmo de meu coração foi alarmante. É esse o efeito dele em mim.

Ele abre um sorriso do outro lado do bar.

Ovários, por favor, acalmem-se.

Lanço uma careta para ele na esperança de esconder os verdadeiros sentimentos, mas seu sorriso se alarga, indiferente à minha atitude. É óbvio que ele só me traria problemas. A reputação dele com as mulheres é péssima, e ele tem dificuldades de manter o pau sob controle. Eu sei bem disso, já que meu feed do Twitter está cheio dos últimos dramas da F1.

Eu me agarro a Maya como uma criança com medo de soltá-la. Ela se torna minha protetora sem nem saber, salvando-me de alguém que só promete confusão.

Alguns minutos depois, Maya decide cantar um dueto com o irmão, me abandonando sem nem olhar para trás. Sua ausência faz com que Liam se sente a meu lado em um sofá de couro que ficaria melhor na casa dos sonhos da Barbie. Isso não é pouco vindo de mim, uma baixinha cujos pés raramente tocam o chão quando se senta. A presença de Liam me perturba e o corpo dele ocupa a maior parte do assento. Eu me desloco para longe, desesperada para ter alguma distância entre nós, nervosa com a reação de meu corpo à proximidade com ele.

Liam se espalha bem no assento, e sua coxa roça na minha. Minha pele aquece com o contato, e sou inundada pela atração, seu olhar sedutor me intimidando.

— Não esperava que você gritasse tanto.

Sua voz rouca deixa meus braços arrepiados, o sotaque mais carregado por ter que falar mais alto que a música.

Engasgo com minha bebida. Um sorriso preguiçoso chega aos olhos dele e às linhas sutis que surgem nos cantos da boca. *Olha só, algo não perfeito nele.*

— Que mente suja você tem. — Liam percorre meu rosto com os olhos. — O microfone realmente capta tudo.

Ele aponta para o palco com a garrafa de cerveja na mão.

Eu o observo. A camisa branca está justa no peito esculpido, os músculos forçando o tecido, destacando braços magros mas definidos. Braços que ele pode usar para me envolver.

Droga, Sophie, resista.

— Hum, é difícil cantar e dançar ao mesmo tempo. Tenho uma nova admiração pelos artistas. É bem difícil e faz você suar.

Tomo outro gole da bebida, o líquido refrescante acalmando minha garganta dolorida.

— Sabe o que mais faz você suar? — pergunta ele, chamando minha atenção de volta.

Liam fixa os olhos azul-claros em meus lábios antes de se aproximar, o calor do corpo dele pressionando a lateral do meu, e me torno muito consciente da presença dele.

— Muitas coisas. A academia, o ar livre, um ar-condicionado quebrado. As opções são infinitas.

Ele ri, e o som faz seu peito vibrar em meu braço.

— As corridas também. Você está um pouco corada, seus olhos parecem meio perturbados. O que está se passando nessa sua cabeça? Pago um centavo pela informação. — A voz grave e rouca reverbera em minha pele como uma carícia.

Não. Eu me recuso a responder à pergunta, nem sob tortura.

— Ah, sim, as corridas. E, sinceramente, você é um milionário. Pode pagar mais do que um centavo para saber o que se passa na minha cabeça — digo, dando um tapinha em minha têmpora.

Ele ri e leva a cerveja aos lábios. Sua garganta se mexe enquanto ele toma o último gole, os olhos fixos em mim o tempo todo. Odeio como reparo em tudo nele. Por exemplo, em como os lábios ficam bem ao redor da boca da garrafa de cerveja ou como o pequeno inchaço no nariz indica uma lesão antiga. Odeio ainda mais a maneira como ele me olha agora, como se não conseguisse decidir em que posição quer me comer primeiro. E, acima de tudo, odeio o fato de amar cada segundo de sua atenção.

Ele percorre meu rosto preguiçosamente com os olhos antes de voltá-los para meu peito. Que audácia a desse homem.

— Camiseta fofa. — Ele esconde um sorriso.

Como uma idiota, olho para baixo. O doce slogan ABRAÇOS GRÁTIS me provoca, apertado em meus seios, as palavras centralizadas acima de um cacto espinhoso. Esta sou eu: uma mulher com um nível de afeto comparável a uma planta do deserto.

— Obrigada. Adoro camisetas com frases.

O comentário soa tão estúpido em minha cabeça quanto quando o digo. Eu me encolho diante da incapacidade de manter a indiferença perto de Liam.

— Eu deixo você nervosa?

Liam se aproveita de meu estado atrapalhado. A mão dele segura a minha e o toque provoca uma faísca de excitação que quero apagar. Liam roça os nós de meus dedos, deixando um rastro de calor. Posso dizer com confiança que nossa atração ainda arde forte, inabalada pela passagem do tempo.

Nunca pensei que ficar de mãos dadas pudesse ser uma experiência sensorial tão intensa. Mas minha mente assume o controle, sem querer seguir esse caminho com alguém como ele, o que me leva a puxar a mão.

Ele ri, um som rouco que desafia meu autocontrole.

— Não precisa ter medo. Divirta-se um pouco.

— Acho que nós dois temos definições diferentes de diversão.

Minha versão inclui uma lista plastificada cheia de itens, enquanto a dele inclui dormir com mulheres até se cansar delas.

No papel, Liam parece uma boa opção para me ajudar a dar conta da Lista do Foda-se. Mas, na realidade, ele seria a pior escolha — bonito demais, acessível demais, arriscado demais. Sem falar que ele é piloto da equipe rival, o que poderia resultar em matérias indesejadas na imprensa para nós dois.

E, com uma sinceridade vinda da tequila, sei que riscar esses itens com Liam me assusta. Sempre me imaginei escolhendo caras aleatórios de diferentes países, não alguém que tenho que encontrar toda semana. Evitar Liam seria quase impossível, então por que complicar as coisas?

Sirenes soam em minha mente, apesar do torpor induzido pelo álcool, me alertando que ele não vale a pena. Levanto-me, a cabeça girando. Consigo me equilibrar e minha mente clareia de novo quando pego a bolsa na mesa. Chamar um carro por aplicativo parece uma ótima ideia.

Evito contato visual com Liam enquanto reviro a bolsa, pegando coisas às cegas. Ele fica ali sentado e me observa com um sorriso no rosto. Sem conseguir encontrar o celular, praguejo em voz baixa. Vasculho o conteúdo da bolsa de novo. Finalmente, roço com os dedos a textura áspera da capa do celular lá no fundo. Quando o puxo para fora, a lista está presa na parte de trás da capa, colada pela estática ou por alguma magia. Assisto horrorizada ao papel plastificado cair no chão.

Liam o pega do chão antes que eu tenha tempo de reagir.

— O que é isso?

Ao contrário dos filmes, onde momentos horríveis acontecem em câmera lenta, meu coração acelera no mesmo instante que tento arrancar o papel da mão dele.

— Me dá isso. Não é nada, só uma lista de compras. — Minha voz não consegue esconder o meu horror.

Liam segura o papel com mais força e abre um sorriso diabólico que me derrete por dentro.

— Tsc, tsc. Que falta de educação, tentando tirar coisas da minha mão. Você vai com muita sede ao pote, hein.

Ele puxa o papel para mais perto dos olhos enquanto tenta decifrar as letras no bar mal iluminado. Mal respiro, puxando ar suficiente apenas para não desmaiar. Embora uma emergência médica pareça uma ótima distração.

Ele segura uma risada.

— Lista do Foda-se? Estou curioso para saber que tipo de coisas você vai comprar.

— Odeio fazer compras, então "Foda-se", ok?

Tento pegar a lista de novo. Mas meus dedos escorregam pela lista plastificada quando Liam se levanta do sofá.

Liam deve ser uns trinta centímetros mais alto que eu, e de repente minha lista não está mais ao meu alcance. Um grunhido de frustração escapa de meus lábios enquanto bato o pé. Ele sorri como se achasse a irritação fofa.

Fico na ponta dos pés, agarrando os braços dele para me equilibrar. A pele quente dos bíceps aquece meus dedos. Os músculos rígidos se tensionam sob minhas mãos, me deixando tentada a tocá-lo mais.

Olho para cima, mas me afasto, querendo um pouco de distância entre nós. Ele dá um sorriso cheio de dentes enquanto pega o celular e liga a lanterna para ler melhor a lista. Quero morrer aqui e agora, em algum barzinho qualquer da China, ao som de uma versão asiática de Elvis Presley.

— Você até classificou por cores? — A surpresa na voz de Liam soa sincera.

Encontro os olhos dele, encarando meu destino.

— Gosto de ser organizada e detalhista. Por que fazer uma lista se não for perfeita? Agora devolva — exijo, estendendo a mão e batendo o pé.

Infantil, Liam balança a lista acima de minha cabeça. Sua altura torna impossível recuperar o papel plastificado. Pulo várias vezes sem sucesso, incapaz de alcançar a mão dele. Meu corpo roça em seu peito firme. O contato me faz dar um passo para trás e quase torcer o tornozelo.

O riso dele soa quase como um ronco.

— Você está dificultando a minha leitura. Pare com isso.

— Ora, desculpe o incômodo. Sua mãe não te ensinou que não é legal pegar as coisas dos outros?

— Devo ter faltado a essa aula. Mas minha mãe me ensinou que compartilhar é cuidar, então talvez você precise de algumas aulas de boas maneiras também.

Seu sorrisinho travesso e o álcool que bebi durante a noite dominam meus sentidos. Isso e a forma como ele diz "minha mãe", com um quê de sotaque e um ar juvenil.

Liam balança a cabeça enquanto a lanterna ilumina a página.

— Ora, ora, srta. Mitchell, que mente poluída você tem. Claramente te subestimei.

Esfrego os olhos, tentando acordar desse pesadelo.

Não, não funcionou. Liam ainda está aqui, em toda a sua sensualidade gloriosa, iluminando a lista com o celular.

Ele lê os itens, ignorando minha completa aflição.

— *Nadar pelada. Comprar um vibrador. Experimentar preliminares com gelo*, isso é bastante ousado. Mas veja, é o seu dia de sorte, se quer *beijar um estrangeiro*, porque por acaso você tem um disponível bem aqui. *Cantar bêbada em um karaoke* já foi feito. *Experimentar comidas novas, saltar de paraquedas, assistir a um vídeo pornô, jogar strip pôquer, beijar alguém na frente da Torre Eiffel.* Ah, agora sim. *Ser amarrada* e *ser vendada*.

Tento arrancar a lista das mãos dele, mas ele a segura firme, continuando minha tortura.

— Não precisa ser violenta. *Gozar com sexo oral* e *ter orgasmos múltiplos em uma noite*. Básico, mas gostei. *Transar na frente de um espelho* parece bem gostoso, sua voyeur enrustida. *Transar em público, transar encostada em uma parede, dar uma rapidinha* e *ficar chapada*. E por último, mas com certeza não menos importante, *transar ao ar livre*. Devo dizer, estou impressionado com a criatividade e a ousadia.

Se eu estivesse segurando uma bebida, eu me pergunto se a teria jogado na cara de Liam. O sorriso dele me deixa tentada a ir até o bar para realizar essa fantasia.

Ele toca meu nariz franzido.

— Sabe o que temos que fazer agora, certo?

— Tenho certeza de que você vai me dizer, quer eu pergunte ou não.

— Garota esperta. Meu novo projeto agora é te ajudar com essa lista. Vai ser o nosso segredinho.

As palavras dele deixam minha pele toda arrepiada. Liam sabe me foder sem me levar para a cama.

Ele fode minha cabeça. Toda vez.

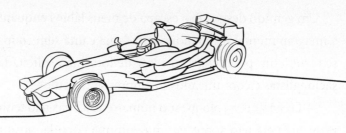

CAPÍTULO SETE
Liam

Jax e eu passamos nosso tempo livre relaxando na área das suítes do motor home da McCoy. Estou deitado em um sofá de couro cinza, mexendo no celular, esperando a rodada de treinos do Grande Prêmio da Rússia. Xangai terminou bem. O fim de semana passou rápido, com o bônus de ter conseguido passar um tempo com Sophie.

Doce Sophie, com lábios feitos para serem beijados e um corpo feito para ser fodido. A garota que me olha com olhos arregalados sempre que flerto com ela, me deixando tentado a desistir do período de celibato. A mesma que, na última semana, apareceu em meus pensamentos mais vezes do que eu gostaria de admitir.

Meu celular vibra. Uma nova mensagem de Claudia ilumina a tela, e o nojo pesa em meu estômago enquanto abro.

— Claudia me mandou outra foto nua.

Apago a foto antes que seja salva em alguma nuvem. Jax solta um grunhido antes de tomar um gole de água.

— Nossa, essa aí está obcecada por você. Achei que ela já teria desistido. Já se passaram dois meses.

Um gemido desgostoso escapa de meus lábios enquanto tento apagar a imagem mental de Claudia deitada na cama sem roupas. Minha vida se tornou um pesadelo recorrente de fotos não solicitadas, artigos sensacionalistas e comunicados de imprensa ridículos.

— Eu não quero bloquear o número dela, mas não tenho escolha. Vou rezar para ela não aparecer em nenhuma corrida, porque não aguento tanta maluquice.

Jax faz uma careta enquanto passa a mão tatuada pelo cabelo.

— É uma pena você não poder contar para a McCoy, já que ela é sobrinha do Peter e tal.

— Eu contei para meu agente, mas ele me diz para não contrariar ninguém em ano de assinatura de contrato. Ele quer que eu consiga o melhor acordo possível. Então, somos só eu e minha mão direita, até que a morte nos separe — digo e aceno para Jax.

Ele solta uma gargalhada antes de jogar um travesseiro em mim.

— Guarde essa merda para você. Ninguém precisa saber sobre sua triste rotina de masturbação.

— Essa é a minha vida agora. Ai, como os poderosos caíram.

— Ou você é incrível na cama, ou ela é uma doida varrida. — Jax ri de minha frustração. *Cuzão*.

— Não sei por que não podem ser as duas coisas — resmungo e escondo a cabeça com um travesseiro para abafar as risadas de Jax.

O baile de gala dos patrocinadores do Grande Prêmio da Rússia tem vodca liberada, me proporcionando uma leve embriaguez para aguentar a noite. Conversas superficiais são um saco. Faço um social por cerca de uma hora antes de sentir vontade de tomar um ar fresco.

Caminho até a varanda do local, apreciando a vista panorâmica das montanhas de Sochi. Minha cabeça se vira quando ouço gelo tilintando em um copo.

Eu me aproximo da mulher, reconhecendo a cabeleira loira. A varanda em meia-luz banha Sophie em um brilho suave, destacando o vestido que se molda à silhueta dela. Como um farol de luz me seduzindo com as costas nuas, ela me provoca com o tecido cintilante decotado e justo na bunda. Estou doido para percorrer com os dedos toda a pele dela. Enfio as mãos nos bolsos para resistir à tentação. Nos últimos tempos, tenho exercitado um autocontrole digno de um monge.

Como se sentisse meu olhar, Sophie olha por cima do ombro, me fitando com um rosto inexpressivo. Ela age como uma rainha do gelo, sem trair qualquer emoção. Solto uma risada baixa quando ela toma o restante do conteúdo do copo de uma vez só — o único sinal que dá. Larga o copo vazio em uma mesa próxima antes de se debruçar sobre o parapeito da varanda e olhar para o céu.

— O que você está fazendo aqui fora? — Ando até ela, diminuindo a distância entre nós. Só porque não posso tocá-la não significa que preciso ficar longe.

— Uma das coisas que mais gosto de fazer é observar as estrelas. Adoro ver a lua e as estrelas, mas é difícil aqui com a poluição luminosa. Sabia que algumas cidades estão criando restrições de iluminação para proteger o ambiente noturno e prevenir o problema?

— Não posso dizer que sabia. Nunca imaginei que você seria uma admiradora da noite.

O riso dela é leve. Eu gostaria de fazê-la rir de novo, apreciando o som de sua risada quase tanto quanto o de sua voz.

— Eu sou, mas me obriguei a me tornar uma pessoa matinal. Tenho uma rotina a seguir com a faculdade e os estudos. Estes eventos acontecem depois da minha hora de dormir.

— Ah. Então, deixe-me adivinhar. Você gosta de acordar ao raiar do dia, seguir uma rotina rígida e dormir antes da meia-noite. Regular feito um relógio. Rígida, tensa e sem sexo. Esse tipo de coisa — brinco, meio sério.

— Rotinas nem sempre são ruins. É com o desconhecido que temos que ficar espertos. — Ela me observa com curiosidade, como se quisesse me decifrar. — Mas durante o verão adoro ficar acordada até tarde e me deitar perto da piscina no quintal. Fico olhando para o escuro, pensando no meu dia, no que deu certo ou errado. Às vezes sussurro alguns desejos para quem estiver ouvindo. — O tom de melancolia dela desperta algo em mim.

Minha atenção limitada foca outras coisas que ela poderia fazer sob o céu noturno. Talvez eu esteja sofrendo de um lapso temporário de bom senso.

Sophie se vira para me encarar, o que me dá uma visão completa de seu corpo enquanto ela me examina de cima a baixo. Eu me endireito sob o olhar dela, curvando os cantos dos meus lábios. Um sorriso radiante ilumina seu rosto quando ela percebe os tênis que estou usando com o terno. Tenho meu moleque interior, e gosto de trocar os sapatos clássicos por tênis brancos com uma cobra desenhada na lateral.

— Deixaram você usar esses sapatos? — A voz dela está rouca.

— Copiei o visual de uma garota que preferia tênis com vestidos a saltos altos e pompa. — Eu me debruço sobre o parapeito e olho para ela.

Ela ri e levanta a barra do vestido longo para revelar tênis de couro branco com estrelas bordadas. Caramba. Enquanto todas as mulheres lá dentro mancam em sapatos apertados, ela usa confortáveis tênis secretos. E, pela primeira vez, não prefiro saltos altos. Quero um par de pernas bronzeadas e tênis com estrelas prateadas enroladas ao redor da minha cintura.

— Eu posso até ter trocado as fantasias de festas infantis por vestidos de gala, mas jamais abandonei a moda dos tênis. — Ela deixa a barra do vestido cair, mas meus olhos se demoram nas pernas escondidas antes de encontrar seu olhar.

Porra, eu gosto até demais da companhia de Sophie. A maneira como reajo a ela está me fazendo perder a cabeça, porque não me lembro da última vez que foi tão natural estar na presença de uma garota.

Como um reflexo, a lembrança de Johanna provoca uma dor aguda em meu peito. Que se foda. Não vou pensar nisso.

Ignoro a sensação, afastando o pensamento de que Sophie me lembra Johanna.

— Somos um par e tanto, você e eu.

Ela resmunga. *Caralho, ela é imune ao charme.*

— Você sempre flerta desse jeito? — pergunta, por fim, e seus olhos brilham, a luz refletindo neles como se Sophie tivesse roubado as estrelas que tanto ama.

— Em geral, sim, mas estou andando na linha esta temporada. Esta é minha zona proibida. Nenhuma garota pode me tocar aqui. — Faço um gesto em direção à metade inferior de meu corpo enquanto balanço o dedo para ela.

Sophie joga a cabeça para trás e ri, a cautela abandonada. Ela é linda, a curva do pescoço chama minha atenção. Pena que não posso ver mais dela aqui fora. Dependo de meus outros sentidos, respirando o cheiro de coco que ela exala. *É uma loção? Um perfume? E por que caralhos o aroma me deixa excitado?*

— Você deveria usar uma placa, para todas saberem que você não está disponível. Assim as mulheres desavisadas ficariam sabendo mais fácil. Sabe, porque você é... — Ela faz um gesto indicando meu corpo como se isso explicasse tudo.

— Está insinuando que me acha bonito?

O rosto dela encara o vazio enquanto ela balança a cabeça.

— Ah, não. Você não é meu tipo.

— Então você não gosta de homens bonitos?

Ela solta uma risada pelo nariz, quase um ronco. Não posso acreditar, mas acho fofo. É diferente de qualquer outra mulher que frequenta essas festas, todas sempre impecavelmente arrumadas e desempenhando um papel.

— Não, eu gosto. Mas também gosto de caras legais.

Sophie mexe as mãos, inquieta, antes de segurar o corrimão. Posso ser um cara legal quando quero e, comparado a Noah, sou quase um santo. Bem, um santo que peca, mas ainda assim um santo.

— Sabe que o que as pessoas dizem sobre os bonzinhos é mentira, certo?

Gosto um pouco demais da surpresa no rosto dela. Ela arregala os olhos e abre os lábios enquanto a fachada de rainha do gelo derrete.

— O que você quer dizer com isso?

— Ao contrário dos caras legais, os bad boys é que têm mais resistência. Para. Tudo. E estão sempre prontos para mais uma. — Minha mão age por vontade própria, descendo pelo braço de Sophie e provocando arrepios.

Ela perde o fôlego ao ouvir minhas palavras, o que me faz querer provocar mais reações nela. Que se fodam as repercussões. Tocar não é transar, então ainda não estou quebrando minha promessa de me comportar. Minha pele formiga quando roço meus nós dos dedos no rosto dela.

Um suspiro escapa dos lábios de Sophie, me deixando tentado a beijá-la, a testar nossa química. A incerteza cresce dentro de mim, sem saber o que fazer com minha atração por ela. Estou andando na tênue linha entre ceder a meus desejos e manter a promessa de me comportar bem.

Eu me afasto para não beijá-la.

Ela revira os olhos, claramente ignorando a reação do próprio corpo a mim.

— Os bad boys são superestimados.

— Mas eu achei que você quisesse se aventurar. Por causa da sua lista e tudo mais.

A maldita lista. Meu pau lateja só de pensar em alguns dos itens.

Sophie tem uma aparência inocente, toda sorrisos e olhos amendoados, mas a lista me conta uma história diferente que quero conhecer melhor. Quero saciar meu desejo de explorar o corpo dela. Aprender mais sobre a mulher que ama o céu noturno, que olha para as estrelas e faz desejos. Infelizmente, sou muito consciente das coisas que espreitam na noite. Canalhas como eu que querem seduzi-la e trazê-la para o lado sombrio. Eu transaria com ela sob seu precioso céu, para que a única coisa que ela desejasse fosse meu pau e orgasmos múltiplos.

Minha mente dispara mais rápido que meu carro de corrida. Deixo de ouvir metade do que sai da boca de Sophie.

—... ninguém mais sabe, então você precisa ficar quieto. Não conte a ninguém. Não era nem para você saber, mas, como é curioso demais para o seu próprio bem, agora sabe. — Ela muda o peso de pé, toda envergonhada com o deslize. Que confusão maravilhosa ela criou.

Um sorriso surge em meu rosto.

— Vou gostar desse nosso segredinho.

— Você não vai esquecer a minha lista, vai?

— Não. Agora me diga, por que você criou essa lista safada? Estava cansada de se masturbar à noite, esperando um amanhã melhor?

Ela ri e me dá um beliscão no braço, o som rouco me atingindo diretamente entre as pernas. Meu pau se agitando depois de um toque tão recatado me faz ouvir um monte de alarmes que escolho ignorar.

— Quem disse que eu faço essas coisas, para início de conversa? — retruca ela, e as covinhas aparecem com seu sorriso.

Lanço a ela um olhar significativo, comunicando silenciosamente que não insulte minha inteligência.

— Um homem como eu sente essas coisas. Você, sendo uma mulher solteira de 20 e poucos anos, sem namorado, se alivia de alguma maneira.

— Em primeiro lugar: como sabe que não tenho namorado?

— Acho que a lista te entrega. Caso tenha um namorado, por favor, termine, porque se ele não consegue te fazer gozar com sexo oral, então não vale a pena.

Sophie ri até tossir.

— Certo. É um bom ponto. Bem, criei a lista porque me cansei de me decepcionar com os garotos da universidade e de passar a minha vida enfurnada na biblioteca. Vi algumas listas de desejos, fiquei bêbada enquanto escrevia a minha, e aqui estou.

O que mais chama a minha atenção e a de meu pau é como ela menciona os idiotas da universidade.

— Que tipo de caras você namorou na faculdade?

Ela suspira.

— Não contei nenhum deles como "namoro", na verdade.

Parece ser um assunto delicado para a Senhorita Perfeitinha aqui.

— Por favor, me diga que eles pelo menos deram conta do recado?

Cerro os punhos enquanto espero uma resposta, dividido entre querer saber e não querer ao mesmo tempo. *Qual é a porra do meu problema?*

O arfar desconcertado me diz que ela entendeu o que eu quis dizer.

— Não.

— Então preciso pedir desculpas em nome dos outros homens e pagar a dívida com orgasmos múltiplos e beijos de tirar o fôlego. É só concordar e serei seu humilde servo, empenhado em te ajudar.

Faço uma pequena reverência antes de me levantar de novo. O gelo ao redor de meu coração derrete com o pequeno sorriso que ela abre, deslumbrante porém cauteloso, que ilumina olhos encantadores.

Olhos encantadores? Porra, Liam, cadê sua força, cara?

— Por mais tentadora que a oferta seja, você precisa manter sua zona proibida. Mas obrigada.

É claro que eu deveria ouvir e andar na linha, mas minha mente gosta do conflito interno dentro de mim. Fico dividido entre não aparecer em mais uma manchete sórdida de fofoca e querer passar mais tempo com Sophie.

Talvez eu ande mais solitário do que me dou conta. Uma ideia potencialmente terrível surge do nada, mas parece um plano decente.

— Quero adicionar algo à sua lista.

Aposto que Sophie está com ela guardada na bolsa, seu segredinho sujo seguindo-a aonde quer que vá.

Ela pisca surpresa algumas vezes.

— Ir a um encontro com um bad boy. — Abro um largo sorriso.

— De jeito nenhum. Não vamos mexer na lista. Já está digitada, então sem chance. Desejo mais sorte da próxima vez. Talvez com outra pessoa que queira sua ajuda. — Ela balança a cabeça enfaticamente.

Entrelaço meus dedos com os dela no parapeito. O calor sobe por meu braço até o peito, uma sensação irreconhecível, talvez provocada pelo excesso de vodcas que nublam minha mente e o bom senso. Meu polegar desliza pelos nós dos dedos dela em um ritmo que inconscientemente imita sua respiração superficial.

— Parece que você tem medo de ter um encontro. Você acha que não vai conseguir se controlar perto de mim?

Quero incitar a rebelde dentro dela. Por qual motivo, não sei. Talvez só por diversão ou talvez para ver o que acontece quando ela finalmente se solta.

Aperto a mão dela antes de me afastar. Eu me viro para Sophie, enfiando a mão no bolso do terno.

Ela estreita os olhos.

— Não, não tenho medo de você. Algumas pessoas são imunes ao seu charme. É chocante, eu sei. Devo me considerar sortuda por não ser afetada pelo arrasador de corações.

Merda. Tenho vontade de arrancar esse sorriso sarcástico do rosto dela com um beijo. Imune uma ova.

— Arrasador de corações, hein? Você anda lendo as matérias sobre mim? Não me diga que é obcecada por mim desde que nós nos conhecemos. Não gosto quando as mulheres me perseguem, mas poderia abrir uma exceção para você.

Ela encosta a palma da mão no peito, piscando os cílios várias vezes.

— Fui descoberta. Estava só esperando o momento certo, torcendo para que nós nos encontrássemos anos depois. Achei que já estaríamos caminhando rumo ao pôr do sol, mas talvez a Disney tenha errado no timing. O período de conquista dos romances em geral leva um fim de semana, no máximo.

Porra, meu rosto dói de tanto sorrir.

— Aceite ir a um encontro e talvez o cronograma seja encurtado. Mas vamos pular o romance e ir direto para a suíte da fantasia.

Mas que merda eu estou dizendo? Gostaria de entender meus motivos, mas costumo ser o tipo de cara que *age primeiro e pensa depois*.

— Espero que saiba que a suíte da fantasia é do *The Bachelor*, não do Walt Disney. E não, nada pode acontecer entre a gente.

Hora de reconsiderar, porque não aceito não como resposta. Aceito sussurros ofegantes ao pé do ouvido enquanto fodo uma mulher. São meus incentivos favoritos.

Curvo meus lábios.

— Certo, então vamos fazer uma aposta. Você não tem nada a perder se ganhar.

Parece que encontrei a fraqueza de Sophie, pois sua expressão ao ouvir a palavra *aposta* me diz que ela gosta de ganhar quase tanto quanto eu. Ela lambe os lábios com a ideia de levar a melhor sobre mim.

Mas, porra, sem chance.

— Você sai comigo se eu acabar no pódio do GP da Rússia.

Tenho um histórico de acidentes nessa pista, mas a única coisa que amo mais que uma corrida é um desafio. Não penso nas consequências, porque não me importo. Pelo menos não quando tenho um interesse inocente em passar mais tempo com ela. Não é nada de mais.

Ela dá de ombros.

— Como você nunca acaba no pódio aqui, concordo.

— Olha você de novo, me fazendo pensar que talvez tenha acompanhado minha carreira nos últimos anos.

— Meu pai me manda fotos dos pilotos da Bandini todas as vezes que vencem, isso sim. Até onde me lembro, nunca vi um certo alemão loiro no pódio em Sochi. Mas claro que seu ego é insuportável. — Ela tenta conter um sorriso.

— Se está querendo fotos minhas no pódio, só precisa pedir.

Ela me dispensa com um gesto.

— Um encontro. Só isso.

— Me dê a lista.

— Não pode ser um combinado verbal? Por que estragar o papel quando está tudo digitado?

— Você vai sair com um bad boy, seja eu ou outro, então é bom anotar. Certo, estou blefando, porque o encontro com certeza vai ser comigo.

Ela tira a lista da bolsa.

— Não gosto nada de você precisar escrever nela.

Solto um grunhido enquanto pego a caneta da mão dela e ponho nosso acordo no papel. Minha caligrafia contrasta com a fonte prática que ela escolheu, destacando-se no fim da página.

Sorrio diante da evidência simbólica de minha corrupção. Não é preciso ser um gênio para saber que o histórico de Sophie na cama, ou a ausência dele, é o motivo para ela ter começado essa lista maluca em primeiro lugar. Sua vida foi assolada por sexo ruim e orgasmos falsos.

Faço questão de cumprir meu dever com Sophie em nome dos orgasmos e dos perfeccionistas do mundo. A lista que ela segura na pequena mão sugere a rebeldia, e quero despertá-la. Esta temporada de corridas vai ser muito mais divertida com ela por perto.

No dia seguinte, participo de todas as reuniões pré-corrida com o máximo de entusiasmo. Meu andar está mais animado, a irritação que eu sentia com a equipe passou e me preparo para enfrentar o circuito de Sochi como o campeão que posso ser. Minha aposta com Sophie me motiva a vencer.

Depois de nosso acordo, passo horas assistindo a gravações de meus treinos e lendo as anotações da equipe sobre como melhorar meu desempenho. Algo embaraçoso que guardo para mim mesmo.

Meu carro conquista uma posição P3 após minha classificação impressionante no sábado. Sou um novo homem no pit, sem o mesmo nervosismo para impressionar a equipe, optando por conversar com os engenheiros sobre minhas necessidades com o carro. Não há tempo para inseguranças quando tenho um objetivo em mente.

Infelizmente para as outras equipes, quanto melhor o carro, melhor você corre. A McCoy tem um dos carros mais rápidos da F1, o que significa que estou preparado para o sucesso.

No domingo, estou animado e pronto para dar meu melhor. Tamborilo no volante do carro com os dedos enluvados enquanto os mecânicos me empurram em direção ao grid, as multidões aplaudindo ao mesmo tempo que os preparativos são feitos. A energia vibra ao redor e as montanhas ao fundo me cumprimentam.

Os membros da equipe de apoio auxiliam os outros pilotos ao longo do grid, criando um padrão zigue-zague de vinte carros multicoloridos. Os mecânicos se dispersam assim que são liberados.

As luzes se acendem acima de nós antes de se apagarem. O motor ruge quando meu pé pressiona o acelerador e ativo os botões correspondentes no volante para trocar de marcha. Meu carro avança pela pista e atinge a primeira reta em um piscar de olhos. Uma onda de adrenalina percorre meu corpo, diferente de qualquer outra euforia, enquanto meu coração bate forte no peito. É uma sensação que quero perseguir pelo resto da vida.

O carro faz as curvas da pista sem problemas. Costumo ser um filho da mãe habilidoso na estrada, me forçando ao limite para vencer, tanto física quanto mentalmente.

Jax se mantém à minha frente por alguns segundos. Faço meu carro avançar, minha asa dianteira se aproximando da traseira de Jax. Fazemos a curva em um movimento sincronizado antes de eu usar a perda de velocidade a meu favor. Meu carro ultrapassa o dele, o ar turbulento atrapalhando sua velocidade e empurrando-o para o terceiro lugar.

Eu me mantenho alerta e defendo minha recém-conquistada segunda posição. Chegar ao pódio nunca soou tão bom, ainda mais com uma aposta em jogo.

Quando faço o pit stop, a equipe tem meu destino nas mãos com a velocidade da troca de pneus. Eles terminam em dois segundos e eu acelero pela pista, pois não quero que pilotos demais passem na frente.

Logo alcanço Noah, recuperando meu segundo lugar. Nós dois dançamos uma espécie de salsa distorcida, perigosamente próximos enquanto disparamos juntos por uma reta antes de chegarmos à próxima curva. Nenhum de nós está disposto a ceder. O pneu de Noah encosta no meu em uma das curvas, quase me fazendo rodar. *Desgraçado*. Recuo e mostro o dedo do meio enluvado.

— Liam, algum dano? — A voz de Chris chega pelo meu comunicador de ouvido.

— Vou parar e dar uma olhada — digo, cheio de sarcasmo.

— Não sei o que deixou você assim com sangue nos olhos, mas continue. Talvez você consiga redimir seu histórico de merda em Sochi.

Em seguida, Chris silencia o canal.

— Melhor ainda.

Respiro pela boca, ofegante. As pessoas subestimam o cansaço físico durante as corridas, mas os pilotos suam mais que um marido prestes a se divorciar sem um acordo pré-nupcial.

A multidão grita acima do ronco dos motores. Na volta cinquenta e dois, tenho um lugar garantido no pódio. A ideia de ganhar a aposta me faz sorrir por trás do capacete.

Levanto o punho no ar quando meu carro cruza a linha de chegada. Consegui um encontro com a garota mais gostosa da Bandini e vou subir ao pódio — duas vitórias que valem a pena comemorar com champanhe.

Subo ao palco com Santiago e Noah. Maya e Sophie ficam na área VIP logo ao lado, nos assistindo de longe. As cerimônias do pódio incluem algumas de minhas coisas favoritas: vencer, garrafas de champanhe estourando e fãs. A música ressoa das caixas de som do palco, abafando os gritos da multidão.

Alguns funcionários da F1 nos passam enormes garrafas de champanhe. Noah, Santi e eu sacudimos as garrafas antes de estourá-las. Borrifamos a multidão e uns aos outros com o conteúdo antes de beber o restante.

Aponto a ponta da garrafa na direção de Sophie. Meu queixo dói de tanto sorrir. Que se danem as consequências. Meu período de abstinência merece uma pequena recompensa, e estou pronto para reivindicar meu prêmio.

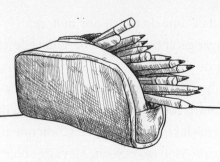

CAPÍTULO OITO

Sophie

Já se passaram alguns dias desde a vitória de Liam na Rússia, o que significa que não posso mais evitar nosso encontro. Infelizmente para ele, mudei o plano original para um encontro duplo ao convidar Maya e Jax. Alguns perguntariam se estou assustada, mas eu diria que fui astuta. O pobre Liam não me conhece bem o suficiente para antecipar meus truques habituais, mas ele deveria ter sido mais específico sobre os termos da aposta.

Depois de implorar para que Maya me acompanhasse em um encontro duplo, decidi retribuir o favor levando-a para almoçar e contando sobre minha Lista do Foda-se. Meu segredo durou um mês entre Xangai e Barcelona. Maldito seja Liam e sua performance em Sochi, me forçando a revelar meu plano, porque eu precisava convencer Maya a vir comigo.

— Quem diria que a doce Sophie faria uma lista safada. — Ela sorri por trás do copo com água.

— Não quero ser doce. Quero ser chamada de sexy e sedutora.

Ela ri e balança a cabeça.

— Ok, Sophie gostosa. Só para eu entender, é só um encontro, certo? E você não vai me abandonar no fim? Quero ter certeza de que você não vai fugir com Liam noite adentro.

— Claro que não, não seja ridícula. E ainda vou te levar para comer um brunch amanhã, como agradecimento. Pense em toda a sangria que posso te dar. Aquela doçura sem fim que pode contar como sua porção diária de frutas.

— Nunca vou negar um brunch. Mas falando sério agora, você acha Liam bonito? — Ela inclina a cabeça para mim.

— Claro que acho. Esse é o problema! Liam é engraçado, carismático, bonito, e sua filosofia de vida combina com tudo o que eu desejo.

— Então por que ele não é uma boa opção para te ajudar com a lista?

— Para início de conversa, ele é um piloto inimigo, e acho que eu morreria de vergonha se tivesse que ficar encontrando com ele o tempo todo depois de riscar metade dos itens. Imagine só esbarrar com ele e soltar: "Oi, Liam, lembra daquela vez que você me amarrou na cama e me fez gozar? Bons tempos, né?".

Maya sorri.

— Você poderia conversar sobre o tempo.

— "Hoje estou morrendo de frio, como quando você lambeu meu corpo com um cubo de gelo!"

Maya solta uma gargalhada que atrai a atenção dos outros clientes do restaurante.

— Você precisa melhorar seu jeito de conversar. Mas, brincadeiras à parte, estou curiosa para saber o que o seu pai vai dizer sobre esse encontro duplo.

Eu a dispenso com um gesto.

— Ele não vai descobrir. Para ajudar, ele é velho e vai dormir às oito da noite.

Quando Maya menciona meu pai, sou lembrada de suas condições, o que me enche de culpa e desconfiança. As regras dele são como três mandamentos tristes que me impedem de me envolver intimamente com alguém como Liam. Não quero decepcionar meu pai, ainda mais quando ele faz tanto por mim.

Visitamos diferentes lojas em Barcelona para comprar roupas novas. Posso até não querer ir a esse encontro, mas isso não quer dizer que não possa me vestir para a ocasião.

— Sério, não sei por que você não pode sair sozinha com ele. É só um encontro, e vocês são adultos — diz Maya, saindo do provador exibindo um vestido vermelho sexy.

Maya, tão inocente. Não conhece a natureza sedutora de Liam.

Brinco com o vestido de cetim à minha frente.

— Sabe o que acontece quando você vai a um encontro? Acaba indo a um segundo encontro, depois um terceiro, e logo a TMZ vai publicar uma foto feia minha saindo de um hotel alegando que estou grávida de Liam.

Vê-lo na semana passada, em cima do pódio de Sochi, apenas deixou mais claro o quanto preciso de ajuda, porque tive um momento de fraqueza. Eu não conseguia tirar os olhos dele, todo sorrisos e sensualidade, me ensinando como a tentação e a dúvida combinam muito bem com um macacão de corrida e um sorriso provocante.

Os olhos dela brilham de humor.

— *Ay, dios mío*. Você realmente pensou em tudo isso?

— Dã. Você já viu Liam? Ele poderia me deixar grávida só com um olhar.

Maya joga a cabeça para trás e solta uma risada melodiosa.

— Sabe, há uma primeira vez para tudo. Seria uma história e tanto sobre a concepção, talvez seu pai acreditasse.

Dou a ela um olhar significativo.

— Não, obrigada. Vamos só a esse encontro e dar um basta nisso antes de começar.

— Hum, parece que você está preocupada com a chance de querer fazer mais com ele do que só ir a um encontro.

— Você está subestimando o poder de uma mulher determinada, com autocontrole suficiente para desafiar um cinto de castidade.

Terminamos as compras e voltamos para nossos respectivos quartos de hotel, precisando de tempo para nos arrumarmos para a noite.

Infelizmente, algumas horas depois, meu autocontrole quase vai pelo ralo quando Liam e Jax nos buscam no hotel da Bandini.

Liam vem até mim, os sapatos de couro caros fazendo barulho no piso do saguão. As pernas musculosas esticam o tecido da calça sob medida. Examino com o olhar os braços bronzeados dele, destacados pela camisa social com as mangas dobradas. Liam me dá uma piscadela quando nossos olhos se encontram. São do mesmo azul do céu do dia mais claro do ano, brilhando enquanto ele me avalia de cima a baixo.

Dou um passo para trás, mas ele chega mais perto de mim, não permitindo distância entre nós. Liam é um homem astuto que não para de aprender meus truques. Meus pensamentos correm desenfreados quando sinto o cheiro dele, limpo e fresco, não interpretando meu desejo como perigoso.

— Você está linda. Se produziu toda desse jeito para mim? — Ele gesticula para minha roupa antes de segurar minha mão e me fazer dar uma voltinha.

Solto uma risada enquanto meu vestido gira a meu redor, o tecido de chiffon escuro farfalhando antes de cair quando ele solta minha mão.

— Não, quis me arrumar para Maya. Quero deixá-la tentada a mudar de time, mas ela diz que os pais não concordariam. Segundo ela, são muito religiosos.

— E eu aqui achando que te seduziria, e você preferindo outra coisa. Me fala, você já esteve com um homem? Porque se não, uma noite comigo vai te fazer mudar de ideia.

Solto um gemido. Ele curva os lábios em um sorriso antes de os roçar em minha testa, me dando um beijo muito leve. Tão leve que quase penso que o imaginei.

Eu me afasto, encerrando a interação. É o único momento de fraqueza que vou me permitir.

Boa sorte com as tentativas, Sophie.

Jax e Liam nos mostram o melhor da vida noturna chique. Alugam um carro elegante para nos levar a um restaurante da moda em Barcelona, pedindo uma garrafa de vinho cara assim que nos sentamos. A recepcionista nos coloca em uma mesa nos fundos, fora da vista dos outros clientes, e ficamos sob uma luz suave, com privacidade, uma combinação letal com o homem sentado à minha frente.

— Eles não têm nuggets de frango, mas posso pedir o menu infantil para você — comenta Liam e sorri.

Chuto de leve a perna dele por baixo da mesa, fazendo-o rir.

— Por mais tentador que pareça, vou passar. Estava pensando em pedir uma salada porque estou tentando cuidar do meu peso. E você?

— O quê? — Ele mal esconde o desgosto.

— É brincadeira. Não precisa ficar com essa cara, como se eu tivesse pedido para se aposentar das corridas.

Liam esfrega o queixo com a barba por fazer.

— Eu já estava decepcionado. Aqui estava eu, pensando que você era perfeita, mas você ia estragar tudo pedindo uma salada quando eles têm bife no menu. Já que quem vai pagar a conta sou eu, achei que você ia pedir um prato de cinquenta dólares para me dar prejuízo.

Coloco o cardápio de lado e o encaro.

— Você acha que sou perfeita?

Seu sorriso radiante me atinge direto no peito, meu coração acelera e o sangue corre para minhas bochechas.

— Está mais para alguém mandada dos portões do céu para me tentar — resmunga ele baixinho, para que apenas eu ouça.

— Não conte meu segredo a ninguém. Estou tentando passar despercebida.

Tomo um gole de vinho para que minhas mãos tenham algo para fazer.

— Você não pode se esconder de mim, por mais que tente. Mas obviamente você gosta de me ver correndo atrás de você. E, felizmente, não me incomodo em termos companhia hoje à noite porque pedi a Jax para distrair Maya. Um encontro duplo não pode arruinar o que planejei para nós. — Ele exala confiança.

Uso estratégias dignas de guerra para frustrá-lo, incluindo Maya na conversa, apesar das tentativas de Liam de fazer Jax distraí-la. As coisas são assim entre Liam e eu. Uma batalha de vontades, duas pessoas teimosas lutando pelo controle uma da outra.

Liam sussurra safadezas em meu ouvido a noite toda, sempre que tem uma oportunidade. O olhar doce de Maya para nós me faz pensar que ele deve parecer adorável. Mas não, Liam não é nada fofo.

Tudo está correndo bem até o encontro duplo se tornar uma competição estranha entre Jax e Noah, que se junta a nós do nada antes de a comida chegar. Noah puxa uma cadeira, todo magoadinho por não ter sido convidado. Tenho a impressão de que seu surgimento repentino tem a ver com minha amiga espanhola aqui, que não para de corar e de se esconder atrás do menu.

Não consigo deixar de sentir alívio quando Noah invade nosso encontro, apesar de a mandíbula de Liam ficar tensa sempre que olha para Noah. O nervosismo de Maya me diverte até que ela derruba o copo d'água, derramando o líquido gelado em Jax. A falta de jeito dela distrai os três e dá a Liam a oportunidade de falar só comigo.

Liam se aproxima, invadindo meu espaço pessoal, o cheiro dele se embrenhando em meu cérebro. Abano o rosto com um menu esquecido pelo garçom.

— Está com calor? Posso pedir para diminuírem a temperatura, se quiser. — O sorriso travesso de Liam é tudo menos gentil e atencioso.

Levo o copo d'água aos lábios, querendo me refrescar.

— Você já comprou seu vibrador? Se não, pensei em contratar uma empresa para criar uma cópia do meu pau para você. Pesquisei no Google e encontrei um site que parece sério. Dá até para escolher a cor, embora eu tenha uma preferência pelo azul Caribe.

Engasgo com a água. Meus olhos ficam enevoados enquanto tento respirar, e Liam apenas me observa, os olhos escurecendo e o sorriso se alargando.

— Quem inventa essas coisas, e por que você foi pesquisar isso, para início de conversa?

Ele coloca a mão no coração.

— Estou comprometido em te ajudar. Pode considerar minha boa ação do ano, uma causa nobre, a de te ajudar a curtir a vida um pouco.

Arregalo os olhos.

— E esse plano de alguma maneira inclui uma réplica do seu pau?

Ele dá uma piscadela.

— Por mais que eu adore ouvir você dizer essa palavra, comporte-se na frente de nossos convidados.

Minhas bochechas coram ao lembrar que Maya, Jax e Noah estão sentados a menos de um metro de distância.

— Eu venderia seu brinquedinho na internet e faturaria uma nota.

— Posso garantir que não teria nada de "inho". Mas por que não descobre por si mesma? Você gosta de pesquisar a fundo.

Bufo com desdém, escondendo o efeito de suas palavras em mim.

Ele tem a ousadia de erguer os braços, tentando parecer inocente, os olhos brilhando sob a luz fraca do restaurante.

— Eu não criei a lista. Só estou tentando te ajudar a riscar os itens.

— Daqui a pouco você vai oferecer ajuda para usar seu brinquedão.

Afasto o polegar e o indicador cerca de sete centímetros um do outro.

— Essa opção existe?

Bato nele com meu guardanapo de pano.

— Não. E nem uma cópia 3D do seu pau. Pode ficar para você, porque é ainda pior que mandar uma foto não solicitada.

— Você não tem recebido as fotos certas, se isso é o que acha delas.

Que fotos ele manda para mulheres aleatórias no meio da noite?

Ele segura minha mão, enviando uma corrente de energia por meu braço, uma sensação estranha que me faz franzir a testa. Tenho medo de como eu sentiria outras coisas com ele, já que meu corpo responde de tal maneira a um simples toque.

Culpo o fato de eu ter tido apenas três parceiros e que eles, combinados, não têm nem metade da energia sexual de Liam. Essa energia parece emanar dele, com olhos azuis e cantadas ridículas. Sem falar no abdômen sarado, que talvez eu tenha visto na internet. Até seu cheiro é maravilhoso.

Homens como Liam te atraem com promessas de uma noite e, antes que você perceba, está tão envolvida que acaba se fodendo.

Olho para nossas mãos unidas, tentando entender a conexão entre nós. Deve ser o poder que Liam transmite. É uma experiência muito diferente comparada aos caras que conheci antes, com um sexo medíocre, sendo generosa.

De alguma maneira, consigo me afastar do toque dele, voltando à conversa em grupo. Liam permite que eu escape da conversa entre nós dois pelo resto da noite. Como o cavalheiro que finge ser, ele paga pelo jantar, encerrando nosso encontro bizarro.

Fora do restaurante, me convido estrategicamente quando Noah se oferece para levar Maya de volta ao hotel da Bandini. Liam não parece nada feliz, a julgar pelo aperto de sua mandíbula e pela maneira como estreita os olhos ao encarar o amigo mulherengo.

Na vida, é impossível ganhar sempre. E não quero que seja eu a perder.

A viagem de carro de volta com Noah e Maya é carregada de tensão sexual, com meu corpo espremido entre os dois, sem conseguir escapar.

Decido quebrar o silêncio constrangedor depois de alguns minutos.

— Sabia que algumas versões da paella incluem mexilhões? Me lembre de pedir a minha sem quando formos jantar amanhã.

— Hum. — Maya olha pela janela, sem dar abertura para uma conversa.

Tudo bem, eu consigo falar o suficiente por nós duas.

— E a gente podia ir à praia enquanto os caras treinam amanhã. O que acha? Eu, você, sangria e espanhóis sem camisa?

Noah se vira para mim, me avaliando com olhos azuis profundos, antes de se virar para Maya.

— É bem o que ela precisa. Mais homens mal-intencionados por perto.

Certo. Pelo visto toquei na ferida dele.

Maya se vira para mim e murmura um pedido de desculpas silencioso. Eu me arrependo imediatamente de ter me metido na carona, porque a situação é muito desconfortável. Fico de boca fechada até o fim da viagem, sem mais paciência para lidar com um Noah mal-humorado.

Ao chegarmos ao hotel, passo por cima do colo de Maya, desesperada para sair do banco traseiro assim que o motorista para o carro. Uma tensão sexual tão pesada torna difícil respirar sem a ajuda de um inalador.

— Até mais, Maya. E Noah, seja homem ou pare de ficar de cara feia.

Faço um sinal de paz para tentar mandar boas energias de Gandhi para eles.

Sou recebida por meu quarto simples de hotel. Desamarro e tiro o tênis, abandonando-o na entrada. Uma batida na porta me surpreende. Será que Maya esqueceu algo em meu quarto mais cedo?

Abro a porta sem olhar pelo olho mágico.

— Você deveria transar com Noah de uma vez e acabar logo com isso...

Não. Com certeza não é Maya. Os mesmos olhos azuis que passei a noite inteira encarando me olham de volta.

O sorriso de Liam me deixa derretida e quente por dentro, um simples olhar me desarma.

— Tentador, mas não.

— Imagino que você tenha subornado o concierge para descobrir o número do meu quarto.

Ele se encosta no batente da porta.

— Não é minha intenção te deixar assustada, mas foi quase fácil demais conseguir essa informação.

— O concierge hoje era uma mulher? Isso explicaria.

Demoro minha atenção no rosto dele, memorizando os lábios macios e a barba de semanas. Ele tem uma tênue cicatriz em uma das sobrancelhas, outro indício de seu passado cheio de aventuras. Ele é de tirar o fôlego em todos os sentidos da palavra — a aparência, a personalidade e o jeito que leva para me deixar sem ar.

— Vai ficar aí parada me olhando ou vai me convidar para entrar? — Seu riso rouco faz algumas células cerebrais voltarem a funcionar.

— Acho que você está bem aí.

Deixar Liam entrar no quarto seria uma péssima ideia. Por mais que meu corpo queira que eu diga sim, minha mente vence, fortalecendo minhas defesas.

Ele me dá um sorriso presunçoso irresistível.

— E eu acho que você ficaria muito melhor na cama, mas podemos chegar a um meio-termo.

Fico de queixo caído. Ele não me dá tempo de responder, felizmente, porque eu não sei nem o que dizer.

— Não gostei de como a noite terminou.

— Então, você decidiu vir aqui porque...? — Ergo as sobrancelhas.

— Precisamos planejar um novo encontro.

— Ah, sem chance.

— Se você se recusar, vou escolher algum item da sua lista. — Ele tem a audácia de sorrir para mim, a criadora da tal lista.

Cruzo os braços.

— Sem chance também. Finja que a lista nunca existiu.

Ele dá um passo em minha direção.

— Impossível.

— Tenho certeza de que você vai encontrar algo mais interessante em breve. Os homens tendem a se distrair com facilidade.

— Você é muito levada quando quer.

— Como você consegue fazer algo inocente soar tão sexual?

Encaro seus lindos olhos, emoldurados por cílios escuros que deixam os cílios postiços das mulheres no chinelo. Ele fixa o olhar em meus lábios.

— Pode contar como um dos meus talentos. Você sabe, um dos três.

Uau. Ele ainda se lembra de três anos atrás, quando eu disse que ele tinha dois talentos? A boa memória dele me pega de surpresa. A ponto de criar uma oportunidade para Liam me puxar para perto de si enquanto envolve minha nuca com a mão. Ele esfrega a pele sensível ali, me deixando arrepiada.

Liam se inclina para a frente, fechando os olhos, e os meus permanecem bem abertos, despreparados.

— Espera.

Empurro o peito de Liam, que abre os olhos na hora, os lábios entreabertos.

Uso meu às na manga, rapidamente rotulando nossa atração como algo que nenhum homem gosta de ouvir. Pelo menos não o tipo de homem que se oferece para me dar um vibrador personalizado e me olha como se à noite quisesse me devorar, me foder e me marcar como dele.

— Quero que a gente seja amigos. Só amigos.

As palavras saem de minha boca, todas as minhas defesas ativadas, me protegendo da única pessoa que não consigo controlar.

Liam me encara com um olhar ferido, os olhos arregalados e brilhando com uma emoção desconhecida. Seu corpo fica imóvel e ele recupera o fôlego. *Estranho*. Ele se inclina mais uma vez enquanto o polegar acaricia meu pescoço. Seu cheiro refrescante me domina, brincando com meus sentidos e atrapalhando meu controle mental.

Tiro as mãos de seu peito quente. Ele planta um beijo em minha cabeça, demorando os lábios por um segundo além do necessário. Dois segundos inteiros que deixam meu corpo formigando e minha cabeça zonza. Meu coração dói com o gesto terno, incapaz de acreditar que alguém como ele é capaz de algo assim.

— Se isso é o que te deixa feliz. Posso ser seu *amigo*. — Ele hesita na última palavra.

— Espero que sim, porque vamos continuar nos vendo, e é melhor não deixar as coisas entre nós estranhas. Você já tem inimigos suficientes esta temporada. — Sorrio para ele.

Não consigo deixar de me perguntar por que os olhos de Liam parecem tristes. Ele se afasta da porta, os punhos cerrados ao lado do corpo.

— Tenha uma boa noite, Sophie. Obrigado por uma noite que nunca vou esquecer.

Eu também não.

O comportamento estranho acaba, e ele me dá uma piscadela típica por cima do ombro antes de entrar no elevador. Solto um suspiro quando ele desaparece atrás das portas, me separando da armadilha sedutora que é Liam Zander. Posso estar disposta a fazer algumas concessões à minha lista, mas não posso fazer isso com meu coração.

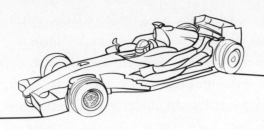

CAPÍTULO NOVE

Liam

Amigo. Eu. Liam Zander.

Concordei com a ideia ridícula de Sophie na semana passada porque não sabia bem o que fazer. Ela me pegou em um momento de fraqueza, me fazendo sentir muitas emoções. Minha última experiência com uma amiga do gênero oposto não terminou bem e deixou um buraco enorme em meu coração. A maneira como reagi ao pedido de Sophie me surpreendeu, quase me incapacitando pelo resto da noite, tomado pelas lembranças de Johanna.

Lembranças de nós andando de bicicleta pela cidade. De quando ela elaborava testes falsos para me ajudar a estudar matérias com as quais eu não me importava. De quando ela me ensinou a trocar a fralda de Elyse, o que quase me fez vomitar pelo quarto.

Depois de uma noite de sono ruim, empurrei essas lembranças para bem fundo, e espero que nunca voltem.

Fiquei tentado a ignorar a ideia de Sophie de sermos amigos. Sou um idiota por concordar com algo platônico quando quero tanto foder Sophie. Como vou ser amigo dela assim? Uma merda dessa nunca me aconteceu antes, porque sempre coloco um fim no relacionamento, para terminar as coisas antes que as emoções fiquem muito intensas.

A palavra *rejeição* nem existe em meu dicionário, pelo menos não desde que convidei uma aluna do 8º ano, Siena Weber, para o baile do 6º ano. Assim que desenvolvi minha boa aparência e tirei o aparelho, não houve pretendente que eu não conseguisse encantar.

Da mesa da coletiva de imprensa para a corrida de Mônaco, encaro a causa de meus problemas. Os repórteres não param de falar, mas é uma das corridas mais antigas da história da F1. O Grande Prêmio de Mônaco é conhecido pela extravagância, com celebridades que vêm beber e festejar. Uma justificativa para o tempo extra gasto em coletivas de imprensa e festas.

A equipe recebe uma pergunta longa.

— Pode repetir, senhor?

A mesa toda geme de desgosto com o pedido de Santiago. Noah parece capaz de estrangular o companheiro de equipe neste exato momento, os punhos cerrados à frente para não proporcionar um tipo diferente de espetáculo.

Maya e Sophie tentam conter o riso, mas fracassam. Um repórter rudemente faz *shhhhh* de cara feia, encarando-as por tempo demais. O peito de Maya treme enquanto Sophie tenta enxugar algumas lágrimas de tanto rir.

Sophie me deixa sem palavras, uma das belezas mais naturais que já encontrei, sem se importar muito com maquiagem ou roupas sedutoras para chamar a atenção. Ela está pouco se fodendo, usando sempre camisetas simples com frases engraçadinhas.

Mordo o lábio para conter um gemido quando ela inclina a cabeça para trás e ri, o movimento expondo a pele dourada. Percorro o corpo dela com os olhos, admirando as pernas à mostra na saia jeans, combinada com tênis branco Nike Air Force One. Eu me mexo no assento, imaginando os sapatos dela no chão do quarto enquanto ela está deitada em minha cama.

Porra, Liam, isso não vai acontecer.

Sophie me flagra olhando para ela. Ela sorri e mexe os dedos para mim. Só ela poderia deixar fofo esse "olá" ridículo, as duas covinhas visíveis, me deixando com vontade de beijá-las. É por esse exato motivo que sei que estou ferrado. Eu acho tudo o que Sophie faz fofo, algo estranho a meus próprios ouvidos. Mas agora, olhando embasbacado para ela do outro lado da sala, cedo ao pedido ridículo de sermos amigos. Não vou tentar nada sexual com ela. Pelo menos por enquanto.

Sinto uma dor aguda no peito, uma sensação bizarra que não consigo identificar. Ou o almoço não caiu bem, ou meu novo fraco são covinhas e olhos verdes.

Os repórteres continuam, mas minha mente permanece distante, distraída pela ideia de amizade. Vou fazer isso tanto por ela quanto por minha posição precária com a McCoy. A equipe não merece que eu arrume problemas, mesmo os bons que eu poderia ter com Sophie em minha cama.

Afasto os olhos dela, consolidando a necessidade de manter uma situação casual entre nós. Eu consigo fazer isso sem perder a cabeça, e afasto a culpa pesada em meu estômago por fazer amizade com outra mulher que não Johanna. Sophie não parece ser do tipo que aceita ser tratada de maneira distante, então ignoro o mau pressentimento, porque quero que meu passado continue onde está.

Os repórteres terminam as perguntas logo depois. Eu me despeço dos outros pilotos antes de caminhar em direção a Sophie e Maya, estreito os olhos quando noto dois pilotos dos "melhores do resto" conversando com elas. Não estou tentando ser um completo babaca agora, mas é assim que eles próprios se chamam, porque é difícil competir com as principais equipes, a Bandini e a McCoy. Esses dois pilotos trabalham para uma empresa francesa chamada Sauvage. Os idiotas estão bem ali, pura bravata envolta em macacões de corrida, enquanto tentam dar em cima de Maya e Sophie.

Minha pele se arrepia ao ver a cena. Minha nova missão é interromper a conversa, e Sophie me ajuda sem nem saber.

— Ah, ei, gente, vocês conhecem Liam, certo? — Sophie encontra meus olhos.

Não tenho a menor ideia do que fazer com esse instinto protetor recém-adquirido. Sophie belisca a lateral de meu corpo, exigindo silenciosamente que eu me comporte quando abro um sorriso convencido para os pilotos. Anseio por mais contato, pois um simples beliscão faz meu pau se mexer.

Diminuo a distância entre nós, querendo marcar território e ao mesmo tempo inspirar profundamente o cheiro do xampu de Sophie. Como é sempre o caso com ela, não consigo me controlar.

Maya puxa o rabo de cavalo.

— Então, Ricardo e Max nos convidaram para uma festa no barco hoje à noite.

A lista de Sophie me vem à mente. Será que ela quer riscar alguns itens com esses dois? Eles parecem ter saído da puberdade há um mês, tristes exemplares de masculinidade. Os macacões de corrida estão quase folgados, mesmo que os braços deles estejam tão flexionados quase a ponto de estourar uma veia. Eles sem dúvida não saberão fazer metade das coisas que ela quer.

Interrompo a conversa.

— Na verdade, temos planos hoje à noite, esqueceu?

Sophie e Maya me olham confusas. Porra, não sei nem que desculpa vou dar ainda. Mas não quero que elas saiam com esses dois.

— Vamos ao cassino. É um programa clássico que você precisa fazer quando visita Mônaco. Fica para a próxima, pessoal.

Passo os braços pelos ombros de Maya e Sophie e as puxo para longe dos dois pilotos. Sorrio para eles por cima do ombro, notando os olhares furiosos antes de completar a mensagem de "vão se foder" erguendo os dedos do meio às costas das meninas.

Bom, pelo visto vou proporcionar a Sophie e Maya a experiência completa de Monte Carlo. Mando uma mensagem para Jax nos encontrar em um cassino enquanto caminhamos pelos motor homes, e ele aceita sem questionar.

Sinto-me como um condenado no corredor da morte, incapaz de fazer qualquer coisa com Sophie porque ela me deu a pena capital: amigos ou nada. Além disso, minha intenção de levar uma vida sem dramas estraga as coisas. Não tenho transado com ninguém, e essa seca de dois meses deixa minha cabeça louca e meu pau furioso.

Se não fosse pela reação de meu corpo a Sophie, eu me perguntaria se meu pau ainda funciona. Mas sempre que ela se aproxima, metade do sangue corre de meu cérebro para lá como um ciclo vicioso.

Estou completamente fodido, e a ideia de sermos só amigos parece uma expressão estrangeira indecifrável. E desta vez o Google Tradutor não vai ajudar em porra nenhuma.

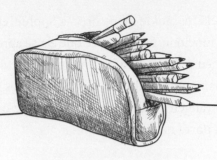

CAPÍTULO DEZ

SOPHIE

Maya gosta de gravar todas as aventuras, de Xangai a Mônaco. Ela planeja diferentes conteúdos para seu vlog, produzindo algo novo a cada dia antes da corrida.

Ela implora para eu fazer minha estreia no vlog dela, e quem sou eu para negar? Sua ideia de *Fã versus Piloto de F1* me convenceu na hora. Vou competir contra Santi em uma série de jogos que Maya planejou, e o vencedor ganha respeito e um vale-presente da Starbucks, pois Maya não pode esbanjar dinheiro. Não que eu faça questão do vale-presente; prefiro poder me gabar. Santi é um adversário fácil de derrotar, já que tem dificuldade de se controlar.

— Ok, então hoje vocês dois vão competir em três rodadas. Quem tiver mais pontos no fim ganha a competição.

Maya joga o rabo de cavalo por cima do ombro. Ela está toda profissional em uma camisa polo da Bandini e calça jeans, carregando uma prancheta para marcar os pontos.

Santi sorri para mim, mas não sinto nada especial quando ele aperta minha mão.

— Na primeira rodada, teremos uma caça ao tesouro, e vocês podem escolher uma pessoa para ajudar. Aqui estão as listas. — Maya nos entrega um envelope fechado, como uma missão secreta de espionagem. — Escolha bem essa pessoa. Me mandem fotos e vídeos durante o processo, porque quem terminar primeiro ganha um ponto. Tomem cuidado, alguns itens podem colocá-los em apuros.

Santi rasga o envelope.

— Já vou dizendo que sinto muito pela sua derrota.

— Que vença o melhor. Espero que não se importe de ficar em segundo lugar. Mas você já deve estar acostumado por causa de Noah.

Santi ri enquanto se afasta. Depois de ler a lista, mando uma mensagem para a única outra pessoa com quem fiz amizade durante meu tempo aqui, torcendo para que ele possa me ajudar.

Alguns minutos depois, sou autorizada a visitar a garagem da McCoy. Caminho cuidadosamente pelo território inimigo. A equipe está ocupada passando ferramentas e pneus para diferentes trabalhadores enquanto outros mexem em computadores. O carro de Liam está estacionado bem no meio da garagem. A tinta cromada brilha, destacando-se contra as paredes brancas.

— Olha só quem finalmente decidiu se juntar ao lado sombrio da força. — A voz de Liam envia um arrepio por minhas costas.

— Ajude-me, Liam Zander. Você é a minha única esperança — suplico, imitando a voz da princesa Leia.

Os olhos de Liam se iluminam.

— Você é uma nerd disfarçada?

— Os iguais se reconhecem. — Dou um sorriso atrevido. — Meu pai me vestiu de princesa Leia por três Halloweens seguidos. Ele diz que ela é a única princesa que ele respeita, e não posso discordar.

— Somos dois.

Ele pisca para mim.

Ignoro o que uma simples piscadela dele me faz sentir, já que parece mais seguro do que ir até ele e beijá-lo.

— Enfim, eu tenho uma lista.

Sacudo o envelope na frente dele.

— Já falamos dela. Você veio riscar um item?

Balanço a cabeça.

— Não. Esta é outra. Você disse que está livre, certo?

Ele assente.

Eu lhe entrego o envelope.

— Perfeito! Você acabou de se oferecer oficialmente para me ajudar em uma caça ao tesouro. Estou competindo contra Santi. São sete itens, que podem ser completados em qualquer ordem, mas temos que terminar antes dele.

— Tudo bem, leia para mim.

Abro o papel.

— *Gravar um vídeo com a bandeira quadriculada na linha de chegada de Mônaco. Roubar o carrinho de golfe de um segurança. Jogar vira-vira com o piloto de uma equipe rival. Entrar na transmissão ao vivo de alguém no Instagram. Roubar o pneu de uma das equipes dos "melhores do resto". Rolar o pneu pela linha dos boxes (com vídeo ou nada feito). Tirar uma foto em um carro que não seja da Bandini.*

Liam e eu pensamos por alguns minutos, planejando a melhor estratégia para resolver os itens.

— Vamos tirar uma foto em um carro que não seja da Bandini primeiro. É fácil. Entra aí.

Ele caminha até o carro.

Tento entrar, mas os pilotos fazem parecer muito mais fácil do que é, pois não consigo jogar as pernas para o lado sem cair. Liam ri, levanta-se e me coloca no carro. Ele pressiona minha barriga, e minha pele formiga quando sinto o calor do toque. Maldito contato de pele com pele.

Ele pega o celular e tira uma foto minha.

— Faça uma pose engraçada. Nunca se sabe quando você vai ter a oportunidade de se sentar no carro de um Campeão Mundial.

— Tem que ser um homem muito convencido para ficar tão empolgadinho com o próprio título de Campeão. — Jogo as pernas para o lado enquanto puxo os óculos de sol para baixo do nariz, fazendo um biquinho. — Fique verde de inveja, Marilyn Monroe.

Liam balança a cabeça e tira uma foto, a risada rouca provocando várias reações em meu corpo. Tomara que eu pareça mais sedutora do que me sinto. Só pela foto, claro.

Ele dá uma tossida enquanto saio do cockpit com alguma dificuldade. Sem dúvida meu traseiro ficou em destaque por causa de meu short jeans, uma má escolha para as atividades de hoje.

Liam e eu caminhamos pela *pit lane* antes de eu dar o bote em um membro desavisado da equipe da Albrecht.

— Oi. Você pode vir comigo um minutinho? Vai ser rápido, eu juro.

Arrasto nosso novo ajudante até uma mesinha, longe de outros olhos. O pobre homem tenta protestar e examina Liam e eu com os olhos castanhos alarmados.

— Eu acho melhor só concordar. Ela é meio teimosa — diz Liam e nos passa dez copos de plástico e algumas cervejas.

— Ora, me desculpe — retruco e olho para meu novo competidor. — Você sabe jogar vira-vira?

O desconhecido assente. Montamos o jogo, mas como somos apenas nós dois, tenho que virar vários copos de cerveja sozinha.

No último, a cerveja morna está me dando ânsia de vômito.

— Você está envergonhando minha cultura. — Liam ri enquanto eu tusso na frente da câmera.

— Desculpa, foi mal. Eu não sabia que Bud Light era uma herança alemã. Perdoe meu paladar refinado.

Liam apenas ri e encerra o vídeo.

— Certo... Eu já vou indo. Obrigado pela cerveja.

O membro da equipe da Albrecht praticamente foge, sem que eu tenha tempo de me despedir. Dou um aceno na direção em que ele partiu.

— Sujeito tímido. Mal me olhou.

— Acho que é porque ele estava muito ocupado olhando seus lábios envolvendo a beirada do copo.

— Isso explica o péssimo desempenho dele. Mal passou do segundo copo. Não achei que eu fosse uma grande distração, mas tudo bem, então. — Faço um biquinho.

— Uma grande distração. — Ele suspira baixinho. — Não vou nem comentar a maneira como sua garganta se mexe quando você engole a cerveja com gosto.

Liam dá uma piscadela para mim.

Minhas bochechas coram na hora. Será que eu também distraio Liam? Ignoro o impulso de perguntar a ele.

— Pare de flertar comigo. Você está fugindo do nosso objetivo, temos outros itens para completar.

Pegamos um carrinho de golfe que algum segurança deixou para trás. Liam o dirige até o pit da Bandini para podermos mostrar a Maya que concluímos mais um item.

Paro de gravar o vídeo curto de Liam dirigindo.

— Sabe, até que não fazemos uma má equipe.

— Quem dera você deixasse a gente riscar os itens de uma outra lista…

— Haha. Engraçadíssimo. Você estava esperando o dia todo para fazer essa piada?

— Estava. Não consigo evitar, já que você fez uma lista que não consigo tirar da cabeça.

Embora essa informação seja interessante, continuo.

— Se você tivesse que criar sua própria lista de desejos, que itens escolheria?

— Pode ser uma viagem no tempo?

Seus olhos escurecem enquanto ele olha diretamente para a frente, focando nosso destino. Escondo minha surpresa ao ouvir a pergunta.

— Acho que listas de desejos em geral precisam de itens que você pode de fato realizar.

— Então acho que não tem nada que eu queira fazer.

— Ah, que isso. Deve haver algo que você queira.

Minha pergunta é interrompida quando o celular de Liam toca.

Ele tira o celular do bolso. Vejo o nome *Lukas* antes de Liam apertar o botão de ignorar, enfiando o aparelho de volta no bolso.

— Quem é Lukas?

— Ninguém — rosna ele.

Nossa, de onde veio esse mau humor?

— Hum, tudo bem, então.

Liam dirige em silêncio por um minuto.

— Desculpe por ter falado com você daquele jeito. Lukas é meu irmão. Não falo muito com ele, e prefiro passar tempo com você, sinceramente.

Liam para o carrinho e me olha com uma expressão pouco familiar, quase como se estivesse com dor. Algo nos olhos tristes dele me faz deixar o assunto de lado.

— Está tudo perdoado se me contar cinco curiosidades sobre você que eu não possa encontrar no Google.

Bato no volante para ele continuar. Liam solta um suspiro de alívio.

— Se eu encontrar isso na internet depois, vou saber quem é a culpada. Estou lendo *It: A coisa*, de Stephen King, pela segunda vez. Não me pergunte por quê, é só porque quero. Eu gosto de dormir nu. E sim, antes que você fique de queixo caído, é nu mesmo. Na *única* vez na vida em que ajudei uma idosa a atravessar a rua, ela me deu uma bronca, falando de feminismo e como os homens acham que as mulheres sempre precisam de ajuda. A quarta curiosidade: entrei no quarto de meus pais uma vez enquanto eles faziam sexo, e fico surpreso por ainda gostar da posição de quatro depois disso. E, por último, jogo Pokémon Go, embora provavelmente só mais umas duas pessoas no mundo ainda joguem.

Não sei por que a última curiosidade me faz jogar a cabeça para trás e rir até meus pulmões arderem, mas é o que acontece.

Liam me olha como se tivesse visto um alienígena.

— O que foi? — pergunto e tento recuperar o fôlego.

Ele balança a cabeça.

— Nada. Vamos terminar essa lista.

Até que estou me divertindo com Liam. Sem sexo, sem complicações. Apenas tempo juntos, conhecendo um ao outro. Eu queria tanto que Liam fizesse o favor de ter alguns defeitos. Qualquer coisa além do trabalho freelance de ficar com mulheres.

Fazemos uma pausa para tomar água na garagem da Bandini.

— Certo, preciso falar uma coisa. Estou um pouco decepcionada com o quão estranhamente normal você é — solto.

— Não vou mentir. Esse talvez seja o melhor elogio que ouço em um tempo.

Dou uma risada.

— Isso é meio triste. Mas sério, sem ofensa, sua fama é péssima. Eu estava com um pouco de medo de ser sua amiga.

— Sua sinceridade é revigorante. Por favor, aproveite para inflar mais um pouco o meu ego.

— Bem, você não é nada como eu esperava que fosse, pelo que todo mundo diz de você.

Passar um tempo com ele me faz questionar as coisas que li e as verdades em que acreditei, pois ele parece doce e interessado. Fico arrependida por ter tirado conclusões precipitadas, agora que sei que ele age como um cidadão exemplar, pagando os impostos em dia e ajudando vovós a atravessarem a rua.

— Bem, desta vez eu realmente não quero saber o que as pessoas dizem sobre mim. — Ele passa uma mão nervosa pelo cabelo.

— Não te culpo. Mas pelo menos estou disposta a ser sua amiga apesar de tudo.

— Uau. Obrigado pela dedicação. — Ele me dá uma saudação irônica.

Terminamos o intervalo. O tempo voa conforme passamos o dia juntos, e quando está faltando apenas um item da lista, mando uma mensagem para Maya para saber como está o progresso de Santi. Ela me diz que ele ainda precisa roubar um carrinho de golfe.

— O último item. Sem que ninguém veja, precisamos tirar uma foto com a bandeira quadriculada na linha de chegada do Grande Prêmio. — Leio o item mais difícil da lista de Maya.

— Vamos arrumar uma bandeira e ir para a linha de chegada. Mas temos que ser discretos e não chamar atenção, porque posso arrumar problema. A F1 tende a proteger muito o seu circuito antes de uma corrida. — Ele abre um sorriso maroto.

— Eu sei ser discreta, não se preocupe.

Caminhamos em direção à arquibancada com vista para a linha de chegada. Há muitos seguranças e funcionários da F1 na área do grid, supervisionando.

Enfio todo meu cabelo loiro sob o boné da Bandini e puxo-o para baixo, escondendo bem o rosto.

— Eu pareço um homem? Talvez um membro magricela da equipe de pit?

— O céu é verde? Que tipo de pergunta é essa? Até onde sei, homens não usam short do tamanho de um cinto feito o seu, que dirá uma camiseta dessas.

Ele solta um suspiro exasperado enquanto percorre meu corpo com o olhar. Abaixo a cabeça para ler minha camiseta, rindo ao ver a frase *Não me leve a mal, me leve à praia*. Eu a comprei especialmente para Mônaco. O olhar dele percorrendo meu corpo faz meu coração bater mais rápido, sem conseguir conter minha alegria ao notar a maneira como Liam está me observando.

Amigos, Sophie. Amigos.

O jeito como ele fecha os olhos depois de encarar os meus também não passa despercebido. Mas finjo que não vi, para evitar problemas e constrangimentos.

— Bem. Não dá para eu trocar de roupa agora. Aqui se faz, aqui se paga.

— Você sabe que esse ditado não se aplica a esta situação, né? — Ele passa a mão pelo rosto.

— Dã. Mas e a minha diversão? Já estamos nos rebelando mesmo. — Eu me aproximo do posto com as diferentes bandeiras.

Liam passa direto por mim, subindo a escada como se fizesse isso o tempo todo. Então pega a bandeira e a joga para mim. Eu a deixo cair no chão porque Liam está lindo sorrindo, parecendo um deus alemão, o que atrapalha minha coordenação motora. A vareta presa na bandeira faz barulho ao atingir o chão e chama a atenção dos membros da equipe ao redor.

— Rápido. Anda logo! — grita ele e me tira do transe surpresa.

Olho para cima do pavimento e vejo Liam com os pés de volta ao chão, já me filmando com o celular. Agarro a bandeira e a balanço ao mesmo tempo que Liam grava um vídeo. Ele ri comigo e eu jogo a bandeira no ar, mas desta vez a pego. Um guarda corre em nossa direção, então largo a bandeira enquanto Liam segura minha mão, enviando outra descarga elétrica por meu braço.

Corremos em direção à garagem da McCoy e não paramos até desabarmos ao lado das rodas do carro de Liam. Nossa respiração pesada é audível na garagem silenciosa.

Viro a cabeça e encontro Liam me encarando, o azul de seus olhos mais escuro que o normal. Um olhar não deveria me fazer sentir tantas coisas, feliz e animada, desejando-o de uma maneira com a qual não estou acostumada. Um calafrio percorre minhas costas diante da ideia de sentir algo mais do que amizade por esse homem.

Um mecânico da McCoy interrompe o momento ao nos pedir para sair do caminho.

Nós vamos para a área do pit da Bandini.

Maya está na garagem, mexendo na câmera. Ela franze a testa para mim.

— Pelo visto você venceu a rodada. Mas, infelizmente, vamos ter que cancelar a competição, pois Santi se meteu em encrenca.

— O quê? Ah, não. — Faço biquinho.

— Sinto muito. Santi resolveu roubar o carrinho de um segurança de 20 anos que costumava ser da equipe juvenil de atletismo ou algo do tipo. E o cara com quem ele fez dupla, um antigo companheiro de equipe da Kulikov, conseguiu escapar sem ser pego.

— Ou Santi tem muito azar ou um lobo frontal subdesenvolvido — murmuro baixinho.

Liam pigarreia.

— E se eu substituir Santi?

Maya e eu olhamos para Liam, surpresas.

— Não tenho nada melhor para fazer. Além disso, estou mais à altura de Sophie que Santiago. — As palavras dele me atingem como um soco na barriga.

Eu me recupero e começo a pular de alegria, adorando a ideia.

— Isso. Perfeito! Vamos fazer isso.

Maya pega a câmera e se grava anunciando a mudança de planos. Liam me puxa para o enquadramento como se me envolver com o braço fosse a coisa mais natural do mundo. Respiro fundo quando o corpo dele encosta no meu, a mão firme em minha cintura.

Maya vira a câmera para Liam e eu, abrindo um sorriso secreto para nós.

— A próxima rodada é uma corrida. E antes que Sophie reclame e Liam comece a se gabar, nenhum dos dois tem vantagem. Pra mim, é importante ser justa. Bem, até certo ponto.

Ela tira dois controles remotos da bolsa e nos leva para o beco atrás da área do pit da Bandini. Tenho que reconhecer. Ela se empenha no vlog, pois montou um mini Grande Prêmio com uma pista de plástico e dois carros de F1 de controle remoto.

— Quem ficar com os quatro pneus fora da pista perde. Vale tudo, porque qual é a graça de jogar seguindo as regras, afinal? Então, que esta seja a corrida mais suja de vocês. Vocês têm dez voltas. — Ela pisca para nós dois.

Encaro Liam.

— Espero que seu orgulho sobreviva quando você sair daqui com o rabo entre as pernas, porque eu pretendo ganhar.

— Não é desse tipo de rabo que eu gosto entre as minhas pernas.

Liam sorri e Maya solta uma gargalhada. Reviro os olhos para a câmera antes de pegar o controle remoto das mãos dela.

— Vamos lá, bonitão.

Acelero o motor do carro de brinquedo. Liam balança a cabeça enquanto pega um controle.

Em teoria, parece fácil, pelo menos até nós dois começarmos a corrida. Carros de controle remoto são difíceis de manobrar. Eles disparam de repente e desviam bruscamente, o que dificulta manter as rodas na pista na primeira volta. Liam tem mais facilidade com o dele do que eu. Isso é inaceitável, pois não quero que ele vença.

Nossos carros parecem levar uns dez minutos para completar outra volta. Maya tenta conter um bocejo.

Para fins de entretenimento, tanto de quem nos assiste pelo YouTube quanto o meu próprio, bato meu carro no de Liam durante uma das retas.

— Ah, a gatinha tem garras. Parece que Sophie cansou de jogar na defensiva.

Liam olha para a câmera enquanto bato no carro dele de novo, tirando duas das rodas dele da pista. Meu riso sai muito mais como uma gargalhada maligna do que uma risadinha fofa.

Liam me deixa impune, até que decide virar o jogo. Bato na lateral do carro dele de novo e passo a ocupar a maior parte da pista, não permitindo que ele ultrapasse meu carro sem correr o risco de tirar as quatro rodas do circuito.

Ele aproxima o corpo do meu, afastando-se de Maya e da câmera. Ele se inclina para que o microfone não capte as palavras.

— Veja só, Sophie, eu dirijo como eu fodo. Devagar, depois rápido, depois devagar de novo até você ficar sem combustível. Trato meu carro como uma amante, acariciando-a bem antes de entrar, dando o melhor tipo de cuidados para a minha garota. Não corro de forma imprudente, porque prefiro ser atencioso. Eu transo como faço tudo na minha vida, com precisão e força, controle e cuidado.

Enquanto me distrai, seu carro ultrapassa o meu e as palavras me atingem com mais força do que qualquer colisão com um carro de controle remoto. Maldito seja Liam por transformar essas provocações de corrida em uma espécie de preliminar.

Maya ri para nós. Olho feio para ela antes de voltar a prestar atenção em nossos carros. Liam me ultrapassa mais uma vez enquanto eu aumento a velocidade, as rodas derrapando pela pista falsa. Que se fodam ele e seus truques sujos.

— Você não joga limpo — digo, acelerando o carro junto com minha irritação.

— Não, eu não faço joguinhos. Eu fodo, possuo, domino. Jogos são para meninos, e posso garantir que sou um homem de verdade.

Ele sorri para mim.

Será que esse homem nunca teve uma amiga do gênero oposto?

— Você não pode falar assim comigo. — Mordo meu lábio inferior.

O carro dele passa pelo meu de novo, mas tento me concentrar desta vez, não querendo aceitar a derrota.

— Posso, sim, porque estou aqui para jogar sujo. Se você cedesse aos seus desejos, saberia disso. Quero conhecer cada centímetro seu enquanto mapeio seu corpo como o céu noturno que você tanto ama. E porra, como nós nos divertiríamos muito juntos, te mostraria coisas que você nunca pensou serem possíveis. — Ele umedece o lábio inferior com a língua.

Tudo em mim quer concordar, exceto os dois neurônios que trabalham juntos, me dizendo o quanto essa ideia é ruim. Mas não tenho tempo para pensar direito porque Liam encontra minhas mãos e aperta um botão em meu controle remoto. Meu carro sai da pista.

Fico de queixo caído enquanto meu carro capota em direção a nossos pés. Estreito os olhos para ele, mas Liam sorri e me dá um beijo na bochecha.

Ele aproxima os lábios de meu ouvido.

— Você facilita muito, com esses seus ouvidos inocentes que não aguentam ouvir nenhuma sacanagem. Adoraria ver você corar comigo dentro de você. É só falar e eu sou seu, sem perguntas. Quero uma noite com você e sua lista.

Liam roça os dentes na pele macia da minha orelha.

O desgraçado convencido me mordeu!

Ele se afasta, agindo como se não tivesse me excitado e atropelado meu autocontrole ao mesmo tempo.

— Está bem, vocês dois. Não consegui entender metade do que acabou de acontecer, mas Liam venceu a rodada. Eu gostaria de dizer que foi justo, mas a julgar pelas bochechas coradas de Sophie e o brilho malicioso nos olhos de Liam, imagino que não.

Maya se aproxima de nós com um grande sorriso estampado no rosto. Que bom que ela acha tudo isso divertido e fofo, porque eu com certeza não acho.

Liam se vangloria diante da câmera, fingindo que não sussurrou as maiores safadezas que já ouvi. Ele continua completamente alheio ao fato de ter provocado sensações de meu coração até meu clitóris usando apenas palavras.

— Amigos, certo? — Ele desvia o olhar da câmera para mim.

— *Yep*.

Evito o olhar dele e ouço as explicações de Maya sobre o próximo jogo, a vontade de competir se esvaindo. Liam me deixa sem fôlego e confusa ao mesmo tempo. A incerteza corrói meu estômago enquanto penso em suas palavras, sem saber como posso me manter forte perto desse homem quando minha resistência vacila com meras palavras e toques.

Durante o próximo jogo, permaneço no piloto automático, pois meu cérebro abandonou meu corpo há uma hora, sofrendo um curto-circuito com o boca-suja do Liam. Ele quer mudar o jogo e arrancar meu controle.

Eu não estou gostando nada disso. Nem um pouco.

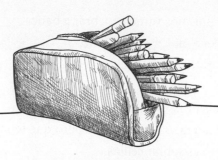

CAPÍTULO ONZE

SOPHIE

— Então, não me mate, mas decidi planejar algo para o seu aniversário — revela Maya, se jogando em minha cama.

— Estou arrependida de ter te contado que sou taurina — gemo.

— Não seja dramática. Não comemorar o dia de hoje deveria ser um crime, já que até Taylor Swift escreveu uma música sobre os 22 anos.

— Meu pai não era muito de comemorar aniversários quando eu era pequena. Sou muito mais o Natal. — Eu lhe dou um sorriso.

Maya faz uma careta.

— Ai, meu Deus. Isso por si só prova que você merece uma comemoração. Não se preocupe. Ninguém mais vai saber que é o seu dia especial. Você deveria ficar feliz, já que decidi transformar seu aniversário em mais um item riscado da sua lista.

— Ah, agora sim.

Esfrego as mãos fazendo minha melhor imitação de um gênio maligno.

Ela pega o laptop e o coloca entre nós duas na cama. Ela aperta o play em um vídeo de alguém ensinando a jogar pôquer.

— Prepare-se, pois nós vamos quebrar a banca.

— Ai, Maya. Você sabe me fazer feliz.

— Qualquer garota normal preferiria um brunch regado a álcool com as amigas.

— Quem precisa disso quando podemos jogar strip pôquer? Por falar nisso, quem são nossas vítimas? Espero que tenham carteiras bem recheadas. — Mexo as sobrancelhas.

Maya ri enquanto se levanta da cama. Ela procura algo na mochila e então joga uma sacola de presente para mim.

— É bom estudar esses vídeos e se aprontar. Você vai limpar a mesa na Kulikov. Mandei mensagem para alguns dos caras com quem Santi costumava correr e eles toparam jogar com a gente hoje às oito da noite. Quarto 128.

Rasgo o papel de seda, revelando uma nova camiseta com os dizeres: *Um Cassino. Dois Cassinos. Três Cassinos. Pobre.* Pulo da cama e espremo o ar para fora dos pulmões dela.

— Você talvez seja a melhor amiga que já tive.

— Tenho que apoiar sua obsessão saudável por camisetas. Use-a hoje à noite. Eles vão pensar que você já perdeu todo o seu dinheiro nos cassinos de Mônaco.

Maya vai embora. Passo a maior parte das próximas três horas estudando tudo o que há para saber sobre pôquer. Às oito da noite, sei tudo sobre *Texas hold'em* e estou pronta para arrasar com a camiseta que Maya comprou para mim.

Se tudo correr conforme o planejado, não pretendo tirar muitas peças de roupa.

Maya me encontra do lado de fora do quarto de hotel dos caras. Ela me mostra as roupas sob o sobretudo, revelando inúmeras camadas de mangas compridas sob jardineiras, short, maiô e mais.

— Está pronta para jogar?

— Por favor. Estou pronta para acabar com todos eles. — Giro os ombros.

— Meu Deus, você fica muito maligna com esse brilho nos olhos.

Os caras abrem a porta para nós. São dois pilotos bonitos, com ombros largos e cabelo escuro grosso. Eles se apresentam como Nikolai e Michail. Ambos têm um sotaque russo carregado.

Nos acomodamos à mesa de jantar, onde nossos anfitriões nos servem vinho. O crupiê que eles contrataram embaralha as cartas.

— Então, com quantas cartas a gente começa? — Dou voz à minha melhor imitação de Elle Woods.

— Três. Definitivamente três. — Maya esconde um sorriso.

Nikolai ri enquanto nos mostra dois dedos.

— Tem certeza de que vocês sabem jogar? Não posso dizer que odiaria ver as duas perderem.

Esse aí flerta sem vergonha.

— Sim. Ouvi dizer que é que nem Vinte e Um.

Jogo os ombros para trás, transmitindo confiança. Sinceramente, espero estar sendo convincente.

É bom Meryl Streep não soltar o Oscar. Senão eu vou roubar.

Os dois explicam cada passo como se precisássemos de ajuda. Maya e eu damos corda, fingindo que precisamos de mais esclarecimentos sobre as diferentes mãos. Não chamo muita atenção no começo. Algumas rodadas eu perco de propósito, enquanto outras eu ganho com uma expressão de surpresa fingida.

Depois de uma hora, perdi a camiseta, os tênis e as meias estilosas. Para a decepção de Nikolai, Maya vai tirando camadas até ficar de camiseta e short jeans. Ele não para de olhá-la como se a próxima mão dela fosse a última barreira entre ele e um vislumbre dos seus peitos. Ambos os homens tiraram as camisas primeiro, o que não foi surpresa. Para ser sincera, eles têm belos abdomens por baixo dos uniformes de corrida.

Podem até ser bonitos, mas não são bem meu tipo. Uma imagem de Liam me vem à cabeça, o que é inesperado. Ao contrário desses dois, ele faz meu coração disparar com um único olhar. Afasto o pensamento porque não é a hora nem o lugar de me distrair.

Aos poucos, minha pilha de fichas vai crescendo até uns bons dois mil euros, pois Nikolai e Michail perderam muitas rodadas em que estavam confiantes. Para ser justa, também mostrei um pouco de decote de propósito, mas Deus me deu os atributos, então é meu dever usá-los.

Maya e Nikolai desistem na rodada seguinte, deixando Michail e eu na disputa. Michail é um tipo mais caladão, com muitas fichas para acompanhar seu conhecimento de pôquer. Ele me abre um sorriso confiante enquanto vai all in, apostando todas as fichas que ganhou, principalmente as que foram de Nikolai.

Uns oito mil euros. É difícil não pensar no que eu poderia fazer com tanto dinheiro.

Uma viagem para Fiji não soa nada mal no momento. Imagino um atendente me oferecendo uma Corona ao mesmo tempo que me bronzeio em uma espreguiçadeira à beira do mar.

Olho para minhas cartas de novo. Com um sete de espadas e um cinco de paus, é um risco. Um que não posso deixar de querer correr. Algo em mim me deixa tentada a igualar a aposta dele. Talvez uma intuição de aniversário.

— Eu pago.

Maya fica de queixo caído enquanto Nikolai me olha com uma mistura de respeito e hesitação.

— Você tem certeza, loirinha? — Michail me olha incrédulo. — Se bem que não vou achar ruim ver você de roupa íntima.

Homens, tão facilmente distraídos pelas pequenas coisas.

— Claro. Mostre as cartas.

O crupiê revela o flop com um seis e um nove de copas, e também um rei de paus.

Meu coração bate rapidamente no peito. Michail solta algo que soa como um palavrão em russo. Ambos olhamos para o baralho como se ele pudesse revelar as respostas. O sangue corre para meus ouvidos enquanto minha frequência cardíaca acelera além do que deveria ser considerado normal.

O crupiê mostra a próxima carta.

— Puta merda — sussurra Nikolai, e o crupiê revela um oito de copas.

Maya e eu saltamos das cadeiras e abraçamos uma à outra.

— Meu Deus, um *Straight*. Você conseguiu! Você ganhou! — grita Maya.

Michael se levanta para tirar a calça.

Ergo a mão.

— Não precisa. Terminamos, rapazes. É melhor a gente ir antes que a nossa sorte termine.

Maya e eu pegamos nosso dinheiro e as roupas do chão. Maya até tenta vestir as camadas antes de desistir e apenas enfiar a maioria na mochila.

— Então é isso? Perdemos todo o nosso dinheiro e nem chegamos a ver vocês peladas — reclama Nikolai, colocando a calça.

Michail nos dá um sorriso antes de pegar a camisa do chão.

— Eu me sentiria usado, mas vocês foram divertidas. Vamos fazer isso de novo algum dia.

Por mais divertidos que os dois sejam, acho que Santiago mataria Maya se ela passasse tempo demais com eles. Ambos são encrenca.

Nos despedimos. Maya e eu saímos do quarto de braços dados, rindo com a cabeça jogada para trás enquanto caminhamos de volta para minha suíte.

Meus 22 anos estão começando com tudo. Fiz uma boa amiga, risquei um item da minha Lista do Foda-se e ganhei milhares de euros.

Siri, por favor, toque "22" da Taylor Swift.

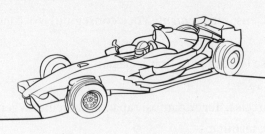

CAPÍTULO DOZE

Liam

— Eu tenho um plano para nós que envolve riscar um dos itens da minha lista.

Sou recebido pela voz rouca de Sophie na entrada da garagem da McCoy depois de minha classificação e da coletiva de imprensa.

— Qual? — Minha voz trai minha empolgação.

— Um item que acabei de acrescentar.

Ela dá uma piscadela para mim, mas fica parecendo um tique nervoso. Parece que criei uma tentação para o pequeno demônio dentro dela depois de implicar com a lista e adicionar um item a ela. Uma satisfação percorre meu corpo quando penso nela se aventurando mais.

Dou uma cutucada em suas costelas.

— Devo ficar preocupado?

Os olhos dela têm um brilho de malícia e algo mais que não consigo identificar. Ela abre um sorriso que faria um sujeito normal sair correndo.

— Só se você tiver medo de saltar de um penhasco. Acha que aguenta?

Dirijo até o ponto do novo item da lista dela. Sophie deixa os cabelos ao vento, os braços erguidos no ar e dança no assento ao som da música, aproveitando o passeio no conversível, que busquei em meu apartamento de Mônaco. Merda, Sophie é linda sem tentar. Ela abandona a cautela, curtindo o momento, cantando com o rádio enquanto dirijo. Faço um esforço para manter os olhos na estrada e ignorar o aperto em meu coração ao vê-la tão feliz.

Quando adicionei o encontro à lista de Sophie, não estava esperando que ela fosse querer adicionar um também. Muito menos algo tão louco quanto *saltar de um penhasco* em Mônaco. Que isso sirva de lição para eu não a subestimar, pois ela sempre me surpreende.

Depois de estacionar o carro, caminhamos ao longo da costa irregular. Eu lhe digo para andar em minha frente caso perca o equilíbrio e derrape nas pedras escorregadias. Tive essa ideia por pura bondade. Ficar olhando o traseiro dela acaba sendo um excelente bônus.

— Meu Deus. Por que diabo concordei em fazer isso? — Sophie não consegue esconder o medo na voz.

— Essa é a sua conversa de incentivo? Porque você vem fazendo um péssimo trabalho nos últimos dez minutos.

Pouso os olhos no short rasgado dela. Um pedaço de seu traseiro aparece na parte inferior, me deixando tentado a tocá-la. Sophie parece um presente embrulhado só para mim. As alças do seu biquíni parecem chamar meu nome, implorando para eu soltar os dois pequenos laços que seguram cada lado.

Ela me lança um olhar irritado por cima do ombro.

— Por que você me convenceu a saltar de um penhasco? É tão imprudente, esqueceu que tem uma corrida amanhã? E se você se machucar?

Não foi ideia minha. Devo dizer isso a ela? De jeito nenhum. Apenas um idiota faria isso.

— Bem, você me conhece, sempre procurando a próxima aventura.

Ela balança a cabeça.

— É por isso que você arruma problemas com a McCoy. Você é rebelde demais para o seu próprio bem.

O comentário dela não parece uma provocação, ainda mais porque ela não está mentindo. Será que ela estaria interessada em mim se eu não tivesse feito tanta merda com a McCoy? Deve ter sido por causa do erro que cometi que Sophie teve essa ideia ridícula de sermos "só amigos".

Compliquei os planos dela assim que decidi flertar com ela durante os jogos de Maya. Eu ficaria desanimado, não fosse a maneira como me olha quando acha que estou distraído. Sophie puxa o freio quando quero pisar fundo no acelerador.

Finalmente chegamos ao topo do penhasco. Passei metade da trilha admirando a vista, tanto do traseiro de Sophie quanto da costa de Mônaco. Até minha insanidade tem limites, e meu coração martela no peito enquanto olho o salto de nove metros. A água agitada bate nas pedras, criando uma espuma branca.

Seguro Sophie quando ela tropeça, impedindo-a de cair de cara nas pedras afiadas. A falta de coordenação motora dela não tem limites.

Ela pressiona as costas em meu peito. Estou de camiseta a pedido dela, pois Sophie diz que não consegue pensar direito quando estou sem camisa, dando uma desculpa sobre como músculos e barrigas saradas são uma fraqueza mental para ela.

— Tira a mão. — Mas ela ri enquanto se afasta, cedo demais, de mim.

Eu rio, balançando a cabeça. Sophie age como se nada a afetasse, mas não consegue esconder o brilho nos olhos ou a maneira como prende a respiração quando me aproximo. Estou muito ciente de que ela está fingindo. Ela apenas resiste à atração melhor do que eu.

Sophie pousa os olhos nos meus, refletindo o nervosismo e a dúvida.

— Certo. Bem, já chegamos até aqui. Não tenha medo. Vai ser rápido. — Ela solta um suspiro trêmulo.

— Não sei quem você está tentando convencer mais. — Olho para baixo e solto um assobio. — Bem, não deixe para amanhã o que pode fazer hoje. Você sabe que só vai poder riscar da lista depois de fazer. O poder do marcador ainda é meu.

— Foda-se — murmura ela para si mesma.

— Isso aí, garota. Eu vou primeiro, só por via das dúvidas. Quem sabe o que pode acontecer se você pular antes de mim?

Luto contra o medo de me machucar, respiro fundo. É difícil dizer não para Sophie. Toda vez que ela pisca aqueles olhos esmeralda, concordo sem pensar. De alguma maneira, estou de quatro por ela sem nem ganhar nada em troca.

Não perco mais tempo pensando em Sophie ou no salto. Em um momento estou no penhasco; no instante seguinte, estou mergulhando na água gelada. Meu corpo afunda nas profundezas do oceano. A água salgada faz meus olhos arderem enquanto nado para a superfície, sorvendo o ar assim que minha cabeça emerge.

Sophie me olha do alto do penhasco.

— Acho que vou te encontrar lá na praia. Você pulou tão bem, vai me deixar no chinelo. Seu salto foi nota onze.

Acho que ela só está brincando para ganhar tempo até se afastar da borda, e eu mal conseguir vê-la de onde estou.

— Sophie Marie Mitchell! Vem para a água agora!

Ela para de recuar, e aproveito a oportunidade para admirá-la. O cabelo dourado esvoaçando como raios de sol. O biquíni acentua os seios cheios e a barriga definida dela, fazendo-a parecer uma sereia me chamando, enlouquecendo minha cabeça e meu pau ao mesmo tempo.

— Tá bom, não precisa ser mandão. — A voz dela interrompe minha admiração. Lambo os lábios, o sal do oceano cobrindo minha língua.

Sophie respira fundo algumas vezes antes de pegar impulso. Ela grita enquanto salta do penhasco, espirrando um pouco de água quando atinge o mar. Seu corpo desaparece sob as ondas azul-escuras. Alguns segundos se passam e ela ainda não está de volta à superfície, me fazendo perder a noção do tempo. Meu coração começa a bater mais rápido quando penso que ela pode ter batido a cabeça nas pedras. O pânico ferve dentro de mim enquanto nado em direção ao ponto onde ela caiu.

A cabeça dela emerge da água. Solto um suspiro trêmulo e tento reduzir a distância entre nós.

— Pare! *Não* chegue mais perto.

Ela me olha com olhos arregalados, as bochechas corando sob meu olhar.

— O que houve? Você se machucou? — Eu me encolho ao ouvir a preocupação em minha própria voz.

— Não. Mas não estou conseguindo encontrar a parte de cima do meu biquíni.

Ela mergulha para tentar localizar o pequeno pedaço de tecido. A escolha de traje foi ruim para a ocasião, e o biquíni sem dúvida se perdeu na corrente do oceano. Meu pau lateja quando penso em Sophie nua, mas me controlo quando percebo como a situação é ruim.

Ela reaparece sem o biquíni à vista. Consigo ver a pele dourada dela sob a água, e resisto com todas as forças à vontade de nadar para mais perto e dar uma espiada.

Ela franze a testa.

— Não consigo encontrar.

— Como assim? — resmungo ofegante, temendo meu autocontrole limitado.

— Ele se soltou quando mergulhei. Aff, era meu biquíni favorito.

Tento pensar em qualquer coisa que não o corpo nu dela agora, deslizando sob a água. Meu pau não se incomoda com a ideia. A cabeça lá em cima toma as decisões, explicando por que posso olhar, mas não tocar.

Ela quer ser só sua amiga. Você quer evitar drama. O pai dela gerencia seus maiores adversários, e nada de bom pode vir desse tipo de situação. Bem, tirando talvez um sexo incrível, a julgar pelo quanto seu pau gosta da presença de Sophie.

Porra, Liam.

Sophie chama minha atenção de novo.

— Pelo menos a situação tem um ponto positivo: acho que posso contar hoje como dois itens na lista. Isto pode ser considerado nadar pelada, certo?

Minha ereção parcial se transforma em uma completa ao ouvir Sophie falar da lista.

— Acho que não. Em geral, para isso a pessoa precisa tirar tudo.

Vou para o inferno. É oficial. *Noah, por favor, guarde um lugar para mim.*

— Desde quando você segue tanto as regras? Não é você quem está seminu agora.

Olho para minha camiseta azul-clara antes de levantar a bainha por cima da cabeça.

— Ótima ideia.

— O que você está fazendo? — Sophie desvia os olhos de meu peito bronzeado para meu rosto, depois de volta para meu peito.

— Vou te dar minha camiseta. Você não pode sair da água desse jeito.

Sim, é a Europa. Não, não quero Sophie fazendo topless, pelo menos não na frente de pessoas aleatórias. Prefiro um espetáculo particular, sem interrupções e olhos curiosos.

— Ah, boa ideia. Se você também está sem camisa agora, isso conta como nadar pelado? — Ela me dá um lindo sorriso, que marca as duas covinhas.

Cubro meu gemido com uma risada.

— Não, sinto muito. Talvez outra hora.

— Eu vou contar, e você não pode me proibir. Eu criei a lista.

Ela pega minha camiseta molhada. Olho para a paisagem, tentando manter os olhos fixos em outra direção enquanto Sophie se atrapalha para vestir a camiseta encharcada. Quero ser respeitoso, mas dou umas espiadas no par de seios perfeitos, os mamilos rosados mal visíveis sob a água. Se ela perguntar, vou negar.

— Liam, onde fica a praia? Como vamos voltar para o carro?

— Agora você está pensando na logística? Eu imaginei que você tinha consultado um mapa de toda a costa de Mônaco antes de planejar isso.

Mesmo assim, aponto para a praia, que fica a uma boa distância nadando.

— Eu estava tentando ser espontânea. Mas, pensando melhor agora, deveria ter contado que não nado muito bem.

— É. Deveria mesmo. Suba.

Eu me viro, esperando para que ela envolva os braços em meu pescoço. Vou levar nós dois, embora vá demorar o dobro do tempo com ela em cima de mim e meu pau pulsando na sunga.

— Tem certeza? Parece longe.

Assinto com a cabeça. Meu conflito interno dificulta a fala. Parte de mim deseja puxá-la para um beijo e passar as mãos pelo corpo dela, enquanto a outra quer afastá-la e manter uma distância segura. Para ela, para mim, para nossa atração explosiva um pelo outro.

Quando ela finalmente passa os braços em meu pescoço, começo a duvidar do plano. Minha camiseta faz muito pouco para cobrir os mamilos de Sophie. O corpo dela colado ao meu aquece minhas costas, e meu corpo fica mais sensível com a proximidade.

Sophie estremece quando passo as mãos por baixo das pernas dela. Noto cada detalhe, da maneira como a respiração dela falha quando me movo até o jeito como ela agarra o meu pescoço, me aquecendo por dentro e por fora. Tenho certeza de que parecemos dois idiotas enquanto a carrego pela água fria.

Sophie se solta de mim e começa a nadar quando nós nos aproximamos da praia. Eu a deixo para trás nas águas rasas e me jogo na areia, exausto. Meu pau se manifesta assim que Sophie sai do mar. Apoio-me nos cotovelos para aproveitar o espetáculo, pois cumpri dez vezes minhas obrigações de amigo.

O tecido molhado de minha camiseta se agarra ao corpo dela, destacando as curvas dos seios. São maiores do que eu imaginava e, caralho, como fantasiei sobre eles. Os mamilos endurecidos estão visíveis sob o tecido, me deixando tentado a levantar a camiseta e espiá-los. Mordo o lábio para conter um gemido ao vê-la. Ela torce a parte inferior da camiseta, fazendo gotas de água escorrerem pelas pernas tonificadas.

Puta merda. Eu me arrependo de ter concordado em sermos só amigos. Foda-se a amizade. Quem se importa com limites? Mulheres como ela não podem ser amigas de alguém como eu, isso vai contra a lei da atração e todas as regras definidas pela evolução.

Um sorrisinho surge nos lábios dela enquanto caminha em minha direção, os olhos fixos no volume na calça.

— Você parece cansado. Devo me preocupar com sua falta de resistência?

Olha só ela, me provocando e testando meu autocontrole.

— Por que a gente não põe à prova e vê se eu estou à altura dos seus padrões? — Minha voz falha.

Ela se senta a meu lado, a areia grudando na pele molhada como uma sereia com cabelo loiro despenteado e olhos verdes nos quais eu poderia me perder. Meu Deus, fico com tanto tesão perto dela.

Ela traça uma linha de meu pescoço até meu peito antes de correr pelos sulcos dos músculos do abdômen. Minha pele se aquece ao toque dela. Não digo nada, com medo de que ela recue a qualquer momento. Sophie para a carícia acima de meu calção de banho. Silenciosamente, imploro para continuar, desesperado para que cruze esse limite estúpido que estabeleceu para torturar nós dois.

— Eu odiaria que todo esse espetáculo fosse só da boca para fora.

Sophie solta uma risada rouca, os olhos brilhando sob o sol de verão quando ela se deita na areia. Ela me provocou e funcionou. Meu corpo reage a ela como a nenhuma outra mulher, o que me deixa confuso, inseguro sobre a linha tênue entre amizade e tentação.

— Eu prometo uma coisa. Ficar comigo seria o melhor espetáculo da sua vida. Eu faria mais que te foder, eu te destruiria para qualquer um que viesse depois de mim.

Passo um dedo pelo tecido encharcado da camiseta. Acaricio a curva dos seios dela e paro logo acima do short, repetindo o que ela fez, mas melhor. As bochechas de Sophie coram. Os mamilos dela se enrijecem ainda mais sob o tecido, me mostrando como ela se sente com meu toque, apesar de seu silêncio.

— Dois podem jogar esse jogo de amigos que você tanto gosta. Continue tentando negar a atração entre nós, eu estou curtindo. Sou um homem paciente, posso esperar, pois sei que você vai ceder.

Quero que ela me deseje tanto quanto eu a desejo — que me peça para meter nela e nunca mais ir embora. Bem, até eu precisar ir. Porque, no fim, eu sempre vou embora, não importa quem seja a garota.

Mesmo uma tão especial e única quanto ela.

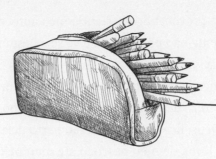

CAPÍTULO TREZE

SOPHIE

Depois do salto desastroso em Mônaco, coloco novos limites com Liam. Fui longe demais com ele na praia, flertando com o perigo e passando do ponto com as provocações. Decido bolar um plano para não acabarmos fazendo algo estúpido. Bem, talvez para *eu* não acabar fazendo algo estúpido, como ficar com ele para satisfazer um desejo.

A primeira fase do plano inclui me deixar o menos atraente possível. Minhas roupas mais feias e largas me protegem. Maquiagem? O que é isso? Ontem, Maya me perguntou se eu estava me sentindo bem. Sorri e disse que ela alegrou meu dia. Tudo o que recebi em resposta foi uma testa franzida e um olhar confuso. Maya não entenderia como a situação é complexa, pois nem eu entendo, com Liam enlouquecendo minha cabeça e minhas partes íntimas. Nunca em minha vida pensei que poderia ser governada pela luxúria, mas aqui estou eu, me esforçando para parecer um zumbi e afastar o homem mais sexy da F1.

Só pretendo fazer atividades de amigos com Liam. Talvez, se ele me vir suada, suja e largada, a atração por mim acabe. Embora o volume no calção de banho dele ontem tenha sido promissor, quero distância. E, sinceramente, pode até ser bom para ele passar um tempo sem companhias femininas, já que seu pau tem aparecido mais na mídia do que as Kardashians.

Esse plano precisa dar certo, porque eu gosto da amizade de Liam. Não quero perdê-lo por causa da atração mútua. Estou muito consciente de meu desejo, mas posso ser madura e não agir em função dele. Liam só precisa entender isso.

Já que Maya e eu estamos com algumas dificuldades com os melhores da F1, trabalhamos juntas para evitar os homens por quem nós nos sentimos atraídas. Noah gosta dela, isso é óbvio, mas ele não quer um relacionamento sério. Para ser sincera, fiquei impressionada quando ele me pediu para ficar junto dela no Grande Prêmio de Mônaco. É por causa desse pedido que estou nos camarotes com Maya, observando a linha de chegada onde gravei o vídeo com Liam alguns dias atrás. A lembrança coloca um sorriso em meu rosto.

Maya cuida dos preparativos para o vlog enquanto eu observo os carros sendo posicionados em seus devidos lugares no grid. A equipe de Liam coloca o carro perto da frente do grupo, o cinza metálico do veículo chamando a atenção.

O Grande Prêmio de Mônaco é um circuito difícil, que exige muita habilidade e paciência. Noah conseguiu a pole position, o lugar favorito de meu pai. Este circuito tem muitas curvas e voltas, além de estradas estreitas e retas apertadas que tornam difícil ultrapassar os outros pilotos sem danificar os carros. É um grande desafio para qualquer um abaixo da P1 vencer.

As luzes vermelhas estão acesas acima dos carros. Os mecânicos correm para remover os aquecedores dos pneus antes de saírem às pressas da pista. Quando as luzes se apagam, os pilotos aceleram. A multidão explode de energia no momento em que os pilotos disparam.

Adoro o som reconfortante dos carros passando com um zunido. Isso me lembra dos verões de minha infância, junto a meu pai enquanto ele trabalhava, me entregando os fones de ouvido para ouvir alguns dos melhores pilotos da F1. Ele me deixava falar com os pilotos por alguns minutos no rádio da equipe. Era a coisa mais legal do mundo quando eu era pequena, e meu pai fez de mim uma grande fã desde o início.

Eu me concentro em assistir à corrida, torcendo pela Bandini e pela McCoy. Qualquer fã pode apreciar a competitividade das duas equipes, sempre tentando se superar. Noah, um ícone em ascensão na F1, não dá muitas oportunidades para outros pilotos o ultrapassarem.

Com Santiago na equipe, aumentam as chances de a Bandini vencer o Campeonato de Construtores, que ocorre ao mesmo tempo que o Campeonato Mundial. Apesar da história complicada entre Noah e Santi, eles têm uma chance de vencer. Além disso, se a Bandini vencer o Campeonato Mundial, eles recebem mais dinheiro para trabalhar nos carros. Seria uma grande conquista, já que as equipes de F1 gastam fortunas.

A McCoy está logo atrás em segundo lugar com Liam ao volante. Jax o segue de perto, deixando pouco espaço entre os dois carros da McCoy. Apesar da amizade com Liam, os dois pilotos competem ferozmente, não cedendo a posição com facilidade.

Os carros aceleram pela pista, soando como jatos. Pneus soltam fumaça enquanto os veículos atingem a velocidade máxima nas retas. Alguns pilotos roçam as barreiras antes de recuperarem o controle, e o som dos pneus rangendo ecoa pelos prédios.

O carro cinza de Liam passa por nós de novo e ele completa mais uma volta rápida. Ele se mantém estável na pista, a asa dianteira próxima à traseira de Noah enquanto fazem outra curva juntos.

Faíscas voam quando o carro cinza de Liam pega uma curva apertada. O som estridente de metal arranhando o asfalto faz um calafrio percorrer meu corpo. Estremeço diante da cena brilhando sob o sol, a fumaça saindo do motor. A lateral do carro de Liam está toda destruída, o pneu deslocado rolando para longe. Liam permanece no cockpit do carro, batendo no capacete com os punhos fechados.

Sinto um aperto no coração ao vê-lo derrotado, sem poder fazer nada além de assistir. Os pilotos tendem a ser homens muito emotivos. Tensões, adrenalina e paixão alimentam reações negativas quando enfrentam derrotas e erros.

Eu me levanto de meu assento para poder ver melhor.

— Pelo menos ele está bem. Coitado. — A voz doce de Maya se ergue sobre o ruído da multidão.

— Ele vai ficar puto. Vai ser ruim para o Campeonato Mundial e para o de Construtores.

Liam precisa abandonar a corrida, algo difícil para qualquer piloto. O acidente vai prejudicar sua colocação no Campeonato Mundial, além de fazer a equipe perder pontos no Campeonato de Construtores.

Minhas mãos tremem enquanto agarro a cadeira de plástico à minha frente, as pernas travadas ao ver Liam ser levado embora em um carro de segurança. Anunciam que ele está bem fisicamente. Ser liberado pelo médico não diminui o golpe em seu orgulho, e o acidente é difícil de engolir, até porque nesse momento a McCoy questiona o valor dele para a equipe.

Não sinto mais vontade de assistir à corrida agora que Liam está fora dela. Noah termina em primeiro lugar, o que não é surpresa.

Por alguma razão ridícula, vou até a motor home da McCoy após a corrida.

Liam está de pé em um corredor próximo com seu agente e Peter McCoy. Peter olha com desprezo para Liam, a careca brilhando sob as luzes, o rosto mal contendo a raiva.

Fico bem próxima à parede, tentando não chamar a atenção. É injusto o quanto Liam está sexy no macacão branco. Os músculos estão marcados sob o tecido resistente a fogo, destacando o belo traseiro e as pernas fortes. A maior parte de seu cabelo loiro suado está grudada na testa, algumas mechas arrepiadas em várias direções. Sua figura esbelta é mais alta que a dos outros dois homens, e sua coluna reta e o maxilar contraído indicam a tensão da conversa.

— Seu desempenho não está atendendo às nossas expectativas. Eu me pergunto se você vale um contrato de quinze milhões de dólares. Acidentes como o de hoje sugerem que não. É algo que esperamos de um piloto jovem, não de um Campeão Mundial. — A voz grave de Peter reverbera pelo corredor.

— Eu me pergunto se a Bandini disse o mesmo a Noah e Santiago quando eles colidiram em Xangai. Imagine só, o grande Noah Slade batendo no carro de um companheiro de equipe? Ele ainda é considerado digno de contrato, e nós acabamos juntos no pódio em quase todos os Prêmios. — As palavras de Liam combinam com seu olhar agitado e raivoso.

Eu não o culpo por ficar na defensiva, pois Peter está sendo um completo babaca. Meu pai sempre disse que Peter surta com os pilotos após as coletivas de imprensa, e que ele trata a equipe da garagem feito lixo, apesar de toda a ajuda deles. Ele tem uma má reputação.

— O que você não entende é que Noah Slade ganhou mais títulos que você, sem contar que ele não se envolve com a família de James Mitchell. Ele é um campeão, e você é o segundo colocado. — O tom de Peter é puro desdém.

— Não vamos nos deixar levar pelas emoções — pede Rick, tentando colocar panos quentes na situação.

As narinas de Liam se dilatam.

— Eu prefiro ser o segundo colocado na F1 a ser um escroto que passa o dia no escritório sendo um pau no cu porque nunca fode ninguém.

Prendo a respiração. Caramba, Liam está irritado mesmo.

Peter dá um sorriso sinistro.

— Pelo menos eu não meto meu pau onde não devo.

Meu estômago se revira com a grosseria de Peter ao se referir à própria sobrinha. Ele é tão baixo nível assim?

O agente de Liam se envolve.

— Tenho certeza de que há maneiras melhores de expressarmos nossos sentimentos. Peter, você não quer dizer coisas das quais vai se arrepender quando a raiva passar. — Rick dá um tapinha nas costas de Peter.

Não gosto do comportamento dele, e fico de pé atrás com o agente de Liam. Sujeitos assim me lembram de vendedores de carros usados que querem ganhar dinheiro rápido. Eles têm um jeito atencioso e amigável, mas os olhos revelam uma profunda falta de sinceridade.

Peter mete um dedo grosso no peito de Liam.

— Acho que você precisa reavaliar sua direção e atitude. Você claramente anda agressivo demais, dentro e fora da pista.

Isso não poderia estar mais longe da verdade. Seguro uma risada ao pensar em Liam como alguém agressivo, porque ele tende a ser o piloto mais cauteloso de todos. Está óbvio que Peter guarda rancor, revivendo as decisões ruins de Liam sempre que ele comete um erro.

— Pode deixar que vou fazer isso.

Liam bate sentido ironicamente antes de se afastar.

Ainda tenso, vem em minha direção, quase trombando comigo quando vira no corredor. O corpo dele se enrijece enquanto pousa os olhos tempestuosos em mim. *Fui descoberta*. Dou a ele um aceno patético e um pequeno sorriso, que ele retribui com uma careta de incômodo, sem achar graça no encontro.

— Liam...

— Aqui não. — O tom seco me cala.

Ele agarra meu cotovelo e nos puxa por um caminho diferente do que leva à saída. Com pernas curtas, tenho dificuldade em acompanhar as passadas largas de Liam. A paleta cinza e branca da McCoy não tem os tons acolhedores do motor home da Bandini, com detalhes em um prata frio que reluz sob as luzes fortes, para combinar com a personalidade de alguns dos membros da equipe. Passamos pela sala de jantar e pelo bar antes de entrar na área das suítes privativas. Liam não fala com ninguém no caminho, ignorando as poucas pessoas que o chamam pelo nome.

Ele continua em silêncio até entrarmos na suíte e ele fechar a porta. Dou um passo em direção à prateleira com diferentes capacetes e equipamentos, querendo ocupar as mãos. O pequeno ambiente fica carregado enquanto me viro de costas para Liam.

— Quanto você ouviu? — A voz dele cortante é diferente do tom de sempre.

— Cheguei quando Peter estava falando do contrato.

Deslizo meu dedo pelos vários capacetes enfileirados na prateleira. O revestimento plástico é brilhoso, pintado com o número de Liam e a bandeira da Alemanha.

— Ótimo. Quase tudo, então.

Liam se aproxima.

Pego um dos capacetes azul-néon, e o equipamento é mais pesado do que imaginei, fazendo meu braço descer de supetão.

Liam segura minha mão, aquecendo a pele com o toque. Calos ásperos raspam a pele lisa dos nós de meus dedos. Ele olha para nossas mãos unidas como se não soubesse como isso aconteceu.

Liam levanta a cabeça. Eu o encaro, hipnotizada pelo turbilhão de cor em seus olhos. Ele volta a atenção para meus lábios antes franzir as sobrancelhas. Ele coloca o capacete de volta na prateleira enquanto eu me afasto, querendo espaço e ar fresco.

Preencho o silêncio e a tensão palpável:

— Peter é um cuzão. Meu pai nunca fala desse jeito com os pilotos dele, não importa o que façam. Duvido que o dono da Bandini faça algo parecido também. O sujeito não se envolve muito porque vive ocupado velejando pela Grécia.

Liam ergue as sobrancelhas quando ele ouve minha confissão. Eu não contaria isso como um grande segredo da Bandini, já que todo mundo sabe como meu pai cuida da equipe.

— Eu cometi um erro e agora ele vive querendo falar da minha contribuição para a equipe. Eu me sinto frustrado e pressionado quando cada coisa que faço é questionada. Peter me trata feito lixo por mais que eu me esforce para agradá-lo. Às vezes, parece que Jax e o chefe da minha equipe são os únicos que me apoiam.

Não consigo nem imaginar como deve ser difícil para ele correr com expectativas tão altas, tendo que aguentar as exigências dos fãs e da equipe da McCoy.

Liam se acomoda em um dos sofás cinza. Ele passa a mão pelo cabelo, bagunçando-o e abandonando a aparência impecável de sempre.

Eu me sento ao lado dele, parabenizando a mim mesma pela coragem de me aproximar.

— Parece um ambiente de trabalho tóxico. Você e Peter não se bicam, isso é óbvio. Tem certeza de que quer fazer isso por anos?

— É o começo da temporada. Espero que Peter supere logo, já que ainda temos quinze corridas pela frente.

Ele solta um longo suspiro que deixa meu coração apertado.

Inclino a cabeça para trás no sofá, imitando a postura de Liam. Ambos olhamos para o teto branco. A respiração de Liam vai ficando mais regular à medida que o corpo dele relaxa, perdendo a rigidez da tensão acumulada.

Não o pressiono para que fale mais, preferindo um silêncio confortável. Eu achava que conversar muito era um grande indicativo de como duas pessoas se davam bem. Mas ficar aqui sentada com Liam, sem dizer nada, me faz pensar que o silêncio é subestimado.

Liam segura minha mão de novo, traçando com os dedos as curvas e contornos. Meu coração acelera, o corpo se aquecendo com esse simples contato. Ele aperta minha mão antes de soltá-la. Eu franzo a testa, sem entender por que me sinto como se tivesse perdido algo quando ele me dá o espaço que eu quero.

Liam está se infiltrando em minha vida aos poucos. Preciso estabelecer limites claros outra vez, ainda mais quando o menor dos toques provoca arrepios em meu braço. Ele não é capaz de amar alguém como eu, e eu não consigo distinguir amor e luxúria. Somos uma combinação fatal.

Respiro fundo antes de estragar nosso silêncio.

— Sabe, se quiser, eu posso vir visitar você antes das corridas. E te proteger de Peter — sugiro, erguendo os punhos e socando o ar, como uma boxeadora.

Liam ri.

— Eu bem que gostaria. Que você viesse, quer dizer... Sem os socos, claro. Guarde-os para alguém com metade do seu tamanho.

— Ou seja, para uma criancinha.

Viro a cabeça e o encontro me encarando, os olhos brilhando sob a luz fraca. Meus pulmões param de funcionar quando o sorriso de Liam se alarga.

Aos poucos o sorriso some, os olhos escurecendo.

— Quero te perguntar uma coisa.

— O quê?

Ele percorre meu rosto com os olhos, demorando-se em meus lábios.

— Por que você quer que sejamos amigos?

Demoro um minuto inteiro para responder.

— Porque você é engraçado. E não é feio de se olhar, então acho que isso é um bônus.

— Mas por que você nega a nossa química?

Engulo o nó do tamanho de uma pedra que se alojou em minha garganta.

— Eu não nego. Você não está acostumado a passar tempo com uma garota que está interessada em te conhecer além das suas habilidades acrobáticas no quarto.

Ele faz um esforço para conter um sorriso.

— Um dia, você vai se submeter, e eu mal posso esperar para o quanto você vai se arrepender de ter esperado.

Finjo arfar de surpresa.

— Você está insinuando que é um Dominador?

Liam e eu temos um jeito de brincar um com o outro que é uma de minhas coisas favoritas em nossa amizade. Não quero colocar isso em risco por uma transa qualquer durante a temporada.

— Você precisa ler menos esse tipo de livro. Não preciso ficar me afirmando, você mesma vai implorar quando estiver pronta.

Ele me atinge com um sorriso significativo.

Não consigo impedir meu corpo de vibrar de excitação com suas palavras. Mas, mantendo meu padrão de sempre com tudo o que diz respeito a Liam, ignoro o comentário, escondendo-me atrás de uma armadura muito parecida com covardia. Estou bem consciente de minha fraqueza. Infelizmente, tenho discernimento suficiente para admitir meu medo e minha incapacidade de relaxar e correr riscos.

Balanço a cabeça.

— Você tem uma imaginação muito viva. Que bom que não desapareceu com a idade.

— Me ajuda a passar o tempo.

Ele esfrega a palma da mão pelo rosto enquanto murmura algo sobre frustração sexual. As bochechas ficando mais coradas.

Ah. *Ah.*

Deixo a cabeça bater no sofá e rio. Por algum motivo, meu corpo formiga quando penso nele sozinho no quarto à noite, dando prazer a si mesmo. Cenas passam por minha cabeça e invadem meus pensamentos.

A voz rouca dele quebra minha calma.

— Você está ficando um pouco vermelha. Isso te excita? Saber que vou para a cama sozinho, olhando para o teto enquanto minha mão sobe e desce no meu pau?

Ai, meu Deus. Quero me enfiar nas almofadas e sumir. Minha respiração fica mais pesada, e sou incapaz de tirar suas palavras da cabeça.

— Quer me perguntar no que eu penso quando meu pau está duro e desejando a experiência completa? — A voz dele fica mais grave, o tom rouco me deixando acesa por dentro.

Não ouso perguntar se ele pensa em mim.

Ele diminui a distância entre nós no sofá e segura meu queixo.

— Não. — Mas minha voz falha.

Tento me soltar, mas ele me mantém presa com o olhar. Meu coração bate descompassado no peito enquanto agarro o sofá de couro. Os olhos azuis perfuram os meus, lendo-me como sempre acontece, identificando minhas mentiras com um simples olhar.

— Penso em uma loira, que tem medo demais de admitir que quer ficar comigo, me chupando antes de me deixar levá-la ao êxtase. Não consigo tirar da cabeça uma certa pessoa que se esconde atrás de uma amizade porque não quer confrontar a realidade. Meu pau fica duro por causa de uma mulher que se faz de destemida para os outros, mas foge sempre que percebe meu interesse. Me diga uma coisa, por que você está tão decidida a negar o que nós dois queremos?

— Eu... bem...

Isso é o máximo que consigo dizer?

Ele ri, afastando a mão de meu queixo.

— Vou esperar você tomar uma atitude. Como eu disse, sou um homem paciente e não tenho nada a perder.

— Além da nossa amizade? — resmungo baixinho antes de me levantar do sofá.

— Nós dois não queremos amizade. Amigos não sentem o que sentimos um pelo outro. — O ar indiferente dele me irrita.

— Bem, *eu* quero. Só porque nós nos sentimos atraídos um pelo outro, isso não significa nada.

Liam sorri.

— Que bom que você finalmente admitiu que está a fim de mim. Foi tão difícil assim?

Merda.

— Eu não quis dizer...

Ele inclina a cabeça para o lado.

— Não tem problema nenhum relaxar e se divertir.

A que custo? Essa diversão dele deve ser do tipo que envolve ligações caindo na caixa postal, outras mulheres e um troféu de coração partido no fim da temporada.

Endireito a coluna e olho-o diretamente nos olhos.

— Se não parar de deixar o clima estranho, não vou mais passar tempo com você.

Ele ri, os olhos brilhando.

— Nós dois sabemos que isso não vai acontecer. Você gosta demais de mim, e eu te acho irresistível.

Odeio o fato de Liam ser tão bonito. Quase tanto quanto odeio a maneira como meu coração acelera quando olho para ele, reconhecendo silenciosamente o quanto meu corpo anseia pelas coisas que ele disse hoje. Detesto como as palavras dele ardem dentro de mim e corroem meu juízo.

— Vou embora. Se eu não responder a nenhuma das suas mensagens pedindo desculpas, é porque vou te ignorar até o Canadá.

Sua risada é a última coisa que ouço antes de fechar a porta da suíte. Apoio as costas na moldura de metal, apertando meu colar de estrela enquanto coloco os pensamentos em ordem.

Puta merda. O que está acontecendo aqui?

Viro meu travesseiro para o lado frio enquanto me mexo sem parar na cama. Minha mente não se acalma, meus pensamentos voltando sem parar à conversa que tive com Liam mais cedo, imaginando se ele fica acordado pensando em mim.

O que foi que ele fez, abrindo a Caixa de Pandora e liberando nossos desejos escondidos?

Certo... está mais para *meus* desejos escondidos.

Fico deitada de costas, olhando para o teto. Fecho os olhos e percorro com os dedos o elástico de minha calcinha, escorregando pelo algodão. Pensamentos sobre Liam dominam minha mente, ele se masturbando enquanto imagina estar comigo, ele ficando acordado até tarde pensando em mim. Enfio um dedo por dentro da calcinha e pressiono meu polegar no clitóris. Esfrego com a outra mão meus mamilos duros, os arrepios se espalhando na pele ao pensar em Liam me tocando. Roço com um dedo minha entrada antes de deslizar para dentro.

Meu celular vibra na mesinha de cabeceira, me interrompendo. Ignoro, querendo me concentrar, mas as vibrações repetidas me incomodam. O carregador é puxado da parede quando agarro o celular com um movimento brusco, sem nem olhar antes de atender.

— O que foi? — responde minha voz rouca.

— Desculpe por ter sido um babaca mais cedo. Não foi minha intenção flertar com você... Bem, isso é mentira. Mas não queria te deixar desconfortável. Não me ignore. Por favor? — A voz de Liam chega pelo celular.

Minhas bochechas coram quando penso no que estava fazendo um minuto antes. Aqui está ele, desculpando-se, quando na verdade sou culpada de fazer o que ele admitiu fazer hoje mais cedo. Que situação.

Gemo com impaciência.

— Tudo bem. Vamos fingir que não aconteceu.

— Mas e se eu não quiser fingir?

Meu coração aperta ao ouvir a vulnerabilidade dele.

— Não estamos fingindo no geral, só vamos ignorar o que aconteceu hoje.

— Assim como você quer que a gente ignore que você estava acordada às três da manhã, com a voz tensa e carente?

Não tem como ele saber o que eu estava fazendo. Ele está jogando verde, testando meu controle. *Não ceda.*

— Liam... para. — Minha voz ofegante não consegue esconder o que sinto.

— Admita. Você estava se tocando. Duvido você mentir para mim agora.

— Não estava — digo rápido. Rápido demais.

Ele ri. Uma risada rouca e sensual que me faz apertar as pernas.

— Você é uma péssima mentirosa.

— Tá bem. Eu estava mesmo. Está feliz agora? Deixa isso pra lá. — Gemo de frustração.

— Não consigo. Aposto que esses seus dedinhos estavam doidos para afundar dentro de você. Tenho certeza de que você fica molhada pensando que eu me masturbo imaginando suas mãos no meu pau.

— Hã.

Não vou nem confirmar nem negar, já que Liam sabe quando minto.

— Vamos *fingir*, Sophie. Imagine que estou aí do seu lado, meu corpo colado ao seu e meus dedos deslizando pelas suas coxas, que ficam quentes onde meus dedos tocam. Seu clitóris lateja, desejando meu toque enquanto sua boceta quer sentir minha língua. Me coloque no viva-voz. Agora.

— E aquilo que você falou sobre esperar eu ceder?

— Você cedeu no instante em que seus dedos tocaram seu clitóris e você pensava mim. Não se faça de desentendida.

Odeio sua perspicácia.

Ele não me dá tempo para retrucar.

— Vamos logo, cansei de ser paciente hoje. Meu pau está pulsando só de pensar em você se tocando.

Imediatamente aperto o botão do viva-voz, e os sons dos lençóis na cama de Liam ecoam em meu quarto.

O que você está fazendo? Sexo pelo celular com ele? Você vai se arrepender disso, certeza absoluta.

— Pare de pensar. Feche os olhos e sinta, porra. — A voz brusca me deixa mais excitada. — Use uma mão enquanto a outra acaricia seu peito. Imagine minhas palmas deslizando pela sua pele, indo mais devagar por onde eu quero beijar você. Porra, como eu queria poder ver você agora. Queria sentir o seu gosto.

Obedeço, deslizando a mão em meu centro antes de escorregar para dentro. Tenho medo de falar, de quebrar o feitiço, medo de tudo envolvendo Liam.

— Me diga no que estava pensando antes, do que a srta. Perfeitinha gosta.

Engulo meu medo.

— Você.

Uma palavra, carregada de significados e insinuações, de consequências e obstáculos para os quais não estou preparada. O celular parece uma barreira, me deixando segura e escondida, sem precisar enfrentar meus sentimentos de frente. Sem precisar enfrentar *Liam* de frente.

Ele geme ao celular.

— Coloque dois dedos dentro de você. Sinta como está molhada por mim. Porque eu estou completamente duro só de pensar em você se masturbando ao som da minha voz.

Meu corpo vibra com a ordem.

— Eu estava pensando em você no seu quarto, a ponta molhada do seu pau enquanto você o segura, várias cenas comigo se repetindo na sua cabeça ao mesmo tempo que você goza.

De onde vem a ousadia, eu não faço ideia. Acho que o sexo por celular me dá coragem.

— Você não sai da minha cabeça. Fico pensando as mesmas coisas porque não consigo te esquecer, por mais que eu tente, por mais que você me chame de *amigo*. Quero te foder até você se esquecer dessa história de amizade, até eu apagar essa palavra da sua memória. Penso em você me implorando para eu te comer, no meu pau dentro de você, te fazendo amar cada segundo. Você vai gritar meu nome e arranhar minhas costas.

Vou fazer questão de fazer você repetir meu nome como uma oração enquanto eu explodo dentro de você.

Um formigamento começa nos dedos dos pés e sobe pelas costas, os nervos disparando quando insiro dois dedos, curvando-os o suficiente para massagear meu ponto G. As palavras de Liam tomam minha mente e destroem qualquer dúvida. Ele pinta uma cena de nós dois juntos que alimenta meu desejo, seu pau entrando em mim enquanto ele me arranca um orgasmo.

— Sempre te quero, feito um babaca carente. Estou tão a fim que você não precisa nem dizer nada para me deixar excitado. Sua respiração pesada já diz o suficiente, pensar em você se masturbando para mim faz minhas bolas se contraírem e meu pau latejar. Me deixa entrar. Quero que você abaixe essas suas defesas e me deixe assumir o controle. Me deixe mostrar como nós dois juntos pode ser bom. — Ele quase rosna a última frase.

— Sim.

Gemo quando meu orgasmo se aproxima, pressiono meu clitóris com o polegar e continuo a me provocar com os dedos por dentro.

— Eu também estou quase lá.

O gemido de Liam ressoa pelo viva-voz.

Nós dois gozamos, eu arfando e Liam gemendo ao celular. Nenhum de nós diz nada enquanto nos recuperamos.

A incerteza se insinua no escuro e substitui o prazer pós-orgasmo. Eu me dou conta de que acabei de gozar ouvindo as sacanagens de Liam ao mesmo tempo que ele se masturbava.

Ai, meu Deus. O que foi que eu fiz?

— Pare de duvidar de tudo — rosna ele no celular.

— Eu tenho que ir. Olha só a hora!

— Não...

Aperto o botão vermelho. O círculo vermelho me lembra um botão de autodestruição, o que é bem apropriado, pois foi o que fiz com meu plano perfeitamente traçado.

Maya entrou oficialmente em minha lista de cancelados. Bem, pelo menos por um tempo, já que não tenho dureza emocional quando se trata dela. Estamos deitadas em minha cama de hotel, vendo TV e colocando a conversa em dia.

Ela me olha com olhos inocentes e um sorriso doce, apesar dos planos de me abandonar. E maldita seja por estar tão bonita enquanto me decepciona, dizendo que não pode ir ao Canadá.

Noah estraga tudo com olhares sedutores e palavras sensuais, porque, vamos ser realistas, não há como esse homem ser doce. Eu sei bem, já que ele aparece lá em casa todo Natal, porque meu pai tem um fraco por pessoas com pais péssimos.

Ontem, Noah beijou Maya. Não posso mais permitir que essas coisas aconteçam, ainda mais porque ela agora se recusa a ir para a América do Norte para o Grande Prêmio do Canadá.

— Você precisa vir também. Pense no xarope de bordo. Nos homens canadenses. Nas Cataratas do Niágara — listo, batendo o dorso de uma mão na palma da outra para ser mais enfática.

Ela solta uma risada.

— As Cataratas do Niágara ficam a horas de distância. Nunca chegaríamos de carro.

— Você realmente não está vindo por causa de Noah? Acho que meu pai tem um cinto de castidade extra que posso te emprestar. Não me surpreenderia se ele tivesse colocado um na bagagem de mão.

— Sinto muito. Queria muito poder ir.

— Não minta. Não é digno da sua pessoa.

Mas eu ainda a amo.

— Sua escolha de palavras é sempre única. — Ela ri. — Às vezes, me pergunto se você é alguma princesa chique se escondendo na F1.

— Até parece, se eu fosse casada com o príncipe Harry, não estaria deitada nesta cama conversando com você. Estaria parindo pequenos bebês ruivos para competirem com a rainha.

A risada dela preenche o quarto de hotel.

— Sério, sinto muito. Eu vou dar um jeito de me redimir com você.

— Tudo bem. Eu te perdoo. Mas você vai à próxima corrida. Pense no seu vlog e nos fãs. Você não pode abandoná-los assim.

Ela balança a cabeça nos lençóis limpos.

— Você vai ter Liam. Não finja que não é suficiente.

— É mais do que eu consigo suportar. — Solto um gemido e evito os olhos dela.

— Se meus amigos olhassem para mim como ele olha para você, acho que teríamos deixado de ser *amigos* há muito tempo. Seríamos mais do que isso. Várias vezes, *por favor*.

Tecnicamente, a voz dele me tirou do meu status de amiga ontem. Mas fico em silêncio.

— Eu já falei. Ele é legal e sexy, o que é uma combinação letal. Liam tem um brilho nos olhos que é bem parecido com o seu quando você bola um plano. — Eu me viro de lado e enfio a cara no edredom, incapaz de escapar dos conselhos sábios. — Com alguém como Liam... um dia você acorda se perguntando como tudo mudou entre vocês dois. Escute o que digo.

— Visto que Liam tem aversão a relacionamentos sérios, duvido muito que isso vá acontecer comigo.

Ela salta da cama, não gostando de minhas palavras.

— Isso é besteira. Além disso, você tem agido estranho o dia todo, ignorando as mensagens dele chamando você para fazer alguma coisa. Aliás, ele me mandou uma mensagem há uma hora perguntando onde *você* está. O que está acontecendo?

Eu me sento e puxo um fio solto da camisa.

— Fiz algo que provavelmente não devia ter feito.

— O quê?

Dou uma olhadela em sua direção.

— Sexo por celular com Liam.

Maya arfa de surpresa.

— Mentira!

Eu me encolho.

— Sim, e não sei como olhar na cara dele agora, que dirá falar sobre o assunto. Quero fingir que nunca aconteceu.

— Por quê?

Ergo as sobrancelhas.

— Como assim, *por quê*? Você não ouviu nada do que eu disse no último mês?

— Claro que sim. Só ouvi você dizer coisas boas sobre ele. Você não tem uma única reclamação, tirando o passado ruim, o que ele não poderia mudar nem se quisesse. Tudo o que ele pode fazer é se esforçar para ter um futuro melhor. Mas você fica teimando em continuarem amigos, quando claramente ter um orgasmo com a voz dele não é nada platônico.

Sua percepção incrível me preocupa.

Escondo o rosto nas mãos.

— Ele admitiu que se masturba pensando em mim.

Ela solta uma risada.

— Tá, e daí?

— *E daí*? Por que você está agindo com tanta naturalidade?

Ela joga as mãos para os lados, frustrada.

— Porque você fica inventando desculpas para não ficar com ele. Tudo o que ouço são motivos para ir em frente. Vocês dois são amigos e estão atraídos um pelo outro. E daí?

— Diz a garota que está fugindo dos problemas — murmuro.

Maya franze a testa, fazendo eu me sentir mal pelo que disse na mesma hora.

— Eu posso até estar me escondendo, mas Noah e eu não somos amigos como você e Liam. Digamos que você transe com ele. Você acha mesmo que ele vai te largar e nunca mais falar com você? Vocês têm uma base que não vai desmoronar do nada.

— Mas e se eu acabar gostando dele e querendo mais?

Ela ergue uma sobrancelha.

— E se ele acabar gostando de você e querendo mais?

Bem, quando ela coloca dessa forma...

— Espero que você saiba que isso parece uma ideia terrível.

Maya me dá um sorriso malicioso.

— Sabe o que dizem? Foda-se.

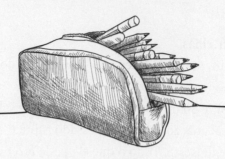

CAPÍTULO QUATORZE

Sophie

— A equipe da garagem está fofocando sobre você passar muito tempo com Maya e os garotos da McCoy.

Meu pai teria sido um ótimo detetive em outra vida. Ele tem faro para identificar qualquer coisa fora do comum, o que me deixa cautelosa sobre como devo responder.

Levanto os olhos do cardápio e encontro seu olhar questionador. Ele começa nosso café da manhã de mau humor, já mencionando Liam sem qualquer tipo de preâmbulo, me fazendo endireitar a coluna. Nem mesmo o xarope de bordo do Canadá consegue animá-lo, a julgar pela carranca.

— Sim, eu gosto da irmã de Santi. Ela é uma pessoa muito divertida de se conviver.

— E os caras da McCoy?

Reviro os olhos por trás do cardápio.

— Também são meus amigos. Sabe, talvez seja um pensamento muito moderno da minha parte, mas meninos e meninas podem ser amigos sem namorar.

Solto o cardápio, fazendo uma falsa expressão de surpresa para ele. Meu pai me olha feio.

— Eu já fui jovem, e quando homens andam com uma garota bonita como você, em geral é apenas por um motivo.

Prefiro não ouvir meu pai falar sobre os tempos de conquistador.

— Obrigada, pai. Você está me fazendo baixar a bola. Eu estava aqui crente que era minha personalidade incrível que encantava geral. — Balanço os ombros e faço um biquinho.

— Por favor, nem venha falar em encantos. Nunca. Estou familiarizado com essa ideia e prefiro não ouvir ninguém querendo os seus presentes. — Ele esfrega o rosto.

Dou uma risada, me divertindo com a agitação dele. Pelo menos ele tem boas intenções.

— Você está sendo bem antiquado. Ninguém com menos de 70 anos fala desse jeito. — Dou um tapinha na mão dele para amenizar a ansiedade. — Vai ficar tudo bem. Eu prometo. Eu dei limites muito claros.

Desenho uma linha invisível em minha frente.

Não menciono que acho Liam o sujeito mais gostoso da F1. Isso iria contra tudo o que construí até agora, inclusive o limite que vez e outra temos ignorado nos últimos dois meses.

— Mas, enfim, me fale sobre essa mulher com quem as revistas de fofoca dizem que você está saindo.

Meu pai nunca ficou quieto tão rápido. Senhoras e senhores, minha técnica de evasão é impecável, tão boa que advogados aplaudiriam. Ele move os olhos rapidamente pelo menu, muito absorto em escolher o café da manhã.

Bingo. Meu pai com certeza está namorando de novo, e eu quero saber quem.

— Não acredite em tudo que lê ou ouve. — Seus olhos encontram os meus.

Palavras interessantes vindo dele. Dou-lhe um olhar significativo.

Ele levanta as mãos em rendição.

— Está bem, entendi.

— Vamos parar com o interrogatório, pode ser? Tenho 22 anos, mas às vezes me sinto com 50, já que tenho a personalidade de uma avó. Não precisa se preocupar tanto comigo.

Meu pai me dá um de seus clássicos sorrisos bobos.

— Você sempre vai ser minha menininha. Mas vou tentar, por você.

Dou um sorriso sincero.

— Vou brindar a isso.

Brindamos com nossas mimosas, e rimos juntos quando acabo derrubando minha taça.

— Fico feliz que algumas coisas nunca mudam.

Meu pai limpa meu suco derramado com um guardanapo de pano.

— Você sabia que as Cataratas do Niágara não ficam perto daqui? Maya me contou, e estou decepcionada por não ter me dado conta desse pequeno detalhe antes.

— Você esqueceu o detalhe de que são seis horas de viagem? Estou chocado — zomba Liam, levando a mão ao peito.

Ele está com uma aparência bem normal, de calça jeans e camiseta. Eu ouso dizer que tem até um ar doméstico, descalço enquanto lê um livro em uma cadeira ao lado da cama. Eu estou deitada em seu colchão confortável, fingindo mexer no celular, mas o observando de soslaio. De alguma maneira, ele faz ler parecer sexy.

— Por que você está lendo *A Guerra dos Tronos*? Não pode apenas assistir à série de TV que nem todo mundo?

Liam vira a página.

— Vou fingir que você não falou isso.

— O que há de tão errado no que eu falei? — continuo, tentando me distrair do modo como ele lambe o dedo antes de virar a página.

Liam me encara como se eu tivesse pedido para ficar com seu primogênito.

— Todo mundo sabe que os livros são melhores que os filmes ou as séries de TV.

— Quem disse?

— Todo mundo que lê!

Sinto um certo alívio por Liam e eu voltarmos a nossa descontração habitual. Ambos ignoramos a ligação no meio da madrugada da semana passada. Bem, na verdade eu ignorei Liam toda vez que ele tentou tocar no assunto, até ele acabar desistindo. Sou tão boa em evitar tópicos quanto ele é em ultrapassar carros. Graças a Deus ele não consegue ler minha mente. Liam não passa dos limites, agindo como um perfeito cavalheiro e amigo. Ele me dá exatamente o que eu quero. Só que agora conheço seus segredos sujos, como o som de sua voz durante um orgasmo enquanto ele me fazia gozar.

Volto a prestar atenção na conversa.

— Certo, então você ama muito livros. Entendi. Mas, então, as Cataratas do Niágara são realmente tão longe assim? Ainda estou decepcionada.

— Uau. Você conseguiu apenas passar um minuto inteiro sem mencionar seu plano fracassado de novo. Estou surpreso, porque em geral você é tão boa nessas suas ideias.

O sorriso brincalhão de Liam faz meu coração doer. *Idiota. Coração idiota. Pensei que estivéssemos juntos nessa. Seu volúvel, ficou todo empolgado depois de uma noite de sexo por celular.*

— Acho que o Google mentiu para mim. É a única explicação. Talvez alguém no Reddit tenha hackeado meu feed e confundido a minha cabeça. Sabe, que nem quando o celular mostra anúncios sobre coisas que dizemos em voz alta, mas não chegamos a pesquisar. Muito estranho. Pode me chamar de louca, mas teve uma vez que conversei sobre caiaques com uma amiga e passei uma semana recebendo anúncios de uma loja esportiva.

— É uma teoria da conspiração e tanto. Você acha que eles espionaram seu Pinterest? Seria uma total violação de privacidade e não há nada pior para alguém hackear.

Arregalo os olhos. Eu me sento, procurando o celular em algum lugar sob o edredom grosso.

— O que você sabe sobre o Pinterest? — sussurro.

Meu Pinterest é meu diário, não é para ser visto por pessoas como ele.

— Sei que há segredos naquelas pastas.

Ele volta a atenção para o livro e evita contato visual comigo, um sorriso presunçoso no rosto. Quero arrancá-lo da cara dele.

— Como você sabe essas coisas? Quem está te dando informações privilegiadas? Responda agora. — Dou a ele meu melhor olhar ameaçador.

O sorriso preguiçoso de Liam se alarga enquanto passo o dedo na garganta, gesticulando uma ameaça.

— Estou disposta a eliminar quem tem a língua solta.

Ele se levanta da cadeira e se senta a meu lado, o colchão afundando com o movimento. Seu peso me faz deslizar mais para perto dele. Seu cheiro atiça meu corpo e limita minha clareza mental para lidar com a situação.

— Pinterest, os pins de interesse. — Ele solta uma risadinha.

Eu o encaro, as sobrancelhas franzidas.

— Ou você não terminou o haikai ou acabou de fazer uma piada terrível.

Ele dá de ombros, não revelando nada.

— Você viu meus pins?

Vou de evitar o contato físico com Liam a agarrar a camisa dele como em um filme brega dos anos 1950, pois preciso de contato visual direto para deixar clara a diferença entre sinceridade e piadas. Meu Pinterest tem pins de meu futuro casamento, minha casa dos sonhos e fotos de bebês vestidos para o Halloween. Ou seja, meus desejos mais profundos.

Nós dois olhamos para minhas mãos tocando seu peito bronzeado. Uma pequena descarga de energia se espalha por meus dedos, a mesma sensação que ignoro todos os dias. Seus olhos se fixam nos meus enquanto ele lambe o lábio inferior. Eu me inclino para mais perto, tentada a roçar meus lábios nos dele.

Não. É uma má ideia com letras maiúsculas.

Eu o solto, colocando um metro de distância entre nós, só por via das dúvidas, e Liam balança a cabeça.

— Não confirmo nem nego.

Meu coração acelera. Preciso mudar meu nome de usuário e atualizar minhas senhas. Ou há um hacker à solta ou um homem curioso que não acredita nas regras de privacidade. Ou talvez as duas coisas, porque não duvido de Liam, visto que ele suborna crianças e não segue o status quo.

Ele se aproxima de novo.

— Parece que você vai fazer xixi na calça a qualquer momento. — *Muito charmosa, Sophie.* — Se acalme e veja só.

Respiro fundo o perfume dele porque gosto de viver em um estado constante de sofrimento.

Ele coloca um vídeo no celular, de um sujeito falando sobre a Escola do Namorado Millennial. O homem revela segredos sobre as mulheres e como os homens deveriam ter vinho e chocolate estocados em casa. Deveriam mesmo.

Quando terminamos o vídeo, estou chorando de tanto rir. É um hábito que já desisti de tentar controlar.

— Estou morta com farofa, então, por favor, encaminhe os dez centavos do meu testamento.

Eu me deixo cair de volta na cama. Afundo meu corpo no edredom macio, que é muito melhor do que o meu. Liam com certeza recebe o melhor de tudo, a vantagem de ser um monstro na pista.

Ele ri e se inclina para limpar algumas lágrimas escorrendo em minhas bochechas. Que fofo da parte dele. O gesto me deixa dolorosamente consciente de seus polegares ásperos deslizando bem devagar por meu rosto, Liam se demorando de propósito. Permito esse raro contato físico entre nós porque gosto da atenção dele.

Nós dois estamos em nosso próprio jogo de pôquer e me pergunto quem vai desistir primeiro. Para azar dele, eu tenho uma cara impassível de dar inveja. Desistir de uma jogada é um conceito que não existe em meu vocabulário, e minha vontade é mais forte que uma mão ruim.

— As garotas odeiam mesmo quando pedimos para elas ficarem calmas? — pergunta ele, me tirando de meus pensamentos.

— O último namorado que me disse isso acabou em uma cova rasa no meu quintal. Meu pai me ajudou a encobrir o assassinato porque ele disse que sou bonita demais para a prisão. — Mantenho a voz firme.

Ele fica imóvel. Analisando meu rosto, avaliando se estou falando sério. Dou um tapa no braço dele.

— Estou brincando! Mas sim, eu pessoalmente não suporto isso. Talvez você precise ir para a escola de namorados. Espere aí, você já foi namorado de alguém antes?

— Não. E também nunca fui bom na escola. Os professores me flagravam vagando pela escola ou pela biblioteca.

As bochechas dele coram, me pegando de surpresa.

— Matar aula soa bem menos rebelde quando você conta que ficava escondido na biblioteca.

O olhar que lança me faz imaginar que ele me daria uma batidinha com o livro se pudesse.

— E se eu dissesse que me escondia por lá porque convidava algumas garotas para me encontrar entre as estantes?

Fico boquiaberta.

— Não sei se devo ter medo ou ficar impressionada com seu amor pela literatura e pelas companhias femininas.

— Posso te mostrar o quanto amo o segundo — diz ele sorrindo.

Liam me encara enquanto uma gargalhada escapa de meus lábios. Ele franze as sobrancelhas, como se estivesse pensando, e cerra as mãos ao lado do corpo. Ele concentra os olhos azuis em meus lábios antes de os percorrer por meu corpo. Minha pele se arrepia sob o olhar de Liam. Queria ir mais longe com ele, testar seus lábios nos meus, sentir sua pele sob meus dedos. Mas, ao mesmo tempo, não quero.

Confuso pra caramba, eu sei.

Desde nossa ligação uma semana atrás, não consigo tirá-lo da cabeça. Os pensamentos que me ocorrem são tudo, menos apropriados para amigos. Gosto de nossa amizade, mas não consigo deixar de me perguntar se gostaria que fôssemos algo mais.

CAPÍTULO QUINZE
Liam

—Sabe, quando sugeri malhar, não era bem nisso que eu estava pensando — reclama Sophie entre respirações ofegantes.

O peito dela sobe e desce e suas bochechas estão coradas. Ela prendeu o cabelo em um rabo de cavalo, que balança sempre que se move, a luz refletindo nos fios dourados.

Agora que ela falou, não era isso que eu tinha em mente também. Arrependo-me da decisão de convidá-la para vir comigo. Minha ideia de um treino ao ar livre antes do Grande Prêmio do Canadá saiu pela culatra, pois Sophie está irresistivelmente gostosa.

A última hora tem sido um ciclo interminável de eu praguejar em silêncio a cada cinco minutos, me perguntando como acabei nesta situação. Minha cabeça passou do nível de poluída e agora é quase um esgoto, e penso em que sons ela faria durante o sexo.

Ontem no quarto de hotel foi por pouco. Quase estraguei tudo e a beijei na cama. Eu não estava pensando direito, distraído pela maneira como ela ria e olhava para mim. Ela não faz a menor ideia do quanto é sedutora.

Não entendo a teimosia de Sophie em negar o que ambos queremos, então sigo o plano dela, pois é melhor não forçar demais e correr o risco de perdê-la como amiga. É risível como meses atrás eu tinha medo de tê-la como algo mais do que uma transa casual. Eu não queria me abrir para outra amizade como a que tinha com Johanna, mas com Sophie tudo parece tão fácil. Ela entrou de rapel em minha vida e conquistou um lugar, não me dando chance de afastá-la, apesar da preocupação crescente em ficar dependente dela.

Acho difícil ignorar como meu pau empurra o tecido do short de exercício. É um castigo por meu plano estúpido. Ela sugeriu ioga ao ar livre perto da pista, mas eu a convenci a fazer uma trilha perto de Montreal. Tenho pouco controle sobre a maneira como meu corpo reage a Sophie quando ela está bem na minha frente, a bunda visível na legging rosa-chiclete apertada. Em qualquer outra pessoa, o visual Barbie não cairia bem, mas em Sophie tudo fica bem. Sem falar no top esportivo combinando. Que porra de roupa é essa? Ela chama de moda, eu chamo de tortura.

Encaixo meu pau no cós do short para evitar que ela perceba minha ereção. Sophie segue alheia a meu dilema enquanto observa o horizonte da cidade.

Limpo a palma da mão no rosto.

— Você está indecente.

Ela sorri, exibindo as covinhas, uma imagem deslumbrante.

— É um look. Roupa de academia está em alta agora. — Ela estica os braços para fora e dá uma volta, me dando uma visão de tudo que eu quero tocar, lamber e foder. Sem ordem específica.

Roupa de academia não é a única coisa em alta agora.

— Sério, cadê a sua camisa? Aqui. Pode ficar com a minha.

Começo a tirar a camisa, desesperado por algum tipo de proteção visual. Os seios dela sobem e descem toda vez que ela respira, porra. Tento não encarar, mas fica mais difícil conforme subimos, porque quanto mais exausta ela fica, mais pesada sua respiração é.

Sophie, ofegante, arfa de surpresa quando me vê tirando a camisa, arregalando os olhos quando os pousa em meu abdômen.

— Não! Cubra essa barriga sarada. Ninguém precisa ver isso.

Ela cobre os olhos.

A reação dela me faz querer mandar a amizade *à merda*. Ainda mais quando ela admira meu corpo por entre as frestas dos dedos, tendo um vislumbre de pele à mostra.

Ela leva os olhos aos meus antes de se concentrar na paisagem.

— Olha, acho que vi um esquilo subindo numa árvore. Vou dar uma olhada.

Volto os olhos para a bunda de Sophie enquanto ela se afasta. Penso em escrever pessoalmente uma carta de reclamação para essa empresa de leggings da qual ela tanto fala. Roupa de academia o cacete. Quem consegue se exercitar usando isso? E mais importante, quem consegue malhar numa academia *ao lado* de alguém vestido desse jeito?

Chegamos ao fim da trilha após mais dez minutos de caminhada, o que nos dá uma bela vista da cidade. Ainda bem que terminamos de subir, assim não sinto mais a tentação de dar um tapa na bunda de Sophie enquanto ela anda na minha frente.

Sophie desaba na grama.

— Já chega por hoje.

— Ainda temos que descer.

Ela mexe em seu colar.

— Estou exausta. Por que você nem parece cansado?

— Porque eu me exercito feito um animal todos os dias?

Sorrio para ela. Meu corpo se inclina em sua direção, fazendo sombra e bloqueando a luz. Ela solta um gemido desgostoso.

— Como pude esquecer?

Gosto de provocá-la, buscando as reações que ela guarda só para mim. Ela mantém meu interesse com as caras e bocas e as piadas que faz.

— Bem, posso te mostrar. Assim você não vai se esquecer nunca, isso eu prometo — provoco.

Ela responde jogando uma pedra em um ponto a cerca de cinco metros de mim. Sorrio para ela.

— Você errou.

— Na próxima vez, vou mirar nesse seu peito estufado de quem tem o ego inflado.

Solto uma gargalhada.

— Você alimenta meu ego mais do que qualquer outra pessoa. Aquele seu olhar selvagem quando uso terno é suficiente para mim. Não precisa se esforçar tanto para me evitar.

Ela tosse para disfarçar um arfar surpreso.

— Você realmente precisa transar, porque está começando a ver coisa onde não tem.

Ah, então é assim que ela quer agir.

— Isso é uma oferta? — Deixo a voz mais grave.

Uma pedrinha pousa a alguns metros de mim com um som suave. Ela nem se esforçou.

Eu me deito na grama ao lado dela. Nós olhamos para o céu, à vontade com o silêncio, sem qualquer pressão para preenchê-lo com palavras inúteis. Roço no corpo dela quando me ajeito para ficar confortável.

Sophie desperta algo em mim que não reconheço. É diferente do que eu tinha com Johanna, uma amizade puramente platônica desde o início. Minha relação com Sophie é quase inflamável, e bastaria um de nós acender um fósforo no meio desse jogo de espera para o relacionamento pegar fogo.

Ela estreita os olhos para o céu.

— É uma pena Maya estar fora a semana toda. Estou com saudade dela.

Minha voz fica mais rouca:

— Agora você não vai poder se livrar de mim. É toda minha, bem do jeito que eu queria.

— Você já ocupa metade do meu tempo.

Não tenho vergonha de admitir que gosto de tê-la por perto e de podermos fazer programas juntos. Isso me ajuda a passar o tempo quando não estou ocupado com corridas ou outras atividades relacionadas à McCoy.

— Como vai a lista?

Estou curioso para saber o que ela já fez ou não. Ela enrola uma mecha de cabelo ao redor do dedo.

— Não está indo muito bem. Eu deveria riscar pelo menos um item por semana para completá-la a tempo, mas estou atrasada.

A grama estala sob mim quando me viro para encará-la. Ela fixa o olhar no meu, me fazendo querer beijá-la até deixá-la sem fôlego na grama, sujando a roupa rosa com terra e mãos ávidas.

Puta merda, qual é meu problema nos últimos tempos?

Travo uma batalha interna entre agir como um homem das cavernas ou um cavalheiro.

— Que estranho para você. Em geral você é muito dedicada.

Sophie é a pessoa mais organizada que já conheci. Ela sem dúvida tem a vida em ordem, e embora eu tenha um emprego e possa ser responsável, ela está em outro nível.

— Eu sei. — Ela tira alguns fios loiros do rosto. — Ando muito ocupada. Mas veja, estou me exercitando. Não está exatamente na minha lista, mas poderia estar. Quer dizer, devo ter perdido um quilo só com essa subida.

— Não que você precise — resmungo. Ela é tão pequena. Se perder mais peso, vai sair voando. — Mas estar ocupada é bom. Quais itens você já completou, então?

Não revelo a Sophie que passo tempo com ela sempre que estou livre, recusando convites para ir a boates com meus amigos porque prefiro a companhia dela. Por motivos puramente egoístas, não quero que ela risque alguns desses itens. Pelo menos não com outras pessoas que não eu.

Ela se senta e pega a lista plastificada na minimochila. Nunca conheci alguém tão certinha quanto ela.

— Certo. Até agora, temos... cinco itens riscados.

Ergo uma das sobrancelhas. Ela não se dá conta de que disse "temos" em vez de "tenho".

— O que você completou sem mim?

Espero que nada muito escandaloso, para o bem dela e o meu. Ela levanta o queixo em desafio.

— Assisti a um vídeo pornô pela primeira vez. E joguei strip pôquer. Além disso, experimentei comidas novas e cantei bêbada em um karaoke em Xangai. E não ligo para o que você diz, eu conto aquela vez em que pulamos do penhasco em Mônaco como nadar pelada.

Com quem ela sai além de Maya e eu?

Contenho um rosnado.

— Com quem você jogou strip pôquer?

Não estou acostumado à possessividade que atravessa meu corpo quando penso em Sophie riscando itens com outras pessoas.

— Bem, Maya organizou uma noite de jogos com alguns pilotos da Kulikov que ela conhece desde que Santi trabalhava para eles. Foi uma comemoração discreta no meu aniversário.

Um aniversário do qual eu não fazia ideia. Maravilha. Cerro os punhos, frustrado.

— Que divertido. Quem ganhou o jogo?

Estou me roendo de ciúme, porque sei que quem ganha termina com mais roupas.

— Aff, eu fiquei em último lugar. Acabei sem nada.

E ela tem a coragem de dar de ombros.

Ranjo meus molares até doerem, contraindo a mandíbula a ponto de estalar. Respiro fundo. Sophie me cutuca com o cotovelo, a risada dela suave me enchendo de calor e calma.

Ela se vira para mim. Encontro os olhos dela, o tom de verde que se tornou uma de minhas cores favoritas.

— Calma. Estou só brincando. Eu assisti a vídeos no YouTube por umas três horas antes de jogar naquela noite. Você está olhando para a orgulhosa ganhadora de oito mil euros. — Ela desliza uma das mãos sobre a palma da outra, fazendo um dinheiro invisível voar. — Não foi um strip pôquer completo, acabei só de sutiã. Não posso dizer o mesmo dos caras, porque Maya e eu blefamos bem.

Dou uma gargalhada, a irritação anterior desaparecendo.

— Não espero menos de você. E o pornô? Eu deveria ficar ofendido por não ter sido convidado para essa.

Ela revira os olhos enquanto tenta conter um sorriso.

— Nessa vez fomos só eu e Maya depois de algumas taças de vinho.

— A que tipo de pornô vocês assistiram? Mulher com mulher? Homem com duas mulheres? Talvez você goste de soft-core com uma história cativante?

A gargalhada dela faz meu coração bater mais rápido. Eu me sento, querendo respirar fundo para acalmar o corpo. Só que agora vejo Sophie por inteiro, com os lábios macios entreabertos, me chamando, alternando os olhos entre mim e o céu.

Minhas mãos se movem por conta própria, afastando alguns fios de cabelo que escaparam do rabo de cavalo e caíram no rosto dela.

Ela respira fundo, fechando os olhos por um breve segundo antes de abri-los de novo.

— Liam...

Uma palavra que me faz sair do transe porque ela me diz com o olhar que precisa de mais tempo. Ela gosta de nossa amizade, e, merda, eu também gosto.

Não achei que gostaria. Quando ela me rejeitou em Barcelona, eu não sabia se conseguiria ser amigo dela. A ideia me deixava enjoado, despertando lembranças que eu queria manter enterradas para sempre. Mas, quanto mais tempo passo com Sophie, mais viciado fico. É impossível ignorar a atração que sinto por ela, tanto física quanto emocional, algo que pensei estar há muito tempo ausente de minha vida. Ela me desafia de inúmeras maneiras e me acompanha em cada passo. E puta merda, meu relacionamento com ela me apavora tanto quanto me empolga.

— Tudo bem, vamos lá.

Sophie me puxa para longe de duas garotas que parecem irritadas com a interrupção. Eu a sigo pelo evento do Grande Prêmio do Canadá, ignorando os patrocinadores que me chamam pelo nome. A F1 organizou um bom jantar com música, dança e boas bebidas. Velas tremeluzem no ambiente, nos envolvendo em uma penumbra, exceto pelas sombras que se movem nas paredes.

Mal vi Sophie esta noite. Ambos estávamos ocupados, já que ela precisou passar tempo com o pai enquanto eu tive que socializar. Mais cedo, Rick veio falar comigo e me deu a notícia desanimadora de que não recebeu ofertas de outras equipes, o que me deixou decepcionado e irritado. Mas o sorriso no rosto de Sophie afasta o mau humor.

— Eu estava no meio de algo importante.

Não é verdade, pois garotas como aquelas só estão atrás de uma coisa, e meu corpo está bloqueado para todas que não sejam Sophie. Mesmo assim, fico curioso para saber por que ela sentiu a necessidade de me puxar para longe.

— Tenho um favor para pedir.

— Vou começar a anotar todos os favores que você me deve. Primeiro você quis que eu distraísse Noah de Maya, aí quis ajuda com a lista. Quem sabe agora você vai me pedir dinheiro.

Adiciono a última frase só para provocá-la.

— Em primeiro lugar, você se meteu na minha lista. Em segundo lugar, não quero nem preciso do seu dinheiro! Não me insulte.

Sophie tem boas intenções e nunca vai atrás das coisas erradas. Ela seria a garota perfeita se eu estivesse procurando por uma, mas não estou, então deixa pra lá.

Ela suspira exasperada enquanto me arrasta para longe de olhares curiosos.

— Enfim, preciso de ajuda. Quero ficar chapada.

Não consigo evitar a risada que sai de mim.

— Você não pode estar falando sério. Jura?

O olhar que ela me dá me diz que sim.

— Sei que você não pode fumar por causa das corridas e dos testes antidrogas. Mas Maya não está aqui, e maconha é legalizada no bom e velho Canadá. Então, tem que ser até amanhã, porque estou com vários itens acumulados. E preciso da sua ajuda para comprar e tal.

Ela fala demais, e eu sorrio como um idiota.

— Tudo bem. Seu desejo é uma ordem.

Estendo meu cotovelo para ela, querendo sentir o braço dela ao redor do meu.

Não consigo conter o orgulho no meu peito ao sairmos do baile de gala sem olhar para trás. Corromper Sophie se tornou meu passatempo favorito, empatado com as corridas e ler.

Algumas horas depois, Sophie e eu estamos em um cobertor em um parque vazio perto de Montreal, deitados juntinhos com alguns travesseiros que roubei do hotel. É bem confortável, e tem um ar acidentalmente romântico.

Não acho mais a Sophie bêbada a mais engraçada. Ela está completamente chapada, rindo de qualquer coisa. Mais cedo, enquanto comprávamos o produto, ela prometeu que seria a primeira e última vez que faria isso. Ela só queria saber do que as pessoas tanto falam, e fico feliz em proporcionar isso a ela sob minha supervisão. Além disso, há a vantagem de tê-la comigo sem reservas.

Ela se vira na minha direção. O luar ilumina o rosto dela, com o sorriso radiante brilhando para mim.

— Essa lista é uma ideia tão idiota, não é?

Eu poderia estar me divertindo com Jax, mas, em vez disso, fico feliz em estar com Sophie sob as estrelas. Ela e suas malditas estrelas. Ela me conta que ama ficar ao ar livre e identificar as estrelas brilhantes e os aviões no céu, feito Galileu ou algo do tipo. Toda vez que erro, ela ri, e porra, adoro ouvir a risada dela. Gosto tanto que confundi de propósito a Ursa Menor com o Cinturão de Orion. Esse erro me rendeu uma risada que senti diretamente em meu pau.

Em algum momento entre o primeiro e o segundo mês da temporada de F1, ela se tornou uma boa amiga, apesar de minha atração física por ela. Estou surpreso por durarmos tanto tempo sem sexo. Sophie nega nossa química e eu já tive umas dez oportunidades de tomar uma atitude.

Ela bate em minha mão, me trazendo de volta à conversa. O toque leve faz meu corpo vibrar de desejo.

Ah, sim, a lista.

— Não é, não. Você quer aproveitar a vida um pouco e se divertir. Não há nada de errado nisso.

Ela suspira.

— Eu sei. Mas meu pai é muito rígido. Eu o amo. Mas ele sempre quis garantir que eu não fosse como minha mãe com todas essas regras e esses planos de cinco anos. E eu também tentei ao máximo não ser como ela. Então, fico presa num ciclo de querer ser perfeita enquanto deixo de aproveitar a vida.

Sinto um aperto no peito ao ouvir a confissão, me identificando mais do que ela imagina.

— É uma merda quando deixamos as expectativas dos outros governarem a nossa vida. Estou passando por isso e é péssimo. Como a sua mãe é?

Ela se mexe, tentando ficar mais confortável. Sophie se enrola perto de mim e deita a cabeça em meu peito. A escuridão esconde minha surpresa. Passo meu braço ao redor dela, mantendo o corpo relaxado. Não quero desencorajar essa proximidade repentina. Embora eu nunca a tenha abraçado assim, parece certo, o que me assusta pra caralho. Odeio sentir medo. Odeio me sentir sem controle, como se não conseguisse lidar com a tempestade em meu peito sempre que me aproximo de Sophie.

— Provavelmente também está chapada agora, em alguma selva na África enquanto salva o mundo. — Ela dá uma risadinha, que vibra em meu peito. — Ela abandonou a gente quando eu era um bebê, dizendo que não queria ser mãe. Ela preferiu ir embora e ser uma mãe falsa para crianças em cidades pobres. Sei que pareço ciumenta e me sinto péssima por isso. É tão egoísta da minha parte sentir inveja de crianças que não têm nada, mas é o que sinto, porque ela me abandonou. Meus pais nunca foram casados, então ela ir embora não foi um problema nesse sentido. Foi fácil.

Por mais fácil que seja um rompimento, a ideia de uma mãe abandonar seu bebê dói. A tristeza na voz dela faz meu peito doer.

Acaricio o cabelo dela para consolá-la.

— Você não é egoísta por querer ter uma mãe que cuide de você. Sinto muito por ela ter ido embora. Não consigo imaginar como deve ter sido crescer sem mãe.

A mãe merda dela me lembra de que devo ligar para minha mãe quando tiver um tempo. Posso ser um babaca às vezes, quando ignoro as ligações de meu irmão, mas minha mãe não é alguém que evito de propósito.

— É, tem coisas que você precisa receber de uma mãe. Meu pai foi obrigado a fazer as duas coisas, sempre cuidando para que eu não acabasse em uma encrenca. Pelo menos tanto quanto possível, com a vida da F1 e as viagens constantes. Infelizmente, nunca vou me esquecer da primeira vez que fiquei menstruada.

Ela geme, escondendo o rosto em meu peito.

— O que aconteceu?

O comentário dela me faz imaginar uma Sophie jovem de outros tempos, quando teve seu primeiro beijo ou sua primeira quedinha. Minha mente começa a divagar para outros primeiros momentos antes de eu voltar a prestar atenção.

— Pedi absorventes. E ele voltou do mercado com fraldas geriátricas.

— O que você acabou fazendo? — Tento conter uma risada.

— Ele me levou junto depois que bati a porta do meu quarto na cara dele. Chorei na farmácia enquanto escolhíamos o produto certo, reclamando entre soluços ao ver meu pai andando de um lado para o outro e pesquisando no Google. Ele comprou um monte de chocolate para compensar e basicamente ofereceu qualquer coisa para me acalmar. Eu estava tão chateada por não ter minha mãe comigo para me ajudar e senti tanta vergonha do meu pai. Mas nunca o vi tão desconfortável. Você consegue imaginar? *Fraldas geriátricas*. Tinha até a foto de uma vovó nelas. Não sei o que ele estava pensando. Em momentos assim eu gostaria de poder ligar para minha mãe e perguntar as coisas.

Ela balança a cabeça, me fazendo inalar o cheiro de xampu.

— Você fala com sua mãe?

Outro suspiro dela.

— Sim, de vez em quando, a cada dois meses ou algo do tipo, sempre que ela tem sinal. Ela ainda é minha mãe, então há muito tempo deixei esse rancor de lado. Algumas pessoas não são feitas para serem pais.

— Isso é bem maduro da sua parte.

Estou sendo absolutamente sincero.

A questão com Sophie é essa. No papel, ela pode ter 22 anos, mas ela exige muito de si mesma, parecendo madura para a idade. Isso me deixa menos culpado com nossa diferença de idade, pois não consigo imaginá-la com um universitário idiota que não sabe o que quer da vida. Ela não merece isso.

— Se você a conhecesse, entenderia. Não consigo mais ficar ressentida, ela está tão feliz fazendo o que faz. Ela é doida feito uma hippie. Tenho sorte de não ter me chamado de Arco-Íris Lunar ou algo maluco.

Ambos rimos da ideia. Estar perto dela me deixa desnorteado porque não sei se quero beijá-la, protegê-la ou fodê-la. Esfrego as costas dela preguiçosamente. Ela tenta se afastar de meu peito, mas a seguro junto de mim.

— Mas enfim, minha lista é uma loucura. É minha maneira de ter novas experiências, já que fui controlada com mão de ferro a minha vida inteira. E não venha com piadinhas sobre dominação, se a sua mente poluída já tiver pulado para essa conclusão.

Uma imagem de Sophie amarrada me vem à cabeça, deixando minha calça desconfortavelmente apertada.

— Isso é muita pressão em cima de você. Mas a lista é uma ideia legal. Nada como ter várias novas experiências enquanto viaja para um monte de lugares diferentes.

— Se você pudesse fazer qualquer coisa no mundo além de ser piloto de F1, o que faria?

A pergunta dela me pega de surpresa. De onde ela tirou isso?

Penso por uns dois minutos. Sophie continua deitada em meu peito, a cabeça encostada em meu coração enquanto espera.

— Você gosta de fazer umas perguntas profundas. Se eu não fosse piloto, provavelmente faria alguma faculdade. Talvez arquitetura. Adoro ver os prédios nas cidades que visito e aprender a história deles.

O nerd em mim aparece.

— Uau. Um homem que aprecia a história do velho mundo.

— Você sempre quis ser contadora?

Não consigo imaginar qual deve ser o apelo da profissão para alguém como ela. Não consigo imaginá-la sentada em um escritório o dia todo lidando com números.

— Ah, não.

Ela ri a ponto de soltar um pequeno ronco. Porra, eu arrumei maconha da boa para ela.

— Então, o que você faria se não estivesse estudando para se tornar uma viciada em trabalho?

Ela solta uma risada nervosa. Alguém já fez essa pergunta para ela antes?

— Eu amo arte — revela.

As três palavras saem em um sussurro bem baixinho, como se estivesse contando um segredo, adicionando à nossa lista cada vez maior.

Eu a aperto.

— Que tipo de arte?

— Eu gosto de todos os tipos. Pintura, desenho, mas amo ainda mais carvão porque gosto de sujar minhas mãos e borrar as linhas. — A voz dela trai sua empolgação.

— Você ainda faz isso? Não a vi com nenhum material de arte neste verão.

— Nem tanto hoje em dia. Quando fiquei ocupada com a faculdade, eu parei, tirando algumas matérias que fiz como eletivas. Além disso, meu pai prefere carreiras respeitáveis, já que paga pelos meus estudos. Se eu lhe dissesse que quero mudar de curso, acho que ele teria um ataque cardíaco.

Ela soa saudosa e triste ao mesmo tempo.

Sinto um aperto no coração, um sentimento desconhecido para mim. Ela não vai seguir os próprios interesses por causa do pai?

— Nunca é tarde para seguir seus sonhos e ver aonde eles levam. Olhe só para mim. Você está deitada com um dos melhores pilotos da F1.

— Sua humildade sempre me surpreende. Bem, posso tentar enquanto estou viajando.

Olho para a escuridão, evitando tudo dentro de mim que me diz para tentar algo mais com Sophie. É uma experiência torturante.

— Você deveria. Se é uma pessoa criativa, aproveite. Eu não sou nada assim.

Aperto os braços ao redor dela, amando a sensação de tê-la deitada em meu peito.

Porra, o que está acontecendo comigo?

— Me conte um segredo. Sinto que vivo me abrindo enquanto você nunca conta nada. Por que isso?

Ela bate com um dedo em meu peito. Respiro fundo, controlando meu batimento cardíaco. Ela me deixa tentado a dividir tudo com ela.

Sophie solta um suspiro profundo.

— Eu só estava brincando. Você não precisa contar nada se não quiser.

Ela me dá uma oportunidade de me esquivar, me fazendo sentir algo que não consigo rotular por mais que tente. Seu altruísmo e sua capacidade de não me pressionar me dão força para me abrir, afinal, se não posso confiar nela, ela é mesmo minha amiga? *Meu Deus, realmente estou caidinho por ela.*

— As pessoas pensam que me conhecem, mas não é verdade.

— Que pessoas? — pergunta ela sem rodeios nem um pingo de julgamento na voz.

— Amigos, fãs, minha equipe. A pessoa que eles conhecem está longe de ser a pessoa que sou de verdade. Eu só fiquei bom em passar a imagem que querem ver.

Ela demora um momento para responder, os grilos cantando na floresta escura em nosso redor.

— E por que você escolhe fazer isso? É para proteger sua privacidade? Engulo em seco, tentando conter a ansiedade crescente dentro de mim.
— Não.
— Então por quê?
Ela se levanta de meu peito e se senta.
— É uma idiotice — resmungo, passando a mão no rosto.
— Se é importante para você, então não pode ser idiotice. Mas saiba que tudo bem esconder parte de si mesmo do público. Por você e pela sua sanidade.
Ela facilita minha confissão ao ser tão compreensiva. É muito diferente de Peter e do público, todos tentando me derrubar na esperança de algum tipo de história de redenção doentia.
— Eu vivo uma mentira. Não é só isso de esconder uma parte.
— Vou te contar um segredo. — Ela me olha nos olhos enquanto fala em um sussurro rouco: — Todos nós vivemos mentiras. Algumas pessoas só são melhores em disfarçá-las. Outras as escondem, fingindo ignorar elas para sempre, mas temem as sombras nos cantos porque sabem o que espreita lá. Você sabe o que está fazendo. Você abraça seus segredos conscientemente, tornando-se um com os problemas que te assombram.
— Você não entenderia — digo com um gemido.
— Você está certo. Eu não entenderia. Mas isso não quer dizer que não possa ter empatia e compaixão por você. A vida é para aprender a compartilhar o fardo dos seus problemas com os outros. Agora, pode até parecer que tudo bem esconder, mas os segredos sempre acabam nos afetando. E às vezes as maiores mentiras não são as que contamos a nós mesmos; são aquelas em que acreditamos de novo e de novo, apesar de todas as evidências do contrário. Então, conte seus segredos ou guarde para você. A escolha é sua. Mas fique sabendo que essas merdas corroem a gente por dentro até você se tornar mais um desses que se encolhem quando veem a própria sombra.

O silêncio cai sobre nós. As palavras dela ficam em cima de meu peito como um peso, pressionando a dor que envolve meu coração. Os minutos passam, e nenhum de nós fala enquanto ficamos perdidos em nossos próprios pensamentos. Ela se deita de novo em meu peito. Fico aliviado com a ausência de contato visual.

Não sei como encontro coragem para falar, mas, porra, eu falo. É culpa da loira perspicaz deitada em mim, que me põe para cima sem ameaçar me derrubar.

— Meu irmão se casou com a minha melhor amiga.

Sophie fica imóvel, sem dizer uma palavra. O silêncio dela me encoraja a continuar.

— O nome dela era Johanna. — Eu não esperava que minha voz fosse falhar ao dizer o nome da minha amiga, mas meu sofrimento fica evidente.

Sophie segura minha mão e entrelaça os dedos aos meus. Ela dá um aperto encorajador. Demoro mais um minuto para continuar porque quero escolher bem minhas palavras e tornar todo o processo o mais indolor possível. Sophie continua em silêncio, roçando minha mão com o polegar, me acalmando de inúmeras maneiras.

— Ela era minha dupla na aula de ciências do nono ano. Eu a escolhi porque sabia que era inteligente e achei que ela poderia me ajudar a passar. E foi exatamente o que aconteceu, tudo graças a ela. Mas começamos a passar muito tempo juntos. Ela e meu irmão se conheceram e tiveram uma conexão que não consigo explicar. Mas Lukas é alguns anos mais velho que eu, então não queria tentar algo com uma aluna tão mais nova quando estava prestes a se formar. Johanna e eu ficamos muito próximos: eu porque ela não estava interessada em ficar comigo, e Johanna porque ela gostava da minha companhia. Então foram muitos anos de amizade. Quando Johanna e eu nos formamos, meu irmão tomou uma atitude e eles namoraram e se casaram. Tiveram uma filha, Elyse, minha sobrinha mais velha. Os dois acabaram engravidando de Kaia logo depois de Elyse. Mas durante o parto... — Engulo a bile que sobe por minha garganta. — Johanna teve um monte de complicações e não sobreviveu.

Meus olhos ficam marejados, mas pisco para afastar as lágrimas que ameaçam cair. Sophie se aconchega em mim.

— Ah, Liam. Sinto muito. Não consigo nem imaginar como deve ter sido difícil e doloroso perder alguém que você ama de maneira tão abrupta. Você e sua família passaram por tanta coisa...

— Sinto nojo de mim mesmo por não conseguir superar. Meu irmão está bem, e meus pais sempre são fortes, mas eu... odeio partes de mim. Então, em vez de aceitar todas essas partes, não aceito. Perdi minha melhor amiga naquela noite. Mas também abri mão de parte de mim mesmo para sobreviver à dor.

— Você sempre pode tentar recuperá-la. Você não é do tipo que desiste e um dia vai carregar sua dor como uma medalha de honra. É assim que você sabe que pode se recuperar e seguir em frente. Cada um lida com dor e tristeza de uma maneira diferente, então quem não te aceitar não é importante, porque a aceitação precisa ser de todas as partes, não só das desejáveis.

— É fácil para você falar. Admiti que engano os outros e você está aqui inflando o meu ego.

Eu riria se não tivesse um nó na garganta.

— É porque você é o único que sai perdendo quando se esquiva e se esconde. Se você não quiser se aproximar dos outros, a escolha é sua. Vou continuar vivendo minha vida com os fragmentos que você mostra. Mas a verdadeira questão é: você aguenta viver essa farsa pelo resto da vida? Se aguentar, então você é o mentiroso mais bonito que conheço, porque as mentiras mais bonitas são aquelas que contamos a nós mesmos.

Cacete. Sophie, apesar da pouca experiência de vida, tem um montão de sabedoria enfiada em um corpo tão pequeno.

Ela continua:

— Mas não esqueça o seguinte: eu quero conhecer você por inteiro, inclusive as partes que você tem medo de mostrar. Quero saber mais sobre o homem que ninguém mais conhece. Então me dê todas as suas partes, pois não estou aqui para te consertar. Gosto de você do jeitinho que é, inclusive com as partes imperfeitas.

Porra. As palavras dela me enchem de uma esperança que eu não achava possível.

— Sou péssimo em me aproximar das pessoas.

Ela aperta minha mão, enviando uma descarga elétrica por meu braço, substituindo minha tristeza por desejo.

— Você já está se aproximando de mim, seu bobo.

Merda. Estou mesmo, e não me arrependo nem um pouco. Passar tempo com Sophie tem sido a melhor parte da temporada.

Esfrego o polegar nos nós dos dedos dela, ansiando por seu toque como um viciado querendo a próxima dose, arrancando um suspiro dela.

— Não é para mudar de assunto nem nada, mas por que você continua ignorando nossa química?

— Porque não quero estragar algo bom por algo temporário.

Sophie se levanta e se afasta de mim. Ela se demora com a mão em meu peito, o calor da palma atravessando minha camisa.

— Eu quero qualquer coisa de você.

É triste admitir como não estou brincando.

— Esse é meu medo com alguém como você. Você me quer e vai me consumir até eu não ter mais nada para dar. Seria fácil amar você, até você me abandonar e partir meu coração — sussurra ela.

Como se pronunciar as palavras em voz baixa as tornasse menos assustadoras. Ela mencionar a palavra que começa com *A* me deixa apavorado. Para trocar de assunto, eu lhe dou um sorriso travesso, me apoiando nos cotovelos.

— Não posso prometer nada parecido com amor, mas posso prometer infinitos orgasmos, amizade e um sexo que vai te fazer formigar da cabeça aos pés.

Como sempre, Sophie faz algo chocante. Ela se aproxima e pressiona os lábios nos meus. O beijo é suave no início, a cautela é evidente.

Puta merda, Sophie está me beijando.

Meus instintos assumem o controle e eu a beijo de volta, o choque passando. Envolvo a nuca dela com a mão, segurando-a firme. Meu corpo canta com o contato, e movo a língua para provar seus lábios carnudos.

Eu a puxo para cima de mim. Com a língua — essa maldita língua — ela explora a minha e me dá acesso à sua boca. Eu poderia pegar fogo com o toque dela. Chego a ter vergonha de pensar isso, embora seja verdade, porque beijar Sophie me faz questionar que caralho eu estava fazendo antes. Não, beijar Sophie é tudo.

Ela arfa quando puxo com os dentes seu lábio inferior. Meu pau lateja dentro da calça, claramente não percebendo que é só um beijo. Acho impossível me controlar perto de Sophie. Juntamos nossa língua enquanto envolvo com a mão o cabelo macio dela, puxando os fios que há meses quero enrolar em meus dedos.

Um desejo avassalador quase me derruba. Sophie ganha a confiança para explorar meu corpo, e sentir as mãos dela deslizando em meu peito e em meus braços quase me leva ao limite.

Viro nosso corpo, deitando-a na grama e cobrindo o corpo dela com o meu. Nossos lábios nunca se separam. Porra, eu adoro o gosto dela, a pressão do corpo dela no meu, absolutamente tudo. Ela toca minha barba por fazer antes de colocar a mão em meu rosto.

Meu corpo empurra o dela, e seu gemido faz meu pau latejar quando roça nela por cima da roupa. Adoro o som de sua respiração pesada, a prova de que ela é tão afetada e impotente quanto eu diante de nossa conexão — duas vítimas de nosso estúpido jogo.

Eu me afasto do beijo para olhar para ela. O arrependimento me atinge instantaneamente quando a nebulosidade em seu olhar se dissipa e sua mente volta a funcionar.

Ela tosse antes de se recuperar.

— Ah, é melhor a gente ir. Está tarde.

Solto um gemido no momento em que me afasto dela, ficando de pé e então ajudando-a a se levantar. Nós dois fingimos que nada aconteceu e agimos normalmente enquanto recolhemos nossos pertences. Bem, tão normalmente quanto é possível para dois amigos que se beijam como amantes e compartilham o mesmo desespero um pelo outro. Sophie e eu temos uma atuação perfeita, fingindo resistir à atração por motivo algum, exceto ela achar que vai se apaixonar em vez de ter orgasmos.

Se apaixonar? Nem fodendo. Sentimentos deixam um gosto ruim na boca. Sophie precisa ser convencida de que deve se apaixonar apenas por um bom moço que a valorize como deve. Só posso prometer o que consigo oferecer com minha carreira e meu passado. Um futuro não é algo garantido, mas juro que o único futuro no qual ela vai pensar é o que eu a ajudo a riscar cada item daquela lista safada dela.

Isso basta para mim. Mas a questão é se basta para ela.

CAPÍTULO DEZESSEIS

Liam

Mesmo depois de vencer o Grande Prêmio do Canadá, a coletiva de imprensa é uma merda. Fazem algumas perguntas que não quero responder. As câmeras se concentram em mim, com as luzes brilhantes deixando minha pele corada. Pela primeira vez, não gosto de estar sob os holofotes, os repórteres ao redor são sufocantes enquanto tento manter a compostura.

Um repórter desprezível toma a frente do grupo. O cabelo penteado para trás com gel e os olhos penetrantes lhe dão um ar esquisito e desagradável quando ele lambe os lábios.

— Liam, várias fontes afirmam que seu contrato com a McCoy está por um fio. Seu desempenho é competitivo, mas você está com dificuldades para vencer Noah este ano.

— E qual é a pergunta?

Esfrego a nuca, detestando como me sinto desconfortável sob o escrutínio de todos na sala. Jax e Santiago se mexem na cadeira.

— Ah, sim. — Ele lambe os lábios de novo. — Então, valeu a pena colocar seu contrato em risco por Claudia McCoy?

De novo essa merda. É outra corrida, outro repórter, mas as mesmas perguntas horríveis.

— O meu contrato não depende do meu relacionamento, ou da inexistência dele, com Claudia McCoy. Agradeceria se isso não fosse mais mencionado durante essas coletivas de imprensa. Estou aqui para correr, não para discutir minha vida particular.

O agente de relações públicas da McCoy vai detestar essa. Acho que tenho outra reunião com Peter pela frente, pois ele odeia quando damos respostas atravessadas para os repórteres. Mas que se foda. Tenho evitado os holofotes e me comportado bem. Além disso, sou um modelo da abstinência. Sophie provavelmente é a responsável por me manter na linha, para ser sincero. Não durmo com ninguém há quase três meses. Meu tempo livre vem sendo gasto de maneira construtiva nos últimos tempos, livre de decisões ruins e mulheres.

Outro repórter fala:

— Liam, há boatos de que você pode mudar para a equipe de corrida da Kulikov no fim da temporada. Você gostaria de contar mais sobre isso?

— Sem comentários.

Minha resposta provoca alguns sussurros contidos.

Os repórteres pensam um pouco sobre minha resposta. Não tenho ideia de onde eles tiram essas informações, mas suas habilidades de investigação são péssimas.

— Você pode nos contar mais sobre seu relacionamento com a srta. Mitchell? Está pensando em se juntar à Bandini no ano que vem?

O mesmo repórter nojento de antes se pronuncia de novo.

De onde veio isso, caralho?

— Minha amizade com Sophie Mitchell não diz respeito a ninguém. Nem tudo na vida gira em torno de contratos e acordos.

Dou um sorrisinho para o repórter, torcendo para que ele se cale.

Ele devolve um sorriso dissimulado.

— Há uma hora uma fonte relatou que você está dormindo com a srta. Mitchell para subir na carreira.

Flexiono os dedos.

— Visto que você acabou de mencionar Claudia, eu recomendaria que verificasse se essas fontes são mesmo confiáveis. Não importa com quem eu escolha dormir, seja a srta. Mitchell ou não, isso não é da conta de ninguém. Eu preferiria cometer suicídio profissional a dormir com alguém para avançar no esporte. Eu o aconselho a encontrar histórias melhores, que não envolvam os últimos acontecimentos no meu quarto.

O repórter se recosta na cadeira, os ombros erguidos.

A coletiva de imprensa termina em tempo recorde. Meu humor piora, apesar da vitória no Grande Prêmio, manchado pelas perguntas sem tato e histórias falsas.

Meu dia vai de mal a pior quando recebo uma ligação de meu agente, dizendo que Peter quer uma reunião conosco. Eu os agracio com minha adorável presença. O péssimo humor de antes me seguindo como uma nuvem sombria.

Entro no palácio do motor home da McCoy e a estética cinza e fria não me enche mais de orgulho. Vou até uma sala de reunião e encontro Peter agitado e meu agente sentado.

— Quando eu lhe disse para ficar longe das mulheres, não esperava que você fosse fazer amizade com a filha de James Mitchell. Quão estúpido você é? — Os punhos carnudos de Peter batem na mesa.

A ideia me faz tremer na base.

Não.

Essas politicagens desnecessárias precisam parar. Meu trabalho é correr, subir no pódio e puxar o saco dos patrocinadores. O contrato não inclui discutir minha vida sexual.

— Você devia ter sido mais específico. Você me disse para respeitar sua sobrinha e eu fiz isso. Sophie e eu somos amigos. Não é problema meu se os repórteres distorcem nossa amizade para servir aos interesses deles. — Tiro uma poeira invisível da calça jeans.

— Pelo amor de Deus, respeito sua habilidade como piloto, mas você precisa controlar sua vida particular. Odeio ouvir os repórteres falando essas coisas de você e não gosto de ter a McCoy associada à Bandini.

Peter parece sincero pela primeira vez na temporada. Seu tom lembra o velho Peter, o sujeito que me acolheu quando eu estava perdido.

— Acho que o que ele quer dizer é que ser próximo de alguém da Bandini pode não ser a melhor opção, ainda mais a filha do chefe da equipe. E se isso explodir de novo? Digamos que você se divirta com ela e depois ponha um fim no caso. Vocês não vão poder se distanciar, ela sempre vai estar por perto.

Rick me avalia.

As palavras de meu agente fazem meu sangue ferver. Ele deveria estar a meu lado, em vez de ficar babando o ovo de Peter e tentando agradá-lo.

— Não vai. Vocês dois estão falando como se eu a estivesse traindo ou algo assim. Vocês vão ter que confiar em mim. Se acreditam que sou capaz de dirigir um carro de milhões de dólares e vencer, então podem contar comigo para não estragar tudo.

Apesar de minha confiança, sei que estão certos em questionar. Confiança é assim. Uma vez perdida, a jornada para reconquistá-la tende a ser longa e tediosa. Quero fazer esse esforço pelo bem de meu time.

Peter encerra a reunião com um olhar de aviso e um pedido de desculpas resmungado por perder a paciência. Olha só. Bilionários: gente como a gente.

Peço a Rick para conversarmos logo em seguida. Claramente, preciso dar a ele uma orientação sobre o que quero.

— Preciso que descubra qual é o plano da McCoy para mim na próxima temporada. Pergunte se querem que eu continue ou não. Se sim, descubra o custo e me dê uma estimativa do tempo que Peter vai levar para superar sua antipatia por mim. Estou ficando sem paciência, pois a atitude dele muda mais rápido do que as marchas do meu carro. Se a McCoy não pretende fazer uma oferta, quero um relatório sobre ofertas de outras equipes.

— E se a McCoy não concordar com nenhum termo? — Ele digita no celular.

— Então faça seu trabalho. É para isso que você ganha parte do meu bônus de assinatura de contrato, não é?

Rick desperta minha irritação por ficar criando caso com meu relacionamento com Sophie e minha imagem com a McCoy. Não gasto um monte de dinheiro com ele para que fique se queixando de mim. Os milhões de dólares que recebe são para aguentar minhas merdas e encontrar soluções. Ele gosta de dinheiro, e eu gosto de correr. Todos saem ganhando quando ele está motivado.

Ele me encara com olhos escuros.

— Vou cuidar disso. Mas você sabe que a McCoy é sua melhor aposta. Tenho cuidado de Peter, buscando um pagamento que faça valer sua continuidade na equipe. Esses acordos levam tempo, então me dê mais algumas semanas.

Todo mundo sabe que a McCoy domina a F1 junto com a Bandini. Mas não vou me colocar em risco e limitar oportunidades para ter um carro de corrida incrível e um companheiro de equipe que também é meu melhor amigo, a menos que me prometam que Peter vai se acalmar e me deixar fazer o que faço de melhor.

— Cuidado com a srta. Mitchell. Por mais divertida que ela deva ser, você precisa pensar na sua carreira. É para isso que você tem trabalhado desde que era novo. Se continuar irritando Peter, não sei se posso ajudar. Não posso salvá-lo de todos os erros.

Essas palavras fazem meu estômago se revirar. Com um último olhar na direção de Rick, saio da sala de reunião e encontro Jax encostado na parede.

Ele me olha com uma expressão cautelosa.

— Oi, achei que você estivesse precisando de uma folga.

— Vamos lá.

Eu o sigo para fora do motor home da McCoy, deixando para trás meu humor sombrio.

Jax e eu vamos a um pub local, nos escondendo em uma mesa com sofá no canto, longe de possíveis fãs. Pedimos comida e bebidas.

— E aí, o que aconteceu?

— Eles ficaram irritados por causa de Sophie e minha reputação. Blá-blá-blá, a mesma merda de sempre.

Rasgo o rótulo da garrafa de cerveja enquanto Jax me observa.

— Eles têm algum motivo para se preocuparem?

A sobrancelha erguida dele me incomoda. Estou cansado de as pessoas sempre questionarem o que faço, me fazendo duvidar de cada atitude.

— Por que se preocupariam, porra? Posso transar com quem quiser sem a benção deles, desde que não seja a sobrinha de Peter.

— Então, você e Sophie estão transando?

Tomo um gole de cerveja.

— Não. Mas de todo modo isso não deveria importar. Prometi me comportar bem e não chamar a atenção da mídia. Nunca disse que seria a porra de um monge por meses.

Ele inclina a cabeça e sorri.

— E como está indo essa história de não chamar a atenção da mídia?

— Vai se ferrar. Como eu ia imaginar que um repórter mencionaria numa coletiva de imprensa que eu passei tempo com uma *amiga*?

— Da mesma forma que devia ter adivinhado que eles se perguntariam se você está usando essa *amiga* para avançar na Bandini.

— Considerando que eles já ofereceram a Santiago um contrato de dois anos, essa ideia de merda é irrelevante. E Noah provavelmente vai ser piloto da Bandini até se aposentar.

Ele balança a cabeça.

— Mas agora falando sério, o que você pretende fazer sobre essa amizade? Por favor, me diga que todo esse incômodo e drama valem a pena. Pelo menos você está transando?

— Não. Mas não por falta de tentativa.

— Conte-me mais. Abra-se com o dr. Kingston. — Ele cruza as mãos à frente.

— Eu insisti antes de ela estar pronta. O mais longe que chegamos foi sexo por celular e alguns beijos.

— Sexo por celular? Você por acaso é um moleque de 15 anos apaixonado pela primeira namorada?

Trituro meus molares.

— Vai se foder. Fique sabendo que ela me beijou algumas noites atrás.

— Ok, vou parar de ser babaca. Mas, sério, você precisa resolver essa situação.

— E o que você sugere exatamente? Considerando que a amiga mais próxima que você já teve é nossa massagista de 50 anos, não acho que você vá me dizer algo útil.

— Eu posso dar bons conselhos quando quero. E não fale mal do meu relacionamento com a sra. Jenkins, você só sente inveja porque ela me dá um pirulito depois das sessões.

Esfrego as têmporas com os dedos.

— Você entende que não está falando coisa com coisa, certo?

— É isso que mantém a vida interessante. Você nunca sabe o que vai acontecer quando está comigo. Mas, enfim, acho que você precisa dar a Sophie o que ela quer, se quer ter uma chance de ficar com ela.

— Sentimentos? — Engasgo com a palavra.

— Quer dizer, você realmente não sente nada por ela? — Jax ergue uma sobrancelha.

— Eu não disse isso. Só não sinto o tipo de amor extremo que ela pode acabar querendo.

Tomo um gole da cerveja para aliviar a garganta dolorida.

— Você pode se importar com alguém sem querer se casar com a pessoa e amá-la para sempre. As garotas adoram essas merdas atenciosas. Alguém como ela não vai transar com um sujeito com o seu passado se você não mostrar que gosta dela por algo mais do que a aparência.

— Mas somos amigos. O que mais posso fazer?

— Além de um sexo terrível por celular? — Ele tenta esconder um sorriso.

Lanço um olhar de reprovação.

— Mostre a ela que você se importa e que não vai jogá-la fora depois de algumas transas. Claro que ela não quer ser mais uma na sua longa lista, ainda mais se isso colocar sua amizade em risco.

Caralho, onde foi que eu me meti?

Sei que o poço é fundo quando o que Jax diz começa a fazer sentido.

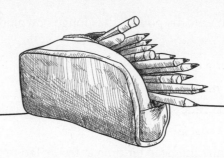

CAPÍTULO DEZESSETE

SOPHIE

Depois da coletiva de imprensa infernal no Canadá, fiquei imaginando protestos no motor home da Bandini com direito a cartazes declarando que havia uma traidora em nosso acampamento. Imaginei membros da equipe querendo me queimar em uma fogueira enquanto meu pai ficaria debatendo se deveria me entregar ou não, dividido entre apaziguar os fãs e me salvar. Mas, sendo realista, a única pessoa que de fato poderia me matar está sentada à minha frente com a mandíbula trincada.

Meu pai e eu estamos no motor home da Bandini, nos preparando para o Grande Prêmio da Europa. Não tenho vergonha de admitir que o evitei desde a coletiva de imprensa de Liam no Canadá. Convenientemente, reservamos voos distintos para Baku meses atrás, o que me permitiu escapar dele por dois dias. Mas ele me pediu para ir até seu escritório, e é o fim da linha. Ele me obriga a ficar lá sentada suportando caras feias e resmungos enquanto atende a ligações inoportunas.

— Por favor, quer me dizer por que diabo minha filha apareceu na última edição de uma revista sensacionalista? Não estou entendendo por que seu nome está ligado à cama de Liam Zander.

Certo. Infelizmente, os poucos dias longe não ajudaram em nada a aliviar sua raiva.

— Eu não queria que nada disso acontecesse, eu juro.

— Que tal ser mais clara? — Ele respira fundo.

Eu me mexo na cadeira sob o olhar inquisitivo, balançando a perna no ritmo de meu coração.

— Não foi minha intenção ter uma amizade tão próxima com Liam. Acabei sendo pega de surpresa.

— Se é só amizade, por que os repórteres estão dando a entender que vocês estão dormindo juntos?

— Sei lá. Porque estão entediados e não são bons no trabalho deles? Minha risada sai quase um chiado.

— Não vou permitir que você humilhe a equipe e a si mesma. — As palavras dele doem.

— Mas nós somos só amigos.

Amigos que se beijam com mais calor do que um motor superaquecido da Bandini, mas amigos, mesmo assim.

— Se eu ouvir mais um rumor sobre vocês dois, você vai voltar para casa. Sem discussão e sem implorar para ficar.

— Você não está sendo justo. Eu não fiz nada de errado e não posso controlar o que outras pessoas dizem de mim. Talvez você esteja com raiva porque meu nome está sendo mencionado com o de Liam, especificamente? — Levanto o queixo.

— Não. Estou com raiva porque avisei o que aconteceria se você se envolvesse com um piloto. Minha reação teria sido a mesma se fosse Santiago ou Noah.

— Liam e eu somos só amigos. Eu juro! — Cruzo o dedo indicador por cima do coração.

Seus olhos se suavizam ao verem minha testa franzida antes de endurecerem de novo.

— Você não podia ter feito amizade com outra pessoa? Ele é o piloto de uma equipe adversária, a nossa maior concorrente. Claro que os repórteres vão falar.

— Eu sei. É que nem Romeu e Julieta. — Minha sugestão parece plausível.

— Os dois morrem no final. E são amantes, não amigos.

Eu o ignoro. Liam é quem gosta das histórias clássicas, eu prefiro as versões românticas mais picantes.

— É só um detalhe. De qualquer maneira... não é esse o ponto. Você deveria estar feliz por mim. Encontrei um melhor amigo. Todo mundo precisa de companhia, e eu fico me sentindo sozinha nos dias que você está ocupado.

Não me oponho a fazer beicinho enquanto jogo sua agenda lotada na cara dele.

— Se ele passar do limite, vou garantir que o próximo contrato dele seja com uma equipe de F2.

Estremeço, porque nada é pior do que deixar a F1. É um golpe baixo, mas meu pai parece falar sério, as sobrancelhas grisalhas franzidas e os lábios pressionados em uma linha reta. A preocupação dele me deixa nervosa.

— Do que você tem tanto medo? Estamos nos divertindo, saindo e tal.

— Além do fato de você ter chamado a atenção de Liam? A reputação dele e essa amizade de vocês são uma receita para o desastre.

Ele entrelaça os dedos sobre mesa e me encara. A preocupação dele faz meu estômago se revirar, porque fico apavorada diante da ideia de me magoar.

Ignoro as preocupações dele e minhas dúvidas crescentes.

— Você se preocupa demais. Não é assim comigo e com Liam. Temos um vínculo forte, tipo Bonnie e Clyde.

— Você realmente adora usar exemplos de casais famosos para descrever a relação de vocês dois.

Ele ergue uma das sobrancelhas. Ops. Meu pai me pegou em um dia ruim, porque eu não estava querendo insinuar nada com as comparações.

— Você não pode me proteger de tudo. Você cometeu erros e sobreviveu.

Ele está sentado diante do maior prêmio de consolação por ter ficado com minha mãe.

— Escute, eu quero o melhor para você. Você sempre teve um coração mole, perdoando os outros por tudo, a ponto de colocar sua felicidade em segundo lugar. Apenas seja cuidadosa, inteligente e prevenida. Mas estou falando sério, se algo parecido acontecer de novo, você vai ganhar uma passagem só de ida para casa.

Ele bate os nós dos dedos na mesa antes de se levantar da cadeira. Então vem até mim e me puxa para um abraço antes de sair do escritório.

Bem... isso foi melhor do que eu esperava.

Decido passar a tarde deitada no gramado ao lado da pista do Grande Prêmio. Eu me acomodo em um cobertor sob o sol, aproveitando o clima ameno e o céu azul. Depois da conversa de ontem com meu pai, não consigo parar de pensar no ultimato dele, a incerteza corroendo minha calma. Essa conversa me diz que preciso ser mais cuidadosa com Liam e com a maneira como as pessoas interpretam nosso relacionamento.

Por falar no homem que nunca sai de minha cabeça, Liam me encontra e traz consigo dois livros, um deles bem grosso. Eu o observo de onde estou deitada. O sol bate nele em um ângulo perfeito, banhando a figura musculosa em um brilho dourado. Minha garganta seca ao vê-lo com os braços à mostra e as pernas grossas a um toque de distância.

Afasto meus pensamentos indecentes.

— Acho que esse livro é maior que a minha cabeça.

Liam prefere calhamaços a um leitor eletrônico. Ele ficou ofendido quando perguntei por que ele não levava um nas viagens longas. Se eu já não achasse que Liam era um nerd secreto, o fato de ele viajar com três livros na mala de mão não deixaria dúvida. Enquanto algumas pessoas leem matérias do BuzzFeed e fazem testes online quando estão entediadas, Liam lê blogs sobre livros e assiste a vídeos no YouTube analisando literatura e adaptações cinematográficas. Até eu, uma fã de *Star Wars* desde a infância, não consigo acompanhar todos os vídeos de teorias malucas sobre o universo cinematográfico.

— Quer ver o que mais é maior que a sua cabeça? — pergunta ele em uma voz grave enquanto a sombra dele se projeta sobre mim, bloqueando o sol em meu rosto.

Reviro os olhos.

— Você está perdendo o jeito. Essa foi fraca, tipo menos dois de dez.

Ele se acomoda a meu lado, seu cheiro limpo fazendo minhas células cerebrais pararem de funcionar. Minha visão é péssima, porque o que achei ser um segundo livro é na verdade um retângulo embrulhado.

Eu o olho desconfiada, apontando para o papel de presente com estampa de galáxia.

— E o que é isso?

Um tom rosado sobe pelo pescoço dele e chega às bochechas.

— Comprei um presente. Vi na loja e lembrei de você.

Sinto um aperto no coração ao pensar em Liam comprando algo para mim. *Que... amigável... da parte dele.* Sem falar que ele arranjou um papel de presente especial. Parte de meu coração derrete sob os raios do sol, sem se aguentar com Liam sendo tão gentil.

— Oba, me dá, me dá.

Eu me sento e mexo as mãos, o que o faz sorrir, a timidez sumindo.

Ele me entrega o presente. Encontro uma dobra no papel, mas hesito em rasgar a bela embalagem. Há estrelas espalhadas em redemoinhos em azul, roxo e preto. A atitude atenciosa dele me deixa confusa, é diferente de qualquer amigo que já tive, o que abala minha ideia de manter as coisas casuais entre nós.

Ele dá uma batidinha em meus dedos imóveis.

— Você está me matando de suspense. É só um papel de presente.

Ai, Liam. Tão alheio a meu conflito interno entre agarrar você e tê-lo como um amigo para sempre.

Sem precisar de mais de encorajamento, rasgo o papel, e a embalagem escura revela um caderno de desenho. Fico de olhos marejados.

Corro os dedos trêmulos pela capa em relevo, adorando o gesto doce e inesperado de Liam. É como tudo entre nós, ao mesmo tempo imprevisível e indescritível, criando uma amizade que não se encaixa em nenhum padrão.

Um sorriso enorme surge em meu rosto quando Liam joga um pacote de carvão em meu colo. Encaro meu material favorito, emocionada por Liam ter se lembrado de minha confissão chapada.

— Se eu ganho um sorriso desses com algo tão simples, vou ter que te dar presentes o tempo todo.

Ele abre um largo sorriso para mim, me enchendo de felicidade e gratidão. Meu coração atingiu oficialmente a capacidade máxima de doçura.

— Isso é tão especial. Nem acredito que você pensou em me dar isso. Muito obrigada.

Eu passo os braços ao redor do pescoço dele e o puxo para um abraço. Liam fica imóvel antes de me abraçar de volta, sua cabeça encostando em meu pescoço. Inalo o perfume dele porque, quando me torturo, faço questão de ir até o fim.

Eu o solto depois de mais alguns segundos e encerro o momento.

Ele desvia os olhos para o lado, um indício de timidez.

— Espero que você o use. Chega de desculpas sobre não ter tempo ou estar com medo. Todo mundo sabe que você tem mais culhão que metade dos homens na pista de corrida.

Este homem me lisonjeia e me desarma de uma vez só.

— Estou tocada por você reconhecer suas falhas. Gosto de um homem que não tem medo de admitir o que deixa a desejar para uma mulher.

Ele faz menção de tirar o caderno de mim de brincadeira, mas eu dou um tapinha nas mãos dele. Caio de costas e rio para o céu. Aperto o presente em meu peito, ainda chocada com um gesto tão atencioso vindo de Liam.

Ele abre o livro e se deita no cobertor. Quero me agarrar a este momento para sempre, então me sento de novo e abro meu caderno de desenho na primeira página, pegando também o pacote de carvão chique que ele comprou. Passo o resto da tarde fazendo um esboço de Liam lendo o livro. Não quero jamais esquecer a sensação de seu apoio à minha paixão e de como ele acreditou em mim.

Liam não pede para ver meu esboço, dando-me a privacidade de que eu nem percebi que precisava. Passamos horas juntos na grama.

Enquanto desenho, minha mente viaja, e penso em meu curso, ressentida de como me sinto enferrujada. Tenho cãibras em alguns de meus dedos, mas continuo o esboço porque anseio pelo ardor que sinto no peito. Minha paixão cresce de uma brasa para uma chama, pequena, mas presente, exigindo mais exploração e descoberta.

Eu esqueci o quanto a arte me move. Esqueci como passar os dedos pelas ranhuras do papel e borrar o carvão perfeitamente desenhado me lembra de encontrar beleza na imperfeição.

Repouso a mão no desenho de um belo Liam. Diferentemente de mim, ele não busca um padrão inatingível de perfeccionismo. Nós dois carregamos fardos diferentes. Liam corre atrás de sucesso com sua equipe e busca provar que os outros estão errados, tudo isso enquanto tenta se libertar de um passado que o assombra. Eu me sinto sobrecarregada tanto por minhas próprias expectativas quanto pelas expectativas impostas por meu pai, que são inatingíveis e me sugam.

Viro a página, olhando para a folha branca atrás do desenho de Liam. Ela simboliza como me sinto em relação ao rumo de minha vida, à pressão colocada em mim, como me sinto vazia quando penso no futuro. Faz eu me lembrar de como não gosto de cursar uma faculdade pela qual não tenho interesse, porque fico querendo ser perfeita, responsável e fazer os outros felizes. Com essas expectativas irracionais, vem também um torpor ao qual me acostumei.

Contraio os dedos e, antes que eu perceba, esfrego as mãos sujas na folha limpa. Marcando-a, borrando-a, tornando-a imperfeita.

É tudo o que quero ser e temo me tornar.

Quando nós nos levantamos para dobrar o cobertor, dou outro abraço em Liam.

— Obrigada por acreditar em mim e me lembrar de algo que pensei estar há muito tempo esquecido. Não consigo expressar o quanto foi importante para mim.

Paro de falar, porque minha garganta se fecha.

Ele não diz nada, pois não precisa. A maneira como ele me envolve com os braços e o beijo que me dá no topo da cabeça dizem tudo.

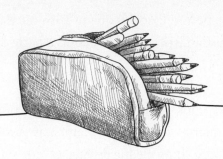

CAPÍTULO DEZOITO

SOPHIE

As férias de verão passaram tão rapidamente quanto chegaram. Passei um mês inteiro sem eventos da F1, sem drama ou amigos. Liam se manteve ocupado puxando o saco da McCoy enquanto eu me preocupava com a faculdade. Depois de rasgar várias listas de prós e contras, decidi continuar meu curso no semestre de outono, visto que já dediquei três anos de minha vida a números idiotas e à falta de satisfação pessoal. Meu pai aceita bem a notícia das aulas online. Ele acredita em minha justificativa de querer conhecer países diferentes enquanto estudo.

Olha ela, cheia de cultura.

Neste semestre, terei aulas de direito empresarial e sistemas de informação contábil. Sinto vontade de apertar o botão de soneca em minha vida por mais um ano, pois meu diploma parece menos interessante a cada semana que passa.

Durante as férias de verão, me distraí desenhando no caderno que Liam me deu de presente, enfraquecendo meus medos e contando histórias através das imagens. Todo o processo me inspirou a criar coragem e aproveitar um pouco mais a vida.

Também nesse período, decidi que preciso me esforçar mais para completar os itens da Lista do Foda-se, pois é parte da missão. Tenho bastante trabalho pela frente, com um total de oito itens riscados e treze ainda por fazer.

Nos últimos tempos, meus planos não têm saído bem como eu gostaria, e eu até queria poder culpar Liam, mas não posso. Gosto das provocações dele e de como ele me desafia. O tempo não apagou esses sentimentos, ainda mais porque ele me ligava quando tinha um tempo livre ou fazíamos chamadas de vídeo algumas noites. Não passamos um dia sequer sem trocar mensagens ou ligações.

Pensar em nós dois juntos me perturba, então passei a me dedicar a ajudar Maya a manter distância de Noah. É uma tática para me esquivar com uma motivação não muito altruísta.

Eu viajei para a Espanha para visitar Maya? Sim.

Eu também fiz isso porque queria bolar um plano para que nós duas pudéssemos esquecer os homens que invadem nossos pensamentos? Claro que sim.

Fomos juntas para a próxima cidade no circuito do Prêmio. Depois de uma pausa de um mês, todos voltam, prontos para retomarem o ritmo. A primeira parada do Prêmio, após as férias de verão, foi corrida demais para eu sair com Liam ou os outros pilotos, visto que estavam ocupados com os testes de meio de temporada e reuniões intermináveis.

Durante o fim de semana seguinte, no Grande Prêmio de Milão, planejei um encontro duplo com Maya. Pessoalmente, não resisto a um encontro em que eu possa comer massa. Vamos jantar com dois engenheiros da McCoy, Daniel e John, que escolheram um restaurante chique bem no coração da cidade.

Apesar dos esforços deles, a noite acabou sendo um fracasso para Maya, provavelmente porque Noah a encontrou e a desonrou em algum canto escuro do restaurante. A culpa vinda da atitude dela pesa em meu estômago com a massa. E minha vergonha me faz concordar com um segundo encontro com John. Não estou muito empolgada, mas pelo menos ele parece um parceiro em potencial para riscar alguns dos itens de minha lista.

E é assim que, um dia depois, me encontro no motor home da McCoy, esperando pelo meu cara. Um encontro durante o horário de almoço parece mais coisa de amigo. Como tem pouca disponibilidade antes da corrida de amanhã, John queria aproveitar o tempo livre.

Sinto o cheiro de Liam antes de ouvi-lo.

— Olha quem finalmente veio me visitar depois de um mês longe. Estou honrado.

Então, ele me puxa para um abraço, me apertando de leve enquanto me segura.

— Diz o sujeito que anda ocupado demais para fazer qualquer coisa — retruco, recuperando o fôlego quando ele me solta.

O sorriso bobo dele provoca um aperto em meu peito.

— O que você veio fazer aqui no acampamento inimigo? Está tentando começar uma guerra?

Sorrio ao ver o cabelo loiro despenteado dele, as mechas suadas escapando do boné virado para trás, que lhe dá um ar juvenil de que eu gosto muito. As bochechas dele ainda estão coradas por causa da temperatura alta do carro. Liam fez um ótimo trabalho hoje durante a rodada de qualificação, obtendo a cobiçada pole position.

— Estou tentando entender o inimigo enquanto planejo minha tomada de poder. Tudo começa com você, caso ainda não saiba.

O sorriso dele aumenta, e eu gostaria de ter a câmera de Maya comigo para tirar uma foto.

— Eu sabia que algo em você iria me destruir.

— Hum. Pelo menos você encara sua destruição de frente. Bastante ousado. Eu tentei te alertar sobre meus planos, pois sou o pior tipo de controladora.

Esfrego as mãos e rio como uma gênia do mal.

O peito dele treme de tanto rir, o que chama minha atenção para como a camisa dele está justa nos músculos do torso. *Sophie, não.*

Liam brinca com a ponta de minha trança francesa e me dá um olhar sensual.

— Eu aceito sofrer as consequências. Ainda mais quando sei que conseguiria fazer você perder o controle em certas situações. Você só precisa admitir a derrota.

Minha pele cora com as promessas implícitas.

— Oi, Sophie, desculpe por te deixar esperando. Tive que cuidar de alguns ajustes finais no carro. Você está pronta? Ah, oi, Liam.

Olho para John, um sujeito bem bonitinho, com uma cabeleira castanha e olhos bondosos. Nada digno de ser anotado em um diário, se eu fizesse esse tipo de coisa, mas pelo menos ele parece um cara sincero. O tipo com quem meu pai esperaria que eu ficasse. Não o homem carrancudo em minha frente, de olhos azul-claros e beicinho escancarado.

Liam chega mais perto de mim, o pescoço pulsando.

— Oi, Joe. Como vai?

— John — sussurro meio ríspida.

Liam abre um sorriso debochado, mostrando que sabe muito bem com quem está falando. O pobre coitado que vai sair comigo não tem chance contra o homem territorial a meu lado.

John troca o peso de um pé para o outro, ignorando o "erro" de Liam.

— Tudo bem. Vou levar Sophie para sair antes de ficarmos ocupados de novo com os preparativos da corrida.

— Ah, eu não sabia que Sophie estava fazendo novos amigos além de Maya e de mim. Está tentando me deixar com ciúme?

Liam estreita os olhos para mim. Ele passa a mão por minhas costas, e minha respiração fica entalada na garganta quando sinto o toque. Sua grande palma repousa na parte baixa de minhas costas, acima de minha bunda.

Eu me afasto dele e me aproximo de John, querendo evitar meu desejo de continuar a sentir o toque de Liam.

— Não seja bobo. Tenho tempo de sobra para todos os meus *amigos*.

As narinas de Liam se dilatam. John olha confuso de Liam para mim, sem conseguir esclarecer o mistério do que existe entre nós. Pode me chamar de Sherlock de araque, porque eu também não consigo.

— Bem, foi bom te ver. Te mando uma mensagem mais tarde, Liam — digo por fim e arrasto John para longe da minha tentação.

Olho por cima do ombro e vejo Liam bem irritado, o charme juvenil já descartado, junto com o sorriso descontraído.

Tento tirar da cabeça a imagem de um Liam zangado enquanto John me conduz para fora do motor home da McCoy. Ele deixa a mão respeitosamente no meio de minhas costas, bem longe do ponto onde Liam colocou a dele. O toque de John não mexe comigo como o de Liam. Franzo a testa diante dessa revelação.

Nosso encontro é tranquilo e, por algum motivo, fico decepcionada. Caminhamos pelas ruazinhas laterais de Milão de mãos dadas. Meu corpo permanece em um torpor, sem frio na barriga ou qualquer sinal de química quando John segura minha mão. Meu coração mantém o mesmo ritmo e minha pele não cora, como se meu corpo não reconhecesse o dele.

Atribuo a falta de reação à necessidade de uma ligação emocional com a outra pessoa. Liam e eu cultivamos uma amizade primeiro, então talvez eu precise do mesmo com John. Soa crível o suficiente para fazer sentido.

Mas a ideia me atormenta pelo resto do dia, mesmo depois de John me deixar no hotel. Não consigo ignorar a vozinha em minha cabeça dizendo que talvez eu goste mais de Liam do que deveria. Eu já estava assustada com a ideia de me sentir atraída por Liam, então pensar em querer dele mais do que amizade e algo físico me dá vontade de vomitar.

Não quero estragar uma boa amizade sendo mais uma entre as conquistas dele, mais um contatinho. A lista dele deve ocupar quatro gigas de memória no celular.

Sabe o que é pior do que se apaixonar por seu amigo?

Se apaixonar por um amigo que pretende deixar você quebrar a cara.

Uma brisa fria passa por minha pele, fazendo uma das páginas da revista se virar sozinha. Não resisto à varanda escondida na cobertura do escritório da Corporação da F1. O motor home deles ainda é o mais elegante, com linhas suaves e espaços tranquilos. Eu me deito em um dos sofás, as costas apoiadas nos travesseiros.

— Como vai a lista?

Sorrio ao ouvir a voz de Liam. Em geral, ele está sempre curioso para saber quais itens já risquei. Eu o encaro como uma esquisita, secando a camisa polo cinza da McCoy e o boné virado para trás.

— Quer que eu faça uma para você? Você sempre fica perguntando sobre a minha, estou começando a achar que você precisa de uma própria.

Enquanto fecho a revista, ele sorri para mim e levanta minhas pernas antes de se sentar, baixando-as de volta em cima das próprias coxas. Toda vez que Liam chega perto de mim, meu corpo se torna ciente de sua proximidade, traindo-me com arrepios e um batimento cardíaco elevado. Eu me arrependo do short que escolhi hoje de manhã. Minhas pernas expostas encostam nos braços dele, pele com pele.

— Não, prefiro mil vezes riscar os itens da *sua* lista. Não há nada como uma primeira vez.

O tom sensual me afeta. Aperto minhas coxas. Seus olhos têm um brilho malicioso, luminoso e lindo enquanto percorrem meu rosto. Meu corpo falha miseravelmente em ignorá-lo, desobediente, inclinando-se em direção a Liam.

— Hum. E como você me encontrou aqui?

Ele esconde o sorriso.

— Vi sua localização na função "Buscar meus amigos".

— Me arrependo de ter te adicionado quando estávamos no Canadá. Não achei que você fosse usar de novo. Devo ficar preocupada?

Quase não ouço o murmúrio de confirmação dele. Liam encosta a cabeça nas grandes almofadas do sofá, o sol destacando os contornos do nariz reto e dos lábios cheios.

Deslizo os dedos pela capa brilhosa da revista.

— Como estão os preparativos para a corrida de amanhã?

— Estão só conferindo o meu carro, para terem certeza de que tudo está de acordo com meus padrões e funcionando sem problemas. Por falar nisso, vi Jim na sala de engenharia. Seu encontro terminou cedo? Foi tão ruim assim, é?

Liam joga verde usando logo uma melancia.

Mordo o interior da bochecha.

— Ah, foi tudo bem. Jim é um cara legal.

Legal, atencioso e bom demais para mim.

— Você quis dizer John?

Merda. Ele tentou me confundir e funcionou. A presença de Liam dificulta a articulação de frases inteligentes. A mão dele roça a pele lisa de minhas pernas. Sinto um sobressalto com o toque, desacostumada com essa nova mania dele de ficar me tocando.

Onde estavam essas reações duas horas atrás com John?

Eu me recomponho.

— *John* é um doce. Ele me convidou para sair de novo, já que foi chamado no meio do encontro para resolver um problema com a engenharia do carro.

Liam abre um sorriso tenso.

— Que gentil da parte dele. Tenho certeza de que os engenheiros vão ficando mais ocupados conforme nós nos aproximamos do dia da corrida, com imprevistos nos carros e tal. Tomara que ele tenha tempo livre para conseguir levar você para sair de novo.

Será que Liam teve algo a ver com John ter precisado voltar mais cedo? O sorriso dele é meio suspeito, e seu tom de voz está um pouco estranho.

— Isso quer dizer que você vai estar mais ocupado também? Que pena.

Ele morde o lábio.

— Sempre vou arranjar tempo para você. Mas e se eu não quiser que você saia com ele nem com qualquer outra pessoa?

Ele segura minha mão, deixando minhas pernas de lado. Seu toque envia uma descarga elétrica por meu braço.

Olho para nossas mãos unidas, sem saber o que fazer.

Será que algum dia estarei pronta para alguém como Liam? Nós dois juntos... seria como uma colisão. Um impacto para o qual não posso me preparar, por mais que eu queira. Instantâneo, duro e doloroso, com metal se amassando e faíscas voando. Parte de mim se pergunta se já estamos no meio do processo, perdendo o controle do carro antes que seja tarde demais para endireitar o volante.

— Eu diria que você está agindo como um irmão possessivo.

Uso a temida palavra com "i" na esperança de fazê-lo recuar, mas a reação dele me surpreende.

Ele ri.

— Você realmente tenta ao máximo negar o que há entre nós. Sei que você se sente atraída por mim, ou não teria me beijado no Canadá ou gozado comigo ao celular.

Bem devagar, ele solta minha mão e desliza o dedo em minha perna. Minha pele parece pegar fogo com o contato, até que ele para na parte superior de minha coxa e deixa a mão ali.

Olho para a mão dele, querendo que ela se mova. Mais para cima? Mais para baixo? Qualquer lugar menos o ponto que implora por sua atenção?

— Você pode ceder, sabe? Não vou te julgar. Na verdade, vou até te recompensar, dar meus parabéns por ter conseguido resistir por tanto tempo.

Ele abandona minha coxa e segura minha mão de novo. Desenhando com o polegar círculos distraídos por cima dos ossos finos de minha mão.

Terra para Sophie. Recomponha-se.

— Hã, bem, é melhor eu ir.

Puxo minhas pernas do colo de Liam, sem esperar uma resposta. A risada grave dele provoca um calafrio em minhas costas enquanto eu saio apressada.

Entro no baile de gala do Grande Prêmio da Itália com meu pai. A elegante festa nos recebe com luzes douradas brilhando nos lustres. Uma banda ao vivo toca no palco enquanto os garçons circulam oferecendo bebidas alcoólicas.

Olho direto para a mesa com a comida.

— Tem um bufê de massas. Eu repito, um bufê de massas.

Meu pai dá uma risadinha e me leva em direção ao paraíso.

— Para uma pessoa tão pequena, você come muito.

Encho meu prato com massa e pão.

— Não me deixe complexada.

Ele me acompanha até uma mesa vazia e se senta comigo, dando-me uns bons vinte minutos entre as conversas com patrocinadores e colegas de trabalho.

Meu pai parece chocado com a rapidez com que eu devoro a comida.

— Estou estranhamente impressionado. Se algum dia houve dúvida de que você é de fato minha filha, isso com certeza elimina qualquer suspeita.

Olho feio para ele e desliso meu garfo pelo pescoço em um gesto ameaçador. Não surte o efeito desejado, já que meu pai solta uma gargalhada alta.

Ele me oferece uma garfada de sua salada depois de recuperar a compostura. Olho para a folha como se ela me ofendesse.

— Prefiro a morte a comer um pedaço de alface.

— Você sabe que comida verde faz bem para você.

Ele espeta a salada enquanto lança um olhar desejoso para minha massa. Seu prato consiste em mato e um pedaço de frango; ele ignorou o bufê de massas sem pensar duas vezes. Como se precisasse manter a forma. O homem treina mais que metade dos caras de minha universidade, provavelmente levantando mais peso do que eles.

— Que bom, porque meu cereal tem corante verde suficiente para durar o dia todo.

— Um dia você vai ter filhos. Então eu vou rir quando você tiver que se obrigar a comer brócolis enquanto tenta convencê-los a comerem os deles, os olhos lacrimejando de tanto esforço para não cuspir. Eu não comia legumes até você nascer. Sinceramente, achei que, se eu comesse, você comeria também, mas cá estamos vinte e dois anos depois.

— É, o tiro saiu pela culatra.

Mostro a língua para ele.

Meu pai ri, o que lhe dá uma aparência mais jovial. Ele tem uma juventude que nunca se foi com o tempo. Mesmo que no horário de trabalho, na garagem da Bandini, ele deixe as piadas de lado porque tem que ser o chefe, garantindo que Santiago e Noah não cometam erros.

— Parece que alguém te encontrou — comenta ele ao notar o olhar de Liam do outro lado do salão.

Eu suspiro, o que me rende um olhar severo de meu pai, mas ele fica em silêncio ao ver Liam se aproximando de nós, carregando duas taças de champanhe em uma mão enquanto na outra segura uma garrafa de Dom Pérignon.

Um homem que sabe ganhar meu coração.

Certo, deixa eu pisotear esse pensamento umas cinquenta vezes.

Liam puxa uma cadeira a meu lado e cumprimenta meu pai com um aceno de cabeça.

— Senhor Mitchell, é bom vê-lo.

— Liam — cumprimenta meu pai, observando-o com curiosidade.

Liam envolve as costas de minha cadeira com o braço.

— Há quanto tempo, hein?

— A gente se viu ontem. Será que a McCoy deveria se preocupar com a sua memória ruim?

O sorriso dele enfraquece minha já tênue determinação, uma armadilha sedutora com álcool grátis. Ele precisa guardar esse bonitão brilhante, pois a luz refletida nele me cega.

Desde meu encontro com John, Liam intensificou as investidas, como se uma nova onda de possessividade tivesse substituído a leveza anterior.

Meu pai beija minha têmpora antes de se despedir. Ninguém deixa de ver os olhares fulminantes que ele lança na direção de Liam, o ceticismo evidente para todos. Pena que ele não deu o discurso clássico de "eu tenho uma espingarda e uma pá". É um clássico.

Liam nos serve duas taças generosas de espumante.

— Eu trouxe reforços.

— Eu sabia que gostava de você por um motivo. O par perfeito. — As palavras saem de minha boca antes que eu me dê conta do que estou dizendo.

— Não sabia que você se sentia assim.

Ele me dá outra piscadela que sinto bem no clitóris, porque Liam consegue me fazer sentir muitas coisas. Faço minha sobrancelha se erguer.

— Eu estava falando da garrafa de champanhe, então pode tirar o carrinho de corrida da chuva. Você e eu seríamos um par completamente imperfeito.

Liam solta a risada rouca que sempre guarda para mim.

— Os pares perfeitos são supervalorizados, é coisa de gente muito santinha. Quem inventou o sexo de quatro foi o diabo.

Aperto minhas coxas e engulo o champanhe, quase esvaziando o copo de espumante de uma vez só. Uma gota escapa e desliza por meus lábios. Antes que eu tenha tempo de lamber a gota, Liam se inclina, lambendo o champagne ainda em minha boca. Sinto os lábios formigarem com o contato, os pulmões ardendo enquanto arfo de surpresa.

Como assim, porra?

Que frio na barriga que nada, Liam é safado demais para algo tão simples. Estar perto dele é mais como ter uma nevasca furiosa em meu estômago.

— O que você está fazendo? — sussurro.

— Algo que eu devia ter feito há muito tempo.

Olho para todos os pontos do lugar, menos para ele.

— Por quê?

— Porque estou pondo um fim a este jogo.

— Que jogo?

Não estou entendendo o que deu nele. Ele me destrói por dentro, e minhas regras desaparecem junto com meu autocontrole.

— O jogo que nós dois já perdemos. Foda-se essa história de ficar ignorando nossos sentimentos porque somos covardes demais para tomar uma atitude.

Será que ele gosta de mim de verdade? Ou está falando só de algo físico?

— Que tipo de sentimentos?

Deixo a questão em aberto, apesar de meu cérebro implorar para eu fazer uma outra pergunta.

— Aqueles que me fazem querer arrancar esse seu vestido e te foder até você enroscar esses seus tênis branquinhos na minha cintura. Quero eles apertando minha bunda enquanto eu gozo dentro de você, com seus dedos arranhando minhas costas porque você não se aguenta.

Certo, sentimentos do tipo físico. Entendi. Não consigo negar um aperto no coração ao ficar ciente de que Liam não quer nada além de amizade e sexo casual.

Finjo que as palavras dele não me incomodam.

— Você só está com tesão depois de ficar na seca por meses.

— Você é péssima em tentar ignorar minhas investidas. Eu quase acreditaria que você não se deixou afetar, mas você aperta as pernas toda vez que flerto com você.

Minhas bochechas coram. Que filho da mãe atrevido.

Uma nova voz interrompe nosso duelo de olhares.

— Ah, olha só. Liam e uma nova biscate.

A julgar pelo contexto, imagino que a biscate seja eu. Aperto os lábios ao ouvir a voz estridente do outro lado da mesa, um sotaque britânico sem o charme usual.

O corpo de Liam fica rígido na cadeira. O Liam que gosta de flertar desaparece, dando lugar a olhos tempestuosos e um maxilar trincado. É uma versão muito mais assustadora dele.

— A biscate se chama Sophie. Prazer em conhecê-la.

Estendo a mão, mas ela permanece no ar sem ser apertada. Liam puxa minha mão e a segura.

— Claudia — responde a mulher que me olha de cima a baixo.

Estranhamente, o jeito como ela me trata faz eu me sentir *a outra*. Claudia é uma mulher bonita, ela tem pernas compridas, pele pálida, cabelo escuro e maças do rosto definidas. Mas o olhar severo e a personalidade áspera a tornam pouco atraente a meus olhos.

— O que você quer? — A voz de Liam me causa calafrios.

Ele pousa a mão em minha coxa, em um gesto possessivo que atrai o olhar de Claudia. Ele desenha com o polegar círculos preguiçosos em minha pele, uma tentativa de me acalmar extremamente necessária quando Claudia se senta em uma cadeira a meu lado.

— Ai, Liam. Achei que tínhamos desistido desses joguinhos.

Ela me avalia sem muita vontade. Isso me faz sentir meio mal, para ser sincera. Não estou tentando me colocar para baixo, mas seu olhar intimidador me deixa nervosa. Maldita seja por fazer eu me sentir inferior. Mas Claudia parece uma modelo de passarela, então não é de se admirar que Liam tenha se interessado por ela.

— Não é um joguinho. Nós terminamos — responde Liam, que continua os movimentos torturantes em minha perna. Claudia bate o salto no chão de mármore e me lança o mesmo tipo de olhar que eu daria a uma salada.

— E você acha que estar com alguém como ela vai melhorar suas chances de ter um contrato com a McCoy? Pense no seu futuro. Quer mesmo ser um piloto fracassado com apenas dois títulos de Campeão Mundial?

Liam aperta minha perna de forma reconfortante.

— Deixa a preocupação com os meus contratos para alguém que realmente trabalhe.

— É difícil não dar conselhos.

— Mas eu não me lembro de ter pedido. Da próxima vez que eu quiser ajuda, vou pedir a alguém que tenha outras referências além da *People Magazine* como fonte confiável de informações.

Eu me mexo na cadeira, muitíssimo desconfortável com a discussão entre eles e o clima tóxico que está acabando com minha diversão. Nenhum champanhe pode salvar esta situação.

Claudia aperta os lábios como se tivesse chupado um limão.

— Para alguém que não quer acabar na capa de outra revista, você não está incomodado com a possibilidade de atrair a atenção dos tabloides ficando com a filha do chefe de equipe da Bandini. Muito interessante. É uma boa maneira de arranjar um contrato, tenho que admitir.

As coisas que ela supõe não poderiam estar mais longe da verdade. Respiro fundo, irritada por estar sentada ao lado dessa mulher manipuladora que me olha como se eu tivesse a personalidade de uma planta.

Uma onda de possessividade assume o controle.

— Você é sempre uma vaca assim? Se Liam e eu estivermos nos pegando, não é da sua conta. Pare de ser um clichê tão triste, essa história de *mulher desprezada que se recusa a largar um homem* já está muito batida. Pode se retirar quando quiser, a conversa está um pouco chata.

Os olhos arregalados de Liam me fazem temer ter ido longe demais. Meu coração bate rápido, o ritmo pulsando no peito, e as emoções entram em um turbilhão dentro de mim. Se eu não fosse uma dama, trocaria o peso de um pé para o outro com os punhos levantados, pronta para atacar. O duelo verbal terá que bastar por enquanto.

— Liam pode não querer meu conselho, mas vou te dar uma dica mesmo assim. — Ela dá um tapinha amigável em meu braço, como se tivesse as intenções mais doces. O contato físico me faz franzir a testa e luto contra o desejo de empurrar a mão dela. — Este homem usa as mulheres até que elas não tenham mais nada a oferecer. Depois ele te descarta como se você não tivesse importância nenhuma. Se fez isso comigo, vai fazer o mesmo com você. Sabe quantas mulheres ele já usou? Não é como Noah, que cada dia dorme com uma. Não, Liam é o pior tipo de cara, que provoca até você pensar que ele te quer também. Isso é, até você não ser mais conveniente.

Mary Poppins me olha feio.

— Já chega, Claudia. Você está passando vergonha, agindo como se tivéssemos sido mais que uma transa casual. Supera. Eu já superei há muito tempo.

Liam não nos dá a chance de continuar a discussão. Ele segura minha mão e me puxa para longe da Bruxa Má da Fórmula 1.

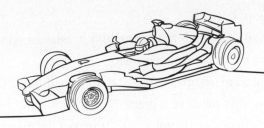

CAPÍTULO DEZENOVE
Liam

Sophie parece querer refletir sobre o que Claudia disse. Lá se vai meu plano de fazê-la se acostumar aos poucos com a ideia de nós dois juntos, na esperança de que ela fosse se abrir para a possibilidade se eu lhe apresentasse todos os bons motivos.

Eu a afasto do baile, puxando-a para um corredor escondido, longe de qualquer um que possa nos encontrar. Está escuro e vazio. É perfeito, pois não preciso de ex-namoradas de corridas passadas arruinando as chances de termos algo bom.

— Peço desculpas. Ela não me deixa em paz. Bloqueei Claudia para que ela parasse de me mandar mensagens toda semana, às vezes até fotos. Peter finalmente parou de reclamar do que aconteceu, então não quero fazer drama tocando no assunto de novo.

— Hum.

Sophie está com os olhos distantes.

— Você ficou chateada com o que ela disse?

— Não, não seja bobo. Ela não tem educação. Você precisava mesmo de tantas ex-namoradas? Você estava tentando criar seu próprio exército ou algo do tipo?

A velha Sophie volta.

Solto a respiração que nem percebi que estava prendendo, aliviado quando a percebo olhando meu rosto.

— Até pensei nisso, mas não gostei do trabalho que dava.

Ela ri da minha piada sem graça.

Meu passado de merda volta mais uma vez. Não quero que ele atrapalhe minhas chances com Sophie. Antes que eu possa me conter, passo os dedos pelo rosto dela, sentindo a pele suave nos ossos de minha mão. Gosto de senti-la. Do jeito como meu corpo implora por mais contato e da eletricidade que corre por mim quando ela me dá toda a atenção.

Como sou um fodido da cabeça, quero ceder à atração, arruinando meu plano de ficar sem sexo e sem drama durante a temporada.

Sophie respira fundo, prendendo o ar enquanto me observa com olhos grandes. Eu continuo a agir sem pensar, pois meu plano já foi para o inferno mesmo. Já vivi minha vida inteira assim, por que parar agora? Foda-se.

Envolvo o corpo dela com um dos braços e o outro segura seu queixo, prendendo-a onde quero. Encontro os lábios dela com os meus e ela relaxa o corpo em meus braços. Eu havia esquecido o quanto adoro sentir os lábios dela colados aos meus, o gosto doce invadindo minha boca.

Nosso beijo é doce no início, ela pressionando minha boca com os lábios macios. Desejo mais. Algo dentro de mim quer que ela fique tão desesperada por mim quanto eu estou por ela. Meu corpo vibra quando ela entrelaça os dedos ao redor de minha nuca e abre os lábios, me dando acesso à boca dela.

Foda-se o platônico, eu quero o catastrófico. Acaricio a língua dela com a minha, o sabor de champanhe inundando minha boca. Beijá-la é viciante. É como uma descarga de adrenalina que dura horas.

Sigo a curva das costas de Sophie com as mãos, testando os limites do quanto ela vai permitir, deslizando até encontrar a bunda firme e apertá-la. O corpo dela é fantástico. Sinto seu suspiro direto em meu pau, duro e pronto para ela, querendo saber por que a demora. Quatro meses de celibato me deixam desesperado.

Nossas línguas se acariciam e o gosto dela acaba com minha capacidade de pensar. Nossa sintonia é de uma perfeição entorpecedora, deixando minha mente vazia enquanto nós nos devoramos.

Beijá-la é a melhor coisa do mundo, é como se tudo estivesse certo. Com a língua, primeiro hesitante, ela agora provoca a minha. A doce Sophie é substituída pela sedutora que habita dentro dela. Meu anjo caído, que foi tentado a se afastar dos portões do céu para se juntar a mim nas profundezas do inferno. Ela mordisca meu lábio inferior, puxando e sugando, tomando o controle do beijo. Porra, meu corpo quase vibra, encorajador, enquanto meu pau lateja dentro da calça.

As mãos dela deslizam pela frente de meu terno, me apalpando sem qualquer pudor. Encosto minha ereção nela, pois quero muito ouvir os barulhos que Sophie faz. Porra, mal posso esperar para me enterrar dentro dela. Para arrancar gemidos e murmúrios enquanto a levo ao êxtase.

Quando sarro um pouco mais nela, Sophie fica tensa, provavelmente se dando conta de onde estamos, de quem somos e do que estamos fazendo. A chave vira na cabeça dela, e a velha Sophie volta. Empurra meu peito de leve, e eu suspiro e afasto meus lábios dos dela.

A última coisa que quero é que ela se afaste por medo e ponha um fim em tudo antes de termos uma chance. Ela é o melhor beijo que já tive, preciso ver onde isso vai dar.

As pessoas costumam tratar as outras como vidro. Com cautela, com medo de quebrar o outro e partir seu coração. Mas Sophie, eu a trato como uma bomba, como se ela pudesse explodir a qualquer momento. Ela é um relógio fazendo tique-taque, com um monte de fios complicados. Uma vez detonada, uma caralhada de estilhaços vai voar para todos os lados e te perfurar todinho, te fodendo de dentro para fora. Explosiva e devastadora.

Tenho ideias mais rápido do que meu cérebro é capaz de processá-las, criando um plano para competir com o de Sophie.

— Vamos ser amigos com benefícios?

Sim. Essa é minha ideia genial. Ela se resume a cinco palavras.

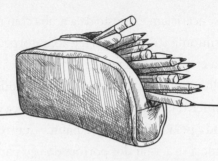

CAPÍTULO VINTE

SOPHIE

Movo a mão até meus lábios, passando os dedos pela área inchada que Liam lambeu e mordiscou.

Liam é como um oceano, apagando as linhas dos limites que risquei cuidadosamente na areia, uma maré que afoga minha capacidade de pensar em razões para discordar.

Não adianta mais negar meus desejos. Deixo as desculpas de lado, paro com a negação e assinto com a cabeça, concordando com a ideia dele. Porque, porra, eu vou pagar para ver. Seus lábios, nossos beijos, tudo me surpreende. Meu cérebro trabalha dobrado para colocar tudo em ordem.

Quer dizer, amigos com benefícios parece algo plausível, certo? Não podemos mais deixar de lado nossa química, isso é óbvio. Não quando ele me beija até me deixar tonta.

Liam anda pelo corredor, o cabelo loiro não mais penteado para trás. Eu que o deixei assim?

— Mas e os sentimentos?

Ponto para mim por pensar no futuro. Não quero que o sexo mude nada entre nós, pois eu gosto de passar tempo com ele.

— Não se preocupe com isso. Nós gostamos um do outro, então podemos transar sem ter nada além de amizade. Mas você não pode mais ignorar o que existe entre nós. Eu sei que eu não posso. Nem quero.

Apesar do risco de passar a sentir mais por Liam, com certeza não posso continuar fingindo que não estou atraída por ele. Beijá-lo me faz sentir como se nunca antes na vida eu tivesse tido um beijo bom. Eu consegui colocar um freio depois do Canadá, mas as coisas entre a gente não param de mudar, se desenvolvendo para algo mais, querendo ou não.

Liam me olha como se quisesse me beijar de novo. Ele se aproxima e eu recuo, batendo a bunda na parede.

— Certo. Mas temos que manter segredo, porque meu pai vai me matar se algum artigo de fofoca publicar algo sobre nós dois estarmos ficando. Ele aceita nós sermos amigos, mas nada de me desonrar em algum canto mal iluminado. — Meu cérebro volta a funcionar. Já era hora. — Tenho planos para sair mais tarde com Maya, então é melhor eu ir.

— Seu pai não vai ficar sabendo. Nem a McCoy.

Ele diminui a distância, o perfume dele torturando meus sentidos. Liam segura meu rosto de leve antes de me puxar para outro beijo, pressionando meus lábios em um leve selinho.

Ele se afasta, encarando meus olhos.

— É uma pena que eu não possa mais te corromper pelos cantos, então. Aposto que eu gostaria muito.

Meu corpo treme ao imaginar a cena.

— Isso iria contra a ideia de manter as aparências por perto da equipe da F1. Sabe, já que amigos não fazem isso.

Liam se afasta e me dá espaço.

— Você vai estar tão ocupada gemendo meu nome que não vai ter tempo de se arrepender. Estou mais do que pronto para colher os frutos do nosso jogo de gato e rato. Aproveite sua última noite de liberdade, porque amanhã você é toda minha.

Ele me dá um sorriso malicioso antes de se afastar, me deixando ofegante em um corredor escuro.

Depois de me recompor física e mentalmente, entro no carro com motorista que me espera e volto para o hotel. Maya responde minha mensagem de emergência e diz que vai me ver assim que passar em uma loja. Tiro o vestido ao entrar no quarto, desesperada para tomar um banho e colocar um pijama confortável.

Assimilo os acontecimentos do dia enquanto lavo o cabelo, tentando entender como foi que acabei aceitando o plano de Liam. As preocupações passam por minha cabeça, pesando os prós e contras. Mas, ao contrário de outras vezes, eu empurro esses pensamentos para longe, porque não quero resistir à atração. É uma batalha perdida que não vale mais um dia de esforço.

Maya vem para meu quarto de hotel trazendo reforços. Nós nos sentamos no sofá com pijama e meias fofas, nosso visual mais atraente. Os únicos dois homens em quem podemos confiar nesta vida são Ben e Jerry. Antes de começarmos a devorar nossos potes de sorvete individuais, batemos as colheres em um brinde falso.

A julgar pela cara dela, Maya também já viu dias melhores. Ela me encara com olhos tristes enquanto conta sobre os problemas recentes com Noah. Minha linda melhor amiga merece tudo de bom na vida, então ele precisa acordar para a corrida porque o tempo está passando, e logo a oportunidade vai passar.

— Vou vingar sua honra. Posso sabotar o rádio dele, para que fique tocando músicas pop irritantes durante as cinquenta voltas. Ele vai ficar maluco, com certeza. — Esfrego as mãos como uma vilã. Ela solta uma risada triste. — Não tema. Bolei o plano perfeito para ajudar.

Maya me olha, cética, e não responde.

— Pedi a ajuda de Liam e Jax desta vez. Nós quatro vamos nos juntar e passar um tempo juntos, longe de Noah e da pista de corrida.

Minha amiga balança a cabeça.

— Você é boa demais para mim.

Ela mergulha a colher no sorvete, preenchendo o vazio de Noah com a delícia gelada.

— Eu tenho uma confissão a fazer.

Tomo um pouco de sorvete para ganhar coragem. Maya me lança um olhar sério.

— Eu tenho um padre para indicar.

Solto uma risada.

— Está falando por experiência própria?

— Eu me senti culpada por mentir para mim mesma durante semanas sobre Noah. Aí aconteceu aquele incidente com o protetor solar em Mônaco, que foi quase uma preliminar. Eu precisava desabafar com alguém, então um padre pareceu uma boa ideia. Minha mãe ainda se orgulha do meu compromisso com a igreja. Fomos à missa toda semana durante as férias de verão.

Não consigo esconder minha expressão horrorizada.

— Mas, enfim, me conte sua confissão — pede Maya, gesticulando com a colher para que eu continue.

— Bem, eu conheci Claudia.

A respiração surpresa de Maya diz tudo.

— Me conte tudo sobre ela. Imagino que tenha sido horrível, a julgar pela sua testa franzida.

— Sim. Ela é tão terrível quanto falam. Me chamou de biscate como se tivesse nascido em mil novecentos e pouco. E depois tentou me dar alguns conselhos de mulher para mulher.

— Ah, não — geme Maya.

Ela expressa exatamente o que sinto em um grunhido. Furo meu sorvete com a colher.

— Ah, sim!

Os olhos de Maya brilham. Ela acha graça nas piores coisas e, embora eu ame o otimismo dela, isso em pouco alivia minha irritação crescente.

— Mas essa não é a pior parte.

Maya para a colher a meio caminho da boca, o sorvete de chocolate pingando na calça enquanto espera.

— Certo. Não me deixe no suspense...

— Liam me beijou.

Evito contato visual.

— Ele o quê? — grita Maya, fazendo meus ouvidos zumbirem.

Olho de soslaio para ela.

— Eu sei. E pior ainda, não foi terrível.

— Você não está sendo muito elogiosa com o beijo dele.

Minhas bochechas coram com a lembrança.

— Não, foi incrível. Esse é o problema. E agora posso dizer que não foi por acaso, porque também o beijei no Canadá.

— E você não me contou? — reclama Maya, fazendo bico.

— Eu estava com medo de admitir enquanto estupidamente negava minha atração por ele. Que não diminuiu durante as férias de verão. Pelo contrário, parece mais intensa. Como isso é possível?

— Vocês dois têm uma energia magnética um com o outro. Todo mundo vê, menos vocês dois.

Ah, sim, Maya, a grande observadora. Quem dera ela usasse essas habilidades em si mesma.

Fico em silêncio, sem saber como continuar a conversa.

Maya vira todo o corpo para mim.

— Certo, e o que aconteceu depois que ele te beijou hoje à noite?

— Eu o beijei de volta. Dã. E aí ele me pediu para sermos amigos com benefícios.

Maya franze as sobrancelhas, adicionando algumas rugas temporárias à testa dela.

— Você tem certeza de que é isso que você quer?

— O que você quer dizer com isso? Nada mais pode acontecer entre a gente. E nada vai mudar entre nós porque somos adultos e podemos separar os sentimentos dos *momentos calientes*.

Maya ri com vontade.

— Ai, meu Deus. Por favor, nunca mais use essa expressão. Nunca, *jamais*.

Sou invadida pela dúvida.

— É uma má ideia?

— Provavelmente. Mas você decidiu que quer seguir adiante com a lista, e Liam não parece ser do tipo que desiste. Qual é sua aversão a ter algo mais sério com ele, afinal?

Passo um minuto pensando. Maya fica em silêncio, à vontade, tomando sorvete.

— O passado e o futuro dele. Porque ninguém, inclusive o próprio Liam, sabe o que ele vai fazer no próximo ano. E eu vou voltar para a faculdade e terminar meu curso.

— Você não pode prever o futuro, por mais que tente controlar tudo na sua vida. Às vezes as melhores mudanças são as que você não planeja. E sobre a faculdade, você já me disse algumas vezes que não gosta muito do que estuda. Quer mesmo continuar algo que não te faz feliz?

— Nunca imaginei que tentar deixar meu pai feliz fosse me causar tanto sofrimento. Não sei mais o que é certo ou errado, inteligente ou estúpido, nem sei medir os prós e contras. Meu cérebro está mais confuso do que nunca, e não dá para botar a culpa disso em um beijo.

Em vez de ser reconfortante, seguir o plano de meu pai me sufoca e me limita, criando a ilusão de uma rede de segurança. Na realidade, o que eu criei foi uma gaiola brilhante, me escondendo com a justificativa de não querer decepcionar aquele que não me abandonou.

Quero viver a vida ao máximo. Em vez de correr riscos, passei a vida toda culpando meu pai por me trancar em uma torre e ter expectativas irreais. Parte de mim quer saber se eu estava igualmente disposta a jamais me desafiar e me libertar das expectativas alheias.

Parece que é hora de descobrir.

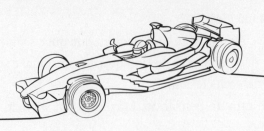

CAPÍTULO VINTE E UM

Liam

A McCoy não se pronunciou depois de meu bom desempenho em Milão. Eu devia ter suspeitado do silêncio deles, porque, antes do Grande Prêmio da França, anunciaram que contrataram uma nova pessoa de relações públicas para me ajudar com minha imagem.

É por isso que Jax e eu estamos presos em uma sala de reunião da McCoy.

Graças à falta de discrição e ilusões de grandeza de Claudia, a McCoy contratou uma relações-públicas do México chamada Elena. A empresa a colocou na equipe porque eu sou um idiota e porque Jax foi pego com a mão na massa. Bem, não exatamente na massa… Jax vai ganhar o troféu de mais galinha se continuar aprontando desse jeito.

Eu atualizo Elena sobre o furacão de merda que minha vida se tornou. Obviamente, o artigo de fofocas de ontem sobre eu ter me reconciliado com Claudia no baile de gala na Itália estragou meu humor. Por que Claudia continua contando histórias absurdas à imprensa? Ela precisa encontrar um novo passatempo ou um novo garoto rico com quem transar, pois está fora de controle.

Jax lança olhares furtivos para Elena durante toda a reunião. Eu fico observando-o, contendo o riso ao ver como ele se contorce na cadeira e bate as mãos na mesa. A reação dele é questionável, para dizer o mínimo.

Jax não costuma ficar abalado por causa de uma mulher. Quer dizer, Elena é bonita e tudo mais, com o cabelo emoldurando o rosto feito um halo escuro, olhos castanhos com cílios longos e pele com um bronzeado saudável. Não há um pingo de interesse de minha parte. Mas Jax parece intrigado, e eu percebo que Elena olha para ele algumas vezes enquanto explica as novas perguntas e padrões de relação pública. Ela mantém uma postura profissional, sem jamais olhá-lo por tempo demais. Mérito dela por resistir ao maior garanhão da Grã-Bretanha, com segredos suficientes para encher um motor home de Fórmula 1.

Jax não responde a uma pergunta que ela fez, resolvendo olhá-la com uma expressão confusa e um sorriso arrependido. Fico perplexo com sua reação.

— Você ouviu uma palavra do que eu disse?

O sotaque dela tem um ritmo melódico. Ela nos encara, percebendo que mal prestamos atenção, ambos perdidos em nossos pensamentos.

Jax lambe os lábios.

— Na verdade, não. Pode repetir, amor?

Ele abre um sorriso que costuma funcionar com as mulheres que pega, porém Elena franze a testa e balança a cabeça. Nem mesmo o sotaque britânico de Jax pode salvá-lo desta vez.

Ela nos olha com nojo evidente.

— Certo, vocês dois. É a última vez que vamos repassar isso. Liam, você precisa negar qualquer alegação relacionada a Sophie Mitchell e Claudia McCoy. Pelo bem da sua carreira, você não quer ser visto como um alpinista social que dorme com mulheres para conseguir o que quer. E, Jax, você precisa ficar longe das mulheres até o último drama ser esquecido.

Reprimo a vontade de dar uma resposta atravessada.

— Eu não estou usando Sophie. E Claudia fica falando merda para causar problemas. Por que McCoy não vai atrás dela em vez de encher o meu saco, fazendo eu participar dessas reuniões? Eu não preciso vender histórias para os tabloides para ganhar dinheiro.

Elena torna o olhar um pouco mais caloroso, quebrando a postura profissional fria.

— Escute, eu não acho que você seja um mau sujeito. Quero ajudar a salvar a sua carreira, que pode ou não envolver um contrato com a McCoy. E quero ajudar a melhorar a imagem da marca. Sempre busco soluções, e esses tipos de projetos são minha especialidade, ainda mais em esportes como a F1.

Solto um longo suspiro, disposto a trabalhar com ela.

— Bem, para começar, vou passar a ficar com Sophie. Só para o caso de o segredo vazar.

Jax pula na cadeira, me encarando com um grande sorriso.

— Mentira. Quando isso aconteceu?

— Eu pedi para sermos amigos com benefícios depois que Claudia tocou o terror no baile de gala e falou um monte de merda.

O sorriso de Jax diminui.

— Ah. Você tem certeza de que é uma boa ideia? E se ela se envolver demais?

— Você sabe que se apaixonar não é uma doença, certo? — solta Elena.

Jax a observa de soslaio, o brilho em seus olhos substituído por uma expressão sombria que vejo de vez em quando.

— Para mim, dá no mesmo. É pior do que uma praga.

Elena ri e revira os olhos. Jax ergue a sobrancelha e uma expressão inescrutável surge no rosto dele antes de voltar a atenção para mim.

Inclino a cabeça para ele.

— Ela está querendo se divertir, e eu também.

— Olhe só você e Noah, dois bobalhões apaixonados atrás das amigas. Vou passar o resto de meus dias em baladas, as lágrimas pingando no meu uísque. — Ele vê Elena balançando a cabeça. — Claro, depois que a poeira baixar.

— Ninguém falou nada sobre estar apaixonado. Relaxa.

Parte de mim odeia Jax por colocar o dedo na ferida e mencionar minha maior insegurança dos últimos tempos. Não é que eu não me importe com Sophie, mas a ideia de uma paixão me deixa totalmente apavorado.

— Ei, não precisa ficar irritadinho. É só uma questão de tempo até seu relacionamento com ela dar merda. Mas a vida é sua, você quem sabe. Quer dizer, McCoy já está puto com você mesmo, qual é a pior coisa que poderia acontecer?

Dou um tapa na cabeça dele, na esperança de que isso cure sua idiotice. A maneira como ele seca Elena logo em seguida me diz que ele talvez precise de mais de um tapa.

Depois de mais meia hora ouvindo as instruções de Elena, encerramos a reunião porque Jax e eu não conseguimos passar muito tempo prestando atenção em algo.

Ligo para meu agente assim que saio da sala de reunião.

Rick atende no segundo toque.

— E aí, cara? Queria justamente falar com você.

Seu tom animado melhora meu humor.

— Imagino que você tenha boas notícias?

— Excelentes. Você impressionou a McCoy com sua posição nos pódios em doze das quatorze corridas até agora. Eles querem renovar seu contrato por mais uma temporada.

— Isso é incrível. — Sou invadido por uma onda de felicidade. — De quanto estamos falando?

— Bem, o contrato incluiu um ligeiro aumento salarial devido ao seu desempenho este ano, com um salário anual de vinte milhões por mais dois anos. Ou seja, uns quarenta milhões no total. Parabéns!

— Porra, agora sim.

Solto uma risada aliviada. É o acordo que passei metade da temporada esperando.

— Mas eles querem que eu repasse alguns comentários antes de você assinar.

O medo cresce em meu peito, substituindo meu humor eufórico.

— Que comentários?

— Você precisa ficar longe de Sophie Mitchell e de qualquer pessoa da Bandini que não seja Noah. A McCoy não quer ser associada à rival, por mais que você e a garota sejam apenas amigos. Claro que você não precisa ser grosso com os Mitchells, mas os boatos sobre um relacionamento entre vocês dois precisam parar.

— Preciso pensar sobre isso. Podemos fazer uma contraproposta? Não gosto da ideia de desfazer amizades por uma questão de marca.

— Claro. Como quiser. Pense bem e me avise semana que vem. A McCoy disse que pode esperar.

Rick desliga depois que me despeço.

Eu deveria estar beijando os pés dele e de Peter, agradecido por outra chance com a equipe. Em vez disso, sinto-me sufocado por novas regras e regulamentos, o que arruína meu bom humor. Como Sophie, meu cérebro precisa de tempo para processar uma novidade e avaliar os prós e contras de concordar com as exigências deles. Decisões assim levam tempo, ainda mais quando posso arriscar perder um relacionamento com o qual passei a me importar.

Ninguém me avisou sobre as consequências de ser amigo da filha do chefe de uma equipe rival. Eu não imaginei que ter Sophie em minha vida fosse me colocar em risco de tantas maneiras. Afinal, posso sacrificar minha equipe dos sonhos por um relacionamento com tantos limites que não consigo enxergar além deles?

Anos atrás, naquela festa em que ela foi uma princesa, eu disse a Sophie que era ela quem deveria salvar o dia. Mas não tinha me dado conta de que ela estava se salvando de mim, pois eu sou o verdadeiro vilão nesse conto de fadas distorcido.

Infelizmente para nós, tudo em minha vida é temporário.

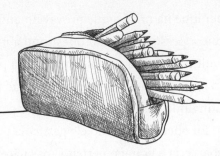

CAPÍTULO VINTE E DOIS
SOPHIE

Meu celular vibra na bolsa. Eu o pego depois de procurar por um minuto inteiro, visto que minha bolsa é um poço sem fundo de chicletes soltos, notas fiscais antigas e passagens de avião.

LIAM: Tenho um plano para amanhã. Me encontre no motor home da McCoy às três da tarde.
EU: E se eu estiver ocupada?
LIAM: Você está?
EU: Não. Mas obrigada por perguntar. Te encontro lá.

Ele responde com um emoji de dedo do meio. Eu rio, gostando de como ele não fica tentando me impressionar, sendo verdadeiro em vez disso.

Quando Liam me disse que fez planos, não imaginei que ele estava falando de algo assim. Ele me puxa para um gramado perto da Torre Eiffel com uma cesta de piquenique na mão, o que provavelmente seria uma cena ridícula se fosse outra pessoa. Quando questiono a masculinidade de Liam, ele dá uma voltinha, bem à vontade na própria pele.

Liam encontra o lugar perfeito, a grama bem cuidada e verde sob nossos pés, o sol nos atingindo com raios dourados. Ele pega um cobertor e o coloca na grama. Eu obedeço quando ele gesticula para eu me sentar. Se fosse outra pessoa, seria o homem perfeito, mas não quero interpretar demais sua atitude, criando rótulos e ideias que não existem. Pisoteio meu coração acelerado.

Mas é difícil resistir a ele, ainda mais quando tira da cesta uma garrafa de vinho e uma tábua de queijos.

— Pensei que isso seria divertido antes do próximo Prêmio.

— Você faz isso para todas as suas garotas francesas?

As bochechas dele coram. Liam envergonhado é um de meus favoritos.

— Não. Só para as americanas abusadinhas.

— Eu não sou "inha".

Faço bico. Ele passa o polegar por cima de meu lábio inferior, e o toque desperta algo dentro de mim.

— Você caberia na minha mala de mão.

Seus olhos têm um brilho caloroso enquanto observam meu corpo, admirando meu cabelo loiro solto e meus cílios cobertos de rímel.

Eu me arrumei mais por causa de Liam? Sim.

Estou tão ferrada.

— Acho que eu não gostaria de voar de jatinho se fosse dentro da mala de mão. Não imaginei você como um pão-duro que não compartilha sua vida de luxo.

Liam solta uma risada que passei a amar. *Quer dizer, gostar.* Ele serve o vinho como um profissional, inclusive com um pano para limpar qualquer gota que escorra. Parecemos muito sofisticados com copos de vidro em vez dos de plástico.

— Um brinde a mais uma cidade e mais uma corrida.

Ele sorri.

Tocamos nossos copos e tomo um gole. A bebida refresca o calor de agosto e da proximidade de Liam.

Olho para o gramado impecável.

— Você acredita que as pessoas fazem pedidos de casamento aqui? Acho que eu não gostaria de algo tão público.

Vimos um pedido de casamento enquanto caminhávamos até o local do piquenique, o som dos aplausos da multidão ecoando pelo gramado.

— Você é uma romântica secreta, então? Quer um pedido de casamento particular?

Seus olhos parecem dançar no meu rosto, os raios do sol refletidos nas íris.

— Talvez. Não sei. Nunca pensei no assunto antes, ainda mais com a história dos meus pais e o fracasso deles no amor.

Ele inclina as sobrancelhas para baixo, acompanhando o movimento com os lábios.

— Ah, como assim? Toda garota pensa nisso.

— Esta garota aqui não. Não tire conclusões precipitadas, pois nem toda mulher sonha com uma casa de três quartos e um cachorro.

— Claro que não. Elas sonham com mansões luxuosas e carros da Bandini em vez de cachorros.

A visão louca que ele tem do amor me faz jogar a cabeça para trás e rir.

— Para alguém que fala sobre como os pais são apaixonados, você tem uma visão bem sombria da vida. — Eu me dou conta do que disse quando ele desvia os olhos. Tento voltar atrás. — Não foi minha intenção tocar nesse assunto.

Ele se concentra na Torre Eiffel à nossa frente.

— Eu sei. Acontece. Não é como se eu quisesse ser um babaca irritadiço que deixa um simples comentário estragar o humor. No fim das contas, você está certa. Eu não deveria ser assim, mas sou. Porque, claro, meus pais têm um ótimo casamento, mas eles têm um filho que teve um péssimo. Então não importa como crescemos quando Lukas vive um pesadelo diário.

Não consigo deixar de me perguntar se Liam tem uma visão distorcida de como seu irmão lida com a tragédia. Por isso, pergunto:

— Você já conversou com seu irmão sobre isso? Pelo que você me contou, parece que ele amava Johanna. Eu não consideraria isso um péssimo casamento.

— Talvez não péssimo, mas sem um final feliz. Porra, não devia ter tido um final. E não, não falo tanto com meu irmão como antigamente.

— Então quem é você para pressupor que ele tem uma vida terrível? Ele tem duas filhas lindas, pelas fotos que você me mostrou. Johanna pode não estar viva, mas a memória dela sobrevive nas crianças.

Liam parece ter o olhar vidrado quando vira a cabeça para mim.

— Eu não sei...

— É verdade. Você não sabe. — Seguro a mão dele e o encaro. — Você poderia parar de se torturar em função dessa ideia de como ele está vivendo. Talvez você devesse perguntar a ele em vez de se esconder.

— É fácil para alguém dar conselhos quando a pessoa não passou por isso.

Dou uma risadinha desdenhosa.

— Não é nada fácil falar com você sobre isso. Seria fácil ficar em silêncio. Me sentar aqui, aproveitar nosso pouco tempo juntos e desaparecer no pôr do sol francês quando tudo acabar.

— Então, por que está tocando no assunto?

Seus olhos prendem os meus. Engulo o nervosismo, querendo falar antes de perder a coragem.

— Porque eu me importo. Sempre que você menciona seu irmão, fica com um olhar ferido. A parte trágica da morte de Johanna não foi só a morte em si. Foi também você perder parte de si mesmo para compensar o vazio de perder uma melhor amiga.

— Acho que sua vocação era a psicologia — resmunga Liam.

Dou uma risadinha.

— Não. Minha vocação era estar aqui agora, pronta para te dar um sacode. Você subiu em mais pódios comigo por perto do que no ano passado. De nada, aliás.

Liam abre um largo sorriso que sinto nas partes mais profundas do meu coração.

— Você, Sophie Marie Mitchell, está exatamente onde deveria estar. Foda-se a contabilidade, você é gostosa demais para ficar presa em um cubículo o dia todo.

É a cara de Liam ir de sombrio a bem-humorado tão rápido. Eu o deixo mudar de assunto, feliz em aproveitar nosso momento juntos.

Continuamos sentados no cobertor observando as pessoas, inventando histórias ridículas sobre turistas e moradores. Ele bebe o vinho, me fazendo prestar atenção em seus lábios envolvendo a boca do copo. Os mesmos lábios que quero que me beijem de novo.

Termino meu vinho em alguns goles.

— Vai com calma.

A voz rouca dele me faz apertar as coxas.

E então me lembro de minha salvação. O motivo pelo qual Liam e eu entramos nessa confusão juntos, o começo de um relacionamento para o qual nunca poderia ter me preparado.

Tiro a Lista do Foda-se do bolso e analiso os itens ainda por fazer.

— Quero planejar qual vou fazer em seguida.

Seus olhos escurecem. Releio os itens, me perguntando qual consigo riscar sozinha.

Liam pega a lista de minhas mãos mais uma vez.

— O objetivo é justamente não planejar cada detalhe. Acho melhor eu escolher desta vez.

Adeus, controle, te vejo quando der.

— Encontrei um. *Beijar alguém na frente da Torre Eiffel.* — Liam segura minha mão, puxando-me para junto de si enquanto me mantém no abraço com as mãos fortes.

Eu me afasto do peito dele para encará-lo.

— O que você está fazendo? A gente não pode se beijar aqui. Nós estamos em público! Não é isso que amigos com benefícios fazem. Eles separam bem as coisas, amigos no mundo exterior e benefícios no quarto.

Ele tenta esconder um sorriso enquanto tagarelo.

— Se você limita os benefícios ao quarto, então está fazendo tudo errado.

A voz profunda de Liam me afeta demais, um pulsar que trai o quanto eu o desejo.

— Precisamos de regras e expectativas claras do que são amigos com benefícios. Acho que nós dois temos ideias bem diferentes do que isso significa.

— Fodam-se as regras e os planos. Pare de pensar tanto.

Liam não me dá um segundo a mais para refletir sobre nossa situação, pois ele me beija enquanto segura meu rosto. O sabor fresco do vinho branco invade minha boca e percorre minha língua no momento em que Liam toma meus lábios, me possuindo e controlando meu cérebro e corpo, dobrando-me à vontade dele enquanto me desmancho em seus braços.

Nossas línguas se tocam, enviando um arrepio por minhas costas. Meus dedos dos pés se curvam dentro dos tênis com a sensação que cresce dentro de mim. Deixo escapar um gemido baixinho quando ele percorre minhas costas com as mãos, provocando outra descarga de eletricidade em minha pele.

Eu me perco provando-o. Liam toma cada pedaço meu com apenas um beijo, tornando-se dono de meu coração e de meus lábios. Prendo os braços atrás do pescoço dele e o puxo para mais perto. Mordo seu lábio inferior. Ele solta um gemido ao mesmo tempo em que provoco a língua dele com a minha, me devolvendo um pouco de controle.

O som de aplausos me traz de volta ao presente. Um calor sobe por meu pescoço até minhas bochechas enquanto Liam ajeita a calça e coloca o boné de volta, a aba baixa o suficiente para esconder o rosto.

— A cidade do amor ataca de novo.

Um transeunte inocente sorri para nós.

Não, senhor, não há amor aqui.

— Pegue a lista.

Desajeitada, faço o que Liam pede. Pego a lista na bolsa e a coloco na mesa do quarto de hotel dele. A suíte parece uma versão melhor da minha, com uma sala de estar, uma mesa de jantar e um quarto enorme.

— Cadê a caneta permanente?

Encontro uma depois de tirar da bolsa dois protetores labiais, creme para as mãos e uma escova.

— A gente vai riscar algum item? Não estou vendo nada que dê para fazer.

Minha voz trai minha empolgação.

Ele pega a caneta de mim e escreve no fim da lista, ao lado do item que havia adicionado.

Ter um amigo com muitos benefícios.

Essas palavras têm um peso de conclusão.

— Agora que adicionamos esse item, me pergunto por onde começar... Ah, já sei. — A voz dele se torna um sussurro rouco, fazendo um alarme tocar em minha cabeça. — Eu esqueci como você foi mente poluída quando fez a lista.

Minhas bochechas coram. Liam se levanta da cadeira e passa um dedo em minha coluna, provocando arrepios na pele coberta pela camisa. Ele me agarra e me carrega em direção ao quarto sem olhar para trás. Sou jogada na cama como se não pesasse nada, caindo desengonçada enquanto Liam me olha de cima. O quarto tem luz suficiente para distinguir detalhes importantes, como o sorriso travesso dele.

Liam demora os olhos em meu peito antes de me encarar.

— Sabe, estou preocupado com a possibilidade de você desistir do nosso combinado. Você fica toda agitada sem motivo e, por mais divertido que isso seja, prefiro que relaxe.

Liam me desvenda sem esforço. As palavras dele fazem surgir em meu peito um sentimento que não consigo nomear. Fico em silêncio, imaginando onde isso vai dar.

— Então, acho que é uma ótima ideia decidirmos os detalhes do nosso arranjo. Para fazer isso dar certo. Tenho uma ideia do que podemos fazer para esclarecer as coisas.

Sinto medo, mas também uma estranha empolgação, me perguntando qual item ele escolheu.

— Algo da lista?

— Isso. Você é uma boa garota. Gosta de fazer tudo o que se propôs a fazer, não é?

Assinto com a cabeça, concordando com suas palavras.

Ele dá uma risadinha.

— Você não quer desistir da sua lista depois de tanto tempo, certo?

— Não.

Fico ali como um cordeiro pronto para ser sacrificado enquanto ele observa meu corpo, analisando meu short jeans e minha camiseta preta.

— Então, me deixe ajudar.

Liam se abaixa em minha frente quando concordo com um aceno de cabeça. Como é gostoso ver ele ajoelhado na cama. Umedeço os lábios enquanto ele se move em minha direção.

Meu coração martela no peito. Liam traz os lábios aos meus, desligando meu cérebro e afastando as preocupações. O beijo é melhor que os anteriores. Desde o início, ele emana intensidade, pressionando os lábios nos meus. Entrelaçamos os dedos enquanto ele prende meus braços ao lado de minha cabeça. Porra, é muito bom.

Liam toca meus lábios com a língua, estimulando minha boca a se abrir para ele, logo puxa meu lábio inferior com os dentes ao mesmo tempo em que pressiona o corpo no meu. Emoções e sensações nublam meu raciocínio e a apreensão. Já estraguei nossa amizade com um simples beijo, então agora é melhor aproveitar.

Ele solta minhas mãos, agora mais interessado em explorar meu corpo. Liam percorre minhas curvas com as mãos ásperas. Apesar do tecido que separa seus dedos calejados de minha pele, eu o sinto por toda a parte. No corpo, na cabeça, sob a pele. Não há como negar que ele me domina, deixando meu corpo desesperado apenas com alguns beijos e toques. Ele solta um gemido quando mordisco e puxo seu lábio inferior.

Eu o apalpo de maneira vergonhosa, como uma agente de aeroporto tarada, sentindo os músculos definidos de seus braços e costas. *Forte* não chega nem perto de descrevê-lo. Músculos tensos pressionam a camisa, se contraindo onde meus dedos se demoram.

Eu o afastei das outras vezes, jamais querendo olhar muito de perto, com medo de meu autocontrole falhar. Nossa química me faz questionar minha sanidade por ter negado nossa conexão.

Liam roça meu lábio inferior com os dentes antes de afastar a boca. Ele segue a curva de meu pescoço com os lábios. Suspiro ao senti-lo roçar a barba em minha pele, adorando cada segundo de sua atenção.

Nossa atração me faz entrar em pânico, torcendo para não estar arruinando as coisas entre nós. *Será que Liam vai falar comigo amanhã? Estou estragando o que existe entre a gente?*

Como se pudesse sentir minhas dúvidas, Liam puxa meu cabelo e me traz de volta ao presente. Ele apaga minhas preocupações com a boca. Este homem me beija como se fosse a última vez, marcando sua presença para que eu nunca o esqueça. E, meu Deus, nunca vou esquecê-lo.

Como eu disse não para isto por tanto tempo? E por quê?

— Eu queria beijar você assim há meses — revela Liam, com alguma dificuldade enquanto ele dá beijos suaves em meu pescoço.

As palavras dele penetram meu coração e passam a morar nele, uma invasão indesejada que me mantém refém. Como fui tola por colocar sentimentos onde não deveriam existir. Liam passa o polegar em meus lábios inchados, me avaliando com os olhos.

Ele me dá outro beijo rápido na boca, roçando meu rosto com a barba.

— Diga que você me desejou assim também…

Sinto um aperto no coração diante da vulnerabilidade dele, percebendo como seus olhos se arregalam e as sobrancelhas se franzem com a pergunta.

Levanto as costas da cama e dou um selinho nele, que não deveria significar tanto quanto de fato significa. Ele se afasta, me dando um sorriso enorme que aquece meu coração.

— Você é um homem muito difícil de resistir. Você está virando a minha fraqueza.

Passo um dedo pelo peito dele antes de apalpar seu volume grosso e duro. Meu corpo pulsa de excitação ao tocá-lo. Um sorriso travesso surge em meu rosto quando Liam geme, seu corpo reagindo à maneira como o esfrego. Sou tomada por um orgulho bem-vindo por fazê-lo me desejar.

— Porra, isso é tão bom. — Ele encaixa a cabeça na curva de meu pescoço. — Mas prefiro não gozar só com a sua mão.

Ele afasta minha mão delicadamente. Então segura a bainha de minha camiseta e a puxa para cima, jogando-a para trás por cima do ombro. Em seguida, Liam tira meu short, revelando a maior parte de meu corpo.

— E você depila? Porra. — A voz dele está rouca.

— Sim. Eu me sinto mais sexy.

Eu me recuso a me depilar por causa de homem. Só aceito passar por tanta dor para aumentar minha autoestima.

— Porra, Sophie, você é mesmo a minha safada.

Liam mantém os olhos fixos em meu sutiã de renda lilás.

Congratulo a mim mesma mentalmente por estar usando sutiã e calcinha combinando. Ele volta a me beijar enquanto aperta meus seios, o tecido de renda roçando meus mamilos sensíveis. Meu clitóris lateja com o toque dele.

Liam se afasta de mim.

— Não é tarde demais para parar. Podemos voltar ao normal. Você tem certeza?

Ele me pega de surpresa com essa oferta de *voltar atrás sem consequências.*

Sinto um aperto na garganta com a sinceridade dele. Em vez de recuar, puxo sua boca de volta para a minha, cedendo a ele e ao desejo que sentimos há meses. Liam envolve meu corpo e solta o sutiã com uma das mãos enquanto a outra puxa meu coque para soltar o cabelo. Ele se mostra um homem capaz de executar muitas tarefas ao mesmo tempo.

Nossos beijos vão de intensos e sôfregos a delicados e doces. São quase como palavras não ditas, beijos que revelam o que nossos cérebros não conseguem expressar. Eu me esfrego no pau dele, criando uma fricção maravilhosa, passando de hesitante a suplicante em um instante. Como tudo muda rapidamente.

Ele afasta os lábios dos meus.

— Vamos jogar um jogo para riscar um item da lista.

— E quais são as regras?

A rouquidão na minha voz soa estranha até para meus próprios ouvidos. Liam pressiona seu volume na área mais sensível de meu corpo.

— Nada de regras, você só precisa gozar. Você pediu para *ter orgasmos múltiplos em uma noite*.

Ah.

— Vamos ver quantos consigo dar para você. Aposto pelo menos três.

Quase engasgo quando arfo de surpresa.

— Isso é mesmo possível? Achei que fosse algo inventado por filmes e livros.

Ele encontra a pequena cavidade em meu pescoço, espalhando beijos por ela. O hálito quente dele atinge minha pele e ele diz:

— Posso prometer que tudo entre a gente é real. Até quando você sentir que está vendo estrelas enquanto eu te fodo.

Tremo quando ele passa um dedo por meu corpo até acima de minha calcinha.

— Quero só ver. Não espero pouco de alguém que promete tantas coisas. Quero ver você fazer, não falar.

Ele ergue a cabeça para me olhar, um sorriso promissor surgindo em seu rosto e chegando aos olhos. Não tenho ideia de onde vem minha ousadia, mas fico feliz com ela.

Parece que deixei o demônio dentro de Liam tentado, pois ele me cala com um beijo ardente que me deixa sem fôlego e sem conseguir pensar. O beijo diz, de um jeito mais educado, para eu calar a boca.

Com um último selinho, ele rola para fora da cama. Ele se ajoelha no chão e agarra minhas coxas, me puxando para a beirada do colchão.

Ele encontra o elástico de minha calcinha, puxando-a para baixo. Mais uma peça de roupa minha se perde no chão do quarto de Liam, me deixando exposta e esperando por ele. Liam levanta minhas pernas da cama e as coloca sobre os ombros.

Ele dá um beijo leve na parte interna de minha coxa.

— Lembre-me de novo o que sua lista dizia sobre sexo oral?

— *Gozar com sexo oral?*

Meu corpo esquenta quando me lembro de meu pedido íntimo, mas simples. Parece uma ideia idiota agora que Liam está ajoelhado diante de mim, bonito e gostoso, com minhas pernas abertas para ele.

Liam beija meu centro enquanto mantém os olhos fixos nos meus. Minhas costas arqueiam na cama de uma maneira vergonhosa quando sou atingida pela sensação nova.

— Deixe-me ajudar. Algum homem já te chupou e te venerou como a deusa que você é? — pergunta Liam, sua voz grave provoca uma sensação quente em mim.

Balanço a cabeça de um lado para o outro porque palavras exigem esforço mental, e eu já esgotei a capacidade de raciocinar há uns cinco beijos.

Ele ri, sexy e rouco, e o ar quente acaricia minha pele exposta.

— É um prazer proporcionar a melhor noite da sua vida.

Sem mais avisos e delongas, Liam desce com a boca. E, porra, assim que ele usa a língua, sou nocauteada mentalmente e meu corpo vibra. Ele sabe bem o que está fazendo, e minhas pernas tremem enquanto aperto os ombros dele como se fossem minha salvação.

Arranho os lençóis em busca de algo para me ancorar. Um milhão de nervos disparam em meu corpo, vibrando de excitação e desejo ao sentir Liam me atormentar. Nunca na vida senti algo tão incrível. Meus dedos dos pés se curvam e meu centro pulsa.

Esta noite é uma lição para eu saber diferenciar os homens dos garotos. Liam agarra minha bunda, me mantendo no lugar ao me marcar com a língua.

Meu corpo se desconecta de meu cérebro, hipnotizado pela dedicação de Liam. Com a língua, ele traz meu orgasmo iminente à vida. Ele olha para mim, me lançando um olhar de voracidade e satisfação enquanto envolve meu clitóris com os lábios. A cena, combinada com a tortura sinérgica de Liam, me empurra para além do limite. Ele prometeu que eu veria estrelas, e, porra, o universo nunca me pareceu melhor.

Meu corpo treme, mas ele continua a me chupar, só parando quando meu corpo se acalma de novo.

Pisco para o teto. Liam dá um último beijo em minha área sensível antes de colocar minhas pernas de volta no colchão. Ele deixa alguns beijos em minhas coxas antes de se afastar, me deixando ofegante e esperando. Eu me apoio nos cotovelos.

Liam abre um sorriso satisfeito.

Mordo meu lábio inchado.

— Acho que a lista vai acabar comigo.

Como posso completar todos os itens com ele quando alguns já me fazem pegar fogo?

— Não. Quem vai acabar com você sou *eu*. Mas vou ajudar você a se recuperar só para te ver desmoronar de novo com o meu pau. Vamos nos divertir muito.

Ele se levanta e tira a calça jeans, exibindo as pernas musculosas. Por fim, puxa a camiseta para cima. Prendo a respiração ao vê-lo de pé em minha frente. Tenho a visão espetacular da pele bronzeada e dos músculos definidos do pescoço aos pés, junto com o pau rígido por baixo da cueca boxer.

Em outras palavras, Liam é incrivelmente gostoso. Quem quer um boneco Ken quando se pode ter um Max Steel empenhado na missão Operação O?

Com mais dois orgasmos pela frente antes que ele alcance a própria meta, é difícil conter minha empolgação. Liam volta para a cama e se posiciona em cima de mim.

— Eu estava com vontade de fazer isto desde que te vi em Xangai.

Ele traça uma linha de beijos por minha clavícula, deixando minha pele arrepiada quando tira a língua e lambe o osso delicado. Liam não afasta os lábios de minha pele, movendo-se para os seios e envolvendo um mamilo enquanto aperta e brinca com o outro. Sinto que posso morrer com a felicidade e o desejo fluindo dentro de mim, e jamais vou duvidar das habilidades dele de novo.

Os olhos de Liam encontram os meus de vez em quando, o olhar azul-gelo lembrando uma tempestade de verão com redemoinhos azuis.

Eu me agarro a ele porque quero mais. Liam percorre o espaço entre meus seios com a língua antes de encontrar outro mamilo duro. Ele lambe e provoca, me levando até perto do limite de novo. Sua mão livre desce por minha barriga.

Ele move os dedos dentro de mim enquanto provoca meus seios, sugando a pele macia acima do mamilo, deixando uma marca que ninguém além dele vai ver. A leve dor combinada aos movimentos constantes de seus dedos me leva até lá de novo, meu cérebro voando para longe de mim sem olhar para trás.

Ele me dá tempo para voltar ao presente.

— Olha só, você consegue ter mais de um.

Nem o diabo acharia fácil superar esse homem. Liam se levanta da cama, abre a gaveta da mesinha de cabeceira e pega uma camisinha. Ele empurra a cueca boxer para baixo, revelando o pau grosso, liso e pronto.

Engatinho até a beirada da cama, pegando a embalagem de sua mão e a rasgando. Ele respira fundo enquanto coloco o preservativo. Deslizo o dedo ao longo de seu pau quando termino. Sinto meus joelhos tremerem, mas me mantenho firme.

Liam sobe na cama, puxando-me junto com ele. Encosto a cabeça em seu peito, e ele desliza os dedos pela curva de minhas costas, gravando seu toque na minha memória.

— Já sentou no pau de alguém antes? — Sua voz rouca ecoa pelo quarto.

— Não.

— Agora é a sua vez de me mostrar que você quer isso. Me convença, porque tenho medo de você começar a me evitar assim que sair deste quarto — sussurra ele em meu ouvido antes de lamber a pele sensível de minha orelha.

Sinto o peso da tarefa. Ele quer me dar o controle porque duvida de meu comprometimento em tentar fazer isso dar certo. Meu coração martela no peito, com medo de fazer algo errado.

— Você é sexy pra caralho. Pare de duvidar de si mesma. — Ele segura minha mão e a pressiona em seu pau. — Está sentindo isso? Não há como negar que quero você em cima de mim. Você deveria ter mais confiança em si mesma e em dar uma chance a nós dois.

Sinto um aperto no peito com a consideração dele em aumentar minha confiança. Mesmo assim fico confusa. Tudo em Liam me descontrola, de maneiras boas e ruins, me deixando incerta sobre o que fazer em seguida.

Eu me inclino em sua direção, colando meus lábios aos dele. Provoco a língua dele, roubando um gemido enquanto deslizo a mão em seu peito. Subo em cima de Liam, beijando-o com abandono, não dando a mínima para o sentimento que gira em meu peito.

Bem devagar, eu o guio para dentro de mim, soltando um suspiro ao senti-lo nessa posição. Apoio as mãos no peito dele para ficar mais estável. Qualquer coisa para me manter focada, as sensações dominando cada nervo dentro de mim.

Ambos aproveitamos o silêncio, nossa respiração ficando mais pesada enquanto olhamos nos olhos um do outro, quebrando oficialmente a última barreira de nossa amizade. Não há mais como voltar atrás quando seu pau me preenche, uma sensação inesquecível que sinto até os dedos dos pés.

— Porra, você é tão apertada.

Ele se ajeita e apoia as costas mais alto nos travesseiros. Seus olhos encaram os meus, fervendo com emoções inescrutáveis.

Afasto qualquer pensamento sobre querer saber o que ele sente. Em vez disso, decido viver o momento, cansada de desculpas.

Eu me levanto devagar antes de descer de novo.

— Ai, meu Deus.

— Sophie. Porra. — A voz dele sai com alguma dificuldade enquanto aperta minha cintura.

Penso no que ele disse mais cedo, sobre eu provar o quanto o quero. Eu o quero tanto, tanto. Passei meses desejando-o, apesar de me esconder atrás da amizade e de meus medos. Foi uma idiotice pensar que eu poderia escapar de nossa conexão.

Ele me guia para cima e para baixo, mostrando um ritmo que faz minha cabeça cair para trás.

— Você é tão gostosa. Sentando em mim como se estivesse desesperada pelo meu pau. Me mostre o quanto você precisa de mim.

Uma sensação de formigamento percorre minhas costas ao continuar a cavalgá-lo, o instinto assumindo o controle. Liam coloca os dedos em meu clitóris, pressionando a área sensível, deixando-me cada vez mais próxima de um orgasmo. Encontro um ritmo incrível, e não consigo desviar os olhos dos dele enquanto me movo.

O tempo não parece parar. Tudo parece passar por mim em um borrão, com as emoções provocando um aperto em meu peito e continuo a subir e descer no pau de Liam. Ele mantém os olhos entreabertos, as pálpebras pesadas de luxúria. Adoro vê-lo à minha mercê.

— Relaxe.

Ele afunda os dedos em minha cintura, assumindo o controle, deixando-me encontrar meu alívio enquanto ele muda o ritmo.

Tudo desaparece conforme o prazer cresce dentro de mim. Gemo e então desmorono, cedendo à tentação e à maneira como ele faz eu me sentir: forte, sensual e, caralho, bastante apavorada.

Liam nos vira e eu afundo as costas no edredom fofo enquanto ele desliza o pau para dentro de mim. Uma onda de prazer incessante percorre meu corpo quando ele me fode durante meu orgasmo.

— Você consegue ter mais um. Eu aguento te foder até você me dar o que eu quero.

Ele me marca com um beijo possessivo antes de passar para meu pescoço, chupando e mordiscando a pele delicada.

— Sim — gemo e me colo em seu corpo.

Liam continua no mesmo ritmo, pegando um travesseiro próximo e o colocando debaixo de minha bunda, mudando o ângulo. O pau dele roça meu ponto mais sensível e o polegar pressiona meu clitóris. A sensação aquece minhas veias ao mesmo tempo que meu corpo pulsa de necessidade, o sangue por meus ouvidos no mesmo ritmo que minha respiração pesada.

— Isso mesmo. Me dê tudo o que você tem. Eu quero tudo. Porra, quero roubar cada pedacinho seu.

As palavras e o toque de Liam me fazem cruzar o limite, e fecho meus olhos antes de ele puxar meu cabelo. Abro-os de novo, surpresa, e vejo suas íris azul-claras e o sorriso orgulhoso dele que me observa explodir.

Seus movimentos se tornam erráticos e ele deixa a cabeça cair para o lado, me dando a oportunidade de assisti-lo desmoronar.

— Meu belo anjo. Safada demais para o céu, boa demais para o inferno.

Posso ser seu belo anjo, mas ele é meu diabo mascarado, safado demais para o meu coração, irresistível demais para meu corpo.

Liam desaba em cima de mim, nossos corpos pressionando um ao outro enquanto recobramos o fôlego. Ele me abraça, imóvel, nossas mãos entrelaçadas trazem um sorriso a meu rosto. Meu coração fica apertado com os gestos mais simples.

Se eu não me sentia traída por meus sentimentos cada vez mais intensos por Liam, esta noite foi a gota d'água.

Parece que estou fodida de mais de uma maneira.

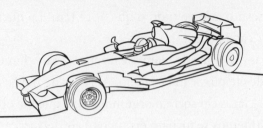

CAPÍTULO VINTE E TRÊS

Liam

Passo a semana antes do Grande Prêmio da Hungria trabalhando com a equipe, fazendo testes em meu carro, malhando e vendo Sophie. Ela me deixou de lado assim que o pai pediu para passarem algumas horas juntos.

Jax e eu nos encontramos na academia da McCoy. É perfeito para atletas, com todos os tipos de equipamentos, treinadores de reflexo e o melhor sistema de simulação de F1. O cheiro de suor e de produtos de limpeza nos recebe enquanto encaixamos um treino em nossas agendas lotadas.

— Mal te vi a semana toda. Você vai me abandonar e vou ter que fazer amizade com Santiago e aquele babaca da Vitus que está sempre de cara fechada. Sabe? O sujeito parece uma estátua de Michelangelo, e tem a personalidade de uma também. Babaca certinho.

Os músculos de Jax se flexionam enquanto ele levanta um haltere.

Contenho uma risada.

— Bem, Noah e Maya não são um casal. E eu tenho andado ocupado com o meu trabalho.

— É como se aqueles dois fossem. Noah fica olhando para ela o tempo todo, e Maya o evita como se ele tivesse uma IST.

Aperto o peso em minha mão.

— Ah, não sei. Noah não é do tipo que se compromete.

— E daí? Você agora é um defensor de arranjar compromisso?

Dou de ombros, tentando parecer mais despreocupado do que me sinto.

— Olha só, será que o grande Liam está pensando em um relacionamento de verdade? O sexo com a princesa da Bandini é tão bom assim?

É fácil esquecer como ele sabe me ler. Aumento a velocidade de minha série.

— Já falei que não é nada disso. Estamos só nos divertindo. Não quero falar com você sobre o que fazemos em particular.

Ele me olha, espantado.

— Desde quando você não fala sobre a garota que está pegando?

Cerro os dentes.

— Desde agora. Pare de fazer tempestade em copo d'água.

Jax encosta a cabeça no banco de exercícios, o peito tremendo de tanto rir.

— Porra. Relaxa, eu só estava brincando. Queria ver se as coisas estão sérias entre vocês dois, mas acho que é só sexo.

Sinto um aperto no peito.

— Esqueceu de tomar seus remédios hoje? Não lembro se ser um babaca era um dos sintomas de abstinência.

Ele dá outra gargalhada. Jax não se dói com a alfinetada, o que me irrita ainda mais. Odeio o comentário porque ele acertou na mosca. Não faço ideia do que estou fazendo, e Sophie concordou com meus termos porque sou um egoísta que quer ela e nossa amizade.

Decido me distrair pulando corda. Jax grunhe enquanto vai para uma das esteiras. Ele tira a camiseta, revelando a maioria das tatuagens. Acho que ele é muito durão, por suportar tanta dor para ter o corpo cheio de tatuagens. Jax me avalia com o olhar antes de perguntar:

— Você não está nem um pouco preocupado com ela querer mais do que amizade de você?

— Não, nós adicionamos benefícios, não fizemos votos. Pare de ser um amigo merda, me provocando.

Ainda bem que nunca contei sobre a lista de Sophie para ele, porque ele ficaria caçoando de mim o dia todo. Ele assobia.

— Tudo bem. Desculpe. Vou deixar pra lá, não precisa ficar histérico. Mas só para você saber, isso nunca acaba bem.

Balanço a cabeça enquanto termino a última série de pulos.

— Não sei por que você fica criando caso com essa história.

Ele mexe nos botões da esteira.

— Estou avisando que você pode acabar não gostando do resultado se não resolver as suas merdas.

A culpa deixa meu estômago pesado quando considero as consequências de um novo contrato com a McCoy. Não contei a Jax sobre a ligação de Rick, com medo de enfrentar a verdade. Mas a verdade tem uma maneira engraçada de vir à tona, querendo ou não.

Os membros da equipe trabalham na garagem, verificando os carros enquanto os engenheiros falam comigo sobre logística. Conto a eles os diferentes problemas que notei durante os treinos. As pessoas subestimam a quantidade de tempo que os pilotos passam com a equipe, testando teorias e resolvendo problemas. Além de correr e participar de festas, passo muito tempo em reuniões de trabalho.

Quero muito ganhar essa corrida. Embora Peter tenha me oferecido uma extensão de contrato, não quero sentir falsas esperanças, já que ele não voltou a falar comigo sobre minha contraproposta em relação à cláusula anti-Sophie.

Claudia não compareceu a nenhum outro evento desde o baile de gala onde conheceu Sophie, felizmente. A ausência dela me ajudou a reparar meu relacionamento com a equipe e com Peter, que parece estar de bom humor, até me dando um tapinha nas costas após uma coletiva de imprensa da McCoy.

Apesar do bom humor de Peter, não descartarei outras equipes, por mais que goste da McCoy. Eles precisam revisar a proposta e voltar com uma oferta melhor, de preferência uma que não me force a abrir mão de alguém de quem eu gosto por causa das corridas.

Peter aparece do nada, agraciando a garagem com sua presença. Seu terno chique se destaca entre os capacetes e os macacões resistentes a fogo. Ele sorri para mim.

— Você tem feito um trabalho incrível nesta temporada, Liam. Acha que consegue ficar entre os três primeiros para nós?

— É o que eu pretendo fazer.

Continuo minhas verificações pré-corrida, que ocupam uma hora do meu tempo. Sou homem suficiente para admitir que fico nervoso antes das corridas, e qualquer cuzão que diga o contrário é um mentiroso.

Subo para a suíte, pronto para vestir meu macacão de corrida. Meu celular vibra com uma nova mensagem.

> **GOSTOSA DA SOPHIE:** Ouvi dizer que você costuma se sair bem no circuito de hoje. Não quero deixar seu ego ainda mais inflado, mas boa sorte e espero que você não seja péssimo.

Rio enquanto digito a resposta.

> **EU:** Quer fazer uma aposta?
> **GOSTOSA DA SOPHIE:** Apostas nunca acabam bem para todas as partes envolvidas.
> **EU:** Quem disse?
> **GOSTOSA DA SOPHIE:** A parte que perde todas as vezes.
> **EU:** Esta vai terminar melhor. Se eu subir ao pódio, você fica na garagem da McCoy durante o Grande Prêmio da Alemanha.

Como Peter precisa comparecer a uma reunião do conselho da McCoy em Londres no mesmo fim de semana, não acho que a presença dela vai ser um problema. Chris está cagando e andando para quem fica na garagem, desde que eu dê meu melhor.

Os três pontos aparecem na tela e depois desaparecem. Alguns minutos se passam e eu considero que perdi essa enquanto fecho o macacão. Não consigo deixar de querer que Sophie passe tempo comigo e minha família durante a corrida em casa, parte de mim quer marcar território e exibi-la. Outra parte de mim a convida por uma razão egoísta, o medo de enfrentar meu irmão sozinho. Sophie me mantém são o suficiente para não fazer alguma estupidez, como evitar minha família e reservar assentos VIP para eles bem longe de mim.

Sorrio quando meu celular vibra na mesa de centro.

GOSTOSA DA SOPHIE: Parece um benefício para você.

EU: Não. Nós dois saímos ganhando com uma rapidinha na minha suíte. Ter você por perto é um bônus.

Pontinhos surgem e somem na tela, me provocando. É uma aposta estúpida para fazê-la ficar perto de mim e não na garagem da Bandini como sempre. E, para ser sincero, eu não negaria uma transa antes da corrida.

GOSTOSA DA SOPHIE: Você precisa sugerir uma aposta melhor se vai me mandar mensagens assim. Ficarei na McCoy se você terminar em primeiro. Eu prefiro vencedores.

Sorrio com suas palavras atrevidas. Ela me desestabiliza, mas me mantém centrado ao mesmo tempo.

EU: Nós dois podemos ser vencedores se você concordar. No pódio e nos orgasmos. Você está me transformando em um poeta moderno.

GOSTOSA DA SOPHIE: Boa sorte. Vou lá antes que meu celular pegue fogo. Tchau!

Falar com Sophie melhora muito meu humor. Gosto de fazer apostas com ela, ainda mais quando me distraem das expectativas contantes de sucesso e de subir ao pódio.

Saio da suíte e volto para a garagem dos boxes. Eu me acomodo no cockpit, ajustando o colar cervical e o volante enquanto a equipe me posiciona na terceira posição do grid. Sophie quer que eu termine em primeiro, o que significa que preciso ultrapassar Santiago e Noah e manter a liderança por setenta voltas.

As chance de eu conseguir ultrapassar Noah, o líder da corrida e ótimo na defensiva, são pequenas. Mas foda-se, vou dar um show para os espectadores, tudo pela mulher de cabelo loiro e olhos verdes que invade minha mente todos os dias.

As luzes piscam uma a uma antes de se apagarem todas de uma vez. Meu pé empurra o acelerador, o carro dispara pela pista e eu logo me aproximo da primeira curva.

Os carros da Bandini seguem a toda velocidade em minha frente, os dois veículos vermelhos competindo entre si. Estou logo atrás. A asa dianteira de meu carro quase toca a de Santiago no momento em que diminuo a distância entre nós.

Vejo de relance o borrão da multidão e nossos carros completam mais uma volta. Meu carro vibra e piso no acelerador, o som do motor arranca um sorriso de meus lábios. O suor deixa meu macacão grudado enquanto percorremos a pista pelas próximas vinte voltas. Mantenho a terceira posição, defendendo-me de Jax, que vem logo atrás de mim.

— Liam, Noah e Santiago vão precisar de um pit stop em breve. Temos uma estratégia que pode te ajudar a vencer, mas você vai ter que confiar em nós. Você vai fazer três paradas durante a corrida e usar pneus macios — diz Chris pelo fone de ouvido.

É uma estratégia arriscada que me dará mais velocidade que os pneus médios padrão, porém mais paradas significam menos controle sobre meu tempo total. Ainda posso vencer, mas terei que correr como se meu carro estivesse pegando fogo.

— Quais as chances de a equipe conseguir completar as paradas em menos de dois segundos?

— Eu diria que as chances são de cinquenta por cento.

Merda. Aperto minhas mãos enluvadas.

— Tudo bem. Vamos lá.

— Pare depois da próxima volta.

Chris silencia o microfone.

Meu carro estremece, a aderência dos pneus ficando cada vez menos estável enquanto sigo pela pista. Após mais uma volta, faço o pit stop e a equipe é fenomenal, completando a parada em menos de 1,7 segundo — um novo recorde na F1.

— Bom trabalho, Chris. Você sabe o que faz.

Diminuo a distância entre os garotos da Bandini e meu carro, o que não me dá margem para erros caso eles cometam alguma imprudência. Nós três nos movemos juntos e executamos uma curva perfeita. Noah e Santiago dirigem lado a lado na reta seguinte, a pintura vermelha dos veículos brilhando sob o sol da tarde.

As asas dianteiras deles permanecem paralelas enquanto Noah tenta avançar à frente do companheiro de equipe. A próxima curva está chegando rapidamente. Noah está tão preocupado com Santiago e em não permitir que ele o ultrapasse na curva que se esquece de mim.

Disparo pelos dois, deixando-os para trás em meu espelho lateral. Meus pneus macios me permitem ir mais rápido do que eles. A equipe vai à loucura em meu fone de ouvido, gritando enquanto consolido a posição de primeiro lugar. Sorrio ao ouvir os gritos da multidão competindo com o ronco de meu motor.

Defendo agressivamente a posição porque não quero que a Bandini ganhe confiança. Vivo pela euforia, tornando-me um eterno viciado em adrenalina.

— Liam, você matou a pau hoje. Bom trabalho — parabeniza Chris no momento em que dou a última volta.

Levanto o punho no ar no momento em que passo pela bandeira quadriculada. Chris toca uma de minhas músicas favoritas enquanto corro pela pista mais uma vez para uma volta da vitória com "Mr. Brightside" do The Killers tocando no fone de ouvido.

Espero que Sophie goste de cinza, porque ela vai ficar incrível usando meu número. Ela deveria culpar a si mesma por meus planos. Afinal, aprendi com a melhor.

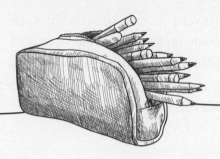

CAPÍTULO VINTE E QUATRO

SOPHIE

Maya e eu mantemos nossa tradição das Quartas do Vinho. Bebemos vinho branco barato, que vira uma coisa muito chique se colocado em nossas taças de plástico, e é acompanhado de dois quilos de frango frito e batatas fritas. Nossa noite das garotas não estaria completa sem o *grand finale* de chocolate Hershey's.

— É o ápice da culinária americana.

Gemo de prazer com o melhor frango que já comi deste lado da Europa.

Maya concorda comigo.

— Eu só escolho o melhor para nós.

— O que achou do vinho? Estou achando que é um bom vinho de um ano.

Faço o líquido na taça girar e cheiro como se soubesse o que estou tentando sentir. Maya pega a caixa e analisa o conteúdo.

— Tem gosto de ressaca certa. Por que você sugeriu isso, afinal? Existem opções muito melhores.

— Eu achei que simbolizava ser jovem, boba e pobre. Mas agora não tenho tanta certeza.

— Só que você não é boba, e muito menos pobre.

Reviro os olhos.

— Ah, sim, oito mil euros vão me levar muito longe na vida.

Ela toca a taça dela na minha.

— Sei, mas me conte tudo sobre você e Liam.

— Além do fato de a gente ter transado?

Maya se vira para mim.

— Você está escondendo as coisas de mim de novo!

— Você tem andado ocupada com seu vlog e evitando Noah, então não quis piorar as coisas para você. Mas nós transamos e eu tive orgasmos múltiplos. Foi incrível, então espero que meu coração não saia magoado no processo, porque seria péssimo.

Tenho tendência a vomitar palavras quando estou com Maya.

Tomo alguns goles de meu vinho enquanto ela assimila tudo. Algumas pessoas precisam de coragem líquida, mas eu preciso de sabedoria líquida, pois nos últimos tempos tenho sido péssima em tomar decisões.

Ela inclina a cabeça para mim.

— Por que você acha que vai se magoar?

— Porque fiz exatamente o que você me avisou para não fazer e comecei a gostar dele de verdade.

Maya balança a cabeça. Seu olhar de pena me lembra do quanto estou me apaixonando por ele, provando que não sou melhor do que as outras garotas com quem Liam ficou antes. Eu me compadeço delas. Ok, talvez de todas, menos Claudia.

— Quando você percebeu isso?

Penso na semana passada, depois que ele venceu o Grande Prêmio da Hungria.

— Acho que na quinta vez que transamos. Precisei de toda a minha força de vontade para sair da cama dele e voltar para o meu hotel. Meu coração doeu só de pensar nele não se importando de eu ir embora.

— Ai, não. E ele deixou você ir?

— Não, ele abraça melhor que um cobertor pesado. É aconchegante, quente e seguro.

Abraço a taça de vinho para demonstrar.

— Você tentou dizer a ele como se sente?

Estreito os olhos para ela.

— De jeito nenhum, porque aprendi com as ex de Liam, as antigas e as mais recentes. Claudia foi tipo uma super terapia de exposição, mostrando exatamente o que acontece com mulheres que caem na armadilha de amor de Liam. Elas ficam amargas e tristes, implorando por migalhas.

Ela baixa a taça de vinho e junta as mãos.

— Bem, eu sei o que você precisa fazer.

— Terapia grátis e vinho, o que mais eu poderia querer?

Ela me oferece um pequeno sorriso.

— Você precisa ser você mesma e aproveitar o tempo que têm juntos.

— Como você chama isso de conselho? Isso não me ajuda quando tudo acabar.

— Você está assumindo que vocês dois podem terminar. E se ele sentir o mesmo que você?

Maya me encara com seus esperançosos olhos castanhos.

— Ele não sente. Liam nunca perde uma oportunidade de expressar seu amor pela carreira e como ele fica ocupado. Não passa uma semana sem mencionar como não tem tempo para se comprometer com algo mais além de um relacionamento íntimo básico. Então, tudo o que é bom dura pouco.

Maya ri no copo de vinho. Não quero estragar nossa noite das garotas, então engulo meus sentimentos junto com vinho e frango.

— Você entende como estou decepcionada por não participar da Oktoberfest este ano? Só sou jovem uma vez — reclamo.

O Grande Prêmio da Alemanha acontece em julho, o que significa que meus sonhos de beber cervejas e ver Liam vestido de *lederhosen*, uma espécie de jardineira de couro, vão por água abaixo. Liam e Jax riem como se eu fosse atrevida e adorável. Maya se move pela garagem da McCoy, cuidando dos preparativos para filmar outra entrevista com Jax para o vlog. Liam e eu ficamos fora do caminho e lhes damos espaço, sem incomodá-los com nossas travessuras habituais.

— Você fala como se eu não fosse daqui. Podemos ir à Oktoberfest quando quisermos.

Liam fala do futuro com naturalidade, como se ainda fôssemos continuar amigos. Por que esse pensamento faz meu coração bater no peito como uma caixa de som em uma festa de música eletrônica?

— Mas eu queria ir este ano. Queria comprar uma roupa, tomar cerveja e cantarolar bêbada músicas alemãs que eu não entendo.

Liam solta uma gargalhada, fazendo com que Maya e Jax olhem em nossa direção. Seus olhos brilham.

— Você pode guardar a roupa para mim. Vamos comprar uma hoje e realizar uma fantasia.

Solto uma risadinha.

— Pare com isso. Você está distraindo a estrela.

— Ei, eu sou uma estrela também.

As sobrancelhas erguidas e o sorriso juvenil aumentam o charme dele, me deixando tonta.

— Você costuma se esforçar tanto assim sempre? Estou começando a me perguntar se estou ficando imune a seus charmes.

— Não sei, quer testar? — Ele passa os nós dos dedos em minha bochecha. — Meu quarto, hoje à noite. Tenho outro item para riscarmos.

O rubor sobe de meu peito para minhas bochechas, meu corpo se camuflando em minha camiseta da Bandini.

— Certo, vocês dois. Silêncio no set.

As palavras de Maya encerram nossa conversa.

Maya e Jax filmam a entrevista. Jax deixa os fãs darem uma espiada exclusiva em seu carro da McCoy, embora não no volante secreto. Maya faz muitas perguntas profissionais enquanto Liam e eu assistimos. Liam tenta me distrair várias vezes com alguns beijos suaves, mas eu o afasto assim que Jax começa a rir de nós. Após vinte minutos, Maya encerra a conversa.

Liam esfrega a nuca.

— Não se esqueçam da minha festa amanhã. Cheguem à casa dos meus pais por volta das sete da noite.

— Como poderíamos esquecer? É a comemoração dos 29 anos do garotão.

Maya bate palmas. Liam inclina a cabeça para ela.

— É. Noah e Santi disseram que não vão poder ir por causa de algum evento social exclusivo da Bandini. Então, você não tem desculpa.

— Por que eu não sou ameaçada?

Encaro Liam.

— Já é certo que você vai. Minha família não para de falar sobre como quer conhecer minha nova amiga.

Essa palavra com A está se tornando a que mais odeio. O aperto que sinto no peito ao ouvi-la me lembra de que eu realmente preciso me controlar.

Maya me arrasta para a coletiva de imprensa pré-corrida, já que Santi vai participar. Liam se senta mais ereto quando me vê em um canto, o que me faz mandar para ele um GIF de Leslie Knope dando uma risada falsa durante uma coletiva de imprensa. Balanço meu celular e toco na tela para chamar a atenção dele.

Ele dá uma olhada no celular ao mesmo tempo que um repórter faz uma pergunta a Santi, escondendo o riso com uma tosse. Não sei como eles aguentam uma hora lá em cima, sendo bombardeados com perguntas e mais perguntas.

— Noah, você tem se mantido no topo do Campeonato com certa dificuldade. Alguma razão por trás dos deslizes? Parece que Liam está se aproximando dos seus pontos.

Maya me lança um breve olhar de reprovação.

Noah revira os olhos.

— Liam e eu competimos desde que bebíamos suco de caixinha em vez de champanhe. Então não fico surpreso de ele estar perto de mim.

Outro repórter fala:

— Liam, você está preocupado com este Grande Prêmio, já que a corrida é em casa?

— Preocupado? Não muito. Pelo menos não além do nervosismo normal pré-corrida, mas estou confiante de que posso vencer. Tenho que ficar de olho nesses dois aqui, no entanto.

Ele cerra o punho antes de abrir os dedos e fazer um barulho de explosão.

Cubro a boca com a mão para abafar uma risada.

— Liam, outra pergunta para você. Veio a público que você está namorando uma mulher dentro da organização da F1. Como McCoy se sente com você namorando alguém da indústria depois de tudo o que aconteceu com Claudia?

Usando todo meu autocontrole, resisto a sair correndo da sala. Pelo menos não mencionaram meu nome, porque meu pai me mataria e mandaria meu corpo para Milão.

— Não é educado tocar no nome de uma ex minha, então sem comentários. Uma pena sua mãe não lhe ter ensinado isso.

— Como os repórteres conseguem essas informações? — sussurro para Maya.

Ela dá de ombros.

— Não faço ideia. Quer dizer, não há nada de errado em namorar alguém do meio, mas imagino que, para ele, não pega bem.

Engulo o nervosismo. O repórter alisa o cabelo antes de mexer no microfone. Alguns repórteres ao redor dele balançam a cabeça, tentando desencorajá-lo.

— Eu me pergunto se a McCoy está preocupada com a possibilidade de você ter alguém ligado à equipe rival esquentando sua cama.

Terra, eu não me importaria de ser engolida por um buraco agora. Fico mexendo em um fio solto em meu short, puxando-o para disfarçar meus dedos trêmulos.

— Não preciso dormir com ninguém para fazer bem o meu trabalho ou para negociar um contrato. Já estou farto de comentar sobre esse assunto, então deixem minha vida pessoal fora disso.

Liam pousa os olhos nos meus quando volto o rosto para a frente. Acho que ele não gosta do que vê, a julgar pela testa ainda mais franzida.

Aguento até o fim da coletiva porque não preciso mostrar meu constrangimento ou culpa. Liam e eu não temos nada sério, então tudo vai desaparecer após o fim da temporada e ele vai encontrar outra.

Essa ideia me consome enquanto vou para meu lugar favorito. Liam me encontra logo após a coletiva, sabendo como gosto de ficar na cobertura da Corporação da F1.

— Desculpe. Ainda bem que não mencionaram seu nome.

Ele afasta um cacho solto de meu cabelo para trás da orelha, um gesto doce que passei a amar. Gostar. Do qual passei a *gostar*.

Enrugo meu nariz.

— Tudo bem. Deve ser o mais perto que esse repórter chegou de sexo o ano todo.

Liam solta uma risada nervosa, algo raro.

— Sei. Mas falando sério, você está bem com isso?

— Claro. Mas precisamos ser mais cuidadosos, meu pai já está irritado comigo. Um dia você vai conseguir um novo contrato e eu vou voltar para casa, e todos vão se concentrar em outras notícias quando a temporada acabar. Esta alguém ligada à equipe rival não vai mais aquecer a cama de ninguém.

Liam não sorri, seus olhos não brilham, ele não expressa absolutamente nada. Não quero pensar demais sobre nós, porque isso em geral me traz problemas. Mesmo assim, será que Liam também quer mais? Não consigo me decidir entre otimismo e ceticismo.

A esperança é como fumaça, dissipando-se em um instante. Por mais que eu me agarre à ideia de Liam e eu juntos, sempre haverá alguém à espreita nas sombras, aguardando o momento de destruir minha fé.

Aceitei a decepção amorosa no instante em que Liam me jogou na cama, sorrindo como se eu fosse parte de seu mundo. Fui tola por adicionar um item invisível quando entreguei minha lista para Liam.

Ter meu coração partido.

Meu coração bate forte, em sintonia com as batidas dos meus nós dos dedos na porta do quarto de hotel de Liam. Ele abre vestindo apenas uma toalha branca enrolada na cintura, com água escorrendo pelos sulcos do abdômen, me deixando tentada a lamber as gotas.

Liam me olha com um sorriso malicioso enquanto abre mais a porta, me dando espaço para entrar. Ele pega a lista de uma mesa próxima antes que eu tenha chance de me acomodar.

— Passei o dia todo pensando nisso.

Ele me puxa em direção ao quarto, a expectativa corroendo a ansiedade. Meu peito está apertado e quente.

— Fico me perguntando se você vale mesmo os milhões que te pagam. Se os fãs soubessem o quanto você sonha acordado...

— Pelo menos eu posso transformar meus sonhos em realidade.

Ele abre um sorriso deslumbrante antes de desaparecer no closet.

— Bem... É.

Bem, pelo menos consegui dizer duas palavras.

Liam sai do closet com uma gravata em mãos. Caminho até ele, que começa a protestar, mas pressiono meu dedo indicador em seus lábios.

— Não. Agora quem manda sou eu.

Decido aproveitar a minha confiança.

Seus olhos se arregalam um pouco antes de seus lábios se curvarem em um sorriso e jogar a gravata na cama. Exploro com as mãos os músculos de sua barriga, a pele suave e quente sob minhas palmas. O peito de Liam treme com meu toque. Eu sorrio, gostando das reações que provoco nele.

Eu me ocupo de soltar a toalha, o tecido úmido caindo no carpete com um baque. O pau de Liam se ergue livre, deixando-me tentada a passar a mão pela pele macia. Lambo os lábios e me ajoelho no chão. O som da respiração ofegante de Liam provoca uma onda de excitação em mim, alimentando minha coragem. Ele desperta uma sedutora em mim que mal reconheço.

Uma gotícula de sêmen escapa da ponta de seu pau. Liam geme quando lambo a ponta sensível, uma sensação de poder correndo por mim ao vê-lo fraquejar. Homens como ele não se dobram com frequência, mas quando isso acontece, é glorioso e emocionante.

— Você vai ficar olhando para o meu pau ou vai chupar?

Olho para cima, vendo o humor em seus olhos enquanto ele dá uma piscadela para mim. Continuamos fazendo contato visual e o ponho na boca. Seus lábios formam um O, todo o encorajamento de que preciso para continuar. Eu o lambo da base até a ponta em um padrão ziguezagueante, o gosto salgado cobrindo minha língua enquanto alterno entre chupar e lamber.

— Porra. Você tem uma boca e tanto.

Sorrio com o pau dele entre meus lábios. Ele não é de falar muito, mas adoro a força de suas palavras.

Massageio as bolas enquanto continuo a sugar. Estou viciada no gosto dele e nos sons que saem de sua boca, em sua respiração ofegante quando roço meus dentes no comprimento de seu pau. Fico revigorada por fazer alguém como Liam sucumbir ao desejo.

— Porra. Faça isso de novo.

Eu o provoco com a língua, sempre em um ritmo preguiçoso, sem pressa para que ele goze porque gosto muito de ouvir seus gemidos ocasionais.

Liam está praticamente arfando minutos depois.

— Sophie, se não quiser que eu goze na sua boca, pare agora. Mas, na verdade, eu não quero que você pare. Só para você saber.

Rio do aviso, minha risada vibrando ao redor de seu pau. Apesar de nunca ter engolido antes, não tenho o menor interesse em parar, optando por continuar encarando o homem que me faz sentir tantas emoções.

Os últimos resquícios da compostura de Liam somem e ele assume o controle. Ele segura meu cabelo e passa a puxar minha cabeça para cima e para baixo em seu pau, fodendo minha boca sem pudor. Meus olhos lacrimejam e eu adoro cada segundo, o desespero dele me deixando mais disposta a obedecer. Um gemido de prazer escapa de sua boca e a cabeça dele cai para trás.

O pau dele pulsa e eu chupo a ponta, engolindo com gosto. Desejo mais, tonta de luxúria e felicidade porque quero tudo o que Liam tem para me dar. Ele solta minha cabeça quando termina de se mover dentro de minha boca.

Ele me levanta e me beija incansavelmente, me marcando de dentro para fora, gravando suas iniciais em meu coração com ferro quente. E, assim como o ferro quente, dói saber que quero o que não posso ter.

Liam não me dá tempo para me recompor, porque já me empurra para a cama. Caio nela, entusiasmada e pronta para qualquer coisa. Um sorriso presunçoso cruza seus lábios enquanto ele me olha de cima.

Bato em meus lábios com o dedo indicador.

— Você vai ficar aí parado me olhando a noite toda ou…?

As narinas dele se dilatam com minha provocação.

— Estou decidindo qual item quero riscar primeiro.

— A noite acabou de ficar muito mais interessante.

— Sei que você é uma mulher ansiosa, doida para riscar vários itens logo. Então, tenho alguns planos.

O sangue corre para meus ouvidos, meu coração acelerado se fingindo de problema auditivo.

— Eu deveria sentir vergonha de ficar excitada ao ouvir você falar sobre planos?

Ele solta uma risada baixinha.

— Primeiro, vamos tirar essas suas roupas.

Liam não precisa me pedir duas vezes. Uma sandália sai voando para um canto do quarto e a outra aterrissa na cômoda. Ele solta uma risadinha ao ver minha empolgação, mas não move um dedo, apenas me observa de braços cruzados. Meu vestido também cai em algum lugar enquanto meu sutiã e calcinha são arremessados em seguida, perdidos na escuridão.

Eu me deito apoiada nos travesseiros e espero. Não sei bem de onde tirei confiança, mas não acho ruim.

Ele sorri, balançando a cabeça.

— Parece que alguém está animada, hein?

Assinto com a cabeça. Ele se vira de costas para mim e puxa um tecido sedoso da mesa de cabeceira.

— Ah, *ser vendada*. Isso é empolgante. — Minha voz fica rouca.

— Nós dois sabemos muito bem que você fica tão empolgada em riscar os itens da sua lista quanto com o processo de completá-los.

Não adianta discordar, pois amo a ideia de riscar os itens com Liam. É um tipo de preliminar.

— Gostaria de agradecer minha eu carente e solitária por encher a cara e ficar olhando listas de desejos safadas às duas da manhã de um sábado. Meus orgasmos futuros serão eternamente gratos.

— Estou arrependido de não ter comprado uma mordaça também.

— Cale a boca. Você ama quando eu começo a tagarelar.

Aff, Sophie. De novo usando a palavra com A.

O olhar penetrante de Liam é a última coisa que vejo antes de ele cobrir meus olhos com a venda. Se eu morrer hoje, será uma última visão e tanto. Estou disposta a me sacrificar pela causa. A busca pelo melhor orgasmo me parece uma maneira épica de partir, e poderia até ser a frase gravada em minha lápide.

Liam empurra minha cabeça de volta para os travesseiros.

Ele agarra meus pulsos e os amarra com o que suponho ser a gravata que jogou na cama antes. O nó está apertado o suficiente para que minhas mãos não se soltem, mas não ao ponto de me machucar. Parece que Liam quer riscar *ser amarrada* também.

— É engraçado como os sentidos funcionam. Quando você tira dois, os outros ficam mais intensos.

Testo o nó uma vez e minhas mãos continuam bem presas.

— Você já foi escoteiro? É um nó muito bem-feito.

— Não. Eu preferia o clube do livro infantil.

Suspiro.

— Só você poderia fazer "clube do livro" soar sexy.

Ele diminui a distância entre nós, o cheiro familiar me envolvendo. Algo produz um barulho metálico ali perto antes de Liam cobrir meu corpo com o dele, traçando os contornos de minhas curvas com beijos quentes. Quando ele chega na área que implora por atenção, sou atingida por um beijo gelado.

Literalmente gelado.

Droga, quase me esqueci de *Experimentar preliminares com gelo*. Com qualquer outro homem, eu não acharia tão sexy, já que a sensação fria me faz levantar o quadril da cama. Mas, por algum motivo, tudo com Liam parece bom. Com os dedos quentes, ele alcança partes minhas que anseiam por seu toque, trazendo algum alívio antes de sentir a língua gelada em meu clitóris, que pulsa de desejo enquanto Liam chupa. Ele roça a língua em mim, traçando círculos preguiçosos.

— Puta merda. É sério isso?

Minhas palavras se transformam em um gemido.

O calor de meu corpo derrete o cubo de gelo enquanto Liam me lambe sem piedade. Sua língua é feita para o pecado, acariciando minha entrada antes de mergulhar dentro de mim. A pressão se acumula em meu corpo como uma bomba tiquetaqueando no ritmo de meu coração. Não poder ver nem tocar nada me deixa mais atenta a tudo: minha respiração, seu toque, o frescor onde ele se demora com a língua.

— Vou tomar isso como um incentivo.

Sua risada reverbera em meu clitóris, fazendo minhas costas formigarem com a pressão que se acumula dentro de mim.

— Nem tenho ciúme das garotas com quem você esteve antes. Eu deveria enviar cartões de agradecimento para elas.

Ele bate em meu centro com a mão. Meu clitóris lateja, me deixando derretida e desesperada com a sensação.

— Não mencione ninguém. Enquanto estiver viajando com a gente, você é minha. Ponto-final. Você tem algum problema com isso?

A venda me impede de ver seu rosto, mas a intensidade em sua voz diz tudo. Acho difícil aceitar as palavras dele. Elas me lembram do nosso prazo de validade, como Liam aos poucos se torna tudo para mim enquanto sou apenas uma distração temporária para ele. Mas, como em tudo, Liam não me deixa escapar com tanta facilidade, passando o polegar em meu clitóris, ele aplica uma levíssima pressão. E assim, com a maior facilidade, os pensamentos negativos são afastados e eu retorno para o momento.

— Até onde sei, coloquei uma venda em você, não uma mordaça. O que tem a dizer?

Outro toque da língua gelada me faz levantar os quadris da cama, me deixando ofegante e querendo mais. Ele me faz abaixar com a mão e espera uma resposta.

— O que você quiser. Qualquer coisa, tudo. Passado, presente, futuro. Por favor.

Não consigo nem pensar, que dirá formar as frases coerentes que ele quer. Meus quadris se mexem e imploram por seu toque de novo.

Liam ri, deixando de lado a irritação enquanto mergulha a língua dentro de mim. Ele afasta minhas pernas ainda mais com as mãos calejadas, me abrindo para ele. As sensações me dominam. Ele roça minhas coxas com as mãos, fazendo minha pele queimar. A venda me impede de vê-lo me tocar, me lamber, me possuir. Liam me provoca como se eu fosse a coisa mais maravilhosa do mundo, e porra, é assim que me sinto perto dele.

— Se esses são os benefícios que os amigos têm, eu deveria ter começado meses atrás.

— Eu te disse, mas você é muito teimosa — retruca ele, antes de voltar a se ocupar.

Eu não mudaria o que fizemos por nada no mundo — nossa proximidade, a maneira como ele deixa meu coração apertado e disparado ao mesmo tempo, a base que construímos ao longo do tempo. Meu orgasmo me atravessa. Tremores percorrem meu corpo sob o toque atencioso.

Meu corpo explode, esfriando aos poucos conforme o clímax passa. Um cubo de gelo reaparece. Liam deixa beijos molhados em minha barriga, provocando arrepios. Ele traça linhas aleatórias em volta de meu seio antes de passar a língua gelada em meu mamilo. Arqueio as costas com o toque.

— É demais.

As duas palavras saem de meus lábios em um sussurro rouco. Liam afasta a boca de meu mamilo, mas não deixa de deslizar os dedos por meu corpo, enquanto pergunta:

— Quer que eu pare?

— Não! Termine o que começou. Não achei que você fosse desistir.

Liam ri ao continuar atormentando meu corpo. Ele não deixa nada intocado, sem ser beijado ou lambido enquanto mapeia meu corpo como prometeu tantos meses atrás. Ele cola os lábios de volta nos meus e empurra o pau duro para dentro de mim. A pele suave roçando em meu centro nu arranca outro gemido de mim, fazendo meus quadris se moverem em direção a ele.

— Porra, Sophie. Ninguém sabe como você é safada por trás dessas tranças e covinhas. Eu amo os barulhos que você faz. Mas amo ainda mais saber que eles são só para mim.

Meu coração dói com seu uso da palavra com A. Eu ignoro, com medo de perguntar mais sobre seus sentimentos.

— Você é possessivo?

Minha voz falha e ele aperta minha cintura.

— Com você? Sou.

Solto um gemido quando ele ondula os quadris em mim de novo. Ele beija, chupa e morde a área sensível do meu pescoço.

Rio enquanto balanço a cabeça de um lado para o outro.

— Para. Você vai deixar uma marca. Não quero conhecer seus pais com um chupão.

— Duvido que eles se importem.

Liam arrasta os dentes pela parte côncava de meu pescoço e tremo com a sensação. Empurro meu corpo nele, já que minhas mãos ainda estão presas à cabeceira, inúteis, e tudo que quero é tocá-lo de volta.

Ele afasta os lábios de meu pescoço e toca minha bochecha, e eu sorrio, sem saber bem onde está.

— Você é tão linda.

A frase tão simples é tudo para mim. E isso me deixa morrendo de medo, essa maneira como as palavras dele envolvem meu coração e se agarram a mim.

Liam puxa a venda, revelando seu sorriso travesso. Sorrio e mexo meus dedos amarrados para ele.

Ele balança a cabeça de um lado para o outro.

— Embora eu fosse adorar ter suas mãos pelo meu corpo, acho que esta noite vai ser diferente.

Concordo balançando a cabeça. Com um movimento ágil, Liam me reposiciona de costas. Afundo a cabeça no travesseiro antes de virar o rosto e vê-lo colocar uma camisinha. Ele se acomoda atrás de minhas pernas abertas. O sangue parece correr pelo meu corpo, graças a meu coração acelerado. Liam me segura pela barriga e me faz ajoelhar. Meus cotovelos suportam parte de meu peso enquanto ele sustenta a maior parte, pressionando minha pele.

— Está pronta para cair?

Fico imóvel, sem saber o que ele está querendo dizer.

Ele afasta meu cabelo para o lado, me dando um sorriso deslumbrante.

— Estou pronto para te arrastar até o inferno antes de te trazer de volta ao céu, onde é o seu lugar.

Certo. Ele não está falando do cair de ficar caidinha, apaixonada. Ele beija a base de minha coluna, traçando alguns ossos com a língua.

Liam corre a ponta do pau pela entrada de meu centro.

— Meu Deus. Como você é gostosa, esperando por mim. Amarrada como um presente para eu desembrulhar.

Ele me puxa mais perto, esticando a gravata na cabeceira. Viro o pescoço para vê-lo melhor, seus olhos azuis encontrando o verde dos meus. Ficamos hipnotizados um pelo outro enquanto ele entra em mim. Mordo meu lábio inferior para conter um gemido. Ainda não me acostumei a senti-lo dentro de mim.

Liam geme quando me preenche completamente, segurando minha cintura com força. Meu coração derrete quando ele se inclina e dá um beijo em meu ombro. Eu quero reviver este momento de novo e de novo, vendo-o inclinar a cabeça para trás enquanto se move para dentro e fora de mim. Seus gemidos roucos se misturam ao prazer dos meus.

Isso entre nós não é só um benefício. Não é um rótulo barato colocado em um relacionamento novo por medo das consequências. Pelo menos não para mim. Então, mostro isso a ele usando meu corpo, em vez de palavras, dando a ele cada parte de mim.

Liam tira a mão de minha cintura e envolve meu cabelo, os fios loiros deslizando por seu aperto firme. Mantenho os olhos fixos nele.

— Puta merda. Você é tão gostosa, Sophie.

Por que as coisas que fazem a gente se sentir incrível doem tanto? Não tenho tempo para responder minha própria pergunta. Liam aumenta o ritmo, levando-nos ao auge do prazer, meu clímax explodindo junto com minhas últimas defesas contra ele.

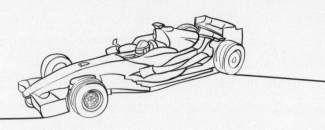

CAPÍTULO VINTE E CINCO

Liam

Meus pais são tão apaixonados que chega a dar nojo. Eles levam uma vida de sexo diário, café da manhã na cama, apelidos fofos e olhares cheios de desejo. Eu sentia ânsia quando morava com eles. O tipo de amor deles desafia qualquer filme ou livro, uma demonstração pública nauseante que me fez encontrá-los em várias posições comprometedoras ao longo dos anos.

Passei uma semana preocupado com a ideia de apresentar Sophie para eles, porque meus pais conseguem farejar amor como um tubarão sente o cheiro de sangue. Eles estavam curiosos, querendo conhecer a garota sobre a qual tenho falado há meses, querendo saber quem conquistou minha atenção e ao mesmo tempo me ajudou a ficar longe de encrencas.

Eles organizaram uma pequena festa de aniversário ao ar livre para mim na casa onde cresci. Em alguns dias, farei 29 anos, o que significa que estou um ano mais perto dos turbulentos trinta ao lado de Noah. Meus pais, que adoram dançar juntos, montaram uma pista de dança improvisada. Graças às intermináveis danças em festas, fui vítima de muitas aulas.

Passo um tempo conversando com velhos amigos. Jax chega logo depois e vai colocar o papo em dia com meus pais, tomar uma cerveja com meu pai e ouvir as preocupações de minha mãe com ele e seus recentes desastres de relações públicas. Apesar das terríveis decisões de Jax, meus pais o tratam como um filho. Eles ignoram as gafes públicas dele, porque ele se fecharia como um cofre.

Maya e Sophie são as últimas a chegarem à festa. Tenho certeza, já que as procurava no pátio a cada cinco minutos, na expectativa de que chegassem.

— Queríamos chegar com um atraso elegante. Uma desculpa atemporal que ninguém questiona.

Sophie se ergue na ponta dos pés e me dá um beijo inocente na bochecha. Não deveria fazer meu coração bater mais rápido, mas é o que acontece.

O cabelo loiro cacheado emoldura seu rosto, já que ela abriu mão das tranças habituais e dos coques bagunçados para a ocasião especial. Ela está com um vestido rosa-claro com várias camadas cheias.

Eu me inclino para olhar seu tênis Vans com purpurina. Seguro a mão dela e a giro em um círculo, fazendo-a rodar enquanto ela ri e o tecido do vestido gira.

— Maravilhosamente atrasada. Não precisa dar desculpas.

— Ora, que gentil. Faça Maya girar também para ela não ficar com ciúme.

Sophie solta minha mão e dá um passo para o lado.

Ofereço uma mão estendida para Maya, mas ela sorri e balança a cabeça de um lado para o outro. Então se afasta para cumprimentar um funcionário da McCoy que ela conhece.

— Então essa é a garota da qual tanto ouvimos falar?

Minha mãe se aproxima de nós com meu pai seguindo logo atrás, como o cachorrinho apaixonado que é. Sophie empurra o cabelo atrás da orelha.

— Espero que só coisas boas. Mas não duvido que Liam contaria as histórias vergonhosas. Basta a gente ser preso uma vez…

Minha mãe ergue as sobrancelhas enquanto vira a cabeça em minha direção.

— Ela está brincando. Meu Deus, você achou mesmo que eu seria preso? Não sei se devo me sentir insultado. Sophie, estes são meus pais, Jakob e Lily.

Olho para os dois.

Meu pai tenta conter um sorriso enquanto puxa Sophie para um abraço, surpreendendo nós dois.

— Eu sabia que ia gostar de você assim que Liam me contou sobre a garota que não dava confiança para ele.

Sophie me encara de olhos arregalados quando meu pai a solta.

— Bem, alguém tinha que baixar a bola de Liam. O ego dele estava tão inflado que fico surpresa de ele não ter saído voando por aí.

Meus pais riem.

Reviro os olhos e contenho um sorriso.

— Por favor, ignorem o que ela diz. As piadas de Sophie pioram conforme ela vai ficando mais nervosa.

Sophie me lança um olhar gélido que quero fazer sumir com um beijo.

— Por favor, não fique nervosa. Adoraríamos passar a noite inteira conhecendo você melhor, mas hoje todo mundo veio ver Liam. Talvez possamos nos encontrar antes de vocês irem embora. Liam está sempre ocupado demais para visitar quando tem tempo livre na F1, então precisamos aproveitar.

Minha mãe me lança um olhar significativo. E eu tento esconder minha irritação ao retrucar:

— Eu visito quando posso. Tipo no Natal, sabe?

Sophie alterna o olhar entre mim e meus pais.

— Ouvi dizer que essa época na Alemanha supera todos os filmes de Natal juntos.

— Você é sempre bem-vinda para nos visitar. O Natal é incrível. E o Ano-Novo nem se fala. Nossa cidade tem um enorme espetáculo de fogos de artifício para comemorar. Se você vier, talvez Liam tenha um motivo para passar aqui também.

O olhar significativo de meu pai é suficiente para me fazer ouvir uma sirene de alerta. Sophie pisca para mim.

— Ah, é. Talvez, depende da faculdade e se Liam e eu... — Sua voz desaparece enquanto ela bate o pé com nervosismo.

— Liam pode trazer uma amiga para as férias — diz minha mãe, sorrindo para Sophie.

Merda, ela está pegando pesado hoje. Nunca em minha vida meus pais foram tão óbvios.

— Sim, uma amiga. Bem, vou pegar uma bebida para sobreviver à noite. Volto já!

Sophie sai pelo quintal, andando apressada em rosa e purpurina.

Meu pai sorri para mim.

— Ela é legal.

— Uma joia, essa garota — concorda minha mãe.

— E vocês decidiram isso nos dois minutos que conversaram com ela? Estou surpreso que tenham conseguido falar, com toda essa conspiração para bancarem cupidos.

Minha mãe belisca minha bochecha.

— Você vai me agradecer depois. Você amava vir para casa nas férias.

— Sim, as coisas mudam — retruco, tomando um gole da cerveja.

Meu pai pede licença com um olhar preocupado, me deixando sozinho com minha mãe, que me cutuca nas costelas.

— Lukas me disse que você planejou um dia com ele na garagem da McCoy amanhã.

A culpa de minha coragem é de Sophie e suas falsas sessões de terapia. Não posso negar meu medo de passar tempo sozinho com ele depois de anos nos evitando, nunca falando sobre Johanna ou passando um segundo mais que o necessário com ele e minhas sobrinhas.

— Meus deveres de irmão foram negligenciados. Ele vai adorar o que eu planejei.

— Ele já comentou comigo várias vezes esta semana. Faz anos que não o ouço tão animado para passar tempo com você. E estaremos todos lá no domingo para torcer por você. Seu pai até experimentou uma camisa antiga para ver se ainda cabe, apesar de ter ganhado peso, mas eu lhe disse que barrigas de chopp ainda estão na moda.

Ela acena para meu pai no outro lado do pátio, que a segue com os olhos por toda a parte, ainda obcecado por minha mãe mesmo depois de trinta e um anos juntos.

Ergo uma sobrancelha.

— Você sabe que posso mandar roupas e acessórios novos para todos vocês.

— Não gostamos de ter trabalho com essas coisas, ainda mais se você não for aproveitar elas por muito tempo. Alguma novidade sobre o próximo ano?

A mudança de assunto foi tão suave quanto dirigir um carro F3.

— Algumas novidades.

Deixo por isso mesmo, sem achar que agora é um bom momento para falar sobre isso. Minha mãe puxa minha orelha como se eu tivesse 3 anos de novo.

— Desembucha.

— Ai. Não precisa ficar agressiva. A McCoy me ofereceu uma extensão com um salário similar.

Fico dividido entre um sorriso e uma cara feia.

— Então por que você não parece feliz?

— Porque os requisitos incluem ficar longe de Sophie.

Solto um longo suspiro, o peso desse segredo pressionando meus pulmões, assim como a culpa. Minha mãe me encara com olhos arregalados e lábios comprimidos, o que torna suas leves rugas mais aparentes.

— Você não comentou que ela vai voltar logo para a faculdade?

Não sei o que fazer com a dor que sinto em meu peito quando penso em Sophie indo embora. O tempo que passamos juntos me manteve são nesta temporada, me proporcionando uma amizade estável e muitas risadas.

— É. Ela vai. Mas... quer dizer, eu não sei. Não consigo deixar de me sentir mal por assinar um contrato com esse tipo de expectativa. Sophie não é um segredo sujo, ela é minha amiga...

— E algo mais. — Minha mãe diz isso como uma afirmação, não uma pergunta.

— Sei lá. Talvez? Não tenho ideia do que fazer com o que estou sentindo. Mas Rick não mencionou nada sobre outras equipes, então parece que é a McCoy ou nada na próxima temporada.

— Parece que você precisa conversar melhor com seu agente e manter a mente aberta. Você ainda tem muitas corridas pela frente, então as equipes ainda podem entrar em contato e oferecer propostas melhores se você esperar um pouco mais. A McCoy pode esperar. Você é um dos melhores pilotos e precisa se lembrar disso. Talvez você precise seguir seu coração em vez de um contracheque.

Minha mãe me envolve com os braços pequenos, me puxando para um abraço. Esse é o problema. Eu não conheço meu coração bem o suficiente para segui-lo cegamente.

Minha mãe se afasta para beber em um canto com meu pai, rindo das coisas que ele sussurra em seu ouvido. Ambos acabaram de completar 60 anos e ainda se comportam feito adolescentes.

Fico observando Sophie no outro lado do quintal como um esquisitão. Ela dança com Maya, alternando passos de dança dos anos 1980 que deviam ter ficado no passado. Seu péssimo "running man", uma dança que imita uma corrida no mesmo lugar, faz os tênis brilharem sob as luzinhas penduradas.

Eu me aproximo delas e peço para dançar com Sophie. Ela olha para Maya pedindo socorro, mas sua melhor amiga vai até Jax, nos deixando sozinhos. Da próxima vez que vir Noah, preciso dar um tapa nele porque Maya é uma garota legal que aguenta nossas besteiras com um sorriso.

— Só para a sua informação, eu tenho dois pés esquerdos. Sério. Há um motivo para eu não dançar nos bailes de galas.

— Eu aguento os seus 45 quilos pisando nos meus pés. Acho que não vou nem sentir.

— Primeiro: eu amo massa demais para pesar 45 quilos. E segundo: você é que pediu — retruca ela e pega minha mão estendida.

Um formigamento familiar percorre meu corpo quando seguro sua mão. É diferente de qualquer coisa que já senti, acompanhado por uma vontade constante de estar perto dela. Eu envolvo Sophie com meu outro braço. Ela não aceita meu convite para pisar em meus pés, mas me deixa guiá-la pela pista de dança. Nós nos balançamos ao som da melodia tocando no ambiente.

— Você não é tão terrível assim. Talvez só tenha tido parceiros de dança ruins, assim como em todo o resto.

Sophie olha para mim.

— Não conte isso ao meu pai. Ele acha que dança como o Michael Jackson.

Eu a surpreendo fazendo-a dar um giro. E sinto em meu pau a risada rouca que ela dá. As coisas são assim entre nós, ela me excita nas coisas mais simples, me amaldiçoando com uma excitação permanente quando estou perto dela.

Não fico surpreso quando minha mãe muda a música para "Yellow", do Coldplay. Meus pais gostam de se meter, acham que a vida é um filme, com finais felizes e histórias de contos de fadas. A cabeça de Sophie se ergue quando ela reconhece a letra. Dou de ombros porque não fui eu quem escolheu a música perfeita que fala sobre estrelas, amor e uma cor que me lembra dela e daquele maldito biquíni que ela usou meses atrás em Mônaco. Minha mãe claramente ouve minhas histórias um pouco bem demais.

Eu a puxo para mais perto, fazendo com que ela apoie a cabeça em meu peito. Sophie reprime uma risada.

— Não é assim que os jovens dançam nas festas.

— Continue fazendo piadas sobre minha idade. Você não vai gostar das consequências.

— Você vai cumprir a ameaça? Porque comprei um presente de aniversário para você que pode ou não incluir um colar com alarme de acidentes para idosos.

Rio no cabelo dela, inalando o cheiro fresco de seu xampu de coco.

— Quando uma pessoa desastrada compra um colar para quedas para você...

Nós nos afastamos depois de algumas músicas. Ela dispara em direção a Maya, dizendo que precisa lhe contar algo. Pouco depois, meus pais trazem um bolo ridículo com uma foto minha editada para eu parecer uns trinta anos mais velho. Sophie gargalha ao ver e murmura algo sobre meu colar com alarme.

Fico atrás da mesa sem ninguém a meu lado. Pela primeira vez, noto como parece vazio ali, diferente de meu irmão, que tem as filhas, ou meus pais, que têm um ao outro. Fico irritado por meus pensamentos sombrios estragarem meu humor, me dando conta de como me isolei ao longo dos anos. Em vez de sentir orgulho de ser intocável, fico decepcionado.

Meus olhos encontram os da única pessoa que derrubou minhas paredes mentais. Ela me avalia com os olhos verdes, me lendo como ninguém.

Todos cantam "Parabéns para você", mas permaneço enfeitiçado por Sophie. É difícil ignorar a culpa crescente por esconder o contrato da McCoy dela. Depois que meus pais cantam a versão em alemão, sopro as velas e faço um pedido sobre meu contrato. Eu me arrependo um segundo depois. Sou patético por desejar algo tão pequeno em comparação com todo o resto. Algumas pessoas desejam amor ou saúde, mas babacas egoístas como eu desejam melhores opções na carreira porque não gosto de escolher entre duas coisas que quero.

Sinto certo ressentimento por parte de mim mesmo. Aqui estou eu, ficando mais velho, e egoísta como sempre. Mas não posso mudar o curso da vida, por mais que eu queira.

E, porra, estou realmente começando a querer.

Acordo na manhã seguinte com meu pai preparando o café da manhã. Nós conversamos sobre os acontecimentos desde nossa última ligação.

— Filho, não quero me intrometer sobre a garota.

— Claro que quer. Estou chocado que tenha aguentado cinco minutos sem mencioná-la.

Ele passa a mão pelo cabelo loiro, e percebo que parece uma versão mais velha de mim, exceto que abandonou a barba curta há uns dez anos.

— O que diabo você está esperando com Sophie? Garotas como ela não aparecem com frequência.

— Nós somos só amigos — digo, cerrando os dentes.

— Certo. Quem acredita mais nessa mentira? Você ou ela?

Uma sugestão de sorriso curva os lábios de meu pai. Não gosto da clareza com que ele enxerga meu problema. Ele me passa um prato de comida antes de se recostar no balcão.

— Não é mentira. Somos amigos que, por acaso, dormem juntos e com mais ninguém. É só isso. Eu a levei para sair em um encontro duplo e ela chamou de amizade quando a noite acabou.

O peito de meu pai treme de tanto rir.

— Você é tão ruim assim em encontros, é?

— Não. Parece que minha reputação e meu histórico com as mulheres me precedem. Então, acabamos fazendo tudo como amigos.

— E como isso está sendo para você?

— Nós passamos a ser amigos com benefícios há um mês.

Não há por que esconder informações quando ele costumava ser um completo idiota antes de conhecer minha mãe.

— Sabe, essa deve ser a decisão mais estúpida que já vi você tomar.

Estreito os olhos para ele.

— Poxa, obrigado.

— Vou lhe dar um conselho. Isso que você tem com Sophie pode aparecer apenas uma vez na vida. Se continuar enterrando seus problemas lá no fundo, vai ter que lidar com a partida dela no fim. Pelo seu próprio bem, você precisa deixar de lado seus sentimentos negativos sobre seu irmão e Johanna. Se não fizer isso, vai ficar tão preso ao passado que não vai ver seu futuro. Eu vi como vocês dois se olham e agem um com o outro. Eu com certeza não me comporto assim com os meus amigos. Sua mãe penduraria minhas bolas como uma decoração de árvore de Natal se eu fizesse isso. Então, você precisa se perguntar se consegue aguentar quando ela for embora.

— Quem disse que ela vai?

— Se você aceitar aquele contrato com a McCoy, vai dar no mesmo que pagar a passagem dela de volta para casa.

— A mãe te contou?

Ele inclina a cabeça para mim.

— Chuta.

Claro que minha mãe contou sobre o contrato que Rick apresentou. Eles são tão próximos que nunca guardam segredo um do outro. Ignoro a maneira como minha garganta se fecha.

— Acho que eles vão concordar com minha exclusão da cláusula da Bandini. É ridícula e arcaica.

— E se não concordarem?

— Não sei...

— Sua mãe apoia sua carreira e suas decisões. Mas acho que você seria um idiota se aceitasse uma cláusula estúpida dessas.

Meus pulmões queimam quando penso em perder tudo pelo que trabalhei durante décadas. Desde criança, correndo de kart aos 3 anos de idade antes de subir nas fases da Fórmula. É tudo o que eu conheço. Posso mesmo arriscar minha carreira por outra pessoa, independentemente de como ela me faz sentir, seja luxúria ou amor?

Lukas aparece na pista às dez da manhã, pronto para passar tempo com o irmão. Não sei quem ficou mais chocado com o convite, ele ou eu. Como minhas visitas à Alemanha são sempre curtas, raramente passo tempo sozinho com ele e suas duas pestinhas, Kaia e Elyse.

Ignoro a dor aguda no peito ao vê-las, felizes e rindo enquanto meu irmão as persegue pela pista.

Odeio cogitar que estive errado esse tempo todo, vendo meu irmão como um viúvo deprimido quando ele estava lidando com a situação da melhor maneira possível. Em outras palavras, tenho medo de admitir que fui uma péssima pessoa e me distanciei para escapar do sofrimento de nosso passado. Admitir que sou um covarde não é fácil.

As sábias palavras de Sophie ecoam em minha mente, acompanhadas pela dúvida. Talvez ela estivesse certa quando disse que a única pessoa que saía perdendo com minhas mentiras era eu.

Minhas sobrinhas correm pela garagem, os rabos de cavalo loiros balançando enquanto pegam ferramentas aleatórias. Não obedecem. Lembram Lukas e eu quando éramos crianças, sempre nos metendo em encrenca.

— A babá não veio hoje, então não tenho ninguém para cuidar das meninas, se formos correr.

Lukas dispara atrás das monstrinhas e passa um braço ao redor de cada uma, prendendo os pequenos corpos junto de si.

Meu plano era nós corrermos em dois carros antigos de F1. Meu irmão adorava ir ao kart quando éramos mais novos, e ele continua sendo um fã ávido de minha carreira de piloto, apesar de minhas técnicas evasivas de merda. A ausência da babá atrapalha meu plano. A equipe da McCoy não pode cuidar de duas crianças com menos de 5 anos porque é um risco de segurança e tudo o mais.

Mando uma mensagem para a segunda melhor opção, sabendo que ela vai me salvar. Poucos minutos depois, Sophie chega com uma camiseta *você é a cerveja que falta no meu copo!*, calça jeans rasgada e tênis Nike. Seu cabelo loiro está solto, as camadas emoldurando o rosto corado. Deslumbrante sem dificuldade.

Meu Deus, preciso me controlar.

— Ouvi dizer que alguém está precisando de uma babá.

Ela joga uma bolsa enorme no chão da garagem. Alguns giz de cera soltos e lanches rolam para fora.

Meu irmão olha feio para Sophie.

— Quais as suas qualificações para cuidar de crianças?

Passo a palma da mão pelo rosto com as formalidades de meu irmão, pois seu jeito com as mulheres já se foi há muito tempo.

— Custa começar com um "Oi, como vai?".

Sophie lida com a falta de educação dele com graça.

— Além do fato de que sou legal e tenho sessenta centímetros a mais do que elas? Nenhuma. Mas acho que as crianças vão me adorar.

A personalidade dela me faz sorrir.

— Ah, e eu trouxe lanches porque sei que subornos funcionam bem — completa ela, abrindo um sorriso significativo para mim.

Eu rio. Kaia olha para Sophie com curiosidade enquanto Elyse se aproxima e passa a mão rechonchuda pelos buracos rasgados da calça jeans dela.

— Sua calça tem buracos. Você é sem-teto? Leva ela para casa, papai?

Arregalo os olhos. Não é difícil adivinhar de quem Elyse herdou a franqueza.

Sophie solta uma gargalhada.

— Não, pequena humana. Isso se chama moda. E você?

Sophie se ajoelha ao lado de Kaia no chão. Elyse a segue, observando tudo com olhos arregalados.

— *Prinzessin* Rapunzel?

Caio na risada com a pergunta de Kaia. Como fui um completo babaca ausente com minhas sobrinhas, esqueci como crianças são engraçadas e sinceras.

— Não é preciso ser um gênio para adivinhar o que ela disse — diz Sophie, sorrindo.

— *Sie spricht kein Deutsch.*

Balanço a cabeça para Kaia, que passa a falar inglês ao conversar com Elyse. Sophie me olha admirada, e sorrio para ela.

— Eu nunca te ouvi falar alemão antes.

Levanto as sobrancelhas.

— Você acha sexy?

— Eu me recuso a responder isso. — Ela esconde a risada com uma tosse antes de se dirigir às crianças. — Enfim, não sou a Rapunzel, mas podemos assistir a vídeos dela no YouTube. Seu papai vai se divertir com o tio Liam enquanto nós vamos passar um tempo juntas. Não contem para eles, mas vai ser mais legal comigo.

Kaia e Elyse dão a mão para Sophie, cada uma de um lado, e se espalham no chão do box da McCoy, sem prestarem mais atenção na gente.

Não consigo impedir o aperto em meu coração ao ver Sophie com minhas sobrinhas. Uma imagem involuntária dela acompanhada de uma criança parecida comigo surge em minha mente. E, caralho, a cena fode com minha cabeça. Como não sei o que fazer, finjo que o pensamento nunca aconteceu.

Parece mais fácil que admitir que estou me apegando a Sophie. Mostro a meu irmão os dois carros que escolhi para nós dirigirmos, deixando Sophie e as meninas para trás, querendo um pouco de distância entre nós.

Lukas passa a mão pela pintura brilhante, sorrindo para o funcionário que lhe entrega o equipamento de proteção corta-fogo e um capacete.

— Estou surpreso por você ter me convidado. Você tem andado tão ocupado nos últimos anos que achei que não teria tempo.

— Já passou da hora da gente se divertir junto. Já faz muito tempo.

Olho bem para meu irmão, encarando-o de frente pela primeira vez em dois anos. Lukas parece saudável, os olhos não estão mais fundos e a pele não está mais anormalmente pálida. Ele sorri com os olhos, que exibem um brilho que eu não via há algum tempo, não mais atormentados pelos fantasmas do passado.

Sinto inveja dele. Pela primeira vez, sou eu quem está ficando para trás enquanto ele avança na vida. É uma piada cósmica doentia.

— Eu estava com saudade. Você bem que podia me ligar de vez em quando, sabe? Não é como se eu fizesse muito além de trabalhar e cuidar das meninas.

A culpa enfraquece minha atitude indiferente.

— Eu devia ter ligado. Fui um idiota, e sinto muito.

— Não precisa se desculpar. Aja melhor daqui para a frente, só isso. Você faltou ao aniversário de Kaia nos últimos dois anos e o motivo é óbvio para todos. Não estou bravo, só fico preocupado com você.

— Estou bem. Você e nossos pais sempre se preocupam, mas eu amo a minha vida.

— Que bom. Espero que sim, com todos os sacrifícios que você faz. Não sei como você aguenta todas as viagem e aquele monte de gente esnobe. Não há dinheiro no mundo que me faria trocar minha família e minha casa por isso, a vida na estrada seria um inferno para mim.

Odeio a maneira como as palavras dele mexem com minhas dúvidas. Já refleti o suficiente nesta temporada para uma vida, então deixo de lado seus comentários.

— Por que você não para de tagarelar e entra logo no cockpit? Vou te mostrar como é boa a vida atrás do volante.

— Vamos lá, campeão. Você sempre adorou falar sobre como é ótimo.

— Os troféus confirmam as minhas palavras.

Dou a ele um sorriso bobo.

Nós dois entramos nos carros. Mostro a Lukas como é viver minha vida, como a adrenalina que busco sempre supera tudo.

Não consigo deixar de questionar minhas escolhas de vida enquanto dirijo pela pista. A semente de algo crescendo em meu peito é difícil de ignorar. Os comentários de Lukas sobre minha vida na estrada aumentam meu desconforto sobre meu contrato do ano que vem.

É difícil resistir à vontade de voltar à garagem, abraçar Sophie e guardá-la só para mim. Quero nos isolar do mundo e das pessoas escrotas que tentam nos separar. Porra, como vou fingir que não quero continuar com ela depois da temporada e não deixá-la voltar para Milão?

E, caralho, como esse pensamento me assusta mais do que qualquer coisa.

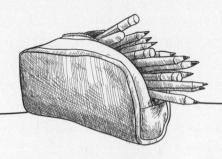

CAPÍTULO VINTE E SEIS

SOPHIE

Nunca passei muito tempo perto de crianças pequenas. Ser filha única limitou meu contato com as infinitas ideias e bocas sem filtro. Cuidar das sobrinhas de Liam me ensinou que amo crianças, o que foi uma grande surpresa.

Não, não estou doida para ter filhos. Mas adoro conversar com as duas enquanto estamos no chão da garagem da McCoy colorindo. Passamos uma hora juntas enquanto Liam e Lukas apostam corrida.

Elas fazem desenhos de sua casa. Elyse pinta um anexo de novecentos metros quadrados no quintal para mim (*inclusive com piscina e conversível*), já Kaia faz um desenho de mim e do pai dela com um coração (*desculpe, mocinha, mas gosto mesmo é de seu tio*). Elas falam sobre a mãe (*escorreu uma lágrima ou dez*) e sobre o melhor macarrão com queijo do mundo que o pai faz (*quem diria que Kraft seria considerado gourmet por alguém?*). Em uma hora, as duas loirinhas ganharam meu coração e minha atenção. O tempo voa e eu adoro cada segundo com elas.

Desenho um retrato para cada uma levar para casa. A atividade de colorir as deixou mais abertas comigo, permitindo que me contassem histórias, tanto boas quanto ruins. Tenho a ideia de pesquisar mais sobre arte e crianças quando voltar a meu quarto de hotel mais tarde.

Kaia e Elyse parecem tristes quando o pai volta com *Onkel Niam*. Lukas balança a cabeça em descrença.

— Eu deveria me sentir insultado por essas caras tristes. Pelo visto você é muito boa com crianças.

— Sei que minha camisa sobre cerveja não causa a melhor das impressões, mas Liam não me deu tempo para me trocar. Para ser sincera, gostei tanto delas que pagaria para ser babá por uma semana, mas estou dura.

Já verifiquei minha conta bancária. Algumas idas às compras com Maya e passagens para Bora Bora torraram o resto do dinheiro que ganhei em minha noite de strip pôquer.

— Você trabalha por cerveja? Porque poderíamos chegar a um acordo — comenta Lukas, sorrindo para mim.

Liam dá um tapa na nuca dele.

— Pare de flertar com a minha garota.

Duas palavras que deixam meu coração apertado. *Minha garota*.

Lukas me olha timidamente, o pescoço corando.

— Bem... você pode se juntar a nós pelo resto da tarde, se quiser — convida ele antes que o irmão tenha tempo de dizer alguma coisa.

Liam abre um sorriso largo que chega aos olhos.

— Que ótima ideia. Acho que Sophie vai *amar* o que eu planejei a seguir.

Liam nos conduz para fora da garagem, contando sobre seus planos para as meninas. Vamos passar dos carros de F1 para os de kart, que parecem ter saído de um jogo de Mario Kart, inclusive com fantasias. Meu coração quase explode ao ver as sobrinhas abraçarem as pernas dele, cada uma de um lado.

Liam pega uma roupa de Bowser enquanto Lukas escolhe uma fantasia de Mario sem o bigode. Fico com o macacão verde do Yoshi ao ver as duas meninas de olhos compridos para as fantasias da Princesa Peach e Daisy. Mas também não é como se elas fossem caber em mim.

— Bebês Zander. Quais são as regras?

Liam entra no personagem, ridículo e incrível ao mesmo tempo. Eu realmente gosto dele. Tipo, gosto muito, *muito* dele.

— Se divertir! — exclama Kaia, batendo palmas.

Liam levanta um dedo, esperando as outras duas respostas.

— Nada de bater nos outros.

Outro dedo no ar quando Elyse responde.

— *Onkel Niam* não ganha. — Kaia levanta o punho rechonchudo no ar.

Kaia se tornou minha favorita, repetindo a regra que sussurrei em seu ouvido alguns minutos atrás. Como aprende rápido. Liam olha feio para mim enquanto tento conter uma risada. Ele levanta um dedo, convenientemente mostrando o do meio. Curvo para a frente de tanto rir.

Ele solta uma risada rouca também.

— Última regra.

— Cuidado com bananas e cacas — avisa Elyse, que erra a última palavra e faz os adultos darem uma risadinha.

Na hora de preparar a pista, Liam fez a equipe da McCoy jogar cascos falsos e bananas nos karts dos adultos, como em uma partida do videogame. Não sei como ele encontrou tempo para planejar tudo isso. Não consigo expressar em palavras como estou orgulhosa dele por fazer um esforço com elas.

Entramos em nossos karts e damos a Elyse uma vantagem. Lukas tem uma cadeirinha para Kaia, já que ela ainda é pequena demais para correr sozinha. Liam e Lukas declaram uma revanche depois de Liam ter vencido a corrida com os carros de F1, e o vencedor vai pagar uma rodada de cervejas.

Os karts decolam pela pista, rugindo e chacoalhando. De alguma maneira, fico na frente de Liam e jogo uma casca de banana no caminho dele. Ele desvia por um triz. Sua risada é ouvida acima do som do motorzinho de meu kart, a gargalhada grave correndo por minhas costas como uma carícia.

— Você vai ter que fazer melhor que isso. Você joga feito uma garota. — Sua voz é alta e clara, mesmo com o capacete.

Piso fundo no pedal, mas minha altura não me dá muita vantagem na situação.

— Eu disse que poderia arrumar uma cadeirinha para você também — grita Liam, dirigindo a meu lado.

— Nem morta eu usaria uma cadeirinha.

— Então aproveite o último lugar.

Liam pressiona o acelerador e me ultrapassa com facilidade.

Damos voltas e mais voltas na pista, evitando cascas de banana e cascos. As meninas se divertem, com Kaia jogando cascas de banana, e Elyse dirigindo pelos gramados.

Elyse, a pequena querubim, recebe a bandeira quadriculada, para o choque de Lukas. Quem sabe teremos a primeira piloto feminina de F1.

Liam carrega a sobrinha mais nova nos ombros para celebrar a vitória da irmã dela, derramando minhas emoções todas como uma pinhata sendo aberta. Semanas atrás, ele me contou que ele e Kaia nunca foram próximos e que tinha se afastado de Elyse. Eu jamais diria. Sério, mal consigo respirar ao vê-lo fazendo cócegas nelas e jogando-as para o alto. Crianças são incríveis e sabem perdoar, pois as duas pequenas Zanders aceitam Liam de coração aberto.

Lukas pega a mão de seu pequeno clone e nos leva até o pódio, onde Liam espera terminar em primeiro lugar no domingo.

Desta vez, Liam troca o champanhe por refrigerante de maçã. As meninas recebem um banho do líquido pegajoso enquanto Liam e Lukas dançam ao redor delas ao som de uma música da Disney. Mantenho uma distância segura até Liam me arrastar para o palco e borrifar uma nova garrafa em cima de mim, o líquido espirrando em meu rosto e corpo. O cheiro enjoativo invade meu nariz.

Liam se ajoelha e bebe direto da garrafa. Tento conter um sorriso, mas falho.

— Você está ridículo.

Ele afasta a garrafa dos lábios.

— Bem, eu preferiria ver você de joelhos, mas paciência.

Solto uma risada alta.

— Você não pode falar assim na frente das crianças.

Liam olha para onde Lukas está lavando as meninas com uma mangueira.

— Visto que elas estão prestes a desmaiar de tanto açúcar, acho que estamos seguros. Além disso, não consigo me controlar com o que você provoca em mim.

— Ereções não contam.

— Meu Deus, eu amo essa sua boca.

Ele abre um sorriso que faz meus joelhos fraquejarem.

Em algum ponto entre Xangai e Alemanha, este homem feliz e avesso a compromisso envolveu suas mãos ao redor do meu coração e se apossou dele. Memorizo cada detalhe seu, desde a cicatriz escondida na linha do cabelo até o corte que ele fez no pescoço ontem com uma lâmina de barbear nova.

Eu o amo da cabeça aos pés. Por sua sagacidade, seu charme juvenil e por coçar minhas costas no meio da noite. Nossa história se encaixa em uma tragédia. É irônico como, enquanto explorava a mim mesma e aprendia quem eu sou, encontrei outra pessoa que despertou o melhor e o pior em mim. Apaixonar-se é feio mesmo.

E, caralho, como a nossa vai acabar sendo a paixão mais feia de todas.

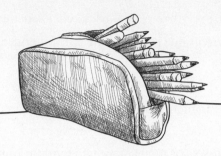

CAPÍTULO VINTE E SETE

SOPHIE

— Nunca imaginei que você fosse narcisista, mas agora estou começando a duvidar.

Olho para a camiseta personalizada que Liam mandou fazer para mim com seu número e nome.

— O que me entregou? Meu pau duro ao ver você usando meu nome ou eu ter te fodido na frente do espelho hoje de manhã?

— Aqui estava eu pensando que você estava *me* olhando no espelho.

Minhas bochechas coram quando lembro de Liam me puxando para o banheiro da suíte, argumentando que precisávamos riscar *transar na frente do espelho* de nossa lista. *Nossa* lista, como se a tivéssemos feito juntos.

Nunca, nem em um milhão de anos, eu teria pensado que transar na frente do espelho poderia ser uma das experiências mais eróticas de minha vida. É típico de Liam fazer minhas crenças caírem por terra, desafiando minhas expectativas a cada passo. Ele faz isso tão bem com todos os outros aspectos de minha vida.

— Eu não conseguia tirar os olhos de você, que dirá me olhar. Mas podemos ir para a segunda rodada e me dar um pouco mais de atenção. O que acha?

Ele me puxa para um beijo. Estamos em um corredor vazio ao lado da suíte dele, sem ninguém para testemunhar essa demonstração pública de afeto. Ou melhor, de luxúria. Para ser de afeto, seriam necessários sentimentos amorosos, os quais Liam não tem por mim.

— Vocês dois não conseguem ser respeitáveis e deixarem essas coisas para o quarto? Tenho tanta vontade de ouvir sobre sua vida sexual quanto de ouvir sobre as últimas atualizações do mercado de ações. — A voz de Jax reverbera pelas paredes.

Eu me afasto de Liam, colocando uns trinta centímetros de distância entre nós.

Liam dá uma piscadela para mim.

— Isso é um desafio? Posso fazer a bolsa de valores soar bem sexy também.

— Você se rebaixou a novos níveis. Nos chamaram lá na garagem, então vamos lá, mano.

— O dever chama.

E Liam roça os lábios em minha têmpora antes de descermos as escadas em direção à garagem.

— Você vai ficar com a minha família. Espero que consiga aturá-los, porque tendem a ficar bem animados.

Os olhos de Liam brilham, parecendo mais leves à menção da família.

— Qual é a pior coisa que pode acontecer?

Engulo o nervosismo arranhando meu peito. Os pais dele são gentis, mas isso não significa que eu não esteja com medo de passar algumas horas sozinha com eles.

— Tirando o fato de que vão ficar tão obcecados por você quanto eu? Aposto que antes da trigésima volta eles vão te oferecer uma casa e um carro se você se mudar para a Alemanha.

— Eu diria sim a um conversível BMW.

Liam cobre minha boca.

— Não falamos dessa empresa aqui. É McCoy ou nada.

Dou de ombros assim que ele afasta a mão.

— Acho que a Alemanha não é para mim, então.

Ele ri enquanto me arrasta em direção à família, já esperando. Com uma despedida rápida, a equipe leva Liam e o carro dele para a pista.

— Então, Sophie, ouvimos muito sobre você. Não tivemos tempo de conversar muito na festa de aniversário de Liam, já que ele monopolizou você — comenta a sra. Zander, inclinando a cabeça para mim.

A mãe de Liam, Lily, é uma mulher incrivelmente bonita, seu cabelo rivaliza com ouro.

— Ele tende a monopolizar meu tempo.

E como é verdade. Liam prefere passar o tempo livre comigo ou dentro de mim.

— Ah, sim, nós vimos. Ele nos mandou fotos suas. Adoramos aquela de vocês dois em Paris. Muito amigos.

O sorriso caloroso dela não impede o calafrio em meu sangue.

Maldita palavra com *A*. Odeio a mim mesma por nos rotular assim, pois parece que Liam descreveu nosso relacionamento da mesma forma para a família dele. Visto que fui eu quem inventou esse plano idiota, não tenho o direito de ficar triste. Em vez disso, aceito o que ele me dá, disposta a viver o momento e sofrer as consequências depois.

Veja só eu, vivendo a vida no limite.

— Sim. Nós nos damos bem.

Eu sou tão desajeitada.

O pai de Liam, Jakob, se aproxima de nós, deixando as netas desenhando sentadas no chão. Eu trocaria de lugar com elas se pudesse.

— Engraçado, eu era amigo da mãe dele antes de começarmos a namorar.

Entendo o que Liam quis dizer. Esses dois se fazem mais de cupidos que os produtores de *Casamento às Cegas*.

— Que legal. O que aconteceu?

É mera curiosidade de saber como eles deixaram de ser *só* amigos. Não tenho interesses próprios, claro.

— Jakob parou de ser besta depois que saí em um encontro com outro homem. Ele apareceu no restaurante todo encharcado depois de ficar na chuva nos observando. Melhor empata-foda de todos.

Lily sorri para o marido.

Parece que estou sem sorte, visto que já tive vários encontros com John. Ou seja, Liam continua com a cabeça enfiada onde o sol não bate.

— Lily saiu para um encontro com um completo babaca de uma cidade pequena vizinha. Ele ficou lá bebendo seu vinho como um idiota enquanto eu me declarava, sem lutar por ela. Mais uma prova de que ele não era digno.

O pai de Liam sorri para mim.

Cubro minha boca para conter uma risada.

— E o que aconteceu depois?

A mãe de Liam dá um sorriso que alcança os olhos cinza.

— Saímos correndo na chuva e não olhamos para trás. Casamos um ano depois e tivemos Lukas dez meses depois disso. O resto é história.

— Uau, e que história!

Eu gostaria de conseguir dizer mais, só que ver os dois sorrindo um para o outro dói tanto em meu coração quanto em minha cabeça. Uma dor surda percorre meu corpo. Que estupidez a minha escolher alguém que coleciona corações como troféus.

— Mas chega de falar sobre nosso passado. Conte-nos sobre você. O que vai fazer daqui a alguns meses, quando a temporada acabar? — pergunta Lily, com toda a atenção direcionada para mim.

Além de tomar o equivalente a meu peso em sorvete depois que seu filho partir meu coração?

— Estou terminando minha graduação, então provavelmente continuarei as aulas.

— E você está estudando contabilidade? Que interessante. — Jakob abre um sorriso fraco.

Faço uma careta.

— É tão interessante estudar quanto falar sobre.

Eles riem de minha piada não tão piada.

Lily abre um sorriso sincero.

— Ouvimos dizer que você gosta de arte. Tem planos de seguir isso em paralelo?

— Para ser sincera, voltei a pintar e desenhar recentemente. Graças a Liam, na verdade.

— Nosso filho tem um coração mole e sabe ser atencioso, mesmo que não seja isso que a mídia diga sobre ele. Ele quer o melhor para as pessoas, apesar de não ter demonstrado isso bem nos últimos tempos — diz Jakob.

— Más decisões são esperadas em um esporte onde os pilotos ganham a vida tomando decisões impulsivas. Não podemos culpá-lo por esse hábito ter transbordado para o resto da vida — acrescenta Lily.

Como a decisão impulsiva de dormir juntos, apesar de isso estragar nossa amizade? É, faz sentido.

A conversa com os pais de Liam continua até os comentaristas anunciarem o início da corrida. Assistimos juntos dentro da garagem, as crianças indo à loucura no momento em que Liam acelera na pista. Os gritos delas ecoam nas paredes do pit. O carro dele atravessa o asfalto, um borrão cinza e preto enquanto ele mantém a posição de segundo lugar.

Uma corrida em casa tende a ser mais importante. Os fãs alemães vêm assistir em massa, usando roupas da McCoy, carregando bandeiras e cartazes com o nome de Liam. Liam está sob muita pressão para ter um bom desempenho, e é o que faz, mantendo a posição de segundo lugar nas primeiras dez voltas. O carro dele se aproxima do de Noah, deixando pouco espaço para erros. O guincho dos pneus soa pelas televisões enquanto os carros percorrem as retas, o carro cinza de Liam correndo em alta velocidade.

Mal presto atenção às classificações da Bandini. Pela primeira vez, quero que o time adversário vença. Esta é uma corrida importante para Liam, ele precisa se provar para os fãs alemães e para a McCoy.

Borrões de cores passam enquanto os pilotos da Bandini e McCoy competem entre si. A equipe se prepara para o pit stop de Liam, com os mecânicos avançando, carregando peças de reposição e pneus. A adrenalina corre em meu corpo com a perspectiva de Liam vencer. Ele voa por outra volta, registrando o tempo mais rápido até agora.

Liam segue o carro de Noah de perto e os dois correm pela pista. Meu corpo pulsa com a energia, desejando o melhor para a Bandini e ao mesmo tempo querendo que Liam ultrapasse Noah. Os dois, um borrão de vermelho e cinza, disputam o primeiro lugar.

O carro de Liam zumbe, mas ele continua em alta velocidade. Com algumas poucas voltas restantes, a janela de oportunidade de Liam para ultrapassar Noah está se fechando. O piloto da Bandini atinge velocidades máximas enquanto dirige pelas retas estreitas da pista alemã. O veículo da McCoy é mais preparado para curvas fechadas, o que deixa Noah vulnerável na próxima seção sinuosa da pista.

Liam pressiona o acelerador cedo durante uma das curvas e seu carro avança um pouco à frente do de Noah. Ele ultrapassa Noah. A manobra impede a Bandini de assumir a primeira posição. A família de Liam e eu vamos à loucura, pulando de alegria enquanto a equipe da garagem assobia e aplaude.

Liam defende a posição contra Noah nas duas últimas voltas. Ele cruza a linha de chegada, registrando a volta mais rápida e conquistando o título de vencedor do Grande Prêmio da Alemanha de uma só vez.

— Estamos tão orgulhosos dele. Esse é o nosso garoto — exclama Lily, que me puxa para um abraço. Fico paralisada em seus braços, não muito acostumada a esse tipo de afeição.

A família de Liam sorri, radiante, os olhos brilhando enquanto assistem a ele completar a volta da vitória. Eles me puxam para um abraço coletivo. Apesar de não ter crescido em uma família tão grande, não deixo de amar ser bem-vinda e incluída.

A experiência Zander é mais uma farpa em meu coração. Aceito o carinho deles, pois, por que não? Já estou comprometida a seguir direto até minha ruína. Não há nada como combinar dor de cotovelo com desejos inalcançáveis. Como se meu relacionamento com Liam já não fosse torturante o suficiente, ele ainda teve que adicionar uma família legal à mistura.

Mas que merda. Realmente me ferrei dessa vez.

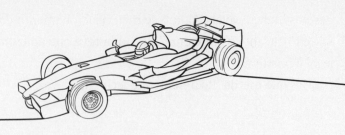

CAPÍTULO VINTE E OITO

Liam

Rick e eu marcamos uma reunião no Brasil para discutir logística e ofertas porque quase não tenho notícias dele. Já se passaram semanas desde que ele me ligou em meu aniversário. O trabalho o mantém ocupado enquanto ele cuida de mim e de alguns outros clientes, por isso, em geral, prefere discutir contratos quando podemos nos encontrar pessoalmente.

Nós nos sentamos juntos em uma sala de reunião da McCoy. Ele espalha papéis pela mesa, alguns com planilhas de Excel e outros com transcrições de conversas com outras equipes.

— Alguma notícia sobre o que McCoy achou da minha contraproposta?

— Ele está disposto a ignorar seu envolvimento com qualquer funcionário da Bandini.

Eu só me importo com uma mulher da Bandini.

— E Sophie?

— Ele não parece feliz com esse relacionamento. Não há garantia de que as coisas não vão acabar mal entre vocês dois, e acho que não é um risco que ele quer correr. Ele está te oferecendo muito dinheiro. Um salário maior que o do seu contrato anterior.

— Vou ter que pensar em como resolver esse contrato. Talvez eu possa aceitar menos dinheiro para Peter desistir dessa questão de Sophie? O dinheiro é sempre mais importante.

Rick suspira.

— Eu aconselharia a não fazer isso, mas se me disser o valor, posso conversar com Peter.

— Ele não vai ficar irritado porque estamos demorando?

— Esse tipo de contrato em geral leva meses para ser assinado. Não vou mentir, sua negociação está levando mais tempo do que estou acostumado a ver, mas você é uma grande aposta. O melhor, pau a pau com Noah.

— Obrigado. — Passo uma mão pelo cabelo, nervoso. — E quanto às outras equipes?

— Você recebeu algumas ofertas das equipes menores, como a Albrecht e a Sauvage. Como têm orçamentos menores, eles não podem oferecer nada acima de oito milhões.

— Merda, isso é menos da metade do que ganho com a McCoy.

Embora eu mantenha minhas finanças em ordem investindo em vez de gastando demais, não quero perder milhões de dólares e um carro maravilhoso.

A mandíbula de Rick se contrai.

— Infelizmente, sim.

— E os melhores do resto? Não vejo nenhuma menção a eles.

Encaro os olhos escuros de Rick. Ele olha a hora no celular.

— Realmente não ouvi nada.

— Então só a McCoy e essas duas?

A falta de ofertas me afeta mais do que eu esperava. Mas entendo, considerando minhas más decisões, sou uma aposta arriscada para o próximo ano.

— É. E você sabe qual eu acho melhor.

Claro que sei. Quem não gostaria de um bom bônus por negociar um contrato com a McCoy?

— Vou pensar. — Esfrego o queixo. — E falar com meu contador, logo entro em contato com uma contraproposta com a redução de preço.

— Somos sortudos por Peter McCoy ser um homem paciente, que tem certeza de que você aceitará um acordo.

— A paciência de Peter se parece muito com babaquice, mas cada um com seu cada qual. Não sei se gosto de um contrato que afirma com todas as letras que devo evitar relações públicas com Sophie Mitchell ou qualquer outra pessoa ligada à Bandini.

Rick dá de ombros, desanimado.

— Bem, qualquer pessoa menos Noah.

— Esse não é o problema, e você sabe disso.

— Ouça, eu quero o melhor para você. Para *você*, não para minha conta bancária. Carros ruins das equipes menores não ganham Campeões Mundiais. Você estaria dando adeus à sua carreira.

— Então vamos torcer para Peter aceitar minha próxima oferta.

Ele olha para a planilha.

— Com essas ofertas ruins das outras equipes, a decisão não deveria ser tão difícil. Mergulhe de cabeça nos seus objetivos, e não estou falando do seu número de conquistas. Você levou anos para chegar ao topo. Sophie pode ser uma diversão durante a temporada, mas é só isso. Uma temporada.

Rick se despede, dizendo que precisa se encontrar com Peter e Chris. Pergunto se ele precisa que eu participe da reunião, mas ele diz que meu tempo seria mais bem gasto com outras coisas. Concordo plenamente. Reuniões e discussões me matam de tédio.

Visito minha princesa da Bandini em seu castelo de motor home. Ela está acompanhada por Maya, que está se preparando para uma entrevista com James Mitchell. O homem me olha como se não conseguisse se decidir quais são minhas intenções, seguindo com os olhos verdes cada passo meu. Ele usa uma camisa polo da Bandini que destaca os músculos nos braços, que parecem capazes de me nocautear com um soco. Ele aperta minha mão quando a estendo, dando um aperto mais forte de advertência antes de soltá-la.

— Olha só quem chegou. Bem a tempo de me salvar de morrer de tédio com meu pai falando sobre a garagem.

Sophie me dá um abraço rápido. Ela está de tranças, usando short jeans e uma camiseta que fala sobre usar rosa às quartas-feiras. Porra, eu amo o jeito como ela se veste. Não sei onde colocar minhas mãos, já que o pai dela me olha como se eu quisesse sequestrar a filha dele.

— Fiquei sabendo que você precisava ser salva.

Maya lança um olhar significativo para Sophie enquanto esfrega o coração.

— Algumas pessoas apreciam a F1. E você se diz uma fã. Deveria ter seu título de princesa revogado.

James Mitchell me encara em vez de olhar para a filha.

— Eu criei uma guerreira, não uma princesa. Ela sabe se defender.

— Diz o homem que me fez usar dois coques que nem a Minnie em vez de tranças como todas as outras garotas normais na escola. Lembro muito bem de quando você ameaçou tirar a lancheira de purpurina de uma menina depois que ela riu do meu cabelo. Parece um defensor para mim.

Sophie não nota as palavras não ditas do pai para mim, nem os punhos cerrados e o olhar mortal que ele me lança como se soubesse muito bem como me sinto atraído pela filha dele.

Afasto o mau pressentimento e tiro Sophie dali, com a sensação de James Mitchell me seguindo com os olhos a cada passo que dou ao sair da garagem da Bandini.

Levo Sophie até o Wrangler que aluguei, pronto para riscar um dos últimos itens da lista dela. Ela já adiou por tempo suficiente e não posso mais permitir isso porque prefiro resolver logo as coisas. Riscamos a maior parte dos itens nos últimos dois meses, deixando alguns para depois por falta de tempo.

— Aonde estamos indo? — pergunta ela ao colocar o cinto de segurança.

— Decidi fazer surpresa até chegarmos lá.

Sophie me lança um olhar cauteloso, mas aceita a condição. Dirijo pela cidade enquanto dividimos o controle do som como um casal normal. Ela declara que meu gosto musical é aceitável, e eu a deixo tocar músicas pop.

— Ok. Vou colocar uma música. Se você não souber a letra, vou questionar se podemos continuar juntos.

— Assim, do nada? Não pensei que você pudesse ser tão fria, me descartando assim.

— É assim que a banda toca comigo...

Ela aperta o play e "Let Me Love You", de Mario, começa a tocar no som do carro. Claro que conheço a música. Sophie canta baixinho enquanto observa São Paulo passar por nós, as árvores e as ruas da cidade passando em um borrão de cores.

Tudo o que posso fazer é observá-la. A maneira como ela fecha os olhos e se move no ritmo da música, sem se importar se eu sei ou não a letra. Começo a cantar junto um minuto depois porque não quero decepcioná-la. Rimos quando ela usa o celular como um microfone falso.

Enquanto dirijo, absolutamente do nada, percebo que preciso passar mais tempo com ela. Nosso tempo está chegando ao fim e não tenho ideia de onde a vida vai me levar. Sou um completo idiota por não fazer Rick pressionar mais McCoy sobre minha exigência para o contrato.

Porra, sou um covarde por não falar eu mesmo com Peter e estabelecer um limite. Preciso lidar com essa situação logo, antes que seja tarde demais.

Sophie continua ditando as músicas até eu estacionar o carro em um estacionamento. Saio de meu assento e vou até a porta dela, abrindo-a.

— Ah, não.

Ela segura o cinto de segurança como se fosse sua tábua de salvação. Mas me inclino e solto ela.

— Você só tem mais alguns itens. Vou estar com você o tempo todo.

— Estou com medo.

— Eu também estou.

Minha sinceridade parece acalmá-la.

Sophie solta alguns resmungos incoerentes ao sair do carro. Caminhamos de mãos dadas até um galpão porque fico com medo de que ela fuja.

Uma recepcionista nos cumprimenta e nos entrega alguns papéis.

— Bem-vindos ao São Paulo Skydiving. Estamos muito felizes por terem decidido voar conosco hoje, sr. Zander. Somos grandes fãs. Seu avião está esperando, e os instrutores estão prontos para começar a orientação.

Sophie anda atrás de mim, devagar.

— Eu realmente odeio você agora.

— Há uma linha tênue entre amor e ódio.

— Também há uma linha tênue entre sanidade e insanidade. Adivinha de qual lado você está.

Eu rio, seguro a mão dela e a puxo para mais perto.

— Só mais alguns itens e você termina tudo.

É difícil ignorar como sinto um aperto no peito ao pensar nisso. Sophie ergue o queixo e endireita os ombros.

— Nós vamos conseguir. As pessoas pulam de paraquedas o tempo todo.

— Essa é a minha garota, destemida depois de dez discursos de motivação.

Assistimos às orientações e colocamos nossos equipamentos. Nosso avião acelera pela pista, pronto para a partida. Em pouco tempo, o avião decola com Sophie e eu presos a dois instrutores. Olho torto para o dela, mandando sinais de "fica na sua" para ele, enquanto Sophie murmura palavras de encorajamento para si mesma.

Interrompo a tagarelice nervosa dela.

— Pronta para voar, meu raio de sol?

Não é culpa minha se ela parece com o sol e tem uma personalidade radiante. Assim como o orbe amarelo e destrutivo no céu, ela corrói minha camada protetora e ilumina meus cantos mais escuros.

— Tenho vontade de pular do avião só por ser chamada assim.

Dou uma risada despreocupada.

— Bem, agora é a sua chance.

— Não estou nem um pouco preparada.

Que ironia, considerando que eu não estava nem um pouco preparado para ela. Mas cá estou eu, prestes a pular de um avião porque gosto dessa garota e quero estar presente no máximo de primeiras vezes dela.

Um funcionário abre a porta. Sophie e eu cambaleamos com nossos parceiros até a área aberta. Meu coração bate rapidamente no peito, minha garganta se fecha com o fluxo de ar reduzido para os pulmões. Viro-me para a garota que chamou minha atenção anos atrás e nunca a perdeu.

Ela me abre um sorriso radiante que faz este item louco da Lista do Foda-se valer a pena.

— Liam Zander, foi um prazer conhecê-lo. Por favor, recolha meus restos mortais na mesa de orientação.

— Só isso? Eu esperava uma declaração de amor.

Ela revira os olhos por trás dos óculos de proteção.

— Que tal uma declaração de irritação?

— Já é perto o suficiente.

Puxo-a para um beijo, ignorando os dois caras presos em nossas costas. Nosso beijo é simples e doce, saciando meu desejo e nossa atração gravitacional, acalmando meu ritmo cardíaco acelerado.

— Três... dois... um — dizem os dois homens atrás de nós antes que o grito de Sophie preencha o ar, agudo o suficiente para ser ouvido acima do barulho dos motores do avião.

O vento uiva em meus ouvidos no momento em que somos lançados pelo céu azul. Despencamos pelo ar, quatro pessoas em queda livre, aproximando-nos cada vez mais do chão. Sophie é um borrão preto com duas tranças loiras esvoaçantes, mas vejo que posa para uma câmera. Meu coração acelera no peito e o sangue pulsa nos ouvidos. É uma adrenalina diferente da que sinto nos dias de corrida, flutuando livremente, nunca senti isso antes. Meu estômago se contrai e a garganta fica seca.

Nós nos aproximamos da cidade, o corpo dando um tranco quando os instrutores abrem os paraquedas. O sorriso de Sophie irradia e ela ergue o polegar em um joinha. Meu tipo de garota, confiando em mim e em meus planos insanos, apesar de estar morrendo de medo.

Ambos flutuamos ao vento. Em vez de olhar a cidade abaixo de nós, eu a observo. Mantenho os olhos grudados em seu sorriso enquanto ela aproveita a experiência.

Não faço a menor ideia de como abordar as coisas com ela. Como poderia, se nem mesmo entendo o que quero? Ela se assusta tão fácil, e meu histórico, que não ajuda muito, é mais um obstáculo entre nós.

Gostar de Sophie é como saltar de um avião. Empolgante, viciante e quase impossível de esquecer.

Pouso os pés no gramado perto do hangar. Sophie pousa um minuto depois, um sorriso sincero no rosto e olhos brilhantes enquanto o instrutor desata todas as correias.

Sophie corre até mim e se atira em meus braços, jogando a cabeça para trás e rindo para o céu. Ela enrosca as pernas ao redor de mim e acaba se esfregando em meu pau cada vez mais duro. Solto um grunhido em seu pescoço ao sentir que o corpo dela treme, gostando um pouco demais da tortura.

— Meu Deus, foi a melhor coisa do mundo. É assim que você se sente ao correr? Estou me sentindo eufórica pra cacete.

Rio no pescoço dela.

— Provavelmente. Você se sente no limite? Sente seu coração batendo tão alto que você o ouve nos ouvidos?

Ela me olha admirada.

— Sim — sussurra ela antes de se inclinar para meu ouvido. — O que me diz? Vamos sair daqui?

Meu corpo reage à oferta dela como a nenhuma outra. Com Sophie, meu pau sabe quem manda e nunca se contenta com nada além dela. Nosso envolvimento tem sido ótimo, me mantendo longe dos padrões destrutivos para minha carreira enquanto passo mais tempo com ela. Dentro dela. Em cima dela. Ao lado dela.

Coloco-a no chão, arrancando meu macacão de voo brega antes de pegar a mão dela. Seus olhos verdes têm uma leveza que quero memorizar.

— Calma, preciso tirar o meu também.

— Permita-me.

Sou rápido em puxar as alças de velcro, arrancando o traje como se ele me ofendesse.

Ela balança a cabeça e faz um esforço para não sorrir, me ajudando e levantando as pernas enquanto puxo o tecido para baixo. Minhas mãos aquecem ao me demorar em sua pele.

Nossos instrutores nos entregam nossos pertences e seguimos de volta para o Wrangler.

— Foi uma das coisas mais legais que já fiz. Meu coração ainda não se acalmou, e minha coluna está formigando. Caramba, acabamos de saltar de um avião!

Sophie abre a porta do lado do carona e eu me acomodo no assento do motorista.

— Tomara que eu não tenha te transformado em uma viciada em adrenalina. Diga não às drogas.

— Duvido que você vá reclamar.

Sophie me surpreende ao subir pelo console central e colocar os joelhos de cada lado de mim. Ela pressiona meu pau com o corpo.

— O que você está fazendo? — pergunto, engolindo em seco.

— Menos conversa, mais beijos.

Ela cola os lábios aos meus.

Enrolo os braços ao redor dela e a puxo para mais perto, seu corpo se moldando ao meu. Nossas línguas se encontram enquanto mordiscamos e brincamos. O beijo é selvagem, como se não conseguíssemos saciar a fome entre nós, por mais que tentássemos.

Beijar Sophie se tornou uma de minhas atividades favoritas, assim como o sexo com ela, fazê-la gozar com minha língua e receber seus boquetes. Basicamente, qualquer coisa com ela, porque gosto de tudo o que fazemos juntos, incluindo nossa amizade fora do quarto.

Ela percorre meu pescoço com os lábios, sugando e puxando a pele sensível. Cerro os dentes para conter um gemido.

— Porra.

Percorro o corpo dela com as mãos, agarrando a bunda redonda e dando um apertão. Sophie desliza a língua para saborear minha pele antes de arranhar meu pescoço com os dentes.

— Você me mordeu? Eu te transformei em uma diabinha.

Ela se afasta e me olha com olhos entreabertos e um sorriso preguiçoso. Amo quando ela faz essa cara, ainda mais quando sou o motivo dela.

Porra. Ama? Sério, Liam?

— Não ouviu dizer? Para brincar com demônios, você precisa se tornar um.

Ela torna a me beijar, e as provocações são encerradas enquanto entrelaçamos nossas línguas. Dentes se chocam e lábios acabam inchados. É uma exibição erótica completa, com respiração pesada e mãos bobas.

Sophie desabotoa minha calça.

— Eu preciso de você. Agora.

— Agora?

As palavras saem de meus lábios em um suspiro. Não faço sexo em um carro desde que era adolescente, que dirá na porra de um Wrangler em um lugar onde qualquer um pode passar. Eu me afasto dela e avalio a situação, o que provavelmente deveria ter feito assim que Sophie montou em meu colo. Vejo o estacionamento vazio como uma bênção enviada dos céus.

— Foda-se.

Fico mais audacioso, puxando o short jeans e a calcinha de Sophie, descendo os dedos pelas pernas macias dela.

Ela me segue e puxa meu short com minha ajuda.

— Eu pareço um adolescente perto de você — resmungo no cabelo dela, respirando seu cheiro inebriante.

Ela ri, o som rouco enviando uma onda de prazer direto para meu pau. Eu me posiciono, uma gota umedecendo a ponta, o nervosismo subindo por minhas costas diante da ideia de transar com Sophie em um carro onde qualquer um pode ver.

— Espera. Camisinha! — Sua voz ofegante ecoa em minha cabeça.

— Merda!

Camisinha? A porra da camisinha! Quando eu já fiquei tão envolvido em transar com alguém a ponto de esquecer a camisinha?

Puta que pariu. Olho meu pau em descrença, tentando entender a situação, como se olhar para ele fosse resolver meu desespero. Sophie ignora meu pânico, afastando-se de mim para pegar a bolsa enquanto procura uma solução para nosso problema.

Regra número um da F1: não transe sem camisinha. Pilotos não precisam do drama de filhos com mulheres aleatórias. Ninguém quer acabar como o pai de Noah, com uma modelo afundando as garras nele por um cheque mensal.

Mas esta é Sophie. Ela não faria isso comigo, manipulando-me em benefício próprio. Nós nos falamos desde o início da temporada de F1. Somos amigos. Claro, com benefícios, mas amigos mesmo assim. E se algo acontecesse, eu nunca pensaria que foi intencional da parte dela.

Certo?

Aham, tá bem. Sou um babaca, questionando se ela faria algo assim.

— Encontrei! Eu preciso mesmo limpar essa bolsa. Acho que essa camisinha é da minha orientação universitária ou algo assim, mas parece estar boa.

Ela desliza a mão em meu pau, que lateja sob o toque. Ela desliza o dedo pela gota perolada na ponta e a leva para a boca, para sugá-la.

— Me fode — peço, apesar de mal conseguir falar quando ela fica assim, agindo como minha diabinha.

— Esse é o plano! — Ela ri sozinha.

Reconheço a marca e o modelo enquanto ela rasga a embalagem.

— Isso não vai caber em mim. Está tentando cortar a circulação do meu pau?

Ela revira os olhos.

— Do que você está falando?

— Não insulte meu tamanho, mulher.

— Se eu quisesse alguém convencido, teria namorado Noah.

Ela me provoca com um sorriso malicioso.

— Você ainda não viu nada. Você toma anticoncepcional, certo?

Ela assente com a cabeça.

— Há uns cinco anos.

— Quer deixar de lado essa camisinha, que com certeza não vai caber em mim mesmo? Estamos limpos, certo?

Que porra estou fazendo? Pensando com meu pau, com certeza.

Sophie assente. Com um movimento rápido, eu mergulho dentro dela. Ela respira fundo, a cabeça caindo para trás, as pontas do cabelo loiro fazendo cócegas em minhas coxas.

Fecho os olhos porque, porra, isso é incrível. Nunca fiz sexo sem camisinha, e senti-la assim é um verdadeiro nirvana. Não me movo, nem penso.

Sophie se levanta devagar, e minha atenção se desvia para meu pau úmido. Estou em transe. O calor dela, o corpo, tudo. Meu corpo vibra quando ela se abaixa de novo. Ela me faz desmoronar por dentro ao cavalgar meu pau, arqueando o corpo de olhos fechados.

Minha mente fica entorpecida, minhas costas formigando, sinto meus dedos dos pés se curvando. Todas as sensações explodem dentro de mim enquanto ela me fode até todo o resto sumir. Eu brincava que ia acabar com ela, mas, neste momento, percebo que sou eu quem está se desfazendo nas mãos de Sophie.

Aperto as coxas dela, com força suficiente para deixar marcas, mas não consigo me controlar. Encontro a curva de seu pescoço e a provoco.

— Ah, Liam. Nossa — sussurra ela.

Eu rosno, sugando a pele, possuindo-a de todas as maneiras possíveis.

— Aproveite enquanto dura, porque seu tempo está quase acabando.

Ela solta uma risada bem leve, tão suave que meu coração se contrai. *O que esta mulher está fazendo comigo?*

Meus instintos assumem o controle, seguro as tranças com uma das mãos e com a outra agarro o traseiro dela. Ela segue meu ritmo, levantando-se ao sentir eu metendo com força, não mais interessado em carícias suaves e movimentos lânguidos. Quero-a agora mesmo, gozando em meu pau e gemendo meu nome.

Sua respiração acelera enquanto eu entro e saio dela, meus movimentos se tornando erráticos. Selvagens como meus pensamentos. Indomados por causa da beleza diante de meus olhos.

— Você é tão gostosa, aguentando tudo o que eu te dou. Você é o paraíso. Não quero ir embora agora que experimentei.

Com o polegar, encontro o clitóris, provocando-a, e com a outra mão puxo seu cabelo.

Ela geme.

— Por que é tão bom com você?

Porra, meu ego infla com as palavras. O corpo dela treme, mas continuo a tortura, e ela agarra meus ombros ao mesmo tempo que olha em meus olhos. Eu me perco nas sensações que Sophie provoca.

Eu a sinto por toda a parte. No corpo, na mente, no maldito sangue, pulsando de desejo e adrenalina enquanto ela tem um orgasmo. Eu odeio e amo ao mesmo tempo, pois não consigo controlar essa coisa entre nós e no que está se transformando. O pensamento me assusta e eu sinto que preciso pisar no freio, sem querer pensar nesse problema agora.

Sophie fica com os olhos vidrados, semicerrados e tão lindos. O corpo dela treme, e ela explode. Meu corpo se contrai no momento em que ela aperta meu pau, ela encontra meus lábios e sua língua me domina. Ela me devora, afastando minhas preocupações com beijos viciantes. Agarro a cintura dela, controlando os movimentos enquanto ergo os quadris do banco, desesperado por meu clímax.

Ela se grava em meu coração como se ali fosse seu lugar. Com movimentos descompassados, eu explodo, um formigamento começando nos dedos dos pés e terminando na base de meu pescoço. Não paro de me mover até terminar.

Sophie desaba em meu peito enquanto enrosca os braços em meu pescoço. E, pela primeira vez, não sei do que gosto mais: transar ou ter alguém para me abraçar depois. Ficamos assim por alguns minutos, recuperando o fôlego. Parte de mim não se importaria de ficar aqui até o sol se pôr. Eu não me oporia a mais uma ou três rodadas, sabendo que uma vez com Sophie nunca é o suficiente.

— É melhor a gente ir.

Ela se levanta de meu pau, e minha porra escorre dela.

— Merda, vou guardar essa imagem para sempre.

— Tarado.

Ela sobe o short e se senta no banco do carona, me lançando um sorriso malicioso que lembra o meu. As tranças de Sophie estão uma bagunça, com vários cabelos soltos. Seus lábios parecem inchados, e as bochechas têm um rubor natural. Sorrio, sabendo que fui eu que causei isso.

Amo a aparência dela agora e quero guardar esses momentos para sempre antes de ela voltar para casa em duas semanas. O sorriso desaparece e surge o aperto em meu peito que vem se tornando familiar desde que Sophie entrou em minha vida.

— Fica tranquilo. Não vou engravidar, e nós podemos usar camisinha da próxima vez.

Ela me lança um olhar de soslaio que me incomoda. Não sei bem por que minha garganta se fecha e meus pulmões ardem com a interpretação errada. Será que é porque sou um babaca que a faz achar que estou fazendo cara feia ao pensar em engravidá-la? Ou é porque eu não quero mais usar camisinha com ela?

Saio com o carro como se nada tivesse acontecido, minha mente vagando enquanto Sophie coloca músicas para tocar.

Meu celular vibra, o nome de Rick aparece na tela. Aperto o botão lateral, ignorando a ligação. A náusea se espalha por meu corpo por esconder de Sophie os termos do contrato.

Pela primeira vez na carreira, não quero pensar na próxima semana, muito menos no próximo ano. Não quero que Sophie volte para casa, mas não posso parar o que comecei. Como um fã de F1, fico impotente assistindo a uma colisão. Só que, desta vez, eu sou a causa, e vou ficar olhando enquanto meu carro bate direto em uma parede.

Porque a vida é engraçada e te fode sem consentimento.

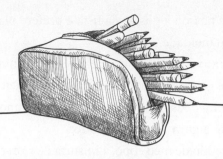

CAPÍTULO VINTE E NOVE

SOPHIE

As pessoas subestimam a beleza e a autenticidade do Brasil. Mesmo gostando mais do Rio do que de São Paulo, a sensação eletrizante da cidade traz um sorriso a meu rosto e me dá um pouco mais de ânimo.

É difícil acreditar como o tempo voa quando estamos viajando. Faltam apenas duas corridas para eu voltar para casa, o que significa que faltam duas corridas para Liam decidir para qual equipe quer trabalhar. Ele não toca no assunto, fechando-se sempre que pergunto. Deixo para lá porque ele provavelmente está nervoso com o futuro incerto, sem saber onde vai acabar.

Quero lhe dizer que estarei lá para ele, não importa o que aconteça — tenha ele um contrato com a McCoy ou não —, mas as palavras ficam entaladas na garganta devido ao medo de rejeição. Pode me chamar de covarde, eu já sei disso. Quando ele fez piada sobre eu amá-lo quando fomos pular de paraquedas, quase confessei meus sentimentos.

Liam e eu completamos quase todos os itens da lista, exceto um. Com apenas duas semanas restantes, não tenho ideia de quando ou como isso vai acontecer. Ele passou a gostar da lista e prefere planejar tudo sob o disfarce da espontaneidade.

Penso no assunto e bebo um coquetel. Estou sentada em um canto do bar no baile de gala, sem ninguém a meu lado, meu mau humor provavelmente aparente. Fãs mantêm Liam ocupado enquanto Maya está beijando Noah em algum lugar escondido.

Esvazio o conteúdo de meu copo, a mistura de rum e coca não aliviam minha tristeza.

O som de dois copos de shot sendo colocados em minha frente chama minha atenção para meu vizinho recém-chegado. Olho desconfiada para Rick, o agente de Liam. Sua presença é rara, já que ele nunca fala comigo, preferindo sempre me dar um sorriso de escárnio contido e um olhar de esguelha.

Rick faz sinal para o barman nos servir um shot.

— Justamente quem eu estava procurando.

Incrível como cinco palavras conseguem provocar um calafrio. O barman enche nossos copos com um líquido transparente que eu nem ouso perguntar o que é, preferindo me concentrar em não vomitar com a óbvia secada de Rick.

— Como posso ajudá-lo? — pergunto, dando-lhe um sorriso falso deslumbrante.

— Ah, que bela disposição. — Rick me dá ânsia de vômito. — Queria ver como está a mulher que causa mais problemas com seu dedo mindinho do que Claudia fez com a boceta.

Não sei se ele quer me insultar ou me elogiar. Com base em seus olhos cruéis, imagino que seja a primeira opção.

— Estou ótima. — Pego meu celular. — Ah, nossa. Uma pena ter que sair assim, mas olha só a hora.

Estou com a bunda fora do banco quando a mão fria dele agarra meu pulso. Rick não parece ter intenção de me machucar, mas o toque não solicitado faz meu estômago se revirar mesmo assim.

Já falei que detesto agentes?

Ele continua, ignorando meu desconforto.

— Acho que você deveria ficar. Afinal, não quer ouvir sobre o dilema de Liam? Ele se recusa a lhe contar, mas tem uma escolha importante a fazer nas próximas duas semanas.

Não digo nada, mas caio na dele, como se Rick fosse um pescador nojento com uma rede velha fedendo a peixe.

— Veja bem, a McCoy ofereceu a Liam um contrato, apesar de ele ter transado com a sobrinha do dono. Imagina só, ser tão bom piloto assim? Ser tão poderoso que você pode foder a sobrinha do chefe e ainda manter o emprego? Uau. — Ele balança a cabeça em descrença. — Mas, enfim, só duas outras empresas fizeram uma oferta a ele, e são as duas equipes menores. Os contratos são uma merda e Liam sabe disso. Colocariam um fim na carreira dele antes que ele tivesse a chance de outro Campeonato Mundial.

Minha paciência vacila. Olho ao redor em busca de alguém para me salvar, mas estou em um mar de ternos desconhecidos.

— Não sei o que isso tem a ver comigo.

— Tudo, na verdade. A McCoy ofereceu a Liam mais vinte milhões de dólares, mas só se ele cortar os laços com você por causa da sua ligação com a Bandini. Você ficaria tranquila sabendo que ele abriu mão do sonho dele para ser seu amigo ou amante ou seja lá como os jovens chamam hoje em dia? Eu, com certeza, não ficaria. E Liam está pensando em seguir com a pior opção. Ele está realmente considerando desistir do melhor contrato por um caso com uma jovem atraente. Ele não aceita nem rejeita o novo contrato, fica esperando com o pau na mão por ofertas melhores que não vão vir. Ele está ficando sem tempo.

Meu coração afunda no estômago, revirando-se junto com o ácido e o álcool. Quero correr para longe de Rick e do segredo que Liam escondeu. Mas, em vez disso, permaneço sentada com a bunda no banquinho.

— As pessoas podem negociar acordos e condições estúpidas.

Endireito a coluna, pois não posso deixar Rick perceber meu medo. Liam deve ter outras opções. Empresas não podem agir assim, certo?

— Liam tentou. Eu tentei. Mas um acordo é um acordo, no fim do dia.

Continuo sem palavras enquanto olho para minha bebida, desejando que ela pudesse resolver meus problemas.

— Estou te contando com antecedência para dar tempo de resolver as coisas. Para decidir se seu relacionamento — ele observa meu corpo antes de lamber os lábios — ... ou o que quer que vocês tenham, vale tanto dinheiro assim. E a carreira dele. O tempo está passando. Desejo-lhe boa sorte com essa decisão difícil. Para mim, nenhuma boceta vale tanto. Mas, ora, se eu fosse tão rico quanto Liam, acho que também poderia me dar ao luxo de escolher.

Ele toma o shot de uma vez e deixa o copo de cabeça para baixo, me deixando para trás com meu copo cheio. Assim que ele sai, bebo de um gole só, apesar do enjoo. A queimação do álcool me distrai de como meus olhos ardem.

Saio do baile de gala sem olhar para trás, sem a mínima vontade de fingir que Rick não partiu meu coração e roubou um pedaço. Não sei o que fazer nem a quem recorrer.

Não sei como me sentir. Magoada por Liam precisar considerar me cortar da vida dele? Feliz por ele estar pensando em dizer não? A confusão se mistura com o álcool, minha cabeça rodando com dúvida e insegurança, a dor se alastrando dentro de mim como uma ferida infeccionada.

Chego a meu quarto de hotel e caio na cama, torcendo para que o álcool me faça apagar logo.

— Estou preocupado com como você está esfaqueando suas panquecas. O que é que te aflige? — pergunta meu pai, que me olha com curiosidade.

— Só você falando como alguém de um romance vitoriano. Quem usa a palavra *aflige* com tanta naturalidade na conversa?

— Indivíduos bem-educados que leem muito. Por falar nisso, como vão suas aulas?

Ele adora me perguntar sobre a faculdade.

— Que mudança de assunto bem-feita, pai. Estão difíceis, ainda mais online.

Mentira.

Na semana passada, depois da Alemanha, cancelei as duas matérias que cursava e adiei minha formatura por um semestre. Minha mão tremia enquanto eu apertava o botão de desistência. Tomei uma das decisões mais impulsivas de minha vida sozinha. Isso após conversar com os pais de Liam e pesquisar sobre arte com crianças. Ninguém sabe dessa recente mudança. Nem mesmo Liam, que nos últimos tempos se tornou meu ponto de referência para tudo relacionado a mim.

Se isso não é progresso pessoal, eu não sei o que é.

Meu pai inclina a cabeça.

— E o que você planeja fazer depois de se formar?

— Ainda não tenho certeza.

As palavras mal saem de minha boca. Odeio mentir, mas odeio especialmente mentir para meu pai.

— Deve haver algum estágio ou algo que você queira fazer. Ou quem sabe se inscrever em um mestrado e passar nos exames de contabilidade.

Essa ideia parece tão divertida quanto fazer um tratamento de canal. Desvio o olhar.

— Qual é a pressa?

— Você precisa começar a planejar sua vida e se preparar para o próximo grande passo. Você se divertiu viajando comigo nos últimos meses, mas em duas semanas vai estar na hora de voltar para casa.

Casa. Uma ideia que costumava me trazer conforto agora me lembra de como me sinto vazia. Em algum momento deste ano, meu coração encontrou um novo lar. Com um alemão que me abraça à noite e me dá beijos de bom dia que me deixam toda arrepiada.

O aperto em meu peito me obriga a ignorar o pensamento.

A bomba nuclear que Rick revelou ainda faz meu peito doer e meu estômago se revirar. Faço um esforço para compreender como Liam deve estar dividido sobre me cortar da vida dele. É como algum programa triste de televisão decidindo se serei eliminada da ilha ou não. Não quero ser deixada de lado e esquecida, mas também não quero que Liam perca sua chance de ganhar um Campeonato Mundial.

A voz de meu pai ressoa:

— Não tem problema ter medo do futuro e do que vem pela frente. Ninguém gosta de falhar. Mas eu te ensinei a se levantar, bater a poeira e tentar de novo.

— O que acontece se eu não quiser me levantar?

Sabe como é, porque meu coração está despedaçado em meu redor.

— Eu te criei para superar desafios. Seja em um minuto ou em um dia. Você *vai* se levantar. Não é uma questão de *se*, mas de *quando*.

Meu pai, mais sábio que a idade e a um passo de criar o próprio TED Talk.

— Claro, é fácil você dizer isso. Você é você. Um durão que não leva desaforo pra casa — resmungo enquanto enfio um pedaço de panqueca fofa na boca.

— Ah, já tive muitos dias ruins. Ora, eu te criei sozinho sem ajuda de meus pais. Só você, eu e alguns livros de paternidade para saber se estava fazendo as coisas do jeito certo. Nada levanta mais dúvidas do que a paternidade.

Meu sorriso vacila.

— Você fez o seu melhor.

— Pode apostar que sim. Você é a melhor coisa que já me aconteceu e eu não mudaria nada. Alguns pais querem um filho, alguém para transformar em um prodígio. Mas você veio com os meus melhores traços. Eu não te trocaria por nada.

— Ainda bem que você disse isso, porque perguntei no hospital e a política de devolução é meio duvidosa.

Ele balança a cabeça e ri.

— Qualquer um que te ouve falar não duvidaria que você é minha filha.

— Afinal, aprendi com o melhor. — Abro um pequeno sorriso para ele, deixando meu mau humor para depois.

Ainda me sinto indecisa e como uma bela pilha de nervos depois do que Rick me contou ontem. Ênfase no bela, pois o mínimo que posso fazer é aumentar minha autoestima.

Mais cedo, Maya me pediu para ajudá-la a montar uma atividade para Liam e Jax jogarem ao vivo no vlog. Vou arrastando os pés até a garagem da McCoy, resmungando.

— O que te deixou tão mal-humorada assim?

Maya ajusta as configurações da câmera enquanto esperamos os caras do lado de fora da garagem. Lá dentro, a equipe da McCoy trabalha, todos ocupados com os preparativos pré-corrida.

— Nada. Só estou cansada e não dormi bem esta noite.

Deve ser porque o babaca do agente de Liam tirou minha sensação de controle sobre meu relacionamento. Se é que posso chamar assim, já que Liam está divido entre me dar um pé na bunda e continuar comigo.

— Não estou acostumada a te ver tão pra baixo. Tomara que você durma melhor antes da corrida. Talvez Liam ajude?

Ela abre um sorriso malicioso que não afasta o vazio dentro de mim.

— Acho que vou ficar na minha e sem meu travesseiro pessoal por alguns dias.

Preciso de tempo para pensar. Ficar perto de Liam me deixa mais fraca. Parte de mim quer perguntar sobre o que o agente disse, enquanto outra parte não quer, por medo da resposta dele.

— Algum motivo?

Antes que eu tenha tempo de responder, Liam e Jax chegam.

— Ora, se não são nossas favoritas. — Liam afasta uma mecha caída em meu rosto antes de plantar um beijo em minha têmpora, e em meu ouvido ele sussurra: — Você não veio me ver ontem à noite depois do baile de gala. Não está desistindo de mim, está?

Viro-me e vejo seus olhos brilhando.

— Não. Eu não estava me sentindo bem e queria ir para a cama cedo. Não havia por que eu ir se não íamos... você sabe...

Seu sorriso desaparece.

— Mas que besteira. Você sabe que a gente passa tempo juntos sem transar. Não me venha com uma desculpa furada quando somos amigos antes de qualquer coisa.

Ah, de novo essa palavra.

— Bem, ok...

Ele me olha antes de se afastar, me dando espaço para respirar de novo. Jax bate as mãos.

— Vamos começar logo. Tenho lugares para ir, pessoas para pegar.

— Sabe, por trás dessa atitude rude há um garoto que abraça seu travesseiro à noite e sonha com um futuro melhor — afirma Liam, colocando a palma da mão no peito.

— O único futuro em que eu penso é aquele no qual vou te derrotar em todas as corridas.

— Certo, já chega, vocês dois. Este é um dos nossos últimos episódios antes do fim da temporada — interrompe Maya e começa a trabalhar.

Maya os entrevista enquanto participam de um jogo. Eu me desligo da conversa porque não tenho interesse em ouvir, só vim porque Maya implorou para eu filmar tudo. Ignoro os olhares estranhos que Liam me lança. O contrato que ele não mencionou é um peso entre nós, e não consigo lidar com o fato de que parte de mim se sente grata por ele não ter imediatamente dito sim às exigências da McCoy.

Apesar da incapacidade de Liam decidir se me ama, eu ainda o amo com todo meu ser. Eu faria qualquer coisa para ajudá-lo a ser feliz. Parece que me apaixonei por alguém intocável e inquebrável, provando para mim que gente como Liam, com o psicológico já destruído, não pode desabar de novo.

Bem-vindos ao infelizes para sempre. Puxe uma cadeira, pegue a pipoca e aproveite o show.

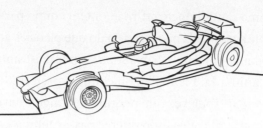

CAPÍTULO TRINTA

Liam

Nunca me vi como um sujeito pensativo. Pelo menos não até conhecer Sophie e começar essa dança na tênue linha entre amizade e algo mais, sem jamais nos entregarmos completamente à ideia de nós sermos amantes. Com meu passado e o futuro dela, não faz sentido pensar em nada além das próximas duas semanas.

Apesar de dizer isso a mim mesmo, não consigo deixar de me perguntar como vão ser as coisas depois da temporada. A ideia de voltar para meu apartamento vazio em Mônaco me enche de tristeza. Por algum motivo, depois de todos esses meses passando tempo com ela, não quero que Sophie vá embora.

É egoísmo meu querer que ela fique quando não estou disposto a me comprometer e ter um relacionamento? Claro que é. Então, reprimo a ansiedade crescente e deixo-a de lado, preferindo tornar o último item da lista dela memorável. O último item da lista — aquele que me lembra dela — exigiu certo planejamento. Passei horas pesquisando, pois Sophie me influencia de várias maneiras.

Aluguei uma caminhonete off-road ontem em preparação para nossa viagem de hoje à noite. Ela não faz ideia do que planejei, achando que vou levá-la para jantar em Abu Dhabi. Sophie andou estranha esta semana, então quero animá-la. Ela mal ficou comigo, preferindo passar tempo com Maya e o pai. Toda vez que perguntei se algo estava errado, ela se esquivou da pergunta, alegando querer passar tempo com todos antes de ir embora.

Fico me perguntando se ela não quer falar sobre a ansiedade em relação ao que vai acontecer depois que a temporada terminar. Planejo contar tudo a ela depois que a corrida no domingo terminar, porque McCoy prometeu uma oferta até lá, retirando do contrato a cláusula da Bandini depois de minha insistência.

A playlist dela preenche o silêncio. Deixei Sophie escolher as músicas, na esperança de que isso melhorasse seu humor. Quanto mais nós nos aproximamos de nosso destino, mais animada ela fica, voltando ao seu jeito normal.

O sorriso dela alivia a tensão que senti no peito a semana toda.

— Você está planejando me enterrar no deserto? Criativo, devo admitir — provoca ela.

A Sophie mal-humorada não parece mais ser um problema.

— Até considerei, mas todo mundo sabe para onde estou te levando. Então, embora eficaz, eu seria o principal suspeito.

— Todo mundo, é? — Ela inclina a cabeça para mim.

— Nossos amigos.

Em algum momento, nossos grupos de amigos se fundiram em um só. Santi sai com Jax por vontade própria porque estou ocupado com Sophie. Maya e Noah anunciaram oficialmente que estão namorando, deixando Sophie toda para mim esta noite.

Ela cantarola junto com a música enquanto a levo para o local que pesquisei. No momento em que estaciono a caminhonete, Sophie salta do carro. Desligo os faróis e saio, mergulhando nós dois na escuridão, o céu bem visível.

— Não é possível.

Ela corre alguns metros à minha frente.

Vou até ela e a envolvo em um abraço enquanto olho para a brilhante Via Láctea, cortesia do deserto de Al Quaa. Ela listou *transar ao ar livre*, e espero ter feito minha parte.

O silêncio nos envolve — não há um único animal ou pessoa por perto, o ar fresco soprando por nossos corpos unidos. A pele de Sophie se arrepia e eu a abraço mais forte.

Ela ofega.

— Acho que nunca vi algo tão incrível.

Eu já vi.

Nós dois olhamos para o céu estrelado. Eu me solto dela após alguns minutos para pegar os suprimentos. Graças a Maya, trouxe comida suficiente para durar até amanhã, assim como os básicos para acampar. Pego um telescópio que comprei e estendo um cobertor acolchoado com alguns travesseiros. Uma pequena lanterna ilumina nossa cama improvisada.

— Quando escrevi aquele item, nunca teria pensado nisso. Estou impressionada, parece saído de um conto de fadas. Obrigada.

Ela me puxa para um abraço.

Envolvo-a instintivamente e a aperto. Eu amo o cheiro dela, sempre reconhecível, uma mistura de verão e ondas do mar.

— Eu compraria todo o céu para você, se pudesse.

Sophie ri em meu peito antes de se afastar e se deitar em um travesseiro. Eu me ocupo montando o telescópio.

Ela me observa, seguindo com os olhos cada um de meus movimentos.

— Você já teve resposta da McCoy ou de outras equipes?

Paro a mão em uma alavanca, a pergunta me pegando desprevenido.

— Sim, mas ainda estou esperando. Sabe, só por via das dúvidas.

Ela desvia os olhos de mim para o céu.

— Então a McCoy ofereceu uma renovação?

— Sim. E recebi outras propostas.

Ela faz uma pausa antes de falar de novo:

— E por que a demora em assinar?

— Negociações de contrato são complicadas. Por mais inteligente que a gente seja, deixo esse lado dos negócios para meu agente.

Sua perna balançando fica imóvel.

— Se alguém apontasse uma arma para a sua cabeça e lhe dissesse para escolher uma equipe para o próximo ano, tirando a Bandini, já que eles não podem oferecer uma vaga a ninguém, qual você escolheria?

Meu coração dispara no peito. Passo a língua pelos lábios, ganhando tempo para pensar em uma resposta.

— Pare de pensar e siga seu coração — sussurra sua voz rouca.

— McCoy. Eu gosto da equipe e de Jax, e Peter finalmente parou de me perturbar — respondo.

Ela desvia os olhos dos meus e os volta para o céu de novo.

— Mesmo com Claudia causando drama?

Não dá para saber se a voz dela soa triste ou irritada.

— Ela é como o *Halloween*, aparece uma vez por ano para causar estragos, depois volta para o buraco infernal de onde veio.

Sophie ri, mas o som não é a mesma risada de sempre, parece forçada. Mexo no telescópio, meio sem jeito.

— Mas ainda há tempo. Outras equipes podem fazer ofertas até o fim da temporada, e eu ainda não me decidi. Você sabe que as coisas podem depender das classificações finais do Campeonato.

— Sim, talvez algo aconteça.

Ela se levanta do cobertor, abandonando a conversa e pegando minha mão estendida. Porra, ainda bem. Minha respiração volta ao normal. O cabelo loiro brilha com a luz da lanterna enquanto ela se inclina e olha pelo telescópio.

— Nossa. Sério. Não tenho adjetivos para descrever isso. Você precisa ver.

Sinto o mesmo a respeito dela na maior parte do tempo.

— Interpretei sexo ao ar livre como passar uma noite sob um céu estrelado. Espero que goste.

Ela me dá um sorriso doce.

— Você superou minhas expectativas. Como sempre.

— Posso ganhar um beijo pelos meus esforços? Bem, para ser honesto, aceito um beijo ou um boquete. Quem sou eu para discriminar?

Ela solta uma risada bem suave que eu sinto vontade de gravar.

— Podemos negociar um acordo só nosso.

Ela me beija no escuro. Eu a puxo para perto, amando tê-la em meus braços, um barato mais forte que o de qualquer droga.

Nós nos beijamos suavemente, e com a língua Sophie provoca meu lábio inferior. Ela invade minha boca como invadiu minha vida — sem pedir desculpas nem perdão. Não que eu queira que ela peça. Porra, estar com ela revela partes de mim que eu nunca soube que existiam. Sua língua acaricia a minha, nosso hálito quente se misturando, uma sensação erótica que não quero deixar passar. Fico ansioso por tudo com ela.

Quero roubar beijos, deixá-la tonta e entorpecida, só conseguindo pensar em transar com ela até as estrelas dançarem atrás de seus olhos. Com Sophie, quero beijar e chupar sua pele até deixar marcas para que nenhum idiota chegue perto do que é meu.

Meu? Merda. Meu pela temporada.

Meu cérebro desliga quando ela roça os dentes em meu lábio inferior e segura meu pau. Empurro Sophie para o cobertor e subo em cima dela, o calor de meu corpo nos protegendo da brisa fria do deserto. Nossos lábios não se afastam em nenhum momento. A fome entre nós queima forte, alimentada por nossa química indiscutível.

Ela encontra a barra de meu moletom e o puxa por cima de minha cabeça. Sophie traça as linhas dos músculos de meus ombros até minha barriga antes de tirar meu cinto e jogá-lo de lado. Sigo o exemplo, removendo seu suéter e calça jeans. Não querendo nada entre nós, rapidamente tiro o sutiã e a calcinha dela, e também me livro de minha calça jeans e cueca boxer.

Odeio barreiras tanto quanto odeio a maneira como ela me olha com desejo e algo mais que não consigo identificar. Tem algo errado. É um olhar que Sophie nunca me deu antes, então não tenho como saber bem o que está acontecendo. Seus olhos vidrados encontram os meus, as estrelas brilhantes refletidas neles, chamando-me como um homem perdido que encontra o caminho para casa.

Deslizo os dedos pela boceta dela, encontrando-a pronta para mim. Ela ofega quando enfio dois dedos nela, levando-a à beira do prazer, beijando-a para combater as emoções turbulentas dentro de mim. As mesmas que espreitam à noite, minando minha compostura e desafiando minhas regras. Foi por esse motivo que deixei tudo às claras desde o início. Com a vida na estrada e meu passado ressurgindo repetidamente, não tenho a capacidade de fazer mais.

Tenho?

Como Sophie parece sentir meus pensamentos vagando enquanto a beijo, ela me puxa de volta, arranhando minhas costas de leve.

— Você quer que eu te foda sob o céu? — Minhas palavras saem abafadas entre beijos.

Sophie assente. Dou vários beijos em seu pescoço antes de puxar um de seus mamilos para minha boca. Ela solta um suspiro quando o lambo, chupando a ponta dura. Seus gemidos me encorajam. Deixo um caminho de beijos preguiçosos por seu peito em direção ao outro seio, prestando atenção especial a ela.

Tudo parece sempre tão certo com Sophie. De alguma maneira, estar com ela se tornou tão essencial quanto comer e dormir, e esse pensamento por si só provoca um aperto em meu peito.

Ela é minha estrela no céu escuro, brilhando com intensidade e me guiando de volta das sombras. Mas, infelizmente, as luzes do Prêmio se apagarão em alguns dias, nos lançando em uma noite nublada e sombria. Porque, no fim, nós juntos somos como uma noite tempestuosa — sem estrelas, escura e destrutiva.

— Eu preciso de você agora. — Sua voz falha.

Um homem idiota ignoraria essas palavras e continuaria. Eu a solto de minhas carícias torturantes, posicionando-me em sua entrada enquanto afasto os pensamentos negativos que nublam nosso momento. Sophie empurra meu peito.

— Espera. Camisinha.

Não sei por que o pedido me incomoda. Semana passada ela concordou facilmente em transar sem camisinha, mas desde o Brasil tudo está diferente. Acrescentar uma camisinha à situação parece outra maneira de Sophie ficar mais distante. Mas não consigo entendê-la, muito menos discutir com seu pedido para nos protegermos. Em vez de reclamar, devo ficar grato, pois outras mulheres me usariam em um momento de fraqueza.

Eu me distraio com a camisinha na carteira, afastando a incerteza. Então, volto para ela. Em um só movimento, enterro meu pau bem fundo. Ela me envolve com as pernas, arranhando minhas costas e eu abafo seu gemido com os lábios. Meu pau lateja com a pressão de preenchê-la. Fecho os olhos enquanto meu corpo fica imóvel, querendo aproveitar o momento.

Eu me arrependo de um dia ter falado que transar assim era básico demais, porque com Sophie a posição é incrível. Sexo com ela nunca parece comum ou entediante. Muito pelo contrário, sempre desperta tudo em mim, não importa como. Tudo com Sophie parece certo.

Meu autocontrole vacila enquanto me movo dentro dela. Sophie alterna entre olhar para mim e para o céu estrelado, encantada com ambos. Ajusto a posição e roço meu pau em seu ponto mais sensível. O corpo de Sophie treme com a nova sensação, envolvendo meu pescoço e puxando minha boca para a dela. Continuo a meter, gostando de como ela vai ficando mais desesperada por um orgasmo.

— Porra, isso mesmo, meu bem. Meu Deus. Nunca é o suficiente com você. Eu te quero todos os dias e não sei o que fazer com isso.

Cubro o seio dela com uma mão. Seu corpo se arqueia sob a tortura, incapaz de aguentar as diferentes sensações. E eu estou na mesma situação. Meu cérebro não consegue decifrar as emoções que correm dentro de mim. Uma mistura de carinho e desejo desenfreado.

Sophie chega ao clímax, explodindo em meu pau enquanto solta gemidos maravilhosos. Desacelero os movimentos e prolongo o orgasmo. Ela abre os olhos e um sorriso preguiçoso surge em seu rosto antes de me beijar ternamente.

— Você não sabe como é sexy. E você é toda minha — digo, mordendo meu lábio.

Algo brilha em seus olhos antes de ela fechá-los, puxando meu cabelo de novo. Não preciso de palavras porque o corpo dela me diz tudo.

Ajusto a posição para obter um ângulo melhor. Meu orgasmo é iminente, só preciso de um empurrão antes de cair do precipício. Sophie suspira ao sentir que aumento a pressão e a velocidade. Seu corpo aceita cada investida poderosa enquanto chupo a pele do pescoço, obcecado em marcá-la de mais de uma maneira. Não consigo controlar a onda de possessividade que me percorre.

Grunhidos e gemidos preenchem o silêncio do deserto vazio, e respiração pesada é uma trilha sonora maravilhosa.

— Ah... Liam...

A sensualidade de sua voz percorre minha pele, e o calor de seu corpo combate o ar frio ao redor. Sophie não é de falsos gemidos para inflar meu ego. As poucas palavras são simples e doces, assim como ela.

Um calor sobe por minhas costas no instante em que gozo, meu pau pulsando dentro de Sophie enquanto continuo a me mexer devagar. Fode com meu corpo e minha cabeça ao mesmo tempo.

Desabo em cima dela. Dou alguns beijos suaves no pescoço dela em um pedido de desculpas silencioso, os hematomas já se formando, a evidência de nossa noite juntos.

— Já peço desculpas pelos chupões.

Sua risada rouca é a única resposta. Eu me afasto devagar, desconectando nossos corpos, ambos suspirando com a perda. Encontro os lábios dela de novo e damos um beijo prolongado antes de eu pegar um cobertor do canto da cama improvisada.

— Você me mima — comenta ela, passando a mão pelo cobertor macio.

— Pode tirar proveito de mim. Eu é que não vou reclamar.

Ela suspira e encontra o lugar preferido em meu peito, seu corpo abraçando o meu enquanto envolvo as pernas delas com uma das minhas.

Sophie não falou muito hoje. Não sei como interpretar seu silêncio — algo raro para ela. Afasto a semente de dúvida sobre a partida de

Sophie na próxima semana, sobre como vai ficar nossa amizade quando a temporada terminar. Sobre como vão ficar as coisas com a McCoy e o que vou fazer sem ela a meu lado no ano que vem.

    Adormeço com o ritmo de sua respiração e sentindo ela roçar meu peito nu com os dedos. Vou enfrentar meus problemas amanhã.

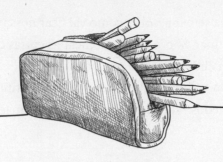

CAPÍTULO TRINTA E UM

SOPHIE

As pessoas descrevem um coração partido como uma sensação instantânea em que o coração se quebra em um milhão de pedacinhos, espalhando-se em direções diferentes. Alguns cacos somem ao mesmo tempo que outros espetam o pé enquanto você limpa a bagunça. Coração partido é uma merda mesmo, piorando o que já era ruim.

Acho que essas pessoas que descrevem o coração partido assim são mentirosas. Todas falam sobre uma experiência dolorosa em que tudo se despedaça, como se você pudesse consertar um coração com supercola e força de vontade.

Posso dizer com confiança que um coração partido é uma sensação opaca e vazia, que deixa para trás apenas a casca de um órgão. Um peso quebrado e dilacerado dentro de mim, contraindo e relaxando com as palavras que Liam compartilha ao longo da noite. Os olhares que ele lança para mim, a sensação de suas mãos me tocando, o jeito como ele me deixa acesa com uma única carícia. As ações dele cortam partes de meu coração com uma faca serrilhada enferrujada.

Corações não se partem, porque isso seria fácil demais. Corações são ejetados de um avião, abandonados para se espatifarem no chão sem paraquedas.

Liam ter escondido a questão do contrato com a McCoy é um problema superficial. Sei que ele tem boas intenções. A questão é que, apesar de uma ex problemática que tem ligações na empresa e um ambiente de trabalho tóxico, ele ama a McCoy, e mesmo assim está relutante em aceitar o contrato. E por quê? Só porque não quer deixar de ter uma amizade com benefícios? No fim, o verdadeiro problema é que somos uma nova versão do que ele costuma preferir nos relacionamentos.

O céu escuro com estrelas radiantes me conforta em meio à tristeza. Liam apagou há horas, contente e satisfeito demais para ficar acordado. Apesar de meu sofrimento, adorei cada segundo da noite.

Eu deveria ficar feliz e emocionada por ele se importar tanto comigo. E eu fico. Mas também não. É egoísta, eu sei. Podem culpar a filha única em mim por querer tudo e um pouco mais. O fato é que, sendo filha única, eu tinha tudo para mim, então nunca precisei dividir nada, que dirá me decidir entre duas coisas que eu queria.

Mas quando Liam acorda com o nascer do sol no deserto, é óbvio o que eu preciso fazer. Pensei no assunto por horas. Pelo bem dele e de seu futuro, preciso fazer um sacrifício, porque ele não vai. Meu teste anterior falhou, provando para nós dois o quanto ele quer continuar com a McCoy. De alguma maneira, fingi que suas palavras não me afetaram quando ele soltou a bomba, declarando o desejo de ficar com a equipe enquanto partia meu coração em um milhão de pedacinhos.

O desejo dele é minha ordem.

Felizmente para mim, sei como atingi-lo. Ao longo dos meses, aprendi tudo sobre Liam, de como ele se prepara para as corridas até sua preferência por ficar abraçado comigo em dias chuvosos enquanto lê um livro. Mas, acima de tudo, aprendi que ele tem gatilhos muito específicos. Com pessoas como ele, é raro, mas basta uma faísca específica para trazer seus demônios à tona, desafiando a vida construída com ilusões e meias verdades.

Estou prestes a explodir tudo, como se fosse a Terceira Guerra Mundial.

— Bom dia.

Ele me olha com olhos sonolentos e um sorriso preguiçoso. A faca se crava mais fundo dentro de mim, um caos de tendões, veias e artérias rasgados. Um sangramento lento, invisível a olho nu. Eu me sento e respiro fundo algumas vezes para ganhar coragem.

— Eu me diverti muito. Realmente não sei como te agradecer por me ajudar com a lista. — Respiro fundo para estabilizar a voz, e a inalação rápida me faz sentir como se mil agulhas estivessem perfurando meus pulmões. — Mas agora, com o fim da temporada, precisamos terminar. Ser amigos com benefícios foi divertido e tudo o mais, foi ótimo, na verdade, só que você tem suas corridas, e eu preciso voltar para a faculdade.

Gostaria de poder fechar os olhos e apagar a dor que vi nos olhos dele. Retirar minhas palavras, engoli-las, fingir que não sei sobre o contrato dele.

— Divertido? Mas que porra. Do que você está falando? — A aspereza em seu tom arranha meus tímpanos. Ele se senta para me encarar, me atingindo com os olhos azuis que refletem o sol nascente atrás de mim.

— Nós dois sabemos que sentimentos não são a sua praia. Sem falar que não vamos mais nos ver depois da semana que vem. Eu vou voltar para casa, e você vai para algum lugar.

— Sentimentos não são minha praia? — repete Liam com incredulidade.

Encaro minhas mãos para evitar seu olhar magoado. Ele me torna fraca e forte ao mesmo tempo, porque preciso fazer isso por ele e seu futuro.

— *Eu te amo*. Já amo há meses, mas você foi cego demais para ver, sem reconhecer a mim e meus sentimentos. Sem me *compreender*. — Pouso meu olhar no dele. — Eu não posso mais fazer isso comigo. A temporada está quase acabando, a lista foi concluída, então chega. Sinto muito por quebrar sua regra, mas não podemos mais ser amigos. Então, vamos pôr um fim nisso antes que as coisas fiquem complicadas. Antes que aconteçam coisas que nós dois não possamos desfazer, por mais que queiramos.

Minha voz falha nas últimas palavras, meu fluxo de ar restrito.

— Como esta conversa?

Respiro fundo. O tom de voz dele, ferido, me faz querer parar. Mas Liam não pode desistir da carreira por mim — por esta estranha mistura de amizade, sexo e emoções unilaterais. Meu coração bate forte no peito, como se quisesse me dizer que ainda bate forte por Liam.

Foi mal, coração, já peço desculpas pela explosão.

Eu me levanto, passando as mãos trêmulas pelas leggings que vesti para me proteger do frio do deserto. Minhas pernas tremem antes de eu ganhar controle.

Ele também se levanta, diminuindo a distância entre nós, me encarando.

— Não sei por que você está acabando com a nossa amizade. É só esquecer seus sentimentos e podemos voltar ao normal.

Lágrimas brotam nos cantos de meus olhos.

— Não há como voltar. Não posso esperar que você entenda, já que nunca esteve em um relacionamento com alguém, que dirá apaixonado... Você não faz ideia do que é necessário. Vamos ser realistas, você não consegue superar seu passado, muito menos olhar para o futuro. Nós dois sabemos que eu não faço parte dele.

Minhas palavras desprezíveis me deixam com nojo.

Ele franze as sobrancelhas e fica com o olhar vidrado. Eu me odeio. Eu me odeio tanto que quero gritar com ele e comigo ao mesmo tempo. Mas não faço isso. Dou alguns passos para trás, sinto meus dedos dos pés se curvando na areia, me ancorando e me impedindo de viajar para um espaço mental cheio de dor e desprezo.

— Não estou acreditando que você vai acabar com a nossa amizade por algo temporário.

Meus pulmões ardem com o ar quente e as lágrimas iminentes.

— O amor não deveria ser temporário. Pelo menos não para mim. É por isso que esta nossa vidinha imaginária precisa terminar. Hoje. Agora. Não quero amar alguém que vê tudo como passageiro.

Caminho em direção à caminhonete. Puxo a maçaneta, a porta começa a se abrir com um rangido antes de Liam batê-la com força.

Ele me vira e me empurra no metal frio. Delicadamente — tão delicadamente que faz meu coração doer — inclinando minha cabeça para cima para que eu o encare.

— Eu não quero magoar você.

Ele roça os lábios nos meus, me dando um beijo suave. É cômico como os mesmos lábios que ajudaram a selar meu destino ainda me aquecem por dentro. É só outra parte doentia de minha relação com Liam.

Solto uma risada amargurada.

— Sabe, sou muito burra. Por pensar que você poderia amar alguém além de si mesmo. Por acreditar que poderíamos dormir juntos e continuar amigos sem que nenhum de nós acabasse se machucando. Sou uma idiota.

— Então pare de deixar as coisas estranhas. Nós prometemos não nos apaixonar um pelo outro — rosna ele.

— Não, *você* prometeu. E eu não estou deixando as coisas estranhas, estou deixando tudo às claras. Você pode dizer que me ama? Que todas as palavras que sussurra no meu ouvido à noite significam algo mais? Anda, admita o que sente.

Em resposta, apenas o silêncio. A dor surda em meu peito aumenta enquanto Liam fica ali parado, examinando meu rosto com olhos desvairados. Eu me preparei para este momento a noite toda, sabendo que ele nunca confessaria algo que não sabe reconhecer.

Para ser sincera, por mais que eu me preparasse, nada me ajudaria a lidar com isso.

— Não faça isso com a gente e com o nosso combinado — murmura ele.

— Esse é o seu problema. Para alguém tão decidido a aproveitar a vida ao máximo, você realmente engana todos, inclusive a si mesmo. Fica jogando as regras na minha cara quando você é o mais rígido aqui, apegando-se às mentiras que conta para si mesmo para se proteger do desconhecido. Engraçado, você me ensinou a lição mais importante de todas. Há certas coisas para as quais é impossível se preparar, por mais que a gente tente.

— Mas somos amigos. Você não pode ir embora e esquecer de nós.

Estreito os olhos.

— Sei. Mas, bem, esta amizade está *uma droga* agora.

Liam respira fundo, afastando-se de mim e virando as costas.

— Não posso te dar nada além do que temos. Eu viajo a trabalho, porra. Você vai voltar para casa, e eu vou continuar sendo piloto. Não é o momento certo. Talvez em outras circunstâncias ou outro momento.

Deixo a cabeça cair na porta do carro e solto uma risada, um som que agride meus ouvidos. Se o coração partido tivesse um som, seria esse.

— É risível o fato de que você me disse isso há quase quatro anos, quando a gente se conheceu. E aqui estamos nós, anos depois, com você repetindo as mesmas falas patéticas.

— Por favor, Sophie. Eu gosto muito de você. Não estrague o que temos por algo como amor.

Seus olhos estão suplicantes.

— O que você quer dizer com isso? Não há nada de errado com o amor.

Preciso reunir todas as forças para não gritar.

Que se fodam Peter e Rick. Que se foda a Fórmula 1 e os homens nojentos que usam manipulação e dinheiro para tornarem as mulheres submissas. Estou tão cansada de tudo. Como Dorothy, quero bater meus tênis vermelhos e voltar para casa.

— Eu achei que estávamos na mesma página.

Seu olhar de pena só me faz sofrer mais.

— Não estamos na mesma página. Não estamos nem lendo o mesmo livro.

Tudo dentro de mim dói. Meu corpo não aguenta a incapacidade de Liam de reconhecer seus sentimentos por mim. A expressão ferida desperta uma dose de pena em mim, tocando meu coração dolorido.

Posso ser burra por ter me apaixonado por ele, mas não sou cega para o jeito como ele me olha ou como ele me fode, me encarando como se quisesse eternizar o momento.

Parece que Liam conseguiu o que queria, pois vai manter o contrato. Graças a meu sacrifício, destruindo nossa amizade e me destruindo junto com ela.

Liam se vira para nosso acampamento abandonado. Ele balança a cabeça para minha oferta de ajuda enquanto pega tudo e joga no porta--malas. A areia vazia zomba de mim, sem que reste qualquer evidência do local onde quebrei meu próprio coração. Sem derramamento de sangue ou cacos visíveis a olho nu.

Absolutamente nada.

Um símbolo perfeito do vazio dentro de mim.

CAPÍTULO TRINTA E DOIS

Liam

Entro na garagem da Bandini e encontro Maya e Noah se beijando e Sophie de costas para os dois.

— Espero que vocês dois saibam que tenho mais o que fazer do que ficar esperando enquanto Noah enfia a língua na sua garganta — reclama Sophie, com a voz mais alta que o barulho da garagem movimentada.

Maya geme antes de empurrar Noah para longe. Ela se aproxima de Sophie, que ainda não reparou em minha presença.

— E aí, cara? O que foi? — cumprimenta Noah, o que faz Sophie se virar.

Sinto um aperto no peito ao ver o olhar de desprezo antes de ela se virar de novo para Maya.

— Quero falar com Sophie por um momento.

Ignoro o olhar surpreso de Maya.

Sophie dá meia-volta e sai da garagem. Eu a sigo enquanto ela vai na frente, os coques loiros brilhando sob o sol, e ela para em um lugar próximo ao muro.

Ela me olha com uma expressão entediada.

— Precisa de algo?

— Não seja assim. *Por favor*.

— Assim como? Uma ex-amante? Por que não, quando me encaixo tão bem no papel, estando até à altura de Claudia?

Preciso de todo meu autocontrole para não rosnar.

— Não se compare a ela. Nunca. Você sabe que não é igual com a gente.

— Da última vez que verifiquei, se parecia bastante, a diferença é que não joguei um sapato em você porque não sou maluca.

— Não, você não é. Como eu disse, eu gosto muito de você e me importo muito com o seus sentimentos. Se não quer mais transar, tudo bem. Mas não acabe com a nossa amizade porque tem medo de mim.

Seus olhos brilham, o único sinal de angústia.

— Eu não tenho medo de você. Tenho *pena*. Vai ter que viver com o arrependimento quando eu te superar. E eu vou, um dia. Mas o amor leva tempo, um conceito que você não entende, muito menos te causa empatia.

Ignoro o ardor em meu peito ao pensar nela com outra pessoa.

— Então por que você está ignorando minhas ligações e mensagens? Se não tem medo?

— Porque pensar em você faz meu coração doer de maneiras que eu não achava possíveis. Porque sou fraca na sua presença e eu cederia a uma última vez entre nós. E, mais importante, porque eu te amo e você pisou no meu sonho de algum dia receber isso de volta — sussurra Sophie, e a última frase me deixa arrasado.

O silêncio se faz presente como um convidado indesejado. Não sei o que dizer, muito menos como me expressar. O medo corrói minha força, consciente de que quero ser tudo para Sophie, mas sabendo que não posso.

Ela resmunga, não me dando chance de dizer nada:

— Sabe de uma coisa? Foda-se. Foda-se o amor, que se fodam as pessoas me controlando, e eu que me foda por ser tão idiota.

Ela sai furiosa em direção aos escritórios da Bandini, seguida por uma Maya nervosa.

Noah se aproxima de mim.

— Maya e eu não queríamos escutar a conversa, mas ela quis vir saber como estava a amiga.

Reviro os olhos.

— Claro que vocês queriam. Veio me oferecer algum conselho sábio agora que está em um relacionamento feliz?

— Para de falar merda, Liam. Não seja babaca comigo quando estou oferecendo ajuda. Nunca amei minha melhor amiga, nem jamais pensei em ter uma melhor amiga mulher, para início de conversa. A pessoa mais próxima disso é Maya, e sabemos como isso acabou.

Ele tenta conter um sorriso.

Não é muito típico dele, o ar carrancudo foi substituído por uma leveza que eu não achava que Noah tivesse. Eu desprezo esse sentimento porque é o que queria para mim, mas não posso ter porque sou um idiota egoísta. Perder Sophie só para assinar um contrato com a McCoy não é tão bom quanto eu esperava.

Noah ignora minhas emoções fervilhantes.

— Mas, enfim, você fez as coisas de maneira diferente, como sempre. Sinceramente, cara, você está fazendo merda por não tentar um relacionamento de verdade. Se pudesse, eu daria um chute nas minhas próprias bolas por não ter dado uma chance a algo sério com Maya antes. Por não enfrentar meus medos e superar meu egoísmo. Em vez disso, eu a fiz sofrer. Só estou dizendo que tenho sorte de ela ter me dado uma chance, pois agora não consigo me imaginar voltando à nossa antiga vida.

— Bem, se Sophie continuar me evitando, acho que vou dominar a próxima temporada com Jax ao meu lado.

Noah balança a cabeça.

— Não seja idiota. O que está te impedindo? De verdade?

— Para começar, ela vai voltar para Milão quando a temporada acabar, e eu vou assinar contrato com uma equipe.

Noah olha em volta antes de se inclinar mais perto.

— Vou te contar um segredo que Maya me contou hoje sobre a sua garota.

— O que foi?

— Sophie largou o curso. Depois da Alemanha, ela desistiu das matérias, mas não contou a ninguém. Ela e Maya tiveram uma festa do pijama ontem, regada a vinho, o que fez Sophie ficar bem tagarela.

— O quê? Por que ela faria isso? E por que ela não me contou nada? Solto o ar com tudo.

— Não sou eu que posso responder. Mas ninguém mais sabe, então não comente nada. Estou te contando para provar meu ponto e mostrar como você está tomando decisões baseadas em informações antigas.

— E o meu contrato?

Noah ergue a sobrancelha.

— De novo essa merda? Você não está cansado do drama com a McCoy? Eu não gostaria de ficar na equipe de uma ex minha, mas talvez isso seja só porque sou orgulhoso. E se viessem me dizer que eu tinha que escolher entre Maya e eles, não sei se desejaria ficar. E não é só por causa dela. Não gosto de gente manipuladora, por mais brilhantes que sejam seus carros ou por mais tentadoras que sejam as ofertas. Talvez você precise reavaliar seu valor.

— Não é como se eu não tivesse tentado mudar o contrato.

Noah passa a mão pelo cabelo.

— Você já tentou falar com o seu agente?

— Já. Obviamente. Mas ele fica me dizendo para esperar. — Solto um suspiro frustrado.

Noah estreita os olhos.

— Ouça, tem algo estranho nessa história. Não sei se é essa sua palhaçada de dizer que não ama Sophie ou nenhum outro time ter demonstrado interesse em você, só os menores. Recomendo que descubra o que quer fazer sobre seus sentimentos e seu futuro porque, *surpresa!*, essas coisas estão interligadas, acredite ou não. Sugiro procurar soluções em vez de criar mais problemas, porque você pode se arrepender quando outras pessoas começarem a tomar decisões por você.

— Obrigado por falar comigo.

Eu o puxo para um abraço e lhe dou um tapinha nas costas.

— Não me agradeça até você reconquistar Sophie. Então vou saber que fiz meu trabalho direito.

Sophie me ama. Ela foi contra todas as regras e admitiu que gosta de mim mais do que como amigo. Eu destruí tudo de maneira irreversível, incapaz de enfrentar as emoções que crescem dentro de mim.

Afundo o corpo no sofá do quarto de hotel enquanto ligo para meu pai, desesperado por alguém com quem falar.

Ele atende no terceiro toque e automaticamente aperta o botão da chamada de vídeo, sem deixar espaço para esconder.

— Oi, como vão as coisas? Achamos que você não teria tempo de ligar com toda a festança em Abu Dhabi. Que surpresa.

Não deixo de notar o *nós*. Pelo visto, vou ter o prazer de ter minha mãe de brinde ouvindo meus problemas. Passo a mão trêmula pelo cabelo.

— Preciso de conselhos.

— Sobre?

— Deu tudo errado com Sophie.

— Ai, não. Por favor, diga que você não fez isso — lamenta minha mãe, aparecendo na tela da câmera.

— Como assim? — Engasgo com as palavras.

— Você partiu o coração dela, não foi? — resmunga meu pai.

— Por que vocês não partem do pressuposto de que ela partiu o meu?

Fico irritado com eles me pintarem como vilão sendo que foi Sophie que quebrou nosso combinado. Meu pai faz uma expressão de que diz: *Que porra é essa?*.

— Porque o seu está cercado por um bloco de gelo enquanto Sophie tem o dela totalmente aberto por baixo daquelas camisetas engraçadinhas que ela adora.

— Mas, porra... Não liguei para ser humilhado.

— Não. Você ligou para alguém apoiar suas decisões. Diga, por que você acha que estragou tudo? — pergunta minha mãe, que se acomoda ao lado de meu pai no sofá da sala.

— Para começar, ela admitiu que me ama, sendo que não pedi a ela para fazer isso. Depois, ela terminou nossa amizade porque não retribuí seus sentimentos. E é para eu achar que tudo bem? — Passo as mãos pelo rosto, agitado.

Meu pai solta um assobio baixo.

— Como você espera que ela queira ficar perto de você depois de ter se colocado vulnerável assim?

Quase rosno enquanto puxo meu cabelo.

— Liam, querido. Nós te protegemos e ignoramos suas más decisões. Não te ajudamos tanto quanto deveríamos quando Johanna morreu, fingindo que você estava melhor do que de fato estava. Você se esconde atrás do seu carro de corrida e do seu capacete e nós deixamos porque não queríamos causar mais sofrimento. Não há mais sentido em viver na tristeza, agindo como se você não devesse ter algo com alguém de quem gosta porque tem medo de perder a pessoa. Algo tem que mudar. Ou você desiste agora e aceita Sophie precisando de uma certa distância ou você se recompõe e mostra que é digno do amor dela.

Não gosto de como as palavras dela ecoam meus medos.

Meu pai não deixa espaço para que eu fique com pena de mim mesmo.

— Me diga do que você gosta em Sophie. Agora, sem parar para pensar.

— Eu gosto de como tudo parece fácil com ela. Como podemos não fazer absolutamente nada juntos e ainda assim ser divertido. Como ela sorri para mim de uma maneira diferente, porque sei que a levarei para casa à noite. Gosto ainda mais de como ela se esconde atrás de regras e restrições quando, na verdade, deseja ser imprudente e despreocupada. Gosto de despertar esse lado nela.

— E do que você não gosta nela? — Minha mãe suspira.

— Não gosto de como ela planeja cada pequeno detalhe da sua vida. Como ela não corre atrás dos sonhos porque se prendeu à ideia de fazer o pai feliz à custa de si própria. Pelo menos era o que ela fazia.

— Você percebe que está prestes a fazer a mesma coisa ao assinar o contrato com a McCoy à custa da sua melhor amiga?

— Estou tentando negociar um acordo.

Cerro as mãos dolorosamente em minha frente.

Meu pai balança a cabeça.

— Se eu tivesse que escolher entre sua mãe e algo que eu quisesse pra caralho, eu teria escolhido sua mãe, sem dúvida. Você não merece Sophie.

— Por que eu não mereço Sophie, porra?

Minha mãe é quem responde:

— Além do fato de você não conseguir admitir que a ama, embora claramente ame? Precisa de mais motivo?

Espera aí, o quê?

— Como você sabe que é isso que eu sinto? Você não sou eu.

— Não, mas eu te coloquei no mundo, então eu diria que chego bem perto. Amigos não notam esses detalhes. Nenhum amigo planeja fazer amor com a amiga sob o céu do deserto só porque deu vontade. Você ficou puto com Sophie por ela se apaixonar por alguém que a ama também. E, Liam, não existe isso de começar a transar com um amigo sem que a pessoa corra o risco de se apaixonar. Vocês dois estavam ferrados desde o início, ela só percebeu isso antes de você. — Minha mãe me olha com olhos tristes e a testa franzida.

— Puta merda.

Se alguém me perguntasse há uma semana se eu gostava de surpresas, eu teria dito que sim, com certeza. Mas agora, olhando para a última surpresa do outro lado do quarto, eu nunca mais quero uma.

Ao ver meu irmão parado com meia dúzia de cervejas e uma mala de mão, já não tenho tanta certeza.

Chocado é um eufemismo para descrever como me sinto. Meu irmão me encara, avaliando-me com os olhos azuis como se eu fosse um daqueles malditos sudokus que ele tanto ama resolver. Típico de meus pais chamarem a cavalaria menos de vinte e quatro horas após nossa ligação.

— Então, por mais interessante que sua visita seja, não sei por que você está aqui. — Quebro o silêncio constrangedor.

Lukas cruza uma perna por cima do joelho.

— Você não sabe? Vamos lá, você sempre foi inteligente. Não precisa se fazer de bobo.

— Bem, imagino que sua aparição inesperada tenha mais a ver com Sophie do que com conseguir ingressos para o último Prêmio.

— Bingo. Está na hora de colocar tudo para fora. Você, eu e nossas velhas amigas aqui. — Ele pega uma cerveja do pequeno engradado de papelão e me passa.

O som clássico da tampa das garrafas caindo no chão acompanha nosso silêncio. Nós nos encaramos por alguns minutos enquanto tomo metade da cerveja em poucos goles.

Lukas bate os dedos na coxa.

— A primeira vez que dormi com alguém depois da morte de Johanna, eu chorei.

Puta merda. É assim que Lukas quer começar? Achei que ele fosse ir mais devagar, jogando conversa fora e relembrando os velhos tempos.

Ele não me dá espaço para falar nada, felizmente, porque não faço ideia de como responder a essa confissão.

— Foi só há alguns meses. Eu desabei durante o sexo, e foi vergonhoso. Mas também foi a primeira vez em muito tempo que me senti humano. Foi como se meu coração estivesse se partindo e ficando inteiro de novo, e eu não podia fazer nada para aliviar a dor. Passei anos evitando Johanna, e só a tive comigo por menos de uma década. A dor da sua morte súbita foi uma tortura. Mas aguentei firme e fingi estar bem pelas minhas filhas, porque elas merecem um pai que as ajude a lutar suas batalhas. A paternidade faz isso com você.

— Sinto muito.

Engulo o nó na garganta, mal conseguindo falar.

— Não estou contando isso para você se sentir culpado. Estou compartilhando minha história porque você precisa entender. Embora eu me sentisse péssimo por estar com outra pessoa, eu *precisava* fazer isso. Eu estava vivendo apenas para as minhas filhas, sendo pai e mãe para elas enquanto ignorava minhas necessidades básicas. Esqueci de viver para mim. Todo dia eu acordava pronto para fazer daquele o melhor dia da vida das minhas meninas, e ao mesmo tempo me negava qualquer intimidade ou encerramento. Eu estava me sentindo tão sozinho, e com ódio de mim mesmo por sentir raiva de Johanna por ter me abandonado.

— Às vezes, eu a odeio. E depois odeio me sentir assim, mas não posso evitar. — As palavras saem de minha boca em um sussurro.

Lukas balança a cabeça.

— Acho que parte de você a odeia quando, na verdade, quer odiar a si mesmo.

Como uma frase pode me fazer sentir como se Lukas tivesse arrastado uma faca invisível em meu peito, revelando meus segredos?

— Por que você acha isso? — Solto um longo suspiro.

— Porque você vive uma mentira e, ao mesmo tempo, mantém os outros distantes. Eu odiaria ser você, fingindo ser alguém que não sou, escondendo-me à vista de todos enquanto vivo uma vida vazia. Eu acolho minha dor, já você reprime a sua. Vulnerabilidade não é fraqueza, é uma força no meio de tantas pessoas que têm medo de viver. Para mim, já chega de viver com medo, e você deveria parar com isso também. É hora de deixar isso no passado, pela sua saúde mental e pelo seu futuro. Johanna não vai voltar, por mais que você tente se agarrar à memória dela. Ela te daria um soco se pudesse, sabendo que você a está usando como desculpa para não viver sua vida ao máximo. Ela ficaria puta da vida por você se negar amor por causa de algum medo bizarro de acabar como eu. E, acima de tudo, ela ficaria furiosa com você por ter me abandonado quando eu estava precisando do meu irmão e melhor amigo.

Desvio os olhos para o lado, focando a textura da parede em vez de o olhar intenso de meu irmão. Sinto eles ficando marejados.

— Eu falhei com você, e sinto muito. Fui um irmão de merda, sumindo porque a dor era grande demais. Eu detestava como era difícil olhar para Kaia e não pensar em Johanna. Eu odiava tudo o que a situação me fazia sentir. Culpa, nojo, sofrimento. E me desprezo por ter feito isso com você. Me desculpe mesmo. — Minha voz falha.

— Eu te perdoo. Mas o que você pode fazer para me ajudar a esquecer o passado é não cometer um erro idiota agora porque está com medo. Vou dizer só mais uma coisa, em nome dos velhos tempos. — Ele abre um sorriso fraco. — Não seja um idiota. Vá atrás da garota, e aqueles que tiverem algum problema com isso não deveriam ser os mesmos que confiam um carro para você dirigir a trezentos quilômetros por hora. Se eu pudesse ter um último dia com Johanna, aceitaria num piscar de olhos, mesmo sabendo que, quando ela se fosse, eu ficaria arrasado de novo. Se você não sente isso por Sophie, então deixe-a partir de vez. Mas algo me diz que você está chegando às suas próprias conclusões sobre ela. Então, fique à vontade, escolha o contrato ou ela. Mas quando fizer sua escolha, pergunte a si mesmo: se abrir mão dela, você vai conseguir se olhar no espelho vestido com o macacão da McCoy sem vacilar? Se sim, então nunca a amou de verdade.

E com isso, meu irmão lança uma luz em meus segredos mais sombrios, revelando as mentiras que mantive escondidas do mundo. Porém, mais importante, ao banir a escuridão, ele acende algo dentro de mim que eu não percebi que faltava até o momento.

Esperança.

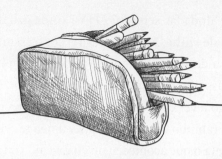

CAPÍTULO TRINTA E TRÊS

SOPHIE

Só concordei em participar de um evento de patrocinadores da Bandini porque fui obrigada por meu pai. Ele disse não quando pedi para pegar um voo de volta para casa mais cedo, dizendo que a filha dele jamais perderia o Campeonato depois de tantos anos.

Nós nos sentamos juntos em uma mesa vazia em um canto escuro. Empurro a comida de um lado para o outro no prato enquanto meu pai me observa, estreitando os olhos atentos depois de meu garfo bater no prato chique pela terceira vez esta noite.

— O que há com você? Você adora massa.

Dou de ombros, desanimada.

— Não estou com fome. Não estou me sentindo bem hoje, só isso.

— Você disse a mesma coisa ontem e anteontem. Desde que teve aquela festa do pijama na casa de Maya. — Seu olhar incisivo não provoca qualquer resposta. — Sabe, esconder as coisas é tipo uma doença. É uma reação alérgica a não dividir os sentimentos.

Ai, pai. Tão perspicaz.

— Escolho viajar, não me emocionar.

— O que eu disse ainda faz sentido? O júri ainda não decidiu.

Tomo um gole de vinho. Meu pai pega o copo assim que eu o coloco na mesa, sequestrando-o. Faço biquinho enquanto imploro com os olhos para ele deixar o assunto para lá.

— Isso tem algo a ver com aquele rapaz. Eu me recuso a deixar você ficar por aí com o rabinho entre as pernas, eu não te criei pra isso. — *Ai*. — Ou você me conta o que aconteceu ou eu mesmo vou ter uma conversa com ele. Não duvide de mim, Sophie Marie Mitchell.

Sob nenhuma circunstância quero que ele vá falar com Liam, então me rendo para proteger a nós dois.

— Acabei me apaixonando por Liam.

Essas cinco palavras exigem toda a coragem de mim.

— E daí? Todo mundo sabe disso.

Desvio repentinamente o olhar de meu prato para o meu pai.

— Como assim?

Ou eu sou tão transparente quanto o copo de vinho que ele segura ou meu pai é algum agente secreto da Interpol.

— Você é minha filha. Sempre que olha para Liam, tem uma expressão nos olhos que eu nunca vi antes. Nem mesmo quando olha para um prato de massa. É óbvio o que sente por ele. E ele olha para você de maneira parecida.

— Como você está sendo tão de boas agora?

— Você tem 22 anos agora. O que você espera que eu faça? Grite com você?

— Hã, sim. Talvez até sair do salão de baile depois de discutirmos.

Meu pai suspira.

— Já tenho lidado com drama suficiente este ano com Noah e Santi. Você e Liam foram discretos na maior parte do tempo, exceto pela escorregada na coletiva de imprensa.

— Então você não está com raiva por eu ter quebrado sua regra?

— Ah, eu estou com raiva. Mas não posso dizer "Eu te avisei" quando bastaria mais um copo de vinho para você chorar no meio do jantar.

Suspiro com esse choque de realidade de meu pai.

— Uau. Você precisa aprender a ter mais tato. Não é de se admirar que você não tenha uma namorada.

Ele ri.

— Olha só você, fazendo uma piada. Por que não fala comigo sobre o que está acontecendo? Seu velho aqui costumava ter os próprios problemas com as mulheres antes de se casar com o trabalho e se tornar um pai solo. Cometi muitos erros estúpidos quando era jovem. Mas vou lhe dizer uma coisa: qualquer um que ganhe seu amor precisa ser digno, pois seu coração ocupa mais da metade do seu corpo. Você tem mais alma no seu mindinho do que algumas pessoas têm no corpo inteiro.

As palavras gentis de meu pai trazem um pequeno sorriso a meu rosto.

— Bem, tudo começou com uma fantasia terrível de princesa e uma festa à qual você me obrigou a ir.

Ele passa a mão pelo rosto.

— Melhor eu pedir mais vinho; algo me diz que essa vai ser uma longa história.

Solto uma risada ao ver meu pai se afastando. Pela primeira vez em dias, sinto um alívio.

Conversar com meu pai ontem sobre Liam reabriu muitas feridas. Não percebi o quanto estava no fundo do poço até contar minha história do começo ao fim, o que me deixou vulnerável e perdida. Apesar de minhas confissões, meu pai aguentou ouvir tudo, oferecendo alguns conselhos e negando de novo meu pedido de voltar para casa mais cedo.

Em vez de ficar remoendo minha tristeza em um voo de volta para a Itália, tenho um espetáculo pessoal de meu próprio declínio, organizado por minha linda melhor amiga.

MAYA: Esse é seu lembrete para não furar comigo hoje à noite. Você não vai gostar do que vai acontecer se fizer isso. ☺

EU: Ameaças são mais eficazes quando você não inclui um emoji sorridente.

Maya responde enviando o mesmo emoji acompanhado de um emoji de faca. Visto-me e faço meu melhor porque é o que preciso fazer. Se vou abrir meu coração para Maya, e ainda pagar o preço de ver Liam, é melhor eu parecer não me importar. Nada grita "foda-se o amor" como um vestido de costas abertas.

Algumas horas depois, encontro Maya entre a multidão do baile de gala, o vestido brilhante chamando minha atenção. Seguro o pé da taça de champanhe dela pela metade.

— Ei, eu estava beb ...

Ela para no meio da frase.

Ou eu tenho uma cara inexpressiva que a pega de surpresa ou pareço tão desvairada por fora quanto me sinto por dentro. Bebo o champanhe em alguns goles, o líquido frio descendo por minha garganta.

Batizo esta versão de mim mesma como pós-Liam.

— Você se lembra de que durante a nossa festa do pijama você me disse para dar um tempo para Liam? Que talvez ele aceitasse seus sentimentos por mim?

Ela acena com a cabeça, tentando sorrir, mas acaba se decidindo por franzir a testa.

— Bem, nada mudou. Estou me afundando cada vez mais em problemas.

Mordo o lábio para fazê-lo parar de tremer.

A testa de Maya fica mais franzida.

— Que tipo de problema?

— Tipo *colaborador da limpeza, favor comparecer à seção de sorvetes para limpar um coração explodido.*

Um garçom passa perto de nós. Agarro a manga da roupa dele, não deixando que ele se vá sem ouvir meu pedido.

— Com licença, o senhor poderia nos trazer mais uma rodada de champanhe? Urgente.

O homem sente o cheiro de coração partido, porque se afasta rapidamente.

Maya abre um sorriso sincero.

— Sinto muito. Achei que ele fosse acordar para a vida e perceber que tem sido um idiota.

— Antes de continuarmos, precisamos de álcool. Muito álcool.

Maya assente, compreendendo.

Meu querido amigo garçom aparece com não uma, mas duas garrafas de champanhe. Esse homem ganharia meu coração, se eu ainda tivesse um.

Cada uma de nós pega uma garrafa da bandeja e então vamos para um canto do salão. Não aprendi nada com a experiência anterior em um canto do baile, mas pelo menos desta vez estou em boa companhia. Maya e eu bebemos direto da garrafa, deixando os copos de lado e tomando longos goles entre minhas confissões. Somos a personificação da etiqueta e graciosidade, sentadas no chão atrás de uma mesa que nos esconde dos outros convidados. Conto tudo a Maya, sem poupar detalhes.

Bebo champanhe a cada vez que quero rir ou chorar, o que acaba acontecendo com bastante frequência. Algumas lágrimas escapam, e Maya acaba chorando comigo, provando que escolhi uma excelente amiga.

Quando já bebi metade da garrafa, acabo rindo fácil, pois estou funcionando a base de poucas calorias e decisões ruins. Lamento não ter comido um jantar decente, pois acho que um cupcake não contribui muito na pirâmide alimentar.

— Espero que você saiba... — soluço — o quanto você é importante pra mim.

— Você só me disse isso três vezes até agora. Mas estou adorando a gratidão.

Ela ri antes de tomar outro gole de champanhe. Outro soluço escapa de meus lábios.

— Como você soube que amava Noah?

— Quando doía mais ficar sem ele que com ele.

— Acho que Liam não me ama — digo, segurando as lágrimas.

— Por que você diz isso?

Franzo a testa.

— Porque não foi como se ele tivesse declarado seu amor por mim quando confessei meus sentimentos.

— E foi muito corajoso da sua parte tentar. Talvez ele tenha dificuldade em expressar o quanto te ama, ainda mais com aquele contrato escroto e a pressão que está enfrentando. Ele pode estar com medo de te decepcionar. Mas não duvido que ele te ame.

Tomo outro grande gole de champanhe.

— Ele precisa ser piloto mais do que precisa respirar. Isso significa que estou fora de cena, substituída por um contrato tentador e uma nova temporada.

— Certo. Mas de que vale um contrato se você não pode estar com a pessoa que ama.

— Eu já disse que ele não me ama.

Maya revira os olhos.

— Sério? Porque a maneira como ele fica te olhando lá do bar diz o contrário.

Levanto-me para olhar por cima da mesa e vejo Liam conversando com Jax e Noah, encontrando meu olhar como um ímã. Estreito os olhos antes de escorregar de volta para o chão.

— Você acha que se eu me esconder debaixo da mesa ele não vai me encontrar?

A ideia parece plausível.

— Nunca se sabe. Talvez a gente possa convencer Santi a causar uma distração — comenta Maya, olhando em volta, em busca do irmão.

— Certo, manda uma mensagem para ele.

Entrego a Maya a bolsa dela com o celular.

— Ah, deixa pra lá, acho que nosso esconderijo foi descoberto.

Ela ri quando Noah se joga ao lado dela. Aponto para ele com uma carranca.

— Vaza daqui. Este é o nosso tempo de amigas.

Noah me ignora e encosta o rosto no pescoço de Maya.

— Desculpa, Sophie. Noah, para com isso.

Ela o empurra sem dificuldade. Ele pega a garrafa de champanhe dela e toma um gole, resolvendo limpar a boca com a manga do smoking.

— Vocês são nojentos. Sério, fico enjoada só de olhar para vocês.

— Você está enjoada porque bebeu seu peso em champanhe.

Noah bate a garrafa na minha de leve.

Um par de sapatos para em minha frente, meu reflexo bêbado brilhando no couro. Olho para cima, achando que vou encontrar Liam, mas o rosto sorridente de Jax me cumprimenta. Os cachos foram controlados por fileiras de tranças curtas, e o sorriso dele faz pouco para me consolar. Sinto uma pontada no peito ao vê-lo em vez de Liam, mas minha mente está entorpecida demais para registrar a sensação.

— Vamos lá, meu bem. Deixe os dois se divertirem. — Jax se agacha, com os olhos cor de avelã ficando na altura dos meus. — Vamos transformar essa cara feia em um sorriso. O que me diz? Não precisamos contar a Liam, o babaca tem andado de péssimo humor desde a aventura de vocês no deserto.

Aceito a mão estendida dele e levo junto a garrafa de champanhe, não querendo me separar dela ainda.

Jax faz um muxoxo de reprovação, como se estivesse repreendendo uma criança. Ele segura a garrafa com os dedos tatuados de esqueleto e coloca-a em uma mesa aleatória.

— Acho que já tivemos o suficiente disso para uma vida inteira.

— Diz o homem que vive de champanhe.

— Ei, posso até ser um campeão mundial de virar champanhe, mas também subo em alguns pódios.

Ele pisca para mim.

Rio até começar a soluçar de novo. Jax fala como se não tivesse uma vitória no Campeonato Mundial de F1 no currículo.

Ele nos conduz pela multidão, indo devagar já que não paro de tropeçar em meus tênis. Pouso os olhos em Liam, que está sozinho, sombrio e taciturno em um canto. Eu o cumprimento sem graça, balançando dedos trêmulos. A carranca dele se aprofunda, não gostando de minha repentina simpatia.

Jax me leva para fora do salão de baile. Pegamos um elevador até o térreo, o silêncio entre nós dando lugar à confusão sobre por que ele quer me ajudar. Magoei o melhor amigo dele. A ajuda não faz sentido, a menos que Liam tenha lhe pedido.

Pare de desejar coisas que não vão acontecer, Sophie.

Não tenho chance de lhe perguntar porque, assim que saímos e o ar fresco me atinge, meu estômago se revira e fico tonta. Cambaleio.

— Ah, não, nem vem.

Mas Jax segura meu cabelo antes que o champanhe me traia, meu estômago se revoltando contra mim, o suco gástrico subindo minha garganta.

— Merda, Sophie. Eu realmente adorava esses sapatos. Você tem sorte por meu melhor amigo te amar o suficiente para me comprar um novo par.

Não lembro de mais nada, exceto a voz de Jax, soando mais preocupado do que irritado. O mundo se apaga, uma sensação bem-vinda para me aliviar da dor no peito, que dá lugar à dormência.

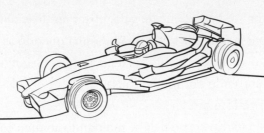

CAPÍTULO TRINTA E QUATRO

Liam

Gostaria de poder confessar meus sentimentos para Sophie. Mas sou um covarde, refletindo sobre nosso relacionamento e meu futuro em vez de correr atrás do que quero. Apesar da ajuda de meu irmão e da bronca que levei de meus pais, ainda acho difícil diferenciar meus desejos de minhas necessidades.

Estou com medo. Não pensei que minha família me confrontar sobre meus segredos fosse foder tanto com minha cabeça. Mas cá estou, preocupado em ceder ao amor de Sophie.

Não tenho medo de amá-la. Dizer isso seria simplório e uma burrice do caralho. Mas não deixo de temer o pior, como tudo o que vem depois de dizer *eu te amo*. Pensar em tudo o que pode dar errado entre nós faz meu estômago se revirar.

Até eu conseguir lidar com minhas emoções, preciso manter distância de Sophie, pelo bem dela e pelo meu. Todos estão certos. Ela merece tudo de bom, e até eu ter certeza de que posso proporcionar isso a ela, não mereço estar por perto.

Sigo Jax na saída do baile de gala, observando-o ajudar Sophie enquanto ela passa mal. Ela desmaia na grama quando as pernas falham. O sofrimento aperta meu coração, deixando-o estrangulado por saber que ela está sofrendo por minha causa.

— Odeio vê-la assim.

Pego-a do chão, o corpo dela se moldando ao meu como se soubesse quem a carrega.

— Porque ela está com cheiro de um pódio depois de um Prêmio? — pergunta Jax, olhando para os sapatos estragados.

— Não, seu idiota. Porque ela bebeu até apagar por minha causa.

Um flash cegante é disparado, me fazendo cerrar os olhos. Mais alguns flashes disparam enquanto alguns repórteres fazem perguntas sobre Sophie e eu. As luzes brilhantes dificultam minha visão, e minha raiva cresce com o desrespeito à privacidade.

— Mas que porra é essa? — rosna Jax.

— Merda. Isso não é bom. Pega a bolsa dela e chama o carro. *Agora*. — Dou as costas para os paparazzi, protegendo Sophie enquanto caminho a passos apressados para a área dos manobristas do hotel.

Amanhã eu posso lidar com as consequências dessas fotos. Agora, preciso levá-la de volta ao quarto dela antes que outros abutres apareçam em busca de uma história sensacionalista. Ela resmunga em meu peito, o punho segurando o tecido de meu smoking.

Minha cabeça lateja com emoções conflitantes. Fico feliz por estar perto de Sophie de novo, mas ao mesmo tempo angustiado e irritado com ela por ter bebido tanto, e absolutamente furioso comigo mesmo por ter magoado nós dois. Quero minha amiga de volta, e mais do que isso, quero Sophie de volta. Por inteiro.

Jax me ajuda a pegar um carro e me acompanha até a suíte de Sophie. Ele fica por perto enquanto a ajudo a entrar no quarto dela, querendo aliviar seu desconforto o máximo possível. Sophie acorda o suficiente para me deixar escovar seus dentes, tirar a maquiagem e colocar um pijama nela.

Coloco-a em seu lado favorito da cama e deixo uma lixeira por perto, só por via das dúvidas. Ela parece tão pequena em posição fetal. Dói vê-la assim e preciso ignorar o quanto quero me aconchegar ao lado dela, afastando sua dor e aliviando meu desejo de estar perto.

Resistindo à tentação, saio para a sala da suíte.

— Você está apaixonado por ela.

Jax passa o dedo pelo queixo.

— Infelizmente.

Ele arregala os olhos.

— Sério?

— Não. Sou um idiota que estraga tudo de bom na minha vida.

Ele me dá um olhar cético.

— Por que não conta para ela como se sente?

— Porque não sei o que fazer.

— Você precisa resolver logo essa situação. Não é justo com ela e nem com você. E nem comigo, o sujeito que está esperando para saber se você vai ser meu companheiro de equipe ou não. Vou ficar aqui por mais algumas horas para ter certeza de que ela não vai morrer engasgada no próprio vômito, mas você precisa ir embora, pois vai magoar vocês dois se ficar.

Mal reconheço essa versão madura de Jax, me oferecendo conselhos e um choque de realidade ao mesmo tempo.

Saio da suíte, a porta fechando-a para mim mais uma vez.

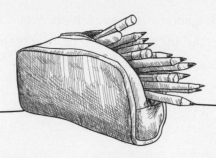

CAPÍTULO TRINTA E CINCO

SOPHIE

Acordo com o barulho de batidas que suponho serem de meu cérebro me dizendo que está furioso comigo. Ignorando a dor, puxo um travesseiro por cima da cabeça. As batidas continuam, mas parecem vir da porta, não de minha cabeça latejante.

Ai, merda.

Sou invadida pelas lembranças de como fiquei bêbada e vomitei em Jax.

Saio me arrastando da cama. Esfregando os olhos sonolentos, abro a porta do hotel e encontro um James Mitchell furioso.

— Oi, pai. — Minha voz sai rouca.

— Arrume suas coisas — rosna ele, já entrando em meu quarto, apossando-se do espaço como se fosse sua garagem.

— O quê?

— Você vai para casa. Parabéns, você ganhou um voo de volta para casa. E ainda por cima de primeira classe, porque não havia mais nada disponível de última hora.

— Não entendi por que você está tão bravo.

Ele me entrega um jornal local.

— Juro por Deus que prometi a mim mesmo ser compreensivo quando você me contou sobre o seu relacionamento com Liam. Mas você passou do limite. É bom ir arrumar as malas. Vou esperar aqui para te levar ao aeroporto.

Meus olhos se enchem de lágrimas ao ler o título da coluna de fofocas. *Princesa da Bandini cai em desgraça, acompanhada por ninguém menos que Liam Zander, o maior mulherengo da F1.* Percorro a página às presas, captando frases como *relacionamento secreto* e *visitas escondidas à noite*.

Minhas bochechas coram de vergonha. Endireito os ombros e encaro os olhos tempestuosos de meu pai.

— Esse artigo é um lixo e você sabe disso.

— Não me importa. Eu avisei o que aconteceria se visse outro artigo assim. Não consigo trabalhar com você causando drama, tomando decisões idiotas porque está magoada. Você pode ir para casa, relaxar e voltar para a faculdade.

Respiro fundo.

— Não.

— O quê? — rosna meu pai, que dá um passo para trás, as narinas dilatadas e os olhos estreitos.

Minha cabeça lateja, mas continuo.

— Não vou para casa.

— Você vai, sim. Você nunca me desafiou antes, então não comece agora, quando estou morrendo de raiva.

Balanço a cabeça.

— Desculpe, mas não posso ir para casa.

— Você vai porque eu estou mandando. Vou lidar com a situação com Liam, mas preciso de você bem longe daqui. Mude as aulas online para presenciais e aguente o tranco.

Meu pai pega o tabloide e o joga na lata de lixo.

— Não posso. — As palavras saem em um sussurro.

— Por que não, porra?

— Porque eu tranquei o semestre.

Fecho os olhos, tentando me esconder da única maneira possível.

— O quê? — pergunta meu pai com uma voz estranhamente calma, preferindo uma fúria fria e controlada em vez de uma explosão.

Abro os olhos e vejo ele me encarando com raiva evidente no olhar.

— Não estou feliz e não posso continuar fazendo as coisas para agradar você, como ir embora quando ainda não estou pronta para partir. Eu te amo muito, mas escolhi uma faculdade para te fazer feliz, e isso me sugou totalmente. É culpa minha por não ter sido sincera desde o início. Eu odeio contabilidade. Detesto as aulas e pensar em ter que trabalhar com isso pelo resto da vida. Sério, odeio tudo. Só estava no curso porque você abriu mão de tanta coisa na vida por mim.

As lágrimas começam a escorrer em meu rosto. Meu pai parece arrasado.

— Estou tão decepcionado com você. Nunca pensei que mentiria para mim, ainda mais por anos. E largar a faculdade sem me contar? Essa não é a filha que criei.

Mais lágrimas escorrem descontroladas, enquanto meu pai me olha incrédulo.

— Como eu poderia contar quando tenho tanto medo de te decepcionar? Você exige tanto de mim quanto das pessoas que trabalham sob seu comando. Tenho tanto medo de falhar ou de contrariar seus planos que preferi esconder a verdade a te contar.

— Eu sou exigente porque me importo. Não quero que você acabe perdida ou dependendo de mim.

— Não. Você não quer que eu acabe como *ela*.

Ele respira fundo.

Continuo a encará-lo, sem recuar. Pela primeira vez na vida, estou disposta a enfrentar meu pai, sem medo das consequências. Ele pode me mandar de volta para casa ou para onde Judas perdeu as botas, tanto faz.

— Isso é tão errado assim? E daí que eu não quero que você acabe como uma maconheira fugindo das suas responsabilidades pelo resto da vida? — pergunta ele e ergue as mãos por um segundo, frustrado.

— Se eu escolhesse a contabilidade, não estaria fugindo das minhas responsabilidades. Estaria renunciando à minha felicidade em nome da sua.

Meu pai endurece o olhar. Nunca o vi assim, a raiva fervilhando sob a superfície, os punhos cerrados ao lado do corpo. Sem dizer outra palavra, ele se vira e sai, batendo a porta do quarto atrás de si.

A batalha com meu pai drenou minhas últimas energias. Eu me sento no sofá, coloco o rosto nas mãos e deixo escapar um lamento.

Ganhar esta batalha parece insignificante quando já perdi a guerra.

Nunca me achei muito chorona. Não havia razão para testar como eu fico quando isso acontece, devido às oportunidades limitadas de cometer erros. Mas descobri que, quando choro, meu rosto fica inchado e manchado, sem nenhuma covinha. Meus olhos verdes ficam injetados, contrastando com o vermelho, como uma decoração de Natal feia.

Então, em toda minha glória inchada, bato na porta do escritório de meu pai. Durante horas, fiquei pensando em nossa conversa, sem conseguir dormir para melhorar a ressaca com meu pai bravo comigo. A culpa me deixou inquieta e irritada a manhã toda.

— Pode entrar. — A voz abafada de meu pai atravessa a porta.

Respiro fundo e empurro a porta vermelha e brilhosa, me preparando para a raiva dele.

Em vez disso, sou recebida pelos olhos tristes de meu pai. A vulnerabilidade dele me comove, as lágrimas instantaneamente se acumulam em meus dutos lacrimais.

Poxa, dutos lacrimais, pensei que estivéssemos do mesmo lado.

— Eu sabia que você apareceria mais cedo ou mais tarde. Achei que você não duraria uma hora antes de vir atrás de mim por causa da nossa briga. Até que demorou. — Ele abre um sorriso trêmulo.

Eu era do tipo que escrevia cartas de desculpas na adolescência quando meus hormônios fugiam do controle e eu dizia coisas idiotas em que não acreditava de verdade? Sim. Mas se alguém perguntar, vou negar.

Fico de pé perto da mesa dele, eliminando a distância entre nós.

— Sou tão previsível assim?

— Se me perguntasse isso ontem, eu teria dito que sim. Mas, visto que você me pegou de surpresa hoje, não tenho tanta certeza.

— Bem, achei que a temporada estava ficando meio chata com Noah vencendo e você dominando a F1 com a Bandini, então resolvi agitar as coisas.

Meu pai tenta conter um sorriso, e o olhar triste é substituído por um caloroso.

— Realmente, você conseguiu.

— Eu não queria mentir para você por tanto tempo. Mas não sabia como te contar.

— Não sei com quem estou mais decepcionado. Com você, por mentir sobre odiar a faculdade por anos, ou comigo mesmo, por não perceber. Você é minha filha, porra. Eu deveria conseguir ver quando você está infeliz ou angustiada.

— Você tem estado ocupado. É compreensível quando se tem que lidar com a Bandini, Noah e Santi.

— Pare de arranjar desculpas para mim.

Ele se levanta e me puxa para um abraço.

— Não consigo evitar.

Meu pai é meu ponto fraco.

— Por que você escondeu isso de mim? Você devia ter me contado que não gostava do seu curso.

— Eu não sabia como contar. Você parecia tão feliz quando eu falava sobre a faculdade. Eu não tinha ideia de como dizer que, na verdade, eu a odiava. Mas estou cansada de fingir e esconder o que realmente quero. Sou adulta, você não pode me obrigar a voltar para casa, assim como não pode me obrigar a viver uma vida que odeio. Isso não é viver, é sobreviver. E você me ensinou a prosperar e fazer o mundo beijar meus tênis.

Meu pai me segura pelos ombros, me olhando como se não entendesse como cresci tanto em tão pouco tempo.

— Não posso dizer que me arrependo de ter lhe dado as ferramentas para se tornar uma mulher forte. Nunca esperei que elas fossem ser usadas contra mim.

Meu sorriso vacila.

— Desculpa por ter bebido tanto ontem à noite e ter acabado em um artigo de fofoca parecendo um zumbi. Não devia ter feito isso, mas eu estava tão triste. Meu peito dói o tempo todo e não consigo olhar para Liam sem ficar com vontade de chorar.

— Vou dar o troco em quem te machucou. Tenho um plano, mas você precisa confiar em mim.

— Dar um troco em quem?

Não quero que ele prejudique Liam, embora uma boa bronca não pareça tão ruim.

— Os desgraçados que fizeram minha filha chorar. Deixa comigo.

Meu pai me puxa de volta para o peito dele. Respiro seu cheiro amadeirado.

— Não quero que Liam acabe morto ou algo assim. Pode ser mais específico?

Ele ri antes de me soltar. Eu me sento em uma das cadeiras de escritório, a cabeça latejando e os dedos tremendo. A ressaca está acabando comigo, um pouco difícil de aguentar junto com as emoções tumultuosas dentro de mim e o plano de meu pai.

— Ele é bonito demais para eu estragar o rostinho dele. Além disso, ele ama minha filha, quer admita isso ou não.

Sinto um aperto no peito, mas escolho ignorar o comentário.

— Você pode transferir minha passagem de primeira classe para daqui a dois dias? Eu adoraria voltar para casa em grande estilo depois do Campeonato Mundial.

— Tem certeza mesmo de que você não pode ser devolvida para o hospital?

— Absoluta. Eu verifiquei depois de abandonar a faculdade, porque sabia que você me mataria.

— Essa é a minha garota, planejando o próprio funeral. Vamos falar sobre sua decisão de abandonar a faculdade em outro momento, quando você não parecer prestes a vomitar o fígado.

— Combinado.

Fecho os olhos, ignorando a dor na cabeça e no peito. É um sentimento bem-vindo, me lembrando de que ainda estou aqui, esperando para viver a última rodada de tortura.

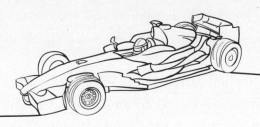

CAPÍTULO TRINTA E SEIS

Liam

Eu me saí bem durante a qualificatória, conseguindo a posição P3 para a última corrida da temporada. O bom desempenho não me traz a mesma empolgação, apesar de no momento ser o vice-campeão do Campeonato Mundial. Noah e meus competidores não são mais tão divertidos, com mais um ano em que nós brigamos pelo primeiro lugar.

Sophie não comparece à coletiva de imprensa, provavelmente devido à intensa ressaca que deve ter hoje. Com a sua ausência, não posso conversar com ela antes de a McCoy me manter ocupado pelo resto do dia. E como se recusa a responder minhas mensagens, fico sem ter como falar com ela, e sua ausência deixa um vazio em mim.

Infelizmente, as surpresas não param. Não só um jornal publicou uma foto terrível de Sophie desmaiada em meus braços, como James Mitchell também vem falar comigo assim que a coletiva de imprensa é encerrada.

— Preciso que você venha comigo.

Ele me encara com raiva, os olhos verdes iguais aos de Sophie. Mas enquanto os olhos de Sophie me enchem de calor, os dele lembram um pai severo. E sua expressão me diz para não fazer piada e nem dar trabalho.

Sigo-o até o escritório da Bandini.

— Sente-se. Aceita algo para beber? — A cordialidade me surpreende.

— Uma água está bom.

Ele me passa uma garrafa gelada antes de se sentar à mesa.

Abro um sorriso ao ver a foto emoldurada. Uma Sophie mais jovem exibe um sorriso largo e coques duplos, o corpo está envolto em plástico bolha, e pequenos tênis Nike estão visíveis abaixo.

Levanto a cabeça para encarar o pai dela, o maxilar dele se contraindo enquanto ele me olha como se eu tivesse acabado de admitir que matei o animal de estimação da família.

— Veja, por mais que eu queira pagar você para nunca mais chegar perto da minha filha, sei que ambos temos boas intenções no que diz respeito a ela. Fiz uma investigação. Quando minha filha vem me ver, sem comer direito ou sorrir, é claro que farei tudo para garantir que o desgraçado que a magoou se arrependa do dia em que seus pais o conceberam. Não o dia em que nasceu, pois os nove meses no útero já são liberdade demais.

Puta merda, ele é bem intenso.

Ele continua.

— Estou furioso por Sophie ter ficado bêbada e acabado sendo destaque em um artigo de fofoca. Tudo por não conseguir controlar os sentimentos por você. Saber que ela está chateada me corrói por dentro. Então, descobri quem é o responsável por suas lágrimas. Fiz o trabalho pesado porque, quando minha menina olha para mim com os olhos marejados, não paro por *nada*. Que isso sirva de aviso. Minhas regras existiam para evitar que isso acontecesse com ela. Mas você conseguiu passar por cima delas e derrubou suas defesas, e ela se apaixonou. Deus sabe por quê.

Ele fecha os olhos e aperta a ponte do nariz.

As palavras dele pairam entre nós. Ele está falando sobre mim? Será que quer me dar uma surra?

James percebe minha confusão e abre uma pasta na mesa enquanto desliza uma igual para mim.

— Sophie me confessou algo de partir o coração há alguns dias. Ela contou que seu agente disse que você teria que terminar com ela se quisesse continuar com a McCoy. Que se você não concordasse com a oferta, acabaria em uma das equipes inferiores. Agora imagine minha filha recebendo essa notícia com seu coração de ouro. Ela entende as consequências de uma decisão dessas porque cresceu aprendendo sobre o ramo. Mas, ainda mais importante, ela te entende porque *te ama*. Você correspondeu ao medo dela de não ser amada de volta, provando que seu sacrifício valeu a pena. Porque você mostrou a ela que ama mais ser piloto do que a ama. Sophie disse que você surtou quando ela contou que te ama. Parabéns, Liam, você ganhou o prêmio de maior babaca. Sinto muito, não vem com um banho de champanhe e um troféu, mas espero que seu coração doa pra caralho, porque o dela dói.

Pairo a mão sobre a pasta de arquivo, as palavras do pai de Sophie me dilacerando por dentro. *Merda. Puta merda.* Ela sabia? Por que não disse nada? Ela nem sequer disse uma palavra sobre Rick. Não mencionou meu contrato ou como a McCoy estava ameaçando nosso relacionamento. Mas por que ela falaria alguma coisa quando sabia que eu tinha guardado segredo?

Minha mente dispara, relembrando as palavras que ela jogou em minha cara quando a levei até o deserto. Sua insistência estranha em falar sobre o contrato com a McCoy e as respostas que eu dei.

Porra, sou um idiota. Um completo idiota que deu a ela todos os motivos para fazer o que fez. Ela me deixou livre para continuar vivendo meu sonho. Foi um ato altruísta que nos destruiu, porque sou um covarde e tenho medo do amor. E ela porque me ama e quer o melhor para mim.

— Quando ela ficou sabendo disso?

Engasgo com as palavras, minhas mãos tremem enquanto levo a garrafa de água aos lábios. A garganta arde como se eu tivesse engolido ácido em vez de água.

— No Brasil. Aquele merdinha do seu agente a encurralou e contou tudo sobre seu dilema atual. Não sei se devo sentir pena de você ou te dar um soco por demorar tanto para se decidir sobre o que sente pela minha filha. Eu sei que você a ama. Mas ela? Aí não dá pra ter certeza. Mas depois de tudo o que aconteceu, por que ela deveria?

Cerro os dentes dolorosamente com o julgamento dele. Eu mereço, e também mereço o que mais ele disser contra mim.

— Eu amo Sophie. Não precisava decidir porque só estava esperando para ouvir o que a McCoy diria sobre minha contraproposta. Eu lhes disse para modificar o contrato ou irem se foder. Mas eles não deram um retorno para mim ou para Rick.

— Se eu fosse você, demitiria seu agente e encontraria alguém melhor. Porra, eu posso ajudar. Mas estou fugindo do assunto, e sou um homem ocupado, como você pode imaginar.

Um calafrio sobe por minhas costas. Assinto com a cabeça, confuso e querendo quaisquer respostas que ele possa me dar. Ele olha de meu rosto para meus punhos cerrados e minha perna tremendo.

— Veja bem, fiz minha filha manter distância deste lugar por anos porque eu a amo. Quero que ela seja feliz, não que acabe presa nessa vida de mentiras e pessoas escrotas como Rick. Tentei protegê-la de uma vida cheia de jantares perdidos, ligações interrompendo momentos importantes e homens que não conseguem se comprometer. Tudo o que pedi a Sophie foi que seguisse três regras simples. Mas durante esta temporada, percebo que eu próprio cometi erros com vocês dois enquanto tentava proteger Sophie de cometer os mesmos erros. Ela precisa viver uma vida de erros e lições aprendidas. Porque as coisas são assim. Um dia, quando tiver filhos, você vai entender. Você vai querer protegê-los ao máximo porque nunca amou nada tanto quanto eles. Vai querer fazer o tempo parar e se agarrar aos momentos especiais. — James bate na foto que mostra Sophie embrulhada em plástico bolha. — Nenhum plástico bolha pode salvá-la de você. Eu conheço minha filha, e você é a única coisa da qual não posso protegê-la.

Não sei o que dizer porque não tenho jeito com as palavras. O que ele diz me afeta de várias maneiras, me deixando dividido.

— O que você faz com esta informação é escolha sua, mas achei que valia a pena contar para você. Se quiser provar para mim que é o homem certo para minha filha, sugiro que escolha o que fazer a seguir com muito cuidado. Você é um filho da mãe sortudo, porque Sophie perdoa fácil.

O olhar desafiador não me alarma. Em vez disso, a esperança corre por minhas veias, espalhando-se.

Abro a pasta que James preparou para mim. Percorro as páginas, passando por informações, transcrições e provas de desonestidade. Se eu não quisesse evitar parecer psicótico na frente dele, gritaria para o teto ao ver as informações que ele encontrou.

Em vez disso, murmuro um obrigado a James antes de pegar a pasta de arquivo e ir para a suíte. Lá, encontro Lukas sentado no sofá da sala, ainda vestido com o uniforme da McCoy depois de assistir à minha qualificação. Minha mão está coçando de vontade de rasgar a camisa da McCoy, mas resisto, sem querer perder tempo.

Jogo a pasta no colo dele.

— Preciso de ajuda.

— O que é isso?

Ele não abre, apenas me encara.

— Nem sei por onde começar sem surtar. Fui um idiota, parado de braços cruzados enquanto dois desgraçados brincavam com meu futuro. Eles prejudicaram Sophie, meus contratos, tudo. Por dinheiro.

— Não entendi.

— McCoy. Peter. Até Rick fazia parte do plano.

Aponto para a pasta de arquivo. Minhas mãos tremem de raiva e frustração acumuladas, implorando para serem liberadas contra as duas pessoas que tentaram foder com minha vida por causa de dinheiro.

Lukas folheia os papéis que James tirou de sei lá onde.

— Quem te deu tudo isso?

— James Mitchell.

— Puta merda.

Cerro os punhos.

— Sou tão idiota. Sophie me disse que me amava e eu não disse nada. Pelo menos nada digno dela. Ela sabia que a McCoy tinha me oferecido um contrato com a condição de que eu abrisse mão dela e da nossa amizade. Ela sabia, e ainda me deu a chance de provar que estava errada.

— O que você quer dizer com isso?

— Ela me perguntou se eu queria trabalhar para uma empresa com tanto drama por causa de Claudia e Peter. — Respiro fundo para aliviar o pânico crescendo em meu peito. — Eu disse que sim. Disse à garota que me ama que não me importava de aturar uma ex desde que eu conseguisse um contrato no fim das contas. Sou um idiota. Não sei como ela pode me perdoar. Ela sabia que eu guardei segredo dela, isso muda as coisas.

— Liam, pare de ser idiota. Isso não muda nada. Você ainda está na mesma situação, com Sophie não falando com você. Agora você tem que se esforçar mais para reconquistá-la. Só isso.

Puxo a gola da camisa.

— Não sei por onde começar. Essa história toda me deixa ansioso pra caralho.

— Bem, eu tenho uma ideia, mas pode ser loucura.

Acomodo-me no sofá em frente a Lukas.

— Algo me diz que sua versão de loucura é bem moderada.

— Ei, você está olhando para o sujeito que foi preso por nudez em público.

— E isso conta? Você foi pego com Jo porque o policial era um babaca que não gostou de vocês estarem transando em um carro em um parque local. Você fala como se tivesse sido pego correndo pelado ou fazendo algo legal.

Lukas me mostra o dedo do meio, algo raro para ele.

— Tive que implorar ao policial para não nos prender. Jo estava chorando no banco de trás enquanto eu estava algemado só de cueca. Foi quase traumático, fiquei tremendo, com medo de ser expulso da faculdade de medicina. Tudo por uma rapidinha porque não podíamos esperar chegar em casa.

— Que nojo. Informação demais. — Finjo ter ânsia de vômito. — Qual é o seu plano louco, tão transgressor das regras?

Meu irmão folheia algumas páginas da pasta de arquivo, examinando o conteúdo.

— Você vai ter que engolir seu orgulho depois de ouvir o meu plano.

— Estou fazendo uma dieta rigorosa, mas obrigado.

— Vai se foder. — Lukas sorri para mim. Um sorriso sincero e largo que eu não via há algum tempo, pelo menos não dirigido a mim.

Além de tudo o que aprendi nos últimos dias, percebo mais duas coisas. Primeira: fui um idiota por ignorar meu irmão e evitar suas ligações. Não percebi o quanto sentia falta dele e de nossa relação fácil e tranquila. E segunda: falamos sobre Jo sem meu peito doer. Só isso já me deixa de cabeça erguida.

Meu irmão estala os dedos para chamar minha atenção.

— Primeiro passo: atacar quando eles menos esperam.

— Como assim?

— Esses dois parecem adorar uma boa história. Por que você não dá a eles um gostinho do próprio remédio?

Lukas abre um sorriso malicioso que eu não sabia que ele tinha. Retribuo o gesto, pronto para seguir adiante com seus planos.

Espero que o mundo da F1 esteja pronto para mim, porque estou prestes a botar pra foder.

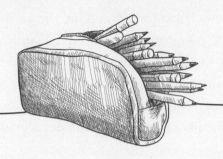

CAPÍTULO TRINTA E SETE

SOPHIE

Remendo meu coração partido com fita adesiva porque não tenho tempo de me curar antes de voltar para casa. As feridas precisam ser cuidadas em particular, de preferência sob a supervisão de Ben & Jerry's e *Parks and Recreation*.

Vou à corrida porque quero estar lá. No fim das contas, Liam é meu amigo. Não importa o que aconteceu entre nós ou se ele vai terminar em primeiro ou não. Ele poderia ser piloto da McCoy ou da Albrecht e eu ainda torceria por ele, pois o amo. Não adianta evitar meus sentimentos porque a constante dor em meu peito me chama de volta à realidade, lembrando-me do que perdi.

Então, deixo a dor de lado enquanto Liam é banhado em champanhe, parado todo orgulhoso ao lado de Noah, que ganhou o título de Campeão Mundial este ano. Sorrio o tempo todo e aplaudo todos eles. Por mais que doa vê-lo, bato palmas quando anunciam Liam como vice-campeão.

Ele me vê do palco e dá uma piscadela para mim antes de levantar a garrafa de champanhe em minha direção. É uma repetição da vez em que ele conquistou o primeiro lugar em Sochi, me lembrando do dominó que deu início a tudo isso. Balanço a cabeça e rio. Meus olhos se enchem de lágrimas, mas as contenho e dou a Liam um sorriso trêmulo.

Meu pai me encontra na área VIP e me puxa para um abraço.

— Sabe, querida, você já me impressionou muitas vezes durante sua curta vida. Mas estar aqui hoje, encarando de frente uma situação que dói tanto, isso sim é coragem.

Aperto os braços ao redor dele por um momento antes de meu pai me soltar.

— Como você aguentou quando minha mãe foi embora?

— Um dia acordei e percebi que podia passar o resto da minha vida com esperanças de que tudo se encaixasse magicamente... ou podia mostrar os dois dedos do meio para a vida e fazer dela a porra que eu bem quisesse. Desculpe o linguajar, querida.

Meu pai e eu caímos na gargalhada.

— Acho que prefiro a segunda opção. — Olho nos olhos dele e sorrio.

— Claro que sim. A quem você acha que puxou?

Ele me dá uma piscadela que, tenho certeza, conquistava todas as mulheres no passado.

Noah aparece do nada e cobre meu pai de champanhe, um gesto de agradecimento por todo o trabalho árduo, e acaba me molhando por acidente. Minha camiseta da Bandini encharcada fica grudada na pele. Parece que entrei em um concurso de camiseta molhada para o qual não me inscrevi.

Deixo meu pai se divertir, levando comigo meu ar triste e minha nova confiança.

Caminho pela pista de corrida vazia, passando pelas garagens desertas das equipes, não mais tomadas pelos mecânicos ocupados. O vazio combina com o que sinto por dentro, zombando de mim no momento em que me despeço da F1, pois não sei se algum dia vou voltar.

Meu pai me avisou sobre os homens aqui e o mundo em que vivem. Mas eu não ouvi, e acabei magoada. Por outro lado, encontrei pedaços de mim mesma, descobrindo o que amo ao longo do caminho. Redescobri meu amor pela arte. E agora aprecio a forma como a vida acontece naturalmente, sem planos ou listas. Esta temporada me ajudou a amadurecer, querendo eu ou não, e assim como as dores de crescimento, isso machuca.

Estou pronta para voltar para casa e mostrar ao mundo do que sou capaz. De verdade desta vez. Nada de me esconder atrás de uma faculdade que eu odeio ou de uma Lista do Foda-se para provar a mim mesma que consigo me divertir e relaxar.

— Sophie! Espera! — A voz de Liam ecoa pelas paredes da garagem.

Meus pés se viram por conta própria na direção de Liam, que corre até mim de macacão de corrida, parecendo um cavaleiro branco.

Ele para em minha frente, sem o menor sinal de cansaço.

— Preciso falar com você.

— Sobre o quê? — Estremeço com a aspereza em minha voz.

— Eu não fazia ideia de que você sabia sobre o contrato com a McCoy. Porra. Tentei mudar os termos, fazer com que eles aceitassem minhas condições.

Ele passa a mão pelo cabelo úmido, provavelmente molhado por uma mistura de álcool e suor.

— Tudo bem. Eu entendo.

— Por que você está soando tão calma em relação a isso? Eu sinto muito. Você deve estar se sentindo traída, mas eu juro que estava negociando algo melhor. Eles não me disseram nada. E, porra, Rick ter ido falar com você pelas minhas costas me dá vontade de rasgar o buraco dele para combinar com a personalidade de cuzão.

Liam percorre os olhos preocupados por meu rosto.

— Eu entendo por que você não falou nada. Está tudo bem, sério. Você tem que fazer o que for necessário para correr, esse é seu maior objetivo.

Ele segura minhas mãos, uma corrente de energia subindo por meu braço.

— Isso não é verdade. Não mais. Eu quero você.

Balanço a cabeça em uma tentativa fraca de afastar as palavras dele de meus ouvidos.

— Não posso culpá-lo por achar difícil decidir entre não ser mais meu amigo ou continuar com a McCoy. O que é muito escroto, mas entendo que esse universo é assim. Eu entendo *você*. Mas você me magoou, não admitiu que me amava, apesar de todos me dizerem que sim. E estou cansada de ouvir as pessoas me dizendo isso. Não é trabalho delas dizer isso, é seu.

— Eu te amo. Eu juro. Demorei demais para perceber, e ainda mais para admitir. Eu te amo mais do que amo ser piloto. Estou me sentindo péssimo desde que você começou a me evitar, até mesmo passar uma semana longe de você é uma tortura. Meu peito dói, eu durmo mal pra cacete, minha cabeça lateja todos os dias. Não aguento mais me sentir assim, sem você ao meu lado. E não quero mais isso.

— Depois de tanto tempo esperando para ouvir essas palavras... me sinto vazia.

Não reconheço minha voz apática. A expressão de Liam desaba.

— O que eu posso fazer para você se sentir melhor? Por favor, eu faço qualquer coisa.

Quase me rendo ao ouvir a voz arrasada de Liam, mas não posso. Não mais.

— Como eu disse antes... Todo mundo me diz que você me ama, inclusive você. Mas sabe de uma coisa? Agora é a sua vez. Quero que você prove.

Dou meia-volta, indo em direção à suíte da Bandini, deixando para trás um Liam desesperado.

O príncipe não pode ser salvo se ele é teimoso demais para sair do castelo.

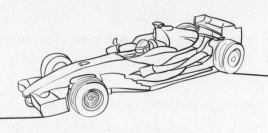

CAPÍTULO TRINTA E OITO

Liam

O pai de Sophie não jogou uma bomba em mim ontem. Ele jogou uma artilharia inteira e deixou eu me virar. Lukas tramou comigo, graças aos ensinamentos de Sophie de que planos são eficientes. Conversei com diferentes equipes em particular, sem intermédio de um agente, porque o babaca do Rick que se foda.

Um dos últimos itens em minha lista é confrontar aquele fura-olho desgraçado e seu capanga.

As câmeras estão viradas para mim enquanto os repórteres fazem perguntas sobre o fim do Prêmio e minha posição de vice-campeão. Estou orgulhoso de meu desempenho este ano, pois, apesar de tudo contra mim e das cobras na equipe McCoy, terminei em segundo lugar dentre muitos pilotos talentosos.

— Liam, gostaria de comentar sobre o recente artigo sobre você e a srta. Mitchell?

— Já que você tocou no assunto, gostaria de fazer alguns anúncios importantes. Meu relacionamento com Sophie Mitchell vai ser só isso para vocês. *Meu* relacionamento. Estou cansado de vocês fazendo perguntas sobre minha vida pessoal ou sobre ela. Quero que a deixem em paz, e estou falando tanto com os paparazzi quanto com qualquer outro macho em um raio de cem quilômetros dela. Ela é minha, ponto-final. Sou muito sortudo por ter conquistado o coração dela. Ou seja, não vou deixar meu relacionamento ir pro buraco por causa de um bando de abutres que querem nos destruir. É meu primeiro e último aviso sobre o assunto. A próxima pessoa a mencioná-la, a não ser que seja para elogiá-la, vai ser banida das entrevistas. Vocês adoram comentar que todos nós aqui somos substituíveis, então vamos inverter os papéis, que tal?

A cabeça de Noah se vira para mim, sem conseguir conter um sorriso.

— Caramba. Não achei que você conseguisse ser arrogante assim. Estou impressionado.

Os microfones não captam minha voz:

— Eu vi você ser um babaca por anos. Aprendi com o melhor.

Fico esperando, sabendo que um dos repórteres vai perguntar exatamente o que eu preciso que pergunte. Eles não conseguem se segurar.

— Liam, você já decidiu para qual equipe vai dirigir?

Previsíveis pra caralho.

— Que coincidência você perguntar. Aqui vai mais uma notícia de última hora. — As luzes das câmeras piscam e os repórteres parecem se aproximar, esperando que eu fale. — Eu não vou ser piloto da McCoy no ano que vem. Meu ex-agente, Rick, é um pilantra que me manipulou porque queria que eu assinasse um contrato com a equipe de novo. Richard Johnson é uma fraude e quem o contratou como agente deveria buscar outra pessoa. Por meses, ele mentiu para mim e me disse que apenas outras duas equipes além da McCoy estavam interessadas em me contratar. Ele queria receber uma porcentagem maior pela McCoy em vez de me deixar escolher entre diferentes ofertas.

Jogo meu boné da McCoy no chão ao lado do palco.

— E para onde você planeja ir no próximo ano?

— Isso ainda vai ser discutido. Mas deixo claro que, quer eu volte ou não, sou piloto de F1 pelo amor à corrida. Não pelo drama e com certeza não por uns paus no cu de terno querendo mandar em mim.

Noah e Santiago aplaudem meu discurso. Jax assobia dos bastidores, parado ao lado de Elena, que me encara chocada. *Desculpe, querida, nenhuma representante de RP pode consertar isso.*

Passei a temporada inteira tentando voltar às boas graças de Peter e da equipe depois de meus erros. No fim das contas, foi uma idiotice sem sentido, gastando energia com uma equipe que não importava, em vez de cuidar das pessoas importantes para mim.

Quanto a ser piloto no ano que vem, claro que vou. Mas não posso anunciar nada até ganhar a garota. Sem ela, não há sentido.

Jax me puxa de lado assim que a coletiva de imprensa termina.

— Vou sentir sua falta. Agora tenho chance de ganhar outro campeonato.

— Vou entrar para outra equipe, não morrer. Mas boa sorte daqui a sete anos, quando eu me aposentar.

Dou um soquinho no punho cerrado dele.

— Não. Vai ser antes disso, assim que você começar a ter pequenos bebês loiros com sua futura esposa.

Eu o abraço.

— Por mais que deteste interromper a festa de vocês, um aviso teria sido bom. — A voz melodiosa de Elena nos cumprimenta.

Eu me viro, pronto para esclarecer as coisas. Mas ela me interrompe antes que eu abra a boca:

— Eu poderia ter ajudado você a planejar uma maneira melhor de dizer tudo isso. Estou decepcionada por você não ter soltado mais palavrões para enfatizar o ponto.

Jax precisa pegar meu queixo do chão, porque eu não esperava essa reação dela.

Sorrio para Elena.

— Posso te contratar como consultora? É provável que eu acabe fazendo uma merda ou outra ainda.

— Vou te dar meu cartão. Parece que a McCoy e eu teremos bastante trabalho com este aqui… — Elena aponta para Jax —, mas consigo lidar com vários projetos ao mesmo tempo.

— O que você quer dizer com isso? — questiona Jax.

Não sei o que me choca mais, a maneira como ele age perto dela ou como ela permanece profissional, ignorando-o.

Ela estreita os olhos e me entrega um cartão de visita fosco.

— Quando foi a última vez que você leu uma revista? Você aparece mais nas capas do que as modelos da *Vogue*.

Jogo a cabeça para trás e rio pela primeira vez em muito tempo.

— Você tem um trabalho difícil pela frente. Vou dar uma dica, ele trabalha melhor depois de um cochilo.

Jax olha para Elena com o maxilar cerrado e os braços cruzados, um brilho nos olhos pela primeira vez em muito tempo. Se eu não tivesse planos, insistiria em ter mais detalhes, querendo saber por que Elena o deixa incomodado. Em vez disso, me despeço antes de ir embora porque tenho lugares aonde ir e pessoas para enfrentar.

A vida dá voltas. Antes de a temporada começar, Peter e Rick fizeram uma reunião comigo para discutir meus problemas, fazer julgamentos e dar alfinetadas. Agora, marco uma reunião com eles porque posso. Rick se contorce na cadeira, todo nervoso, o cabelo engomado desalinhado e o terno risca de giz amassado. Peter permanece neutro, com um sorriso forçado, as mãos entrelaçadas e a careca brilhante.

Respiro fundo.

— Rick, gostaria de poder dizer que foi um prazer trabalhar ao seu lado, mas estaria mentindo. Sei que honestidade não é um conceito familiar para você, então vou ser claro. Você mexeu com o homem errado. Sugiro que volte para o buraco americano de onde saiu, porque nunca mais vai ser contratado neste ramo, nem mesmo em outro esporte. Vou me certificar pessoalmente de que não tenha chance. Confiei em você, e é assim que me retribui? Vai se foder.

— Não sei o que te disseram, mas tenho certeza de que podemos resolver isso. — Rick engole em seco.

— Você está realmente tentando fingir que não interferiu nos meus contratos?

— Não disse isso. Mas tenho certeza de que podemos chegar a um acordo sobre seu contrato. Talvez Peter esteja disposto a oferecer mais dinheiro.

Rick alterna o olhar entre mim e Peter.

— Para esquecer toda essa confusão, estou disposto a adicionar mais dez milhões. Com a condição de que a McCoy seja mantida fora de qualquer drama relacionado a Rick.

Peter bate a mão na mesa.

— É sério isso? Não é uma questão de dinheiro, nem por causa de uma bosta de contrato para o ano que vem.

A expressão chocada de Rick alimenta a raiva e o ressentimento dentro de mim por ele ter mexido não só comigo, mas com Sophie. Por fazê-la chorar, por ser um agente merda e um ser humano ainda pior. Não acredito que algum dia confiei nesse homem.

Continuo encarando os olhos aterrorizados de Rick.

— Espero que tenha valido a pena fazer um acordo com Peter para receber um milhão extra se eu continuasse na McCoy sem nunca descobrir. Sinceramente, sua ganância precisará sustentá-lo pelo resto da vida, porque sua carreira acabou. O mesmo vale para você, Peter.

Peter e Rick viram a cabeça um para o outro. *O teatrinho acabou, seus merdas.*

— Liam, não sei onde você conseguiu essa informação errônea, mas...
— Os olhos de Peter brilham.

Se eu não estivesse de tão mau humor, riria do estado abalado dele. Pego duas pastas de arquivo na mochila. Peter se cala enquanto deslizo uma para ele.

— Ah, quase esqueci algumas coisas. A raiva nubla meu julgamento. Peter, não o convidei aqui só para você assistir ao show. Espero que tenha gostado da sua falsa sensação de segurança, porque estou prestes a puxar não só o tapete debaixo de você, mas o chão. Respeito demais a equipe da McCoy para prejudicar a imagem da marca. Eles não merecem sofrer por causa da sua ganância, manipulação e egoísmo.

Peter se mexe na cadeira, olhando para a pasta amarela opaca sem se dar o trabalho de abri-la.

Ofereço um sorriso maligno.

— Sabe, o tempo todo eu achei que Claudia estava soltando informações para a imprensa sobre mim. Presumi que ela queria se vingar pelo que fiz e pela dor que causei. Imagine a minha surpresa quando descobri que era você o responsável por esses artigos. Afinal, por que eu pensaria que o homem que queria defender a marca, que devia me proteger, faria algo tão insensível assim? Foi uma boa jogada, vou admitir. Infelizmente, não posso levar o crédito por vencê-lo. Tudo o que posso dizer é que você mexeu com a filha do homem errado. Embora tenha a si mesmo para culpar pelo tiro no pé, pode agradecer a James Mitchell pelo tiro no seu coração frio e calculista.

Peter abre a pasta e folheia várias páginas de transcrições de conversas com repórteres. Hoje em dia, tudo é documentado, incluindo o uso do computador pessoal de Peter para enviar mensagens privadas a repórteres usando uma conta falsa. Peter não foi páreo para James Mitchell, que rastreou IP até hotéis e coisas assim. Tenho medo de perguntar onde ele aprendeu a ser hacker, mas aparentemente ele conseguiu estabelecer uma ligação entre Peter e as revistas de fofoca e paparazzi.

— Não importa o que eu fiz, minha família é dona da empresa.

Peter tem a coragem de me encarar, projetando o veneno que ele costuma disfarçar. Gostaria de ter percebido sua traição mais cedo, poupando Sophie de sofrer nas mãos desses dois desgraçados.

— É mesmo? Você é um homem inteligente, afinal, conseguiu me enganar. Mas vamos usar um pouco de pensamento crítico aqui. Fui tratado como um peão nesse jogo, mas, infelizmente para vocês dois, mexeram com a rainha errada.

Rick volta os olhos desvairados para Peter quando a compreensão o atinge. Demorou para esse verme aceitar que chegou ao fim da linha se Peter McCoy não pode salvá-lo. Como ele poderia, quando Peter vai estar ocupado perdendo o emprego?

Levanto-me, as rodas da cadeira rangendo no chão polido enquanto coloco as mãos na mesa.

— Aproveite os últimos dez minutos como gerente da McCoy.

Peter respira fundo ao ouvir a batida na porta.

— Parece que seu substituto chegou. — Meus passos ecoam pelas paredes.

Os homens, imóveis, me seguem com dois pares de olhos brilhantes.

— Tenham uma boa vida.

Faço uma saudação com o dedo do meio e saio pela porta.

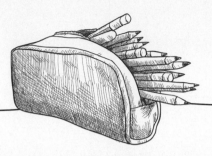

CAPÍTULO TRINTA E NOVE

SOPHIE

Não pude me conter e assisti à coletiva de imprensa de Liam de novo e de novo durante a última semana. Todo mundo na comunidade da F1 estava falando sobre as mentiras do agente dele, as pessoas expressando o choque sobre como algo assim podia ter acontecido. Liam ficou quieto, sem uma única mensagem ou ligação perdida aparecendo em meu telefone. Em vez de ficar remoendo tudo e me empanturrando de sorvete, usei a tristeza como motivação, mudando meu foco de Liam para mim mesma.

Durante a semana, passei horas pesquisando e fazendo ligações, entendendo minhas áreas de interesse. A coragem de Liam para enfrentar a equipe acende um fogo dentro de mim. Dá forças para eu ficar no escritório de meu pai, uma biblioteca digna de filme, enquanto ele me observa. O cheiro dos livros me acalma antes de eu me sentar em uma cadeira de couro na frente dele.

Ele tira os óculos de leitura e os coloca na mesa de madeira de cerejeira.

— É melhor você desembuchar logo e falar o que está te incomodando.

— Bem... Não sei como você vai reagir. Mas não posso mais guardar isso — gaguejo, as palavras não saindo direito.

— Você está grávida? — solta ele.

Meus olhos lacrimejam enquanto começo a tossir.

— Meu Deus, não.

— Bom. Agora que isso está respondido, o que está te incomodando?

— Nossa, você perguntou se eu estava grávida e já vai mudando de assunto assim? Está tentando me dizer que preciso pegar leve no Ben & Jerry's de Chunky Monkey? Poxa, eu compro um pote de sorvete...

— Não. Mas você está um desastre desde que voltou de Abu Dhabi.

Franzo a testa para meu pai.

— Você precisa ser bem menos direto com as pessoas.

— Desculpe. Foi um comentário rude.

— É, muito obrigada. Agora não me sinto tão mal em te surpreender com a notícia.

Ele balança a cabeça para mim.

— Não tenho ideia de quem você herdou essa audácia.

— O senhor está olhando para o produto da sua própria criação. Enfim... Passar um tempo com crianças me inspirou a pesquisar em que posso usar minha criatividade. Quero estudar arte.

Meu pai descansa os cotovelos na mesa, apoiando o queixo nas mãos.

— Nada do que você fizer com arte vai sustentar você ou uma família.

— Eu sei. Mas eu fiz as contas e, se você morrer nos próximos dez anos, seu testamento deve me deixar o suficiente para cobrir minhas despesas por cerca de duzentos anos, com uma margem de erro de um século. Até lá, sempre há a opção de me tornar stripper.

Meu pai solta uma risada rouca. Rio com ele, o som estranho em meus ouvidos após uma semana de lamentações.

— Piadas à parte, o que você gostaria de fazer? — O tom sincero dele toca meu coração.

— Quero seguir a área de arteterapia. Depois de passar tempo com as sobrinhas de Liam, percebi que quero trabalhar com crianças. O que posso dizer? Elas gostam de mim. Acho que é por causa da altura, acabam me vendo como uma igual.

— Se é isso o que você quer, vou te apoiar. Qualquer coisa para ver um sorriso no seu rosto, porque odeio te ver triste e desanimada. — Ele franze a testa.

— Não estou desanimada. Sou uma mulher fodona que gosta do conforto de pijamas e considera vinho um grupo alimentar.

— Não tem problema admitir que você anda triste. Não te culpo depois do que você passou.

Balanço a cabeça de um lado para o outro.

— Não quero falar sobre isso...

— Por que não me conta mais sobre esse curso que quer fazer? Minha filha não vai se tornar stripper, então quero saber pelo que estou pagando.

Pego meu laptop e mostro a meu pai a faculdade que quero fazer em Milão. A conversa foi surpreendentemente mais fácil do que eu pensei. Um peso que eu nem sabia estar carregando sai de meus ombros, meu futuro parecendo mais brilhante a cada dia.

Meu pai e eu passamos o resto da tarde juntos. Ele assiste a alguns vídeos sobre como a arteterapia ajuda crianças de todas as idades antes de me puxar para um abraço e dizer o quanto está orgulhoso de mim.

Finalmente, sinto que vai ficar tudo bem. Bem, quase tudo.

Desço correndo as escadas de nossa casa quando a campainha toca. O carteiro deve estar trazendo meus novos tênis, um presente de incentivo de mim para mim mesma. Meu pedido talvez tenha sido resultado de assistir a Tom Haverford me dizendo "mime-se", mas se meu pai perguntar vou fingir que não é comigo.

Abro a porta e me abaixo, esperando encontrar um pacote no chão. Deparo-me com um par de tênis Gucci que definitivamente não pertencem ao carteiro. Endireito as costas e vejo um par de olhos azuis que conheço bem. Os mesmos olhos azuis de que senti tanta falta, bem mais do que gostaria de admitir.

— Surpresa? — Ele sorri para mim, hesitante.

Fico imóvel, sem saber o que fazer.

— Pisque duas vezes se ainda estiver apaixonada por mim.

A brincadeira com as primeiras palavras que ele me disse aquece meu coração, uma batida constante me lembrando o quanto ele significa para mim.

Maldito seja Liam, conseguindo provocar uma reação com nada mais que um sorriso e uma frase simples.

Nada mudou: o cabelo loiro perfeitamente penteado, a barba aparada e os músculos visíveis por baixo da camisa. Mas seus olhos parecem diferentes e iguais ao mesmo tempo. Brilhando de felicidade, humor e um monte de outras coisas, criando um arco-íris de emoções.

Pisco duas vezes sem pensar.

Liam me puxa para um abraço, me envolvendo e me cercando com seu perfume.

— Senti tanta saudade, mas não queria vir antes de resolver tudo. Foi difícil pra cacete ficar longe de você por tanto tempo, ainda mais quando você está chateada por minha causa. Mas você merece o meu melhor, então estou aqui para lhe dar isso.

Ele me solta e pega uma pequena caixa de joias, me tirando de meu devaneio.

— Nossa. Não. Você não pode aparecer do nada e trazer uma caixa com um anel.

Ele balança a cabeça de um lado para o outro enquanto encara a caixa.

— Não sei se acho graça na sua suposição ou se fico irritado por você parecer horrorizada. Lá vai...

As bochechas dele ficam vermelhas e as palavras saem murmuradas. Eu amo ver Liam nervoso. É uma raridade guardada especialmente para mim.

— Sophie Marie Mitchell, antes de tudo quero dizer que nunca conheci alguém tão incrível quanto você. Quando nós nos conhecemos há quase quatro anos, eu não fazia ideia de que você reapareceria na minha vida tempos depois, com a atitude e a aparência de agora. Não sou do tipo que acredita em destino ou qualquer coisa do tipo. Mas quando te vi naquele baile de gala, entendi que você me faria acreditar em qualquer coisa. Literalmente qualquer coisa. Quando você me falou sobre as estrelas e o céu, eu soube que precisava passar mais tempo ao seu lado. A garota cujos olhos brilham tanto quanto as mesmas estrelas que ela ama observar. E enquanto você estava distraída olhando para aquela imensidão, eu te observava, com inveja do céu. Do céu, porra. Na época, eu não percebia que queria que você me olhasse daquele jeito. Com amor incondicional.

Meus olhos ficam marejados ao encarar Liam, que respira fundo e sorri para mim de novo.

— Quanto mais tempo eu passava com você, mais eu me apaixonava, mas era estúpido demais para perceber o que estava acontecendo. Eu tinha medo de baixar a guarda depois de ver o que meu irmão passou, mas lá estava você, sem aceitar um não como resposta. Você me desafiou de todas as formas. Me deu cada parte sua enquanto eu me escondia atrás de uma máscara, e com isso acabei te decepcionando. Nunca mais quero fazer isso pelo resto da minha vida. Pelo menos não sem um monte de sexo de reconciliação e pedidos de desculpas, porque quero ser um homem com quem você pode contar. Alguém digno do seu carinho, dos seus *eu te amo* e dos seus orgasmos.

— Só você para me fazer rir e chorar ao mesmo tempo.

Enxugo uma lágrima que escapou.

— Eu te amo pra caralho. Não quero passar mais um dia sem dizer isso, um momento sem que você saiba disso. Não quero que a gente seja amigos com benefícios. Quero todos os benefícios, inclusive amor, porque fui um idiota por pensar que poderia deixar você se afastar de mim.

Ele abre a caixa de joias, revelando um par de brincos de diamantes em formato de estrela brilhando sob a luz do sol. Meus olhos me traem, a lágrima que derramei antes se transforma em uma cachoeira.

— Você é um pouquinho idiota. Mas tudo bem, eu ainda te amo.

O sorriso dele se alarga ao ouvir minhas palavras.

— Pesquisei tudo sobre estrelas. E o engraçado é que pensei que você fosse minha estrela, um ponto de luz na minha vida que sempre me fazia companhia, por mais que todo o resto ficasse escuro. Mas, na realidade, nós dois somos estrelas, porque elas nascem em pares. São criadas por uma grande explosão de poeira e tal, formando algo belo e eterno. Você está presa comigo pelo resto da vida, porque somos um par. — As palavras não deixam espaço para discussão.

— E se eu disser não?

— Então azar o seu. Você não pode negar uma explosão cósmica.

Ele me puxa para um beijo suave que promete mais. Seguro as bochechas dele e prendo seu olhar.

— Eu te amo. Por me encontrar no momento em que eu estava na minha vida e me ajudar a crescer para ser quem eu sou. Por nunca desistir, por mais que muitas vezes eu tenha dito não. E por me mostrar como é amar alguém e ser amada de volta de todas as maneiras que importam, mesmo quando você não conseguia admitir isso para si mesmo. Quando as palavras não eram uma opção, você me mostrou com gestos que tinham todo o seu empenho. Eu te amo desde a sua mente suja até a ponta dos seus tênis ridiculamente caros.

Ele encontra meus lábios de novo, invadindo minha boca com a língua, me recebendo de volta. Liam se afasta, interrompendo o beijo. E tira minha lista plastificada do bolso, mostrando todos os itens riscados.

— Antes que eu esqueça, porque você é sexy pra cacete, e eu acabe perdendo a cabeça.

— Aham... — Olho para ele, confusa, até que ele vira a folha.

Meus olhos ficam marejados de novo, as lágrimas de felicidade se misturando às de surpresa. Liam escreveu um monte de itens novos. Ele beija as lágrimas que escorrem pelo meu rosto enquanto a leio, e algumas acabam caindo nas adições de canetinha dele.

Transar em um avião.
Casar.
Comprar nossa primeira árvore de Natal.
Fazer um mini Liam.
Planejar o ateliê de Sophie.
Passar o Natal na Alemanha.
Ter uma nova primeira vez com Sophie (por trás).
Comprar uma casa primeiro (ver outro item).
Fazer uma mini Sophie.
Dar uma rapidinha enquanto as crianças brincam lá fora.
Ir ao espaço (ambicioso).
Assistir à primeira corrida de kart de nosso filho (ou filha, qualquer gênero vale, porque viva o feminismo).
Pegar um cachorro (se você gostar mais de gatos, acabou).

Pisco ao ler o último item. *Mudar para a Itália e entrar para a Vitus.* Liam me lança um sorriso bobo que aquece meu coração. Passo os braços em volta do pescoço dele.

— Você vai se mudar para a Itália? Para a Vitus? Você esqueceu de mencionar isso no seu discurso!

— Eu não comentei antes porque não é o mais importante. De que adianta ser piloto se não posso passar o meu tempo com a pessoa que amo?

Liam nos gira em um círculo enquanto esfrega o nariz em meu pescoço. Alguns de meus vizinhos saem de casa para ver o que está acontecendo, mas eu os dispenso com um aceno.

— Você com certeza vai se dar bem hoje à noite. — Eu o beijo de leve nos lábios.

— É isso que eu gosto de ouvir.

Ele me coloca de volta no chão para podermos ficar cara a cara. Solto uma risada enquanto ele enche meu rosto de beijos, não deixando nenhum ponto intocado por seus lábios.

— Não acredito que você vai se mudar para cá. Tipo, de verdade.

Ele me dá um sorriso de tirar o fôlego.

— Faço qualquer coisa por você.

Coração, por favor, não derreta no tapete.

— Bem, agora que você tocou nesse assunto, eu morria de inveja do seu McCoy Menace. Sabe, aquele que você dirigiu em Mônaco?

— Eu te ofereço as estrelas e você pede meu carro. Você é mesmo o tipo que sabe ganhar o meu coração.

Liam olha para mim cheio de amor nos olhos.

— Você não ficou sabendo? Já é meu.

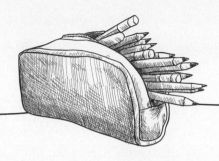

CAPÍTULO QUARENTA

SOPHIE

UM ANO DEPOIS

Sabe aqueles filmes de Natal? Os bobinhos mesmo, nos quais a garota viaja para uma cidade pequena cheia de alegria natalina e lojas com a decoração perfeita?

Bem, multiplique essa imagem por dez e você terá um Natal alemão muito alegre.

— Não vou mentir, quando você me disse que devíamos vir passar o Natal com a família de Liam, eu não imaginei isso — sussurra meu pai em meu ouvido enquanto estamos sentados juntos no sofá da sala de estar de Liam.

Todos já abriram seus presentes, deixando pilhas de papel decorado para trás. Liam sugeriu que fôssemos para a outra sala, mas acabei com essa ideia depois de jogar uma bola de papel de presente na cabeça dele.

Quer dizer, várias salas de estar? Que isso!

A reação de meu pai à mansão de Liam ontem foi quase igual à que eu tive quando a visitei pela primeira vez meses atrás. Quase empurrei meu pai para dentro do enorme saguão, dizendo para ele se comportar. É difícil culpá-lo, já que não é muito normal ter uma garagem de carros que parece saída de um filme do Batman e quartos suficientes para hospedar toda a equipe da Bandini.

Liam sempre comentou sobre os vários investimentos imobiliários, mas eu não esperava que sua casa na Alemanha fosse do nível de sua vila italiana. A mesma com um cinema particular, um salão de jogos, uma academia na qual nunca piso e um ateliê personalizado que Liam montou para mim. E isso tudo é só a ala oeste inferior.

Sem falar que o quintal dos fundos dá para a propriedade de Maya e Noah.

Essa é a vida que eu levo agora, com um namorado que tem propriedades suficientes para competir com uma temporada de *Em Busca da Casa Perfeita*.

Saio de meus pensamentos.

— Também não esperava que Liam fosse se vestir de Papai Noel para as sobrinhas.

Meu pai ri.

— Por Deus, espero que ele continue se exercitando, porque não fica bem com aquela barriga. Desculpe, querida.

— Na verdade, até que gostei. Ainda mais com Kaia e Elyse sentadas no colo dele. Quem pode resistir a um homem brincando com crianças?

O riso de Liam e das sobrinhas dele me enche de um orgulho que não consigo explicar. Ele percorreu um longo caminho desde o homem traumatizado que evitava a família a qualquer custo. Visitamos a Alemanha várias vezes este ano, além desta vinda para as festas de fim de ano e o aniversário de Kaia.

Isso mesmo. O aniversário de Kaia. Liam progrediu muito, a ponto de ajudar Lukas a planejar uma festa de aniversário para a menina, que inclui uma Rapunzel em tamanho real e um pula-pula de castelo.

— Preciso te trancar em casa. Não fique achando que não sei de suas visitas noturnas e de quando você dorme na casa de Zander.

— Agora você é contra sexo antes do casamento? — Finjo um suspiro.

— Sou a favor de você ficar comigo o máximo que puder. Não quero que você cresça tão rápido. Eu me lembro de quando eu era o único homem na sua vida. Agora olha para você.

O sorriso de meu pai vacila. Algo nos olhos dele me faz puxá-lo para um abraço.

— Você sempre vai ser meu pai favorito.

— Puxa, obrigado, minha filha favorita. Fico feliz de ter vencido a competição pelo seu amor. — Ele ri enquanto me solta.

— Ei, Sophie, posso falar com você um segundinho? — Lukas nos interrompe.

— Claro. Já volto, pai.

Aceno para ele e sigo Lukas em direção à cozinha, deixando para trás a família de Liam na sala de estar. Comidas ocupam todas as superfícies, junto com minha tentativa fracassada de fazer uma casa de gengibre.

Lukas olha para mim com os olhos azuis parecidos com os do irmão.

— Então, eu queria te agradecer.

— Agradecer o quê?

Minha confusão deve ser aparente, pois Lukas levanta a mão para mim.

— Isso vai ser muito mais fácil se eu falar tudo de uma vez. Quero agradecer por tudo. De verdade. Meu irmão amadureceu muito no último ano, e eu sei que você é parte do motivo. Ele passa mais tempo com a família e se esforça para cuidar do relacionamento comigo. Além disso, ele se importa com minhas meninas e isso significa o mundo para mim. Quando Johanna faleceu, nós ficamos arrasados, cada um à sua maneira e isso nos separou. Mas, graças a você, e ao amor que você mostrou a Liam enquanto o trazia de volta à realidade, ele mudou para melhor. Nunca consegui agradecer direito. Você basicamente faz parte da família agora.

Lukas abre um sorriso. Algo brilha nos olhos dele, mas não consigo identificar o que é. Ele me puxa para um abraço e eu permito. Sinto que esse momento de gratidão é importante para ele, ainda mais com tudo o que Lukas ganhou e perdeu.

— Eu já falei que não é para mexer com minha garota. Em pleno Natal, porra? Sophie, prometo que essa barriga é só temporária!

Liam se joga em nós, nos apertando no abraço mais estranho que já experimentei.

— Por falar na sua barriga, ela está me machucando nas costas.

Rio enquanto Liam se afasta.

— Eu só estava agradecendo a Sophie por ajudar com o aniversário de Kaia. Imagine se você tivesse escolhido o pula-pula rosa em vez do roxo.

Lukas finge que nossa conversa nunca aconteceu, e eu apoio o silêncio. Liam arqueja.

— Que horror. Quem sabia que Kaia agora tem uma alergia repentina a qualquer coisa rosa?

— Eu sabia! — Mostro a língua para Liam.

— Certo, srta. Sabe-Tudo. Preciso roubar você do meu irmão. Espero que tenha aproveitado Sophie no tempo que teve, Lukas. Ela é toda minha. Para sempre e sempre.

Liam pega minha mão e me arrasta pelo corredor.

— Seu esquisito. — Rio enquanto ele nos guia até a garagem gigantesca. As luzes se acendem uma por uma, o barulho ecoando pelas paredes. — Aliás, isso parece a Batcaverna.

— Por que você é obcecada com esta garagem e o Batman? Eu ficaria com ciúme dele se não tivesse te comido em cima do capô do meu McCoy Menace.

Minhas bochechas ficam vermelhas no momento em que olho para o carro que Liam menciona.

— Haha. Muito engraçado.

— Quer dar uma volta nele? — pergunta ele, caminhando até a parede onde guarda todas as chaves.

— No Natal? Está nevando e sua família está lá em cima.

— E daí? Meus pais vão beber com o seu e meu irmão vai colocar as meninas na cama. O Papai Noel precisa se mexer.

Liam bate na ridícula barriga de mentira.

— O Papai Noel tem um presente especial para mim?

Ele me abre um sorriso enquanto me joga um par de chaves.

Corro para pegá-las. O chaveiro tem o emblema da BMW.

— Liam, essa é a chave errada. Não é a do Menace.

— É mesmo? Me confundi. Aqui, pega.

— Como assim? — grito enquanto quase derrubo a segunda chave que ele joga para mim. Essa é mais pesada. Quando olho para o chaveiro, vejo que está cheio de outras chaves. — Outro BMW. Você já esqueceu de como era o logo do antigo?

Liam diminui a distância entre nós. Ele afasta uma mecha de cabelo caída em meu rosto, fazendo minha pele arrepiar sob seu toque.

— Não, eu lembro muito bem. Eu não estava sugerindo dirigir o carro da McCoy. Quero que você dirija este aqui.

Ele aperta a chave e um bip ressoa. Eu me viro e vejo um conversível BMW com um pequeno laço no capô.

— O que é isso?

— Olha só o laço nesse carro. Quer dizer, as coisas grandes vêm em pacotes pequenos, não é?

— Você comprou um carro para mim? — Engasgo com as palavras.

— Lembra quando você me disse que se mudaria para a Alemanha se meus pais te oferecessem um BMW conversível?

Viro a cabeça rapidamente para olhá-lo.

— Isso foi há mais de um ano. Como você ainda lembra?

Ele toca na têmpora.

— Com você, eu me lembro de tudo. Só que, desta vez, não são meus pais que estão pedindo para você se mudar para cá.

— Você está tentando me dizer que vai se mudar para a Alemanha? Estou tão confusa.

Liam me puxa para si e me dá um leve beijo antes de pegar a chave de minha mão.

— Não. Eu estou te pedindo para vir morar comigo. Ponto. Todas essas chaves são das minhas diferentes casas. Quero que você esteja ao meu lado todos os dias. De manhã. À noite, e em todos os outros momentos. Chega de se esconder do seu pai e chega de dormitórios de universidade. Que tal vir morar comigo?

— Claro!

Eu me jogo nos braços de Liam. Ele me beija até roubar meu fôlego, me deixando com vontade de mais.

— Ainda bem, porque eu já tinha mandado alguém vir fazer um closet personalizado para a sua enorme coleção de tênis. Eu costumava sonhar com seus tênis em volta da minha cintura, mas descobri que a minha maior fantasia era mantê-los na minha casa para sempre.

Rio enquanto ele beija meu pescoço.

— Eu te amo e obrigada pelo carro. Você nunca deixa de me surpreender.

— Ah, querida. Você ainda não viu nada. Não precisa mais fazer pedidos para as estrelas quando eu estou aqui para realizar seus sonhos.

Solto um grunhido.

— Suas cantadas são tão fracas.

Liam me coloca delicadamente no capô de meu novo carro.

— E quanto à minha sedução? Ainda está de acordo com os seus padrões?

Ele me beija antes que eu possa responder à pergunta.

Não preciso responder. Com Liam, tudo é exatamente como eu quero. Ele é o homem com quem quero passar todo meu tempo. O homem que continua crescendo e se tornando uma pessoa melhor a cada dia, não mais assombrado pelo passado. O mesmo com quem sonho em me casar um dia.

Liam tem razão. Não preciso mais fazer pedidos às estrelas quando já tenho tudo com o que poderia sonhar.

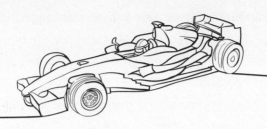

EPÍLOGO

Liam

DOIS ANOS DEPOIS

Sempre pensei que a F1 bastasse para mim, a ideia de estar com alguém parecia impossível. Mas acabei encontrando o amor bem no lugar que deveria ser tudo para mim.

Sophie me transformou em um romântico ao longo dos anos. Desde que veio passar o verão com a Bandini há alguns anos, ela foi desgastando minha casca dura até que nada restasse para me proteger dela. Sua lista chamou minha atenção, mas sua essência conquistou todo o resto. Sophie aceitou meus segredos. Ela viu além do homem no pódio, descobriu que minha felicidade não passava de uma fachada.

Sophie atualizou a lista plastificada para Post-its espalhados pela casa, os tons neon variando dependendo da tarefa ou do humor. É um jogo nosso há anos. Post-its rosa têm coisas sexy, azuis são bilhetes felizes, verdes incluem coisas que precisamos fazer ou comprar, e amarelos têm mensagens doces que ela encontra no Pinterest.

Ainda guardamos nossa famosa lista, marcando itens conforme os completamos. Escolhi itens difíceis de riscar por um bom motivo. Parece que Sophie vai ter que ficar comigo para sempre, pois ela não consegue resistir a uma boa lista.

Toda vez que planejamos algo, primeiro costuma dar errado antes de dar certo. No dia em que planejei pedir Sophie em casamento, esqueci o anel em casa, e não pude fazer a pergunta no penhasco de Mônaco onde Sophie saiu de sua zona de conforto e aceitou minha ideia maluca de testar seu controle. Como nossa casa estava a centenas de quilômetros de distância, não pude pegar o anel.

Mudei de ideia de última hora e pedi Sophie em casamento bem no meio de nossa cama. Nota para os pobres coitados por aí: fazer o pedido de casamento na cama é muito subestimado, pois o sexo após assumir esse tipo de compromisso é incrível.

Caiu uma tempestade no dia de nosso casamento, mas Sophie insistiu em nós nos casarmos do lado de fora mesmo assim. Dançamos na chuva como em um filme antigo sob as luzinhas em nosso quintal. Foi uma das noites mais memoráveis de minha vida, dançando com minha esposa, o tênis Vans com purpurina escondido sob o vestido de noiva.

Apesar da noite romântica sob a chuva, Sophie ficou doente depois. Então, remarcamos nossa lua de mel, que foi outro plano que deu errado de uma maneira maravilhosa. Como o marido dedicado que sou, cuidei dela, mas acabei pegando seu resfriado, e ela acabou se vestindo de enfermeira. Posso dizer com confiança que saí na vantagem.

Amo viver em perfeita desarmonia com ela, porque as melhores coisas acontecem quando estamos ocupados concentrados em tudo o mais.

Mudar para a Vitus abriu um novo caminho na F1 para mim, e minha carreira foi crescendo enquanto ajudo uma equipe a subir de "melhor do resto" para um concorrente de ponta com Bandini e McCoy. A traição de McCoy foi um livramento. Ela me deu a possibilidade de seguir em frente de muitas maneiras, e me tornei um irmão, tio e amante melhor.

Sophie costuma passar a temporada da F1 comigo, mas ela foi embora do Prêmio duas semanas atrás quando ficou doente com uma forte gripe.

O pai dela e eu achamos que não seria uma boa ideia para ela continuar viajando enquanto vomitava toda vez que sentia cheiro de café ou cigarros. Ela fez bico o caminho todo de volta para casa, mas eu prometi fazer chamadas de vídeo todos os dias até poder voltar para casa nas férias de verão para compensar *minha traição*, como ela gosta de chamar.

Trouxe um presente especial que mandei personalizar para animá-la. Tive um ímpeto criativo e me entreguei. As rodas de meu carro guincham ao estacionar o McCoy Menace em nossa garagem, um sorriso surgindo em meus lábios quando me lembro de ter transado com Sophie em cima do capô bem neste local.

Destranco a porta da frente silenciosamente, querendo pegar Sophie de surpresa, já que meu voo era para ser amanhã, não hoje.

Ela está deitada no sofá e mexendo no celular. Tiro um momento para observá-la, e o rosto dela não tem mais o tom verde doentio de duas semanas atrás. A pele tem um brilho dourado que combina com o cabelo caindo solto.

Como se sentisse minha presença, ela levanta os olhos do celular, me dando um sorriso de tirar o fôlego antes de saltar do sofá e pular em meus braços. Quase deixo o presente cair no chão quando a pego. Sophie dá alguns beijos em minha bochecha.

— Você voltou mais cedo!

— Se é assim que sou recebido, eu deveria viajar com mais frequência.

Ela me belisca quando a coloco de volta no chão.

— Da próxima vez, você deveria me avisar quando seu voo chegar mais cedo. Imagine se eu estivesse na cama com um dos vizinhos.

Ela olha para o teto e finge recuperar o fôlego. Muito falsa.

— Eu não sabia que a sra. Ricci era seu tipo, mas vovozinhas fazem bons biscoitos. — Eu a puxo e dou um beijo rápido.

— Eu sei. Do que você acha que eu gostei nela, afinal? Meu Deus, Liam, nem tudo é sobre aparência.

— Acho que aprendi isso quando você tentou se vestir mal de propósito três anos atrás e eu ainda queria te manter na cama por uma semana toda.

Ela me dá um tapa leve no ombro.

— Foi um esforço me vestir tão mal. Estou quase decepcionada.

Ela me dá outro beijo, entrelaçamos nossa língua após tanto tempo separados. A atração entre nós nunca diminuiu. Pelo contrário, foi ficando mais forte ao longo dos anos, à medida que aprendemos mais um sobre o outro e nos compreendemos.

Assim que você vai morar com alguém, você aprende tudo sobre a pessoa. Por exemplo, pela manhã, Sophie precisa de café antes de qualquer coisa, inclusive sexo. Aprendi a lição após várias sessões de sexo ao raiar do dia com ela de mau humor. Agora, todos os dias, levo café para ela na cama. É puro egoísmo de minha parte, mas o sorriso que ela me dá faz valer a pena descer as escadas com uma ereção.

Aprendi que ela adora reality shows americanos ruins, o que significa que nós aderimos a um joguinho de *The Bachelor*, para meu horror. E que, quando há uma tempestade, ela ama ficar na cama o dia todo desenhando enquanto eu leio. Ela ama ainda mais se deitar do lado de fora e olhar para o céu noturno, como me disse anos atrás, porém agora com o bônus de meus beijos.

Três anos depois e eu ainda a amo com cada fibra de meu ser. Interrompo nossos beijos.

— Eu trouxe algo para você. Sabe como dizem por aí: esposa feliz, vida feliz.

— É uma frase tão boba, mas, nossa, adoro ouvi-la.

— Poxa. É boba mesmo. Feliz? Que nada. Quero você eufórica todos os dias da sua vida, sem jamais questionar como acabou com alguém tão safado quanto eu.

Ela solta uma risada suave.

— Eu nunca questionaria sua safadeza. É uma das melhores partes.

Pego meu presente no sofá e o coloco nas mãos dela.

— Ainda bem que meus serviços de marido estão satisfatórios para você. Aqui está.

— Rosas? De tecido? Não precisava.

Mesmo tentando ser legal, ela faz as caretas mais engraçadas. Sophie olha para o presente com uma expressão confusa, então eu a ajudo com uma delas, pegando a rosa embrulhada com maestria. Eu a tiro do caule destacável.

O sorriso dela me atinge direto no coração quando ela lê as palavras na camiseta:

— O quê! Não acredito.

Ela fica animada e tira outra camiseta.

Eu amo a risada dela, ao mesmo tempo desinibida e suave. O que posso dizer? Ela me transforma no cara mais sentimental do planeta.

Sophie desembrulha cada uma das camisetas, sempre com uma frase engraçada ou atrevida estampada.

— Esta aqui é uma ideia ótima!

Ela encosta no peito uma camiseta que diz *Se o amor não for que nem o R&B dos anos 90, eu não quero*.

Sophie larga as camisetas no sofá e se joga em mim de novo. Ela me enche de beijos e *obrigadas* ofegantes, fazendo meu corpo vibrar e meu desejo crescer.

Já falei que sou um homem de sorte?

Ela se afasta após me encher de carinho.

— Agora que você chegou, eu não consegui alcançar a caixa que guarda toda a nossa decoração de primavera. Queria arrumar a mesa para o jantar com Maya e Noah.

— Meu pau está pronto e você está me pedindo para ajudar a decorar?

— Sim. Desculpa, amiguinho.

Ela dá um tapinha em minha calça, me arrancando um gemido.

— Eu deveria te foder aqui mesmo e te lembrar de que não sou nada *inho*.

— Parece um bom plano... depois que você pegar as caixas.

Ela me dá um último beijo antes de se sentar de novo no sofá.

— Essa é a minha deixa.

Saio da sala e vou para a cozinha, querendo tomar uma água antes de encontrar as caixas que ela quer. Um Post-it verde está preso na porta da geladeira de aço inoxidável ao lado de uma foto nossa. *Comprar mais lanches*. Vago, mas ela sabe do que gosta. Abro a geladeira e encontro um bilhete amarelo perto de nossas garrafas de água reutilizáveis, a cor se destacando no interior branco. *Beber mais água. Nós não passamos de plantas com emoções mais complexas.* Rio ao ler esse.

Um Post-it verde preso na beirada da bancada chama minha atenção. *Arranjar alguém para arredondar os cantos.* A destrambelhice dela nunca deixa de me surpreender.

— Você anda exagerando nos Post-its nos últimos tempos. Está estressada? — Minha voz ecoa pelo corredor.

— Hum. Talvez — diz Sophie do outro lado da casa.

Caminho pelo corredor em direção à garagem. Um Post-it amarelo me recebe na entrada, com a frase *Brilha, brilha, estrelinha*. Estranho, mas não gosto de julgar.

Outro Post-it verde está preso em uma moldura de nossa galeria de fotos, contrastando com as fotografias em preto e branco de nós dois ao longo dos anos. *Pesquisar se estrelas nascem em trios.* Não faço ideia do que esse quer dizer. Talvez eu precise ligar mais para Sophie e ver se ela anda se sentindo ansiosa.

Um Post-it rosa chama minha atenção na porta que dá acesso à garagem. *Economize gasolina. Cavalgue um piloto de F1.* Solto uma gargalhada ao abrir a porta da garagem. É mais uma razão pela qual eu a amo, pois ela nunca para de me fazer sorrir, desde a boca atrevida até a maneira como me olha, como se eu trouxesse as estrelas para ela.

Pulo por cima de itens espalhados pelo chão. Quase tropeço em um par de sapatos velhos e em um espantalho abandonado que me assusta. Anotação mental: preciso muito limpar a garagem. Chego ao outro lado, onde Sophie guarda caixas sazonais. Somos muito caseiros agora, com caixas de Natal suficientes para desafiar uma pequena vila alemã.

Procuro a escada, pois não está no lugar de sempre. Em vez disso, encontro um objeto coberto com uma lona, com um Post-it azul colado em cima. *Se você está lendo isso, levar cerveja para meu pai.* Não vou mentir; eu bem que queria uma cerveja agora.

Levanto a lona e vejo um kart azul-bebê com um Post-it amarelo. *Este kart me deixa parecido com o papai?*

Ofego de surpresa e começo a sair correndo da garagem, tropeçando no mesmo par de sapatos antes de me recuperar. Uma onda de empolgação me atravessa. Porra, não acredito! Meu coração martela em meu peito, meus pulmões não conseguem sugar oxigênio suficiente.

Sophie abre um sorriso radiante para mim do sofá, os cabelos loiros soltos, os olhos verdes brilhando. A melhor visão do mundo. Ela aponta para a camiseta que não estava usando minutos atrás, com os dizeres *Grávida pra cacete*. Ela levanta os braços.

— Surpresa!

Eu a puxo do sofá e beijo todos os lugares que meus lábios conseguem alcançar antes de colocá-la de volta nas almofadas com todo o cuidado. Ajoelho no chão de madeira enquanto levanto a camiseta dela. Beijo sua barriga magra.

— Caramba, nós vamos ser pais?

Não acredito que essa pergunta acabou de sair de minha boca.

— Pois é, a gripe não era bem gripe. Eram problemas de estômago do primeiro trimestre, tipo uma ressaca braba sem o álcool.

— Você sabe o que isso significa? — Olho para ela do chão, parando de beijar a barriga dela. — Você está protegendo o futuro da F1, o concorrente direto de Marko Slade.

Ela me olha com a sobrancelha levantada.

— E se tivermos uma menina?

— Melhor ainda. Nada como uma garota incrível que ganha de lavada dos garotos. Ela com certeza acabaria com a raça dele na pista.

Sophie joga a cabeça para trás no sofá e ri comigo.

Porra, eu amo essa garota com tudo dentro de mim. Aquela que roubou meu coração e nunca o soltou. A que faz desejos às estrelas, usa tênis em vez de salto e me beija até eu perder o fôlego todas as noites. A mesma mulher que me deu um final feliz. No fim das contas, eu era o príncipe perdido e ela me salvou com seus Vans com purpurina e uma espada feita de amor e altruísmo.

FIM

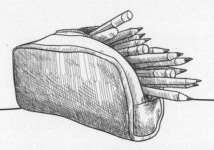

EPÍLOGO ESTENDIDO

SOPHIE

CATORZE ANOS DEPOIS

— Parece que Stella pode acabar vencendo Marko este ano.

Maya segura a placa feita à mão. A purpurina se espalha enquanto o vento sopra em nosso rosto. O frio me faz lamentar que a corrida de kart não esteja acontecendo em outro fim de semana.

Não me dou bem com o frio. Ainda mais quando não tenho Liam para me aquecer, já que está ocupado discutindo estratégias com Noah perto da pista de corrida. Eles observam os demais competidores, anotando as fraquezas deles enquanto assistem à corrida de nossos filhos.

— Ela passou tempo demais praticando com o pai. Teve dia que fui dormir e eles ainda estavam no kart.

Somos um daqueles grupos de amigos com casas umas ao lado da outra e um kart personalizado para nossos filhos.

Dinheiro pode comprar muitas coisas, mas lembranças incríveis em um quintal compartilhado? Não tem preço.

— Eu ouvi. Noah vai lá às vezes para ver o progresso dela. Você alguma vez sente medo de que Stella ou Leo queiram continuar, fazer disso mais do que um hobby? — pergunta Maya, pegando o cabelo escuro solto e o amarrando em um rabo de cavalo.

— Tipo uma carreira? É estranho a gente pensar na carreira dos nossos filhos? Stella e Leo têm só 13 anos.

Penso na semana passada, em Stella tão focada em correr enquanto Leo assistia a um filme comigo. Quando perguntei se ele queria ir treinar no quintal, ele respondeu que preferia assistir a *Star Wars*. Eu criei um vencedor.

— Talvez, mas é a realidade deles. O mundo dos esportes está esperando para ver o que eles vão fazer. Alguns olheiros estão acompanhando Marko e perguntando se ele está interessado em dirigir para a F3.

— Mas ele tem só 14 anos!

Maya me dá um pequeno sorriso.

— O que posso dizer? Ele tem a habilidade do pai. Mas não sei se estou preparada para ele passar tanto tempo viajando.

— Não consigo imaginar Stella e Leo por aí pelo mundo. Eles são meus bebês.

— Eles estão crescendo tão rápido. Como a gente pode parar isso?

Passo o dedo indicador pelo queixo.

— Não sei. E se trancarmos todos eles no quarto para sempre?

— Pode funcionar, mas acho que Marko gostaria. Ele tem passado muito tempo no quarto nos últimos tempos. Na semana passada, eu o peguei assistindo a Stella praticando com Liam e Noah pela janela do quarto.

Rio ao imaginar Marko grudado no vidro, assistindo à minha filha correr.

— O que você disse a ele quando o encontrou assim?

— Se ele quer impressionar Stella, é melhor ir lá fora e dar algumas dicas a ela.

— Meu Deus. Não acredito. Você é uma mãe que faz o filho passar vergonha.

Solto uma gargalhada, fazendo outros pais olharem para mim.

— Você sabe que é verdade. Mês passado, quando estava lavando roupa, encontrei uma carta manuscrita amassada no bolso da calça jeans dele. Eu sabia que era para Stella, pois ele desenhou um monte de estrelas nela.

— Mentira! E o que dizia?

Meu coração acelera. Sempre pensei que Marko tinha uma queda por ela, mas cartas escritas à mão? Eu o chamaria de um jovem romântico, não fosse pela distância que ele tem mantido de Stella nos últimos tempos. Suficiente para minha filha perceber.

— Não posso contar — confessa Maya, enrolando uma mecha do cabelo. Típico.

Agarro o braço dela.

— Você não pode dizer que seu filho escreveu uma carta para a minha filha e parar aí! Sua provocadora! Como Noah aguenta? Melhor dizendo, como você ficou grávida de novo?

— Minha boca é um túmulo.

Maya fecha a boca antes de acariciar a barriga grande. De alguma maneira, Maya e Noah tiveram um bebê surpresa anos depois. Eles tentaram por muito tempo após o nascimento de Marko, sem sucesso. Quando estavam prestes a desistir, *bum*, teste de gravidez positivo.

Imagine só como Noah é protetor em relação à gravidez tardia dela. Vou dar uma dica: se houvesse uma balança para pesar isso, Noah a teria quebrado há cerca de cinco meses.

Agarro a manga de seu suéter vintage da Bandini.

— Você é a pior mãe de kart de todas. Pelo menos faça uma fofoca para animar o meu dia.

— Ah, olha!

Maya se levanta da cadeira com uma rapidez surpreendente para uma mulher grávida.

O kart branco de Stella corre pela pista com o kart preto de Marko logo atrás. Eu prestaria atenção na última volta, mas meu cérebro ainda está processando a revelação de Maya.

— Agora que você me fez pensar em conspirações, não é estranho eles terem cores de kart opostas?

— Hum, fica meio parecido com estrelas na escuridão, certo? Interessante como ele escolheu essa cor quando tinha todo o arco-íris a disposição.

Fico boquiaberta.

— Mentira. Como não percebi isso antes? Estou perplexa, para dizer o mínimo.

— Você não estava prestando atenção. — Maya sorri para mim.

— Ai, meu Deus! Ela vai realmente vencer. Não acredito! — Cubro minha boca com as mãos. — Essa é a minha garota, mostre a esses garotos como se faz!

Maya e eu gritamos enquanto Stella cruza a linha de chegada. Marko passa pela linha quadriculada alguns segundos depois, e Leo acaba em terceiro lugar. Corremos até as barreiras, esbarrando em Liam e Noah com as pranchetas. Bem, eu corro enquanto Maya se arrasta, mas isso é um detalhe.

— Nossa filha conseguiu!

Pulo nas costas de Liam, enrolando as pernas ao redor da cintura dele. Liam me gira em um círculo enquanto me agarro ao pescoço dele.

— Sim, ela conseguiu. Sozinha. — Minha voz chega a novos níveis de agudo. Liam ri ao me colocar de volta no chão.

— E Leo ficou em terceiro. Estamos dominando os pódios. Vamos lá, família Zander!

— Quem diria que ter gêmeos significaria vitórias em dobro?

— Eu ainda te odeio por aquelas estrias. São horríveis.

Liam se inclina a meu lado, roçando os lábios em minha orelha enquanto sua voz fica mais grave.

— Eu acho sexy pra cacete. Só de olhar para elas fico de pau duro, me lembrando de como você ficou linda grávida de nossos filhos. Além disso, nós dois sabemos o quanto você adora quando eu beijo as suas estrias.

Os olhos de Liam brilham com malícia e amor ao me puxar para um beijo, provocando meus lábios até que eu os abra para ele enquanto me mostra por que eu o amo, mesmo com o excesso de estrias.

Alguns beijos fazem os joelhos tremerem, outros derretem as calcinhas. Sou sortuda, porque tenho todos eles juntos, dia após dia, do melhor marido do mundo.

— Eca! Vocês dois podem deixar isso para depois da minha festa no pódio? Estão estragando o meu apetite! — reclama Stella.

Minha filha, com tranças loiras suadas e um macacão de corrida rosa-neon, nos encara de cara feia. Ela coloca as mãos na cintura.

Empurro Liam de leve.

Ele solta uma risada alta enquanto se aproxima de Stella.

— Venha dar um abraço no papai. Estou tão orgulhoso de você.

— Vocês dois só me fazem passar vergonha!

Stella foge na direção oposta sem olhar, esbarrando em Marko. Ele a ajuda a recuperar o equilíbrio antes de dar um passo para longe, como se Stella tivesse uma doença contagiosa.

Stella olha para nós com bochechas coradas que não estavam assim há alguns segundos.

Interessante. Caramba, Maya. Eu estava mesmo no mundo da lua.

Marko passa a mão pelo cabelo ondulado e olha para Stella de novo, me lembrando estranhamente de Noah, com olhos calculistas.

Leo, o protetor de Stella, porque dois minutos fazem toda a diferença para gêmeos, passa o braço ao redor dos ombros da irmã.

— E aí, *kleine schwester*. Você foi muito bem hoje.

Ele esfrega a cabeça loira suada na dela, bagunçando ainda mais suas tranças. Stella tenta empurrá-lo.

— Seu nojento! Mãe, manda ele parar.

— Mas estou só mostrando meu afeto. Você me ama?

Leo olha para mim e para Liam, pedindo ajuda.

— Claro que te amo, seu besta. Você é muito carente, parece o pai.

— Ei! Retira o que disse.

Liam avança em direção a nossos filhos, puxando-os para si. Eles envolvem os braços ao redor da cintura dele. Liam sussurra algo em seus ouvidos, e eu não consigo desviar o olhar.

Suspiro, amando meu marido mais e mais a cada dia. Ele me deu dois filhos com nomes inspirados nas estrelas, porque o amor é infinito, como o céu escuro sob o qual nós nos beijamos todas as noites antes de dormir.

— Marko, por que você não me dá abraços assim? Liam está me deixando com ciúme.

Noah sorri para o filho enquanto se aproxima dele, com certo desconforto, em minha opinião. Volto os olhos para Marko, que está olhando para minha família com o rosto neutro, exceto por uma leve curva no lábio superior. *Estou de olho em você, amigo.*

Cartas secretas? Sim.

Olhando por um segundo a mais para minha filha antes de desviar o olhar? Difícil não perceber.

Evitando-a como a peste, assim como o pai dele fez com a mãe por meses? Também.

Parece que temos um amor de infância diante de nós.

Isso só pode acabar de duas maneiras, e a julgar por como minha filha parece não perceber, talvez não acabe bem para Marko Slade.

AGRADECIMENTOS

A todos os meus leitores — Obrigada. Sem vocês, este sonho não seria possível.

A todos os blogueiros e Bookstagrammers que apoiam a série Dirty Air, gostaria de dizer um ENORME obrigada. Suas avaliações, edições, palavras gentis e amor pelos meus personagens me encorajam a continuar escrevendo.

Julie — Não há palavras para descrever minha gratidão por tudo o que você faz. Seu apoio constante, sua positividade e suas ligações ajudaram a realizar tudo o que eu sonhei! Você se tornou uma das minhas amigas mais próximas durante este processo e mal posso esperar para ver sua própria carreira prosperar. O mundo dos livros tem sorte de ter alguém como você.

Mary e Val de Books and Moods — Toda semana, digo a mim mesma que não sei o que faria sem vocês duas. Vocês têm sido um sistema de suporte maravilhoso com seus designs de capas, teasers, formatação, trailers — enfim, tudo!

Erica, minha editora — Nunca vou esquecer de quando enviei para você um e-mail sobre uma leitura beta de *Puro Impulso*. Eu não te disse, mas sua opinião sobre o livro foi, na verdade, decisiva sobre continuá-lo ou não. Eu não sabia se alguém gostaria, mas seu incentivo e empurrão para trabalhar com Amy e Traci me ajudaram a publicar meu primeiro livro. Obrigada por todo o seu trabalho árduo com meus projetos. Sério, você é a melhor editora de todas (Nota: esta seção de agradecimentos não teve seu carinho, então não me julguem hahah). Mal posso esperar para continuar trabalhando juntas em futuros projetos (*cof cof* Jax e Santi *cof cof*). Você é incrível e sou grata a você.

Senhor Smith — Você pode jamais ler isto, mas se algum dia ler, obrigada do fundo do meu coração. Você é um homem incrível que me mantém centrada com planilhas do Excel, rastreamento de dados e atualizações de livros.

Para minha equipe beta (Kenzie, Rose, Andi, Mary, Z, Amy e Traci) — Vocês são a MELHOR equipe que eu poderia pedir. Obrigada pelo seu tempo e por acreditarem nos meus personagens. Sua atenção aos detalhes, comentários e apoio ajudaram a fazer do livro o que ele é hoje.

Para minha equipe da Street e da ARC — 1. Eu não consigo nem acreditar que agora tenho uma dessas. 2. OBRIGADA. Sua dedicação em compartilhar meu trabalho com o mundo é incrível e mal posso esperar para continuar esta jornada com todos vocês.

Mãe — *You'll Be in My Heart*. Desculpe por todas as piadas sobre católicos.

Pai — Obrigada por tudo, inclusive por não perguntar sobre meu projeto secreto.

EZ, meu irmãozinho — Nunca considerei o impacto de meus livros em você. Espero que, ao seguir este projeto pelo qual sou apaixonada, eu possa mostrar que você pode tentar qualquer coisa, *especialmente* as mais assustadoras.

Este livro foi impresso em 2025, pela Braspor, para a Harlequin.
O papel do miolo é pólen natural 70g/m² e o da capa é cartão 250g/m².